# FRAUENTOD

- Gocetria 1440 -

von

Linda Arndt

Bibliographische Information der Deutschen Nationalbibliothek:

Die Deutsche Nationalbibliothek verzeichnet diese Publikation
in der Deutschen Nationalbiographie;
detaillierte bibliographische Daten sind im Internet
über http://dnb.ddb.de abrufbar.


Alle Rechte beim Autor


Foto und Covergestaltung:
Tagura-Medien, Susann Woiciechowsky
www.tagura.de


© 2012 Linda Arndt - www.krimi-arndt.de
Herstellung und Verlag: BoD – Books on Demand, Norderstedt

ISBN 978-3-848-207-411

Dies ist ein Roman.

Charaktere und Ereignisse sind frei erfunden,

jegliche Ähnlichkeit mit tatsächlichen Vorgängen

beziehungsweise lebenden

oder verstorbenen Personen

ist rein zufällig.

## Prolog

Damals, in ferner Vergangenheit, als die Sonne ihre ersten wärmenden Strahlen durch das Fenster eines kleinen Hauses in Schleswig am Ufer des Ostsee-Fjords Schlei warf, wurde einem Neugeborenem, das in einer liebevoll, vom Vater restaurierten Holzwiege lag, eine verheißungsvolle Zukunft verkündet, so wie allen anderen Neugeborenen auch.

Eine bezaubernd anzusehende Fee, in einem weißen, wallenden Gewand, mit langen blonden Locken, umgeben von gleißendem Licht, war an die Seite des kleinen Bettchens getreten und überbrachte dem neuen Erdenbürger die guten Tugenden, die da heißen: Fleiß, Strebsamkeit, Liebenswürdigkeit und Demut. Die gute Fee ermahnte: »Verwende diese Eigenschaften zu deinem Nutzen und werde ein guter, vor allem ein hilfsbereiter Mensch. Lasse dir niemals etwas zu Schulden kommen, setze dich für andere ein und trage dazu bei, diese Welt ein kleines bisschen besser und sicherer zu machen.«

Doch leise und unsichtbar, war auch die böse Fee, mit einem zynischen Lächeln auf den schmalen Gesichtszügen, an die Wiege des Kindes getreten. Unbemerkt hatte sie sich ins Zimmer geschlichen. Unheil und Bosheit sollte ihre Kunde sein. Sie sprach eindringlich und mit falscher Zunge zu dem Kinde: »Ich zeichne dich auf ewiglich mit den wunderbaren Gaben, die da heißen: Hinterhältigkeit, Falschheit, Zügellosigkeit, Unbeherrschtheit, Habgier, Hass, Neid und Mordgier. Meine Herzenswünsche sollen dich zu einem Monster unter den Menschen machen, trage sie mit Stolz. Diese meine Mitgift soll über das Gute in dir die Herrschaft übernehmen, und am Ende deines Lebens wirst du in Verdammnis wieder mir gehören.«

Das Kind verfügte bereits im Alter von drei Jahren über eine überdurchschnittliche Intelligenz. Innerfamiliäre Respektsperson war die Mutter. Sie verbreitete eine überzogene, autoritäre Atmosphäre und reagierte auf Konflikte mit unnachgiebiger Strenge. Das Kind empfand die Mutter als durchweg bedrohlich. Von den Eltern mit übertriebener Fürsorge bedacht und streng behütet, lebte es angepasst und zurückgezogen. Es galt als ein sehr hilfsbereites und freundliches Kind, aber es fand keine richtigen Freunde.

Als das Kind erwachsen wurde, fiel es nicht auf in der Masse der Menschen. Es war fleißig in der Schule und im Beruf. Unterwürfig im Auftreten, katzbuckelte vor Mutter und Vater und nahm sich sogar einen Partner. Es war auch stets bemüht, Freunde zu finden, Kontakte zu knüpfen, suchte nach Liebe, Wärme und Geborgenheit, fand sie jedoch nicht wirklich.

Depressive Verstimmungen, überzogenes Misstrauen, anhaltende Unzufriedenheit und eine negative Lebenseinstellung begannen unbemerkt, das seelische Empfinden zu beherrschen. Es fühlte sich trotz seiner bestechenden Intelligenz minderwertig, nicht der Gesellschaft zugehörig. Tagtäglich haderte es mit seinem Schicksal, fühlte sich wie in einer Zwangsjacke; es fühlte sich lebendig begraben.

Aber das Kind wollte sich auch nicht von der Masse der Menschen abheben, sondern mit ihr verschmelzen, nicht auffallen. So wie ein Chamäleon durch das Anpassen der Hautfarbe an die jeweilige Umgebung seine Jäger zu täuschen sucht, so nahm auch das Kind die Farbe seines sozialen Umfelds an, um der andernfalls drohenden Stigmatisierung zu entgehen.

Fehlendes Selbstvertrauen, übertriebene Schüchternheit und quälende Selbstzweifel dominierten seine Erlebniswelt. Emotionen und Empfindungen zu offenbaren und auszuleben, versandeten mit der Zeit wie in einem ausgedörrten Wüstenboden, der jahrelang vergeblich nach Wasser lechzte. Das Kind verkümmerte in einem schleichenden Prozess zum Gefühls-Analphabeten, das mehr und mehr auf impulsive, aggressive und verantwortungslose Handlungsmuster setzte. Partnerschaftliche Gefühle oder Sympathien ließ es aus Angst vor Enttäuschung und Zurückweisung nicht mehr zu. Das seelische Epizentrum begann zu brodeln und zu köcheln. Kurzfristige Bedürfnisse waren nicht mehr aufschiebbar, konnten nicht mehr unterdrückt werden, verlangten nach Durchführung. In seiner Fantasie spielten sich stets die gleichen Rituale ab, und diese Rituale verlangten nach Ausführung. Es musste andere Menschen misshandeln, verletzen, demütigen. Es galt, Allmacht zu demonstrieren.

# 1

Wiesbaden, 06. Dezember 2011

Jörg Leschs für gewöhnlich sanfte und beruhigende Stimme, nahm einen herausfordernden, fast schon aggressiven Tonfall an, als er sagte: »Liebe Kollegen, Sie sind es, nach denen die Todesermittler rufen, wenn nichts mehr geht, wenn sie nicht mehr weiterkommen.« Er schritt zum Fenster, schaute in den regnerischen Vormittag hinaus. Nach einer Weile fuhr er ruhig fort: »Während Ihrer Ausbildung haben Sie gelernt, Beharrlichkeit, Geduld und Einfühlungsvermögen zu entwickeln. Kurzum: psychologisches Geschick zu beweisen.« Langsam drehte er sich zu ihnen herum, dabei sah er jeden Einzelnen aufmerksam an: »Die richtige Strategie bei der Aufklärung von Morden, vor allem Serienmorden anzuwenden. Natürlich muss auch die Chemie zwischen Ermittler und Täter stimmen, denn letztendlich zählt das Geständnis des Überführten. Fortan dürfen Sie sich als Fallanalytiker oder, wie die Amis lax zu sagen pflegen, als Profiler bezeichnen. Gratuliere Herrschaften!«

Lisa Buschmann, Kriminalbeamtin aus Schleswig, achtunddreißig Jahre, groß, schlank, schulterlanges rotblondes Haar und einzige weibliche Teilnehmerin, hörte kaum mehr, was der Dozent Jörg Lesch vom Bundeskriminalamt zum Abschluss des überaus anstrengenden Ausbildungsjahres zum Besten gab, denn sie fühlte sich unendlich müde und völlig ausgelaugt.

Lesch war Ende vierzig, groß und schlank. Er hatte dunkle, warme Augen, eine leicht gekrümmte Nase, die von einem früheren Zusammenstoß mit einem schlagkräftigen Gegner herrührte und zwei entzückende kleine Grübchen auf den Wangen, wenn er sich, was nicht oft vorkam, zu einem Lächeln hinreißen ließ. Sein dunkles Haar war an den Schläfen bereits leicht ergraut, was ihn nur noch attraktiver machte. Er sah einfach blendend aus, wie Lisa fand, und er war verwitwet, ein weiterer Pluspunkt. Seine beiden Töchter, die sie mittlerweile kennengelernt hatte, studierten Jura und waren aus dem Haus. Also, der perfekte Ehemann und Vater ihrer zukünftigen Kinder, wenn da nicht ihre beiden verkorksten Beziehungen in ihrer Vergangenheit wären.

Imposant stand er an der Videowand, ließ seine Blicke über die sieben Kursteilnehmer gleiten, plauderte weiterhin unbefangen über die grauenvolle Materie von sexuell motivierten Serienkillern. Dabei glitt sein Blick manchmal zu ihr herüber, verweilte einen kurzen Moment auf ihrem Gesicht, um erneut in die grauenhaften Fußabdrücke eines Serienkillers einzutauchen. Sein Ziel war es, die Sinne der Teilnehmer für etwas zu schärfen; ein im hintersten Winkel der Seele verborgenes Talent zu fördern, über das nur wenige Menschen verfügen.

Lisa erinnerte sich an die erste Begegnung mit dem BKA-Fahnder im Sommer 2009. Damals benötigte sie Hilfe bei der Aufklärung einer spektakulären Mordserie in ihrer Heimatstadt Schleswig. Jörg war eigens aus Wiesbaden angereist, um ein Täterprofil zu erstellen. Hatte dabei sofort ihr ungewöhnliches Talent erkannt. Seither hatte er nichts unversucht gelassen, sie davon zu überzeugen, an seinem Kurs für Fallanalytiker teilzunehmen. Jetzt wünschte sie, sie wäre niemals seinem Vorschlag gefolgt. Im Grunde hatte sie nichts weiter getan, als im widerwärtigen Dreck verkorkster Typen herumzuwühlen. War eingetaucht in die Psyche eines Killers, so wie Lesch es von ihr verlangt hatte.

»Sie sind es, Lisa, meine Herren, wenn die Wald- und Wiesenpolizei hoch spezialisierte Agenten benötigt, um ihnen auf die Sprünge zu helfen. Natürlich werden Sie etwas länger benötigen, als nur zehn Minuten am Tatort herumzustehen, die Stirn zu runzeln, gedankenverloren die Umgebung des Tatortes zu inspizieren, eine Brise Leichengeruch durch die Nüstern zu ziehen, um dann urplötzlich vor Ihrem geistigen Auge das Psychogramm des Killers zu erkennen. So lautet jedenfalls die landläufige Meinung über Ihren zukünftigen Berufsstatus. Aber wir sind hier nicht in Amerika, dem Land der Mordfiktionen, dem Land der unübertrefflichen Krimis, der ausgezeichneten Drehbücher und Regisseure.«

Lisa wünschte, Lesch würde endlich aufhören zu reden, die letzte Stunde ihres unerquicklichen Beisammenseins beenden. Seinen Anblick konnte sie kaum mehr ertragen. Es fiel ihr unsagbar schwer, den Ausführungen weiterhin zu lauschen. Zu groß war immer noch der Schmerz, den er ihr gleich zu Beginn des Lehrgangs zugefügt hatte. Dabei war sie nur aus einem einzigen Grund nach Wiesbaden gekommen; weil sie ihn liebte, felsenfest der Überzeugung gewesen war, auch er habe sich damals in Schleswig, als er ihr half, den unerquicklichen Mord aufzuklären, in sie verliebt. Aber Jörg Lesch war der schwierigste Charakter, den man sich nur vorstellen konnte. Wenn sie glaubte, endlich einige Millimeter bei ihm vorzudringen, erfolgte sogleich ein herber Rückschlag, der sie wieder an den Anfang ihrer Bekanntschaft zurückkatapultierte. Letztendlich hatte sie aufgegeben, um seine Liebe zu kämpfen. Stattdessen begann sie, sich in die kranke Psyche eines sexuell motivierten Serienkillers hineinzuversetzen, ganz so, wie er es von ihr verlangte.

Nun lagen die Koffer fertig gepackt in ihrem Wagen, der draußen auf dem Parkplatz zur Abfahrt bereitstand. In einer Stunde befand sie sich bereits auf dem Rückweg nach Schleswig. Nur mühsam, mit einem Rest verbliebener Konzentration für einen unbeschreiblich schwierigen Lehrstoff, nahm sie seine weiteren Ausführungen auf, denn es war nur eine Wiederholung dessen, was sie im vergangenen Jahr gelernt hatte.

Lesch redete munter weiter: »Ihnen werden von nun an intuitive Fähigkeiten und ein Höchstmaß an psychologischer Intelligenz unterstellt. Denken Sie stets daran, treffen Sie auf einen Tatort, dann betrachten Sie ihn aus der Sicht des Täters. Kriechen Sie in seine Psyche, in sein Hirn. Erschaffen Sie den Tatort in der Fantasie des Täters neu. Verschaffen Sie sich so viel Kenntnis über das Opfer, um sich dessen mögliche Reaktion vorzustellen. Sie müssen sich in die Frau, meistens handelt es sich bei den Opfern um Frauen oder Kinder ...«, er machte eine bedeutungsvolle Pause, hob den Zeigefinger, um sogleich in schärferem Ton fortzufahren: »... hineinversetzen, wenn der Täter sie mit einer Waffe, einem Messer, einem Stein oder seinen Fäusten bedroht.« Er holte tief Atem; seiner Mimik war nichts von dem Grauen, das er ihnen so eindringlich schilderte, anzusehen. In seinem langen Berufsleben hatte er bereits zu viel erlebt und gesehen, als dass ihn irgendetwas zu erschüttern vermochte. Unerbittlich hämmerte seine Stimme auf die Teilnehmer ein: »Sie müssen die Angst des Opfers körperlich wie seelisch fühlen können, wenn der Täter sich ihm nähert, seinen heißen Atem im Nacken, auf der Haut spüren. Fühlen, dass gleich etwas Schreckliches passieren wird. Blankes Grauen überfällt Sie, der Verstand droht auszusetzen. Körperliche Kräfte erlahmen, obwohl der Adrenalinspiegel ins Unermessliche steigt. Bewegungslosigkeit, völlige Hilflosigkeit ergreift von Ihnen Besitz. Vielleicht können Sie ihn noch nicht sehen, aber Sie spüren seine Anwesenheit. Möglicherweise bleibt Ihnen Zeit zu überlegen, was Sie tun können, um gegen seinen Angriff vorzugehen. Meistens allerdings bleibt dem Opfer dazu keine Zeit.« Eine kurze Pause unterstrich die Bedeutung seiner Ausführung. Mucksmäuschenstill war es im Raum. Nur das Rauschen und Glucksen in den veralteten Röhrenheizkörpern unterbrach die Stille. »Sie, liebe Kollegen, müssen den Schmerz des Opfers, physisch wie psychisch, bis in die letzte Faser Ihres Seins fühlen ... wenn die Hände des Täters Ihre Haut berühren, langsam, fast zärtlich darüber fahren, um dann plötzlich zur rasenden Bestie zu werden; wenn er Ihnen brutal die Kleidung vom Körper reißt.« Seine Stimme wurde zu einem Flüstern: »Sie müssen den kalten Hauch des Todes auf Ihrer Haut spüren, wenn er sein Opfer vergewaltigt, schlägt, ersticht oder erdrosselt«, sagte er und legte emotionslos neues Filmmaterial in den Recorder.

Wenn er doch nur endlich Schluss machen würde, dachte Lisa gereizt. Nicht eine Minute länger wollte sie diesen ganzen Irrsinn über sich ergehen lassen müssen. Wollte nur noch weg, wieder nach Hause, in ihr ruhiges Haus an der Schlei.

Während des Lehrgangs war sie fast täglich in die Rolle von Opfer und Täter geschlüpft. Hatte gelernt, zu denken wie ein Täter, zu fühlen wie ein Opfer. Dennoch hatte sie ständig den Sinn ihrer Mission hinterfragt: würde sie das Erlernte überhaupt jemals benötigen? Wie aus weiter Ferne hörte sie seine monotone, sanfte Stimme. Lesch saß jetzt völlig entspannt auf der Fensterbank, referierte weiter. »Sie müssen verstehen, wie es ist, vor Entsetzen und Qualen zu schreien. Zu wissen, dass es nichts nützt, dass es ihn nicht aufhalten wird. Für Sie bedeutet es, es wird eine sehr schwere Belastung, die an Intensität zunimmt, wenn es sich bei den Opfern um Kinder oder Frauen handelt. Ebenso schwierig wird es, sich in die Lage des Täters hineinzuversetzen. Zu denken, wie er denkt. Gemeinsam mit ihm zu planen, seine Genugtuung zu begreifen und zu empfinden, in jenem Augenblick, in dem seine aufgestauten Fantasien wahr werden, er endlich die Macht hat, einen anderen Menschen vollständig zu manipulieren, zu beherrschen. Sie müssen in den Fußstapfen des Mörders wandeln, regelrecht in der Fantasie mit ihm kommunizieren.«

Oh, Jörg, halt doch endlich die Klappe und mach Schluss, dachte Lisa gereizt. Als hätte er ihre Gedanken gelesen, verweilten seine Augen erneut für einen kurzen Moment auf ihrem Gesicht. Ihre Blicke trafen sich. Seine Stirn legte sich in Falten. Er schien zu überlegen. Doch plötzlich fuhr er fort in seiner Täteranalyse, Lisa schien wieder in weite Ferne gerückt zu sein. »Und genau hier setzt das Erstellen eines Täterprofils an. Fehlendes Wissen soll durch Hypothesen ersetzt werden. Insbesondere dort, wo herkömmliche kriminalistische Methoden sich als wenig ergiebig erweisen. Die Erfolgsrate, mit dieser Methode den Täter zu fassen, liegt momentan bei achtzig Prozent«, ein zufriedenes Lächeln zeigte sich auf seinen sonst ernsten Gesichtszügen. »Allerdings muss ich abschließend realistisch hinzufügen«, holte er sich selbst auf den Boden der Tatsachen zurück: »selbst das erfolgreichste Profil eines Killers besteht leider zu einem Fünftel aus Fehleinschätzung. Machen Sie also das Beste daraus.« Lesch bedankte sich mit einer leichten Verbeugung für die entgegengebrachte Konzentration. Wieder einmal hatte er es geschafft, sein Wissen packend und schonungslos zu vermitteln.

Die Teilnehmer verließen den Raum. Lisa ließ sich Zeit, hoffte immer noch, dass er sich ihr erklären würde. Die letzte Chance nutzte, ihr endlich seine Liebe zu gestehen.

Mit der Tasche unterm Arm, schlenderte sie zu ihm, um sich nun endgültig und tief enttäuscht aus seinem Leben zu verabschieden. Die ganze Zeit hatte er sie auf Abstand gehalten. Und sie war dumm genug gewesen, auf seine schleimige Gefühlsduselei hereinzufallen. Jörg hatte gar nicht vorgehabt, sich mit ihr abzugeben, wollte gar keine Liebe. Er wollte ihre Intuition, wollte sie nur zu einer guten Fallanalytikerin ausbilden, da es bisher auf diesem grauenhaften Territorium kaum einen weiblichen Ermittler gab. Im Grunde war alles gesagt. Nichts war zwischen ihnen im Unklaren geblieben. Und doch wünschte sie nichts sehnlicher, als dass er sie ein allerletztes Mal in den Arm nahm; wenn schon nicht Liebe, so wollte sie zumindest Trost.

Jörg verstand es zwar hervorragend, in bekloppte Psychopathen zu schlüpfen, jeden ihrer Gedanken zu lesen; ging es allerdings um Menschen mit normalen Gefühlen und Bedürfnissen, versagte seine Technik vollkommen. Und sie hatte geglaubt, diesen Mann für sich gewinnen zu können. Ihre Illusionen waren wie Seifenblasen zerplatzt. Mit achtunddreißig Jahren, seit drei Jahren geschieden, ohne jemals ihre Eierstöcke zur Arterhaltung der menschlichen Spezies beansprucht zu haben, kehrte sie nach Hause zurück. Bereits jetzt glaubte sie, die machohaften, spöttischen Sprüche ihres verhassten Kollegens Robert Maler zu hören, wenn er von –Weibern sprach, die an den Herd gehören -. Im Grunde wollte sie sich nicht mehr über Robert ärgern. Robert gehörte zu jenen Kollegen, denen man besser keine Beachtung schenkte. Er konnte noch so elegant gekleidet sein -was er natürlich niemals war- und tun was er wollte, er würde stets ein ekelhafter, schmieriger und Sprüche klopfender Zuhältertyp bleiben.

»Darf ich dich zu deinem Wagen begleiten?« Lesch holte sie in die Realität zurück. Verwirrt starrte sie ihn an. »Was ist los, Lisa?«

Nervös nestelte sie an ihrer Umhängetasche, wollte ihm nicht in die Augen sehen, es war einfach zu schmerzlich. »Wenn es dir nichts ausmacht. Deine kostbare Zeit möchte ich natürlich nicht länger als nötig beanspruchen. Meinen Aufenthalt hatte ich mir allerdings anders vorgestellt«, sagte sie nervös.

»Was hast du erwartet?« er hielt ihre Hand fest, in der sie den Autoschlüssel wild herumschleuderte. »Ich hab dir seinerzeit gesagt, was auf dich zukommt, solltest du den Lehrgang absolvieren. Ich habe dir nichts versprochen. Wollte nur, dass du deine Fähigkeiten besser nutzen kannst. Dass du sie verstehen lernst, dich nicht vor ihnen fürchtest.«

»Weißt du was, Jörg«, erwiderte sie, »lass mich einfach in Ruhe, okay? Du hast mir wirklich nichts versprochen. Aber du bist mir einige Antworten schuldig geblieben. Mach's gut. Für die Zukunft wünsche ich dir jedenfalls alles Gute.« Ihre Stimme drohte zu versagen. Eigentlich wollte sie es nicht wahrhaben, dass es ihr so schwerfallen würde, ihn für immer aus ihrem Leben zu streichen.

Er nahm ihre Hand, führte sie an seine Lippen, dabei sah er sie liebevoll an. Sie spürte den leichten Hauch eines Kusses an ihren Fingerspitzen; es durchfuhr sie wie ein Stromstoß. Hastig entzog sie ihm die Hand, trat einen Schritt zurück. Als er keine Anstalten machte, etwas zu sagen oder zu tun, drehte sie sich um und verließ den Raum. Die Episode mit ihm, die eigentlich niemals eine war, gehörte von nun an der Vergangenheit an. Das Leben hatte sie wieder, es galt, nach vorne sehen, nicht mehr zurück. Sie hatte eben kein Glück mit Männern, musste lernen, das zu akzeptieren. So einfach war das.

2

Schleswig, 9. Dezember 2011

Die Leiche war bereits teilskelettiert und stark in Verwesung übergegangen. Um den toten Körper verstreut lagen Bluse, Jeans, Büstenhalter und Slip. Ein Schuh hing am rechten Fuß, der andere lag etwa zwanzig Meter entfernt in einem Graben. Die Tote war ...«

»Stopp Mädel!« unterbrach Robert Maler Lisas Redeschwall und strich sich in affektierter Zuhältermanier, sein langes, dunkles, mit Wachs verklebtes Haar fester an den Schädel. »Wozu erzählst du uns den ganzen Mist? Ich bin nicht scharf auf diesen Psychodreck, den du dir von diesem BKA-Klugscheißer Lesch hast ins Hirn dreschen lassen. Außerdem haben wir längst Feierabend und wohlverdientes Wochenende.« Demonstrativ schaute er auf seine teure Armbanduhr, rutschte von seinem Lieblingsplatz, der Fensterbank. »Feierabend, Leute«, forderte er die Anwesenden auf, es ihm gleichzutun.

»Lass sie ausreden, Robert«, mischte sich Horst Sommer, Leiter der Mordkommission, in seiner ruhigen, besonnenen Art ein. »Auch dir würde es nicht schaden, wenn du dich dazu herablassen könntest, dich mit Persönlichkeitsanalysen, sprich Täterprofilen, zu beschäftigen.«

Im Stillen dankte Lisa Horst, dass er ihr seine Unterstützung im Umgang mit dem ungeliebten Kollegen zukommen ließ.

Horst Sommer wollte längst im wohlverdienten Ruhestand sein. Notgedrungen hatte er sich von höherer Stelle dazu überreden lassen, weiter als Leiter der Mordkommission tätig zu bleiben, bis Lisa von ihrem Lehrgang beim BKA zurückkehrte. Sie sollte in seine Fußstapfen treten. Das wiederum gefiel Robert überhaupt nicht. Sein reichlich rüder Charme dem weiblichen Geschlecht gegenüber, ließ keinen Zweifel daran aufkommen, was er von den Damen hielt, mit denen er zusammenarbeiten musste. Frauen bei der Kriminalpolizei waren in seinen Augen schlichtweg eine Katastrophe. Zudem kochte er vor Wut, dass er einst bei ihr abgeblitzt war.

Auf Lisas Schreibtisch klingelte das Telefon. Im Stillen hoffte sie, es würde Jörg Lesch sein. Womöglich bereute er seine Distanz zu ihr. Versuchte jetzt einen Neuanfang. Sie nahm den Hörer auf; ihr Herz raste geradezu vor Erwartung, seine dunkle, geliebte Stimme zu hören: »Kripo Schleswig«, weiter kam sie nicht. Am anderen Ende der Leitung hörte sie eine nasale Männerstimme aufgeregt sagen: »Kommen Sie schnell, es hat einen Überfall gegeben. Ich bin verletzt ... meine Frau, sie ist verschwunden. Überall Blut... oh, mein Gott ... es muss etwas Schreckliches passiert sein ...«

»Wir sind auf dem Weg«, erwiderte sie in ruhigem Ton. »Bitte nennen Sie Ihren Namen und die Adresse.«

»Hellwig. Dr. Ferdinand Hellwig, Zuckerstraße 2, Schleswig, neben dem ehemaligen Gelände der Zuckerfabrik. Ich bin niedergestochen worden.«

»Wir sind gleich bei Ihnen. Ich informiere den Notarzt«, entgegnete sie, legte den Hörer zurück auf die Gabel. »Ihr habt mitgehört, ruft den Krankenwagen, ab geht's!« Lisa rannte fast zur Garderobe, um ihre Jacke vom Haken zu nehmen, dabei überlegte sie laut, runzelte nachdenklich die Stirn. »Hellwig? Irgendetwas sagt mir der Name.«

»Na klar, Süße. Es handelt sich um diesen von der Damenwelt vergötterten Höhlenforscher«, grinste Robert breit. Seiner Kehle entrann ein freudiges Glucksen, als er ihren unverständlichen Gesichtsausdruck sah. »Ihm gehört die Frauenklinik, du Dummchen.«

»Du meinst, Hellwig ist Gynäkologe?«

»Genau, Süße!« Herzhaft biss er in eine Käsestulle, die er als eiserne Reserve für einen geruhsamen Feierabend aufgehoben hatte.

Wenige Minuten später saß Robert am Steuer, rauschte in rasantem Tempo vom Parkplatz, während Lisa mit der Rechtsmedizin und der Spurensicherung telefonierte. Beide Teams bestellte sie zu Hellwigs Adresse. Man konnte ja nie wissen. Im Stillen bangte sie jedoch, dass sie nicht voreilig handelte. Für Robert würde es ein gefundenes Fressen sein. Er wartete geradezu darauf, ihr eins auszuwischen.

Andreas Kohl, ein ruhiger, angenehmer Kollege, hatte auf der Rückbank Platz genommen. Niemand sprach ein Wort.

Dank Martinshorn und Blaulicht, jegliche Verkehrsvorschriften ignorierend, erreichten sie binnen zehn Minuten die Zuckerstraße. Fuhren durch ein schmiedeeisernes Tor eine beleuchtete Auffahrt entlang. Vor einer ehrwürdigen, sehr gepflegten Villa stoppte er den Wagen, indem er hart in die Bremsen stieg. Die wilde Fahrt war mal wieder so richtig nach seinem Geschmack.

Lisa war die Umgebung bekannt. In direkter Nachbarschaft befand sich bis vor wenigen Jahren die Schleswiger Zuckerfabrik. Einer der größten Arbeitgeber der Region, bis sie, nach einer Millioneninvestition, einer irrwitzigen Nordzuckerfusion zum Opfer fiel. Direkt daneben war die Bundeswehr stationiert gewesen. Damals, als beide Institutionen noch in Betrieb waren, gehörte das Anwesen der Hellwigs sicherlich nicht zu den bevorzugten Adressen Schleswigs. Jetzt allerdings, nachdem man die Fabrik – bis auf den Schornstein - wie auch die Bundeswehrgebäude dem Erdboden gleichgemacht hatte, befand die Villa sich auf einem traumhaften Grundstück in wunderschöner Südlage, mit einem atemberaubenden Ausblick aufs Wasser der Schlei.

Robert sprang aus dem Wagen, lief zur Tür und läutete Sturm. Völlig aufgelöst und blutüberströmt, ließ Ferdinand Hellwig die Beamten im Beisein seiner Haushälterin, die Lisa daran erkannte, dass sie eine weiße, gestärkte Schürze trug, ins Haus. Der Arzt hielt ein Handtuch auf den Unterbauch gedrückt, das sich bereits mit Blut vollgesogen hatte. Auch vom Hinterkopf tropfte die rote Flüssigkeit auf seinen hellen Pullover.

»Der Notarzt wird gleich hier sein«, sagte Lisa, betrat die geräumige Halle und sah sich beeindruckt um, angesichts der teuren, eleganten Möbel.

Obwohl Hellwig unter beträchtlichen Schmerzen litt, ließ er es sich nicht nehmen, die Beamten sogleich ins Schlafzimmer hinaufzuführen. Kreidebleich blieb er an der Tür stehen, zeigte wortlos auf das Szenario, das hier stattgefunden hatte. Seine Sprachlosigkeit schrieb Lisa den Verletzungen und dem Schock zu, den er zweifelsohne erlitten haben musste. Überall war Blut. An der Wand, auf der Matratze, dem weißen Teppich. Helle Hausschuhe, die ebenfalls mit Blutspritzern übersät waren, ein blaues, zerrissenes Nachthemd lagen auf dem Boden.

»Was ist hier passiert?« fragte sie, dabei wandte sie sich dem Verletzten zu.

»Das ist wohl Ihre Aufgabe, das herauszufinden«, entgegnete er kaum verständlich, ließ sich auf einen Stuhl in der Nähe des Fensters fallen.

»Bitte gehen Sie nach unten«, forderte Lisa ihn auf, »man wird sich umgehend um Sie kümmern.«

Hellwig, gestützt von seiner Haushälterin, blieb jedoch an der Tür stehen.

Mit Handschuhen und Füßlingen bekleidet, ging Lisa äußerst wachsam um das Bett herum. Betrachtete jedes Detail genau, prägte sich alles ein, so wie sie es gelernt hatte. Berührte vorsichtig das Blut auf dem Bett, an der Wand. Stellte überrascht fest, dass es trocken war. Sie überlegte, wenn das Opfer einen kräftigen Schlag auf den Schädel erhalten hatte, war es nicht unwahrscheinlich, dass das austretende Blut auch bis an die Decke gelangt war, sie richtete ihren Blick auf die Zimmerdecke über dem Bett, registrierte einige rote Flecken. Hellwig hatte einen Schlag auf den Hinterkopf erhalten. Allerdings dürfte der nicht so heftig ausgefallen sein, um Blutspritzer an der Decke zu hinterlassen. Wenn es so gewesen wäre, läge er jetzt wahrscheinlich tot auf dem Boden.

Anschließend untersuchte sie das Blut auf dem Teppich. Es war noch feucht. Was ist denn das für ein Kuriosum?, dachte sie kopfschüttelnd. Nicht die geringste Kleinigkeit durfte ihr entgehen. Nichts, was Robert ihr später als Fahrlässigkeit vorwerfen konnte.

Unterdessen lehnte Robert lässig am Türrahmen, ließ die Szene auf sich wirken. Der Verletzte stand neben ihm.

»Ist irgendetwas gestohlen worden?« platzte Robert forsch heraus, zückte wichtigtuerisch sein Notizbuch, leckte die Kugelschreibermine an und wartete auf Antwort.

Hellwig schüttelte den Kopf, erwiderte: »Darum habe ich mich noch nicht gekümmert. Vor …«, er schaute auf seine goldene Rolex am Handgelenk, dachte einen Augenblick nach, »… zirka einer Stunde bin ich nach Hause gekommen. Anschließend sogleich zu meiner Frau ins Schlafzimmer, um sie zu begrüßen. Dabei sah ich das hier… dann erhielt ich einen Schlag auf den Kopf. An mehr kann ich mich nicht erinnern. Was mag hier nur passiert sein?« fragte er erschüttert.

»Die Ergebnisse der Spurensicherung sollten wir schon abwarten. In den nächsten Minuten müssten die Kollegen hier eintreffen«, entgegnete Lisa. »Wenn ich mir allerdings die Blutspuren auf dem Bett, an der Decke und der Wand ansehe, dann würde ich sagen, sie sind nicht mehr ganz frisch. Aber das herauszufinden, überlasse ich lieber den Kollegen, nur eine erste Vermutung. Warten Sie bitte unten im Wohnzimmer. Der Notarzt wird gleich da sein.«

Hellwig verließ mit seiner Haushälterin den Tatort.

Es war bereits kurz vor Mitternacht, als Matthias Schneider von der Spurensicherung Lisa und ihre Kollegen über den mutmaßlichen Tathergang unterrichtete. Sie standen alle im Halbkreis um das Bett herum. Schneider hielt ein Zentimetermaß in der Hand, das er sich ständig um seinen Handballen wickelte, während er mit gekrauster Stirn die Blutschmierer an der Matratze und die Spritzer an Wand und Decke ein weiteres Mal kritisch betrachtete. Endlich, nach Minuten des Schweigens, erläuterte er seine vorläufigen Ergebnisse.

»Folgendes zu den Blutspuren auf dem Bett«, begann er. »Eine fünfzehn Zentimeter lange trockene Blutspur im Winkel von zehn Grad auf die Matratze gespritzt; demzufolge muss sich das Opfer über das Bett gebeugt oder daneben gekniet haben, ist anschließend heruntergerutscht.« Er demonstrierte die Tatsituation, wie es gewesen sein könnte. »Ich vermute einmal, aufgrund der mittleren Blutgeschwindigkeit muss die Verletzung am Opfer durch einen stumpfen Gegenstand verursacht worden sein. Ein Schlag auf den Kopf, vielleicht eine Stichwunde am Körper, was den Schmierer erklären würde.«

»Vielleicht hat sie auch nur ihre Tage gehabt«, kommentierte Robert. Dabei strich er sich selbstgefällig über die Mundwinkel.

»Und das schmiert sie an die Wand und spuckt es an die Decke?« mischte sich Lisa gereizt ein.

»Ist nicht unbedingt so abwegig, Lisa«, erwiderte Schneider. Ignorierte Roberts letzten, idiotischen Kommentar und erklärte: »Meistens werden Schmierspuren nämlich unterschätzt. Sie sind jedoch ungemein aussagefähig. Aus der Art der Schmierung kann man beispielsweise die Richtung bestimmen. Auch lässt sich ungefähr feststellen, wie viel Blut ausgetreten ist oder wie lange die Blutung gedauert hat. Wenn jemand nur ein einziges Mal an einer Sofakante oder Matratze, wie in diesem Fall geschehen, heruntersackt, dann gibt es auch nur einen einzigen in sich geformten Schmierer. Allerdings müssen wir auch das Blut des zweiten Opfers miteinbeziehen. Der Ehemann behauptet, er habe hier neben dem Bett seiner Frau einen Schlag auf den Schädel erhalten, sei dann niedergestochen worden. Demzufolge muss auch sehr frisches Blut vorhanden sein. Dort an der Badezimmertür, hier auf dem Teppich«, er deutete auf die Flecken, »dieses Blut, könnte von Hellwig selbst stammen. Allerdings sollten wir die Laborergebnisse zunächst abwarten.«

»Fass dich kurz, Mathias«, mischte sich Robert ungeduldig ein: »Ich will keinen Fachvortrag in forensischer Spurensicherung hören. Ich will 'ne Aussage, mit der ich was anfangen kann. Also, was schätzt du, wann ist der Saukram hier passiert?«

»Lass ihn ausreden!« fauchte Lisa zurück. »Wenn dir das nicht passt, nimm dir den

Ehemann zur Brust. Aber lass uns in Ruhe arbeiten«, an Schneider gewandt: »Können Sie feststellen, ob es sich um Menstrualblut handelt? Lässt sich durch das Blut unterscheiden, ob und wann die Verletzungen an den jeweiligen Personen stattgefunden haben?«

»Sicher. Menstrualblut fließt nicht, daher befinden sich große abgestorbene Zellen darin, ganz entgegen von Venenblut; hier gibt es keine abgestorbenen Zellen. Bei Venenblut handelt es sich um Zirkulationsblut, das nach außen dringt. Durch den genetischen Marker „PGM" können wir zweifelsfrei bestimmen, wie alt dieses Blut ist. „PGM" ist im getrockneten Blut bis zu dreizehn Wochen nachweisbar.«

»Und was ist PGM? Was ist genau darunter zu verstehen?« fragte Robert leicht genervt.

Schneider wandte sich dem Unwissenden zu, versuchte, den Begriff mit möglichst verständlichen Worten zu erläutern: »Genau übersetzt heißt PGM: Phosphoglucomutase. Dabei handelt es sich um Enzyme, die die Verschiebung des Phosphatrests in Glucosephosphat von eine auf sechs Positionen und umgekehrt katalysieren. Im Menschen sind mehrere Gene bekannt.«

Robert hob die Hand, um Schneiders Redefluss zu unterbrechen. »Hör auf, will ich gar nicht so genau wissen.«

Mathias fuhr dennoch fort: »Also, wenn „PMG" vorhanden ist, dürfen wir getrost davon auszugehen, dass das Blut noch relativ frisch ist. Auch wenn es jetzt im Moment nicht so scheinen mag. In diesem Fall lehn` ich mich mal etwas weiter aus dem Fenster, schätze, dass die eigentliche Tat ein, maximal zwei Tage zurück liegt. Das Zimmer ist überheizt. Blut trocknet sehr schnell. Eine genaue Bestimmung lässt sich allerdings nur im Labor durchführen. Während hier«, er machte sie auf einen frischen Blutfleck am Fußende des Bettes aufmerksam, »dieses Blut erst maximal eine Stunde alt sein dürfte.«

»Danke, Matthias«, sagte Lisa.

Robert war bereits unten in der Halle und wartete ungeduldig auf sie. »Würden Hoheit sich dazu herablassen, den Ehegatten der verschwundenen Dame mit mir zusammen zu vernehmen?«, säuselte er übertrieben höflich, während er sich den Speichel aus den Mundwinkeln wischte.

Forsch schritt sie an ihm vorbei in den Wohnraum. Seine widerwärtigen Manieren zu beachten bedeutete, ihm Wichtigkeit zu verleihen. Genau das lag jedoch nicht in ihrer Absicht. Ihn konnte man nur treffen, wenn man ihn links liegen ließ. Unverzüglich folgte er ihr, durchschritt das Zimmer, pflanzte sich rüpelhaft in einen weißen

Ledersessel, ohne von Hellwig dazu aufgefordert worden zu sein. Lisa blieb brav an der Seite Hellwigs stehen, der mittlerweile vom Notarzt versorgt worden war und jetzt an einer der großen Terrassentüren lehnte. Seine Verletzungen schienen demzufolge nicht so schwerwiegend zu sein, wie es der Anschein vermuten ließ. Sein geistesabwesender Blick richtete sich auf die erleuchtete Terrasse.

»Meine Frau liebt den Garten«, seufzte er mit gebrochener Stimme; schien zu überlegen, was die fremden Menschen von ihm wollten. »Was ist hier nur geschehen?« verwundert schüttelte er den Kopf. Schämte sich auch nicht, seinen Tränen freien Lauf zu lassen.

Die Sorge um seine Frau nahm ihn anscheinend völlig mit. Lisa hatte Mitleid mit ihm. Er schien unter Schock zu stehen. Sanft berührte sie ihn an der Schulter, forderte ihn auf, sich zu setzen. Sie fragte: »Ich hoffe, Sie sehen sich in der Lage, uns einige Fragen zu beantworten.« Aus den Augenwinkeln bemerkte sie, dass Robert sie beobachtete und verächtlich schnaubte, weil sie den Arzt mit Samthandschuhen anfasste. Ihrer Handtasche entnahm sie ein Notizbuch, begann den üblichen Fragenkatalog abzuarbeiten, bevor es später ins Detail ging. »Konnten Sie mittlerweile feststellen, ob etwas im Haus fehlt? Meine Kollegen haben keine Hinweise auf einen Einbruch entdeckt.«

Versonnen schaute er auf seine feingliedrigen Hände. Nach einer kurzen Zeit der Überlegung wandte er ihr seinen Blick zu, antwortete mit tiefer, fast zärtlicher Stimmlage: »Mir ist bisher nichts aufgefallen. Ich bin gerade erst von einem Seminar zurück … fand alles normal vor. Die Türen waren verschlossen, die Fenster zu. In Solveigs Zimmer brannte Licht. Auch die Alarmanlage war eingeschaltet. Ich ging davon aus, dass meine Frau im Bett liegt und fernsieht.« Er kräuselte die Stirn, schien zu überlegen.

Hellwig war ein überaus attraktiver Mann, mit silbergrauem Haar, Ende fünfzig, groß und schlank. Seine grauen Augen erweckten den Eindruck, als könne er seinem Gegenüber bis ins tiefste Innere blicken.

»Wo fand das Seminar statt, und wie lange waren Sie ortsabwesend?« übernahm Robert das Gespräch. Wenigstens hatte er sich mittlerweile vernünftig hingesetzt, so dass Lisa nicht jeden Moment befürchten musste, er käme mit dem Sessel zu Fall.

Der Arzt ging zu einem Lederkoffer, der am Eingang zum Wohnzimmer stand, zog ein Blatt Papier hervor, das er Lisa reichte; Robert ignorierte er dabei völlig.

Sie schaute auf den Seminarplan: »Sie waren vier Tage in Hamburg auf einem Ärztekongress. Sicherlich werden Sie uns Zeugen benennen können, mit denen Sie unentwegt zusammen waren.«

»Selbstverständlich war ich nachts allein!«, erklang vorwurfsvoll seine Baritonstimme. Nach Seminarende machte ich mich umgehend auf den Heimweg. Es muss ungefähr fünfzehn Uhr gewesen sein. Drei Stunden musste ich in einem Stau am Elbtunnel warten, weil es einen Unfall gab. Von dort bis nach Schleswig benötige ich für gewöhnlich, je nach Verkehrslage, fünfzig Minuten. Ein lückenloses Alibi kann ich Ihnen leider nicht bieten. Nur versichern, mit dem, was da oben passiert ist, habe ich nichts zu tun. Darauf gebe ich Ihnen mein Ehrenwort.«

»Ehrenwort hin oder her«, meldete Robert sich zu Wort: »Vergessens Sie's. Die sind nix wert.«

»Wie gesagt, ich gebe Ihnen mein Ehrenwort. Als ich heimkam, stellte ich meine Tasche in der Halle ab, dann bin ich gleich zu ihr hinaufgegangen. Solveig und ich haben getrennte Schlafzimmer. Was ich dort vorfand, haben Sie ja gesehen. Ich erlitt einen Schock. Kann mich wirklich an nichts erinnern … Irgendwann hörte ich, dass unsere Haushälterin meinen Namen rief. Ob ich antwortete, weiß ich nicht. Jedenfalls stand Frau Hauser plötzlich neben mir. Sprechen Sie mit ihr.«

»Das werden wir sicherlich tun«, entgegnete Lisa, fuhr nach einer kleinen Pause fort: »So wie es im Schlafzimmer Ihrer Frau aussieht, liegt der Schluss nahe, dass es zu einem Gewaltverbrechen gekommen ist. Allerdings liegt die Tat, dem getrockneten Blut nach zu urteilen, bereits längere Zeit zurück. Vielleicht hat der Täter etwas vergessen«, sagte sie. »Sie überraschten ihn, kamen ihm in die Quere, wurden daraufhin angegriffen.« Damit Hellwig auch wirklich registrieren konnte, was sie ihm erzählte, wartete sie einen Moment, er schien weiterhin unter Schock zu stehen. »Zunächst gehe ich einmal davon aus, dass es zu einem Kampf gekommen ist, bei dem Ihre Frau verletzt, möglicherweise sogar tödlich verletzt wurde. Eine Entführung dürfen wir ebenfalls nicht ausschließen. Um den genauen Tathergang sowie Zeitpunkt zu ermitteln, muss ich die Ergebnisse der kriminaltechnischen Untersuchung abwarten. Die Kleidung, die Sie tragen, müssen wir jedenfalls konfiszieren.«

»Als man mich überfiel, muss ich in das Blut gefallen sein«, sagte er nachdenklich, zog seine Strickjacke enger um sich. »Mein Jackett, der Pullover liegen dort hinten auf dem Stuhl. Auf Anordnung Ihres Kollegen, hat meine Haushälterin die Sachen bereits eingepackt. Wenn Sie erlauben, entledige ich mich noch der Hose«, und er verschwand für wenige Minuten aus dem Raum. Als er zurückkehrte, übergab er ihr das Kleidungsstück.

Lisa nahm eine sterile Labortüte zur Hand, verstaute die Sachen. Anschließend sagte sie zu Hellwig: »Vorerst wäre das alles.«

»Die Teilnehmerliste des Seminars können Sie in meiner Praxis anfordern«, meinte Hellwig.

»Wir werden Sie in den nächsten Tagen noch mehrfach aufsuchen. Bitte halten Sie sich zu unserer Verfügung. Um Ihre Haushälterin kümmern wir uns später.« Schnell verließ sie das Zimmer. In seiner Gegenwart fühlte sie sich unwohl. Ihre Intuition spielte wieder einmal verrückt. Jörg Lesch würde sagen: „Da ist es wieder, dein Gefühl, deine Ahnung, dein psychologisches Gespür, dich in einen Fall hineinzuversetzen, in das Opfer, den Täter. Nur aus diesem einen Grund hast du den Lehrgang gemacht." Doch Jörg befand sich diesbezüglich im Irrtum. Sie war nicht für ein Jahr nach Wiesbaden gegangen, um diesen kranken Lehrgang zu machen, sondern allein seinetwegen.

3

Wenige Tage zuvor

Am Ufer der Schlei, auf einem zehn Hektar großen Grundstück, befand sich Hellwigs Villa. Das Grundstück verfügte über einen eigenen Bootsanleger. Einer der vielen Winterstürme fegte gerade mit ungebremster Macht übers Land, Hellwigs Segelyacht drohte sich loszureißen. Mühsam kämpfte er gegen den Sturm an, zurrte die Leinen fester.

Während der Wintermonate pflegte er seine Yacht stets im Wasser zu lassen. An dieser Stelle geschah es relativ selten, dass die Schlei dem Frost Tribut zollen musste. Die Strömung war einfach zu stark. Mit einem prüfenden Blick auf sein Schiff, verließ er den Bootssteg Richtung Gewächshaus, in dem er seine Frau vermutete.

Solveig war fünfundzwanzig Jahre jünger als er und bereits seine dritte Ehefrau. Sie schätzte Gartenarbeit, für ihn ein willkommener Anlass, den Gärtner einzusparen. Je weniger Fremde sich auf seinem Anwesen herumtrieben, desto besser. Er hasste jegliches neugierige Gesindel.

Nach wenigen Augenblicken erreichte er das Glashaus. Normalerweise pflegte er sie nicht im Garten aufzusuchen. Heute war er jedoch dermaßen wütend auf sie, dass er nicht warten konnte, sie zur Rede zu stellen. Er hatte Solveig unterschätzt. Dieses kleine Biest wollte ihn, seinen Partner Günther Müller und Klara Weigand mit ihrem Wissen über die vielen mysteriösen Todesfälle in der Klinik erpressen. Aber das würde er niemals zulassen, eher würde er sie umbringen.

Je näher er dem Gewächshaus kam, desto aufbrausender wurde er. Er vernahm ein leises, kreischendes Geräusch. Solveigs neues Lieblingsspielzeug, dachte er abfällig. Es handelte sich dabei um einen gewerbsmäßigen Holz-Schredder, den sie sich im vergangenen Herbst auf der Landwirtschaftsmesse in Rendsburg zugelegt hatte. Das Gerät war ungewöhnlich leise, obwohl sie auf Nachbarn keinerlei Rücksicht zu nehmen brauchten.

Gereizt schaute er auf seine Armbanduhr. Eine halbe Stunde seiner kostbaren Mittagspause ging ihm verloren, in der er für gewöhnlich im Wintergarten auf seiner Liege lag, die Zeitung las, ein wenig döste, bevor er zurück in die Klinik fuhr. Außerdem musste er sich auf den Ärztekongress in Hamburg vorbereiten.

Mittlerweile hatte er sie erreicht, verweilte einen kurzen Moment, beobachtete Solveig dabei, wie sie einen armdicken Ast nach dem anderen in das gefräßige Ungeheuer schob, hörte, wie das Holz von den scharfen Messer geradezu spielerisch zerknackt wurde.

Er trat dicht an sie heran, tippte ihr auf die Schulter.

Sie stellte den Motor ab, nahm die Ohrschoner vom Kopf, dann fuhr sie sich durch ihr kurzes, dunkles Haar. Es sollte Selbstbewusstsein vortäuschen; sie versuchte die Furcht zu unterdrücken, die sie jedes Mal überfiel, wenn sie allein mit ihm war. Allerdings konnte sie die nackte Angst, die sich in ihren Augen widerspiegelte, nicht gänzlich vor ihm verbergen. Ihr schönes Gesicht verzog sich zu einer ängstlichen Grimasse.

Plötzlicher Hass stieg in ihm auf, als er sie so unschuldig und ängstlich vor sich sah. Wem wollte sie etwas vormachen, dachte er. Wie dumm sie war, ihm, Günther und Klara zu drohen. Na warte, dachte er, schlug ihr mit der flachen Hand ins Gesicht. Wut und Frustration gewannen wie so oft die Oberhand, weil sie sich niemals an seine Anweisungen hielt. Was hatte er sich nur dabei gedacht, so schnell nach dem Ableben seiner zweiten Frau Beatrix erneut zu heiraten?

Er wusste nur zu gut, was ihn dazu getrieben hatte; er brauchte eine Frau, die er schlagen und demütigen konnte, weil er sich im Beruf, in der Öffentlichkeit, keinen Ausrutscher leisten durfte. Sie diente ihm als Ventil seiner brennenden Wut auf seine verhasste Mutter.

Solveig wusste von Anfang an, worauf sie sich einließ, als sie damals den Kuhhandel mit ihm schloss. Er zahlte ihr ein wahrhaft fürstliches Gehalt für, wie er es nannte, „kleine Extravaganzen". Und sie war gut abgesichert als seine Ehefrau. Von ihrem Vater, einem erfolgreichen Bestattungsunternehmer und Gründer des ersten Hospizes in Schleswig, war sie vor einigen Jahren enterbt worden. Solveig entsprach nicht den

Vorstellungen der Eltern bezüglich ihres unsteten Lebenswandels. Bei einer Scheidung würde man ihr die Hälfte seines Vermögens zusprechen. Er hatte es versäumt, einen Ehevertrag zu schließen. War über seine eigene Dummheit gestolpert. Über den psychischen und physischen Notstand, in dem er sich befand, als seine zweite Frau Beatrix einem spektakulären Unfall auf der Ostsee zum Opfer fiel. Außerdem hätte er verhindern müssen, dass Solveig nach der Heirat weiterhin in der Klinik ihre Arbeit als Hebamme versah. Dann wäre diese ganze Misere wahrscheinlich nicht passiert. Jetzt drohte sie ihm, alles auffliegen zu lassen. Dabei ging es nicht nur um den privaten Aspekt, es ging um viel mehr. Das durfte keinesfalls geschehen.

Solveig hatte sich schnell von dem überraschenden Angriff erholt, sagte mit kalter Stimme:»Hättest du nicht bis heute Abend warten können? Muss die Haushälterin alles mitbekommen?« Erneut traf sie ein Schlag mit einem Ast am rechten Ohr. Sie taumelte, viel rücklings auf den Holzhaufen, drohte in Ohnmacht zu versinken; versuchte jedoch, das mit aller Kraft zu verhindern. Soweit durfte sie es nicht kommen lassen, dass sie besinnungslos und hilflos vor ihm liegen würde. Aus der klaffenden Wunde an ihrem Ohr ergoss sich Blut auf den Holzschnitt.

»Wie kannst du es wagen, Günther, Klara und mich zu erpressen?« schrie er sie an und erhob erneut den Ast zum nächsten Schlag.

Nun lag sie doch hilflos vor ihm auf dem Boden, schaffte es nicht aufzustehen, ihr fehlte einfach die Kraft. Sie hatte grauenhafte Schmerzen. Ihr war entsetzlich schwindelig. Flehentlich sah sie zu ihm auf. Hoffte, er möge sich besinnen.

Langsam ließ er den Ast sinken, beugte sich zu ihr hinab, half ihr beim Aufstehen. »Mach, dass du ins Haus kommst, wasch dir das Blut ab«, schnauzte er sie an. »Wenn du glaubst, ich lass mir deine Eskapaden bieten, siehst du dich getäuscht.«

Mittlerweile kannte sie ihn gut genug, um sich vor ihm zu fürchten. Es bestand nicht der geringste Zweifel; wenn sie ihm schadete, würde sie dafür mit ihrem Leben bezahlen. Dieser Mann kannte keine Hemmungen. Er war ein Ungeheuer im Engelsgewand. Der Teufel höchstpersönlich! Worauf hatte sie sich da nur eingelassen? Es war nicht nur das Geld gewesen. Sie lernte ihn als liebevollen, hervorragenden, geradezu begnadeten Arzt kennen.

Damals, nachdem sie der Reeperbahn in Hamburg den Rücken gekehrt hatte, befand sie sich auf der Suche nach einem Ausbildungsplatz zur Hebamme; stellte sich bei ihm in der Frauenklinik vor und bekam kurze Zeit später eine Zusage. Anfangs ließ sie sich auf eine Liaison mit Hellwigs Partner Müller ein; kurz darauf stürzte sie sich in eine leidenschaftliche Affäre mit Hellwig, obwohl er zu jenem Zeitpunkt noch verheiratet war. Als seine Frau wenig später bei einem Segeltörn tödlich verunglückte, war der Weg frei für eine gemeinsame Zukunft.

In den Medien wurde von einem tragischen Unglücksfall berichtet, obwohl Solveig mittlerweile an dieser Version ihre berechtigten Zweifel hegte. Sie spendete ihm nach dem Tod seiner Frau Trost, geriet dabei selbst in einen Strudel menschlichen Abschaums. Gäbe es eine Möglichkeit, ihn unbeschadet zu verlassen, sie würde keine Sekunde zögern, es zu tun; war sogar bereit, auf die Ansprüche aus einer Scheidung zu verzichten, wenn sie nur mit heiler Haut aus dieser unheilvollen Beziehung herauskam. Aber sie hatte einen Fehler begangen, hatte ihm gedroht. Nun zweifelte sie nicht einen Augenblick daran, dass er seine Drohungen auch in die Tat umsetzen würde. Er war unberechenbar. Nie wusste sie, wann er völlig ausrasten, sie eventuell in seinem Wahn töten würde. Ihre Angst vor ihm wuchs mit jedem Tag. Manchmal beschuldigte er sie, Dinge gesagt oder getan zu haben, die sie niemals gesagt oder getan hatte. Wahrscheinlich war er schizophren, und sie lebte auf einem Pulverfass.

Solveig spürte, wie er an ihrem Arm zerrte, um sie ins Glashaus zu schieben. Im Inneren warf er sie erneut zu Boden, zischte: »Womit hast du Günther gedroht? Was weißt du? Hast du in meinen Unterlagen geschnüffelt, du kleine dreckige Schlampe? Warst du vielleicht sogar im Labor?«

Vorsichtig richtete sie sich auf, ließ ihn dabei keine Sekunde aus den Augen. Jeder Knochen im Leib schmerzte. »Ni..ch.ts, bitte glaub mir. Es ist n..ic..hts ...« stotterte sie verzweifelt.

»Steh auf!« Er reichte ihr die Hand.

Nur mit Mühe konnte sie sich auf den Beinen halten, als er sie mit sich zog und gegen einen Pflanztisch drückte, der neben dem Eingang stand. Eine seiner eiskalten Hände schob sich unter ihren Mantel. Sie ahnte, was er jetzt von ihr wollte. Die andere Hand griff in ihr Haar, riss den Kopf zurück. Sie erschauerte und er lachte. Dann begann er sie zu küssen, mit seinem ekelhaften Schleim zu benetzen. Mit dem Gefühl abgrundtiefen Hasses und unbeschreiblichen Ekels erwiderte sie seine Küsse, ganz so, wie er es gern und wie sie es von ihm gelernt hatte. Das ganze Intermezzo dauerte nur wenige Sekunden, dann ließ er von ihr ab, zog sich gepolsterte Lederhandschuhe über die Hände und schlug erneut mit aller Kraft zu. Sie prallte gegen den Pflanztisch, schlug mit dem Kopf gegen die Metallkante, landete erneut auf dem Boden. Hörte ihren Unterkiefer krachen; bemerkte, dass sich ein Zahn aus dem blutenden Kiefer löste und aus dem Mund fiel.

»Wie kommst du dazu, mich erpressen zu wollen ... mich warten zu lassen, du dämliche Schlampe!« schrie er. »Der verdammte Garten ist dir wichtiger als ich, was? Dieses Monster von einem Zerkleinerer entlockt dir mehr Gefühle als dein Ehemann, oder wie darf ich das verstehen?« Seine Stimme überschlug sich vor Wut. Unversehens traf sie ein Fußtritt in den Unterleib. Vor Schmerzen angstvoll gekrümmt, blieb sie am Boden liegen, griff sich an den Bauch. Sie hatte unbeschreibliche Angst um ihr ungeborenes Kind.

Er beobachtete sie, wie sie sich langsam unter starken Schmerzen aufrichtete. Krampfhaft hielt sie sich am Tisch fest. Mit zwei schnellen Schritten war er bei ihr, riss ihr die Jacke und die Jeans herunter, dabei kicherte er. Sie fror entsetzlich. Mit klappernden Zähnen begann sie seine Hose zu öffnen und herunterzustreifen. Bog sich ihm willig entgegen, so wie er es gern hatte. Tat alles, was ihm gefiel, damit er sie endlich in Frieden ließ. Aus den Augenwinkeln sah sie sich nach einem Gegenstand um, irgendetwas, das sie ihm über den Schädel schlagen konnte. Entdeckte ein kleines Beil. Aber er ahnte ihr Vorhaben, schleuderte das Werkzeug weit von sich, lachte verächtlich.

Verzweifelt unterdrückte sie ihre Tränen. Er sollte sie nicht weinen sehen. Sie hatte den Teufel höchstpersönlich geheiratet, war auf sein Engelsgewand hereingefallen. Jetzt blieb ihr nichts anderes übrig, als mit ihm zu leben, bis er sie irgendwann in seinem Wahn töten würde. In eine Scheidung würde er niemals einwilligen, eher würde er sie umbringen, das hatte er ihr gleich nach der Hochzeit leidenschaftslos mitgeteilt. Zu spät hatte sie erkannt, dass er sie nicht liebte, sondern nur eine Frau für seine Abartigkeiten benötigte.

Dass sie versucht hatte, ihn mit ihrem Wissen über seine und Müllers Machenschaften in der Klinik zu erpressen, stellte sich nun als großer Fehler heraus. Ihm ging es nur um Macht und Perversion. Er wollte quälen, die Sinnesorgane eines Menschen vollkommen zerstören. Sie diente ihm nur als Ventil. Ständig fühlte er sich von ihr und anderen Menschen provoziert, war dem Wahn verfallen, dass sie seinen Wünschen und Anordnungen nicht gebührend Tribut zollten.

4

Die Kollegen Robert und Andreas warteten vor der Villa bereits auf Lisa, hatten dort Schutz gesucht vor dem einsetzenden Schneeregen.

Eine Nachtschicht lang hatte das Intermezzo der Kriminalpolizei im Hause des Arztes gedauert, ohne wirklich brauchbare Beweise zu Tage gefördert zu haben.

Lisa parkte den Dienstwagen neben dem Kombi der Spurensicherung. Mathias Schneider befand sich gerade im Begriff, den Wagen zu beladen, um vom Tatort abzurücken, als sie ausstieg, den Mantelkragen hochschlug und ihn begrüßte.

»Schlechte Ausbeute. Außer dem Blut und dem Nachthemd, haben wir nichts Verwertbares gefunden«, meinte Schneider, schüttelte bedenklich sein kahles Haupt.

»Wann kann ich mit dem Ergebnis der Tests rechnen?«

Schneider schürzte die Lippen. »Frühestens Dienstag.«

»Nicht schneller?«

Er überlegte kurz, schüttelte erneut bedauernd den Kopf. »Keine Chance. Zwei meiner Leute sind krank. Sie werden sich etwas gedulden müssen.« Er stieg in den Wagen und fuhr davon.

Hellwig erwartete die Beamten bereits in seinem Arbeitszimmer, blickte ihnen offen entgegen, lud sie mit großmütiger Handbewegung ein, Platz zu nehmen.

Seine Verletzungen scheinen wirklich nicht so schwerwiegend zu sein, dachte Lisa, während sie ihn aufmerksam betrachtete.

»Ich hoffe, die Spurensicherung hat ihre Arbeit endlich beendet«, sagte er und ging zu seinem Schreibtisch. »Ich weiß, dass Sie mich verdächtigen. Aus Ihrer Sicht kommen die Täter immer aus dem nächsten Umfeld. Diesbezüglich werde ich Ihnen natürlich nicht widersprechen, denn auch ich denke, es war jemand, den meine Frau kennt. Sollte nicht zunächst geklärt werden, ob Solveig wirklich tot ist oder eventuell nur entführt wurde? Mir ist durchaus bewusst, die Beweislast wird gegen mich sprechen, vielleicht sogar erdrückend sein. Dennoch möchte ich Ihnen sagen, dass ich trotz aller Beweise, die Sie finden werden, nie einem Menschen das Leben nehmen könnte. Davon bin ich in meinem tiefsten Innern überzeugt. Wenn es zur Anklage gegen mich kommen sollte, so gehe ich sogar davon aus, dass meine Unschuld vielleicht niemals bewiesen werden kann.« Er zuckte mit den Schultern. »Allerdings werde ich erst zur Ruhe kommen, wenn der wahre Täter seiner gerechten Strafe zugeführt sein wird. Was ist das nur für eine grausame Welt, in der wir leben. In seinen eigenen vier Wänden ist man nicht mehr sicher.« Er hielt inne, räusperte sich. Als er weitersprach, klang seine Stimme entschlossener. »Mittlerweile ist mir ein Bruchteil dessen eingefallen, was sich gestern Abend zugetragen hat. Ich erinnere mich an das Blut. Meine Haushälterin fand mich verletzt und offenbar orientierungslos vor dem Bett stehend vor. Unverzüglich begann sie, mir Hilfe zu leisten, brachte mir ein Handtuch.« Er schwieg einen Augenblick, um nach einer kurzen Gedankenpause fortzufahren: »Nachdem ich mich wieder in der Lage sah, einigermaßen klar zu denken, habe ich mir das Messer aus dem Bauch gezogen, die Wunde mit dem Handtuch abgedrückt. Glaubte, nicht allzu schwer verletzt worden zu sein. Anschießend rief ich die Polizei. An mehr kann ich mich wirklich nicht erinnern.«

»Ihre Haushälterin hat nicht umgehend die Polizei und einen Notarzt verständigt, als sie Sie verletzt vorfand?« fragte Robert ungläubig.

»Alma wollte mir helfen, aber sie wusste nicht, was sie zuerst tun sollte. Ich bin selbst Arzt, wenn ich Sie daran erinnern darf«, seine Stimme nahm einen arroganten Tonfall an.

»Ah, ja, das erklärt dann wohl alles, was?« entgegnete Robert und schüttelte den Kopf. Wechselte einen kurzen, ungläubigen Blick mit Lisa, die ihm still zu verstehen gab, er möge es vorerst dabei bewenden lassen.

»Sie haben kein Geräusch gehört, eventuell einen Schatten gesehen? Nichts, was Ihnen irgendwie ungewöhnlich erschien?« übernahm sie die Befragung.

»Ich kann mich nicht daran erinnern. Nur, dass mir beim Anblick des Blutes schlecht wurde … ob ich dadurch oder durch den Schlag auf den Kopf ohnmächtig wurde, weiß ich nicht. Auf jeden Fall muss ich auf dem Boden in Solveigs Blut gelegen haben.«

»Finden Sie es nicht etwas kurios, dass Sie als Arzt beim Anblick von Blut in Ohnmacht fallen? Falls es so ist, wie Sie es schildern?«, fragte Lisa.

»Hören Sie, es geht hier nicht um Patienten. Hier geht es einzig und allein um meine geliebte Frau. Ich musste davon ausgehen, dass es ihr Blut ist, das sich überall im Zimmer befand. Und nicht zu vergessen der Überfall auf mich. Aber warten Sie«, er runzelte die Stirn, wandte sich den Beamten zu. »Ja, durchaus … so könnte es gewesen sein. Ich glaube, den Schatten einer Person auf dem Balkon wahrgenommen zu haben. Vielleicht war es Solveigs Liebhaber. Ich habe keine Ahnung.«

»Ihre Frau hatte einen Liebhaber?« Das wird ja immer besser, dachte Lisa. »Wissen Sie, um wen es sich dabei handelt?«

»Nein. Aber ich bin mir ganz sicher, dass dieser Mann etwas mit ihrem Verschwinden zu tun hat.«

»Könnte diese Person nicht ein Produkt Ihrer Fantasie sein? Und tun Sie mir einen

Gefallen«, fügte Robert gereizt hinzu, »verarschen Sie uns nicht. Und die Farce einer glücklichen Ehe können Sie jetzt wohl knicken, Meister.« Robert wetzte die Messer. Lisa kannte ihn gut genug um zu wissen, dass das Verhör außer Kontrolle geraten würde, wenn sie nicht versuchte, ihn auszubremsen. Selbst für eine saftige Keilerei mit einem Klienten war er sich nicht zu schade.

Hellwig setzte sich, ballte seine Hände zu Fäusten; wandte sich mit übertriebener Höflichkeit und eisigem Blick an Lisa: »Frau Buschmann, ich wäre Ihnen sehr verbunden, wenn Sie jetzt mein Haus verlassen würden. Meine Sorge und meine Privatsphäre sollten Sie respektieren. Wenn Sie weitere Fragen haben, stehe ich selbstverständlich zur Verfügung, jedoch erbitte ich mir terminliche Absprachen. Wenden Sie sich an meine Sekretärin oder an meine Haushälterin. Ich habe mich bisher sehr kooperativ gezeigt. Aber jetzt ist es genug!« Er erhob sich, geleitete sie zur Tür. Das war ein eindeutiger Rausschmiss.

Draußen vor dem Wagen sagte Robert: »Widerlicher Sack! Lass uns sein Leben auseinandernehmen, ich wette, wir werden auf Dinge stoßen, da bleibt selbst dein Psychodreck auf der Strecke.«

»Hättest du dich ein wenig zurückgenommen, hätte er sicherlich etwas mehr ausgeplaudert. Aber du kannst ja nicht deine Klappe halten«, fuhr sie ihn unwirsch an.

»Machen wir Wochenende, vielleicht findet sich das Mädel ja in irgendeiner Form wieder ein«, flachste er.

5

»Wann können Sie endlich mit der Produktion beginnen, Frau Doktor Weigand?« Magnus Meier, Bundesgesundheitsminister seines Zeichens, jung, dynamisch, gutaussehend und gesund, reichte der Pharmakonzernchefin Klara Weigand ein Glas Wasser, während er sich selbst eine Tasse Kaffee einschenkte. Kurzfristig war sie zu ihm nach Hause eingeladen worden, es ging um einen revolutionären Grippeimpfstoff, in den Klara Weigand und ihre Partner fünf Jahre intensive Forschungsarbeit investiert hatten. Jetzt brannte Meier die Zeit unter den Nägeln, als Gesundheitsminister hatte er einen klaren Auftrag zu erfüllen. Und nicht nur das, die Amerikaner saßen ihm im Nacken, drohten, den Stoff bereits im Februar kommenden Jahres auf den Markt zu bringen.

Unter seiner dunklen runden Hornbrille hervor, sah er Klara sorgenvoll an. »Ich erwarte Ergebnisse, meine Liebe! Hoffentlich sind Sie nicht nur der Einladung gefolgt, um meine kostbare Zeit zu vergeuden oder mich gar um eine weitere Fristverlängerung zu bitten. Wie ich Ihnen bereits letzte Woche telefonisch mitteilte, erwarten wir umgehend konkrete Ergebnisse, uns läuft die Zeit davon. Kommen Sie mir jetzt nicht mit Ausreden. Die Sanierung der Sozialsysteme, vor allem die der Gesundheitskosten sowie der Renten müssen ohne Tabus angegangen werden. Eine grundlegende und radikale Reform ist unumgänglich. Der Staat ist Herrschaftsapparat und als solcher auch Unterdrückungsmaschinerie... Wer hat das gleich nochmal gesagt?« er überlegte, runzelte die Stirn. »Ich glaube, Erich Fried. Gleichzeitig ist der Staat auch notwendig zur Aufrechterhaltung gesellschaftlichen Lebens. Das Volk muss lernen, Probleme und Möglichkeiten ... aber was rede ich. Kommen wir zum Kernpunkt. Das deutsche Volk wurde bereits durch diverse parlamentarische Debatten darauf vorbereitet, das es so nicht weitergehen kann. Wir müssen den demographischen Wandel in den Griff bekommen. Das Finanzministerium, das Bundesministerium für Wirtschaft und Soziales erwarten, dass Sie Ihrer Zusage nachkommen, Frau Weigand.« Der Minister setzte sich Klara gegenüber, schlug seine Beine übereinander; seine Arme ruhten auf seinem Schoß, es sollte den Eindruck von Gelassenheit vermitteln. Dem war aber nicht so. Magnus Meier stand unter Hochdruck. Das Parlament hatte in seiner letzten Sitzung kurz vor den Herbstferien, den Artikel 1 des Grundgesetzes mit der nötigen Dreiviertelmehrheit, und letztendlich zum Wohle des Volkes und nachfolgender Generationen, geändert und beschlossen. Meier wartete immer noch auf eine Antwort, aber da sie weiterhin stumm blieb, fuhr er fort: »Gestern hat der Bundespräsident das Gesetz unterzeichnet. Es wurde nur eine Kleinigkeit verändert«, ein kurzes ironisches Lachen entrang sich seiner Kehle. »Der Text von Artikel 1 des Grundgesetzes lautet nun folgendermaßen: Die Würde des „gesunden Menschen bis zur Vollendung des achtzigsten Lebensjahres" ist unantastbar. Sie zu achten und zu schützen ist Verpflichtung aller staatlichen Gewalt. Dabei liegt die Betonung auf „gesund"!«

Klara hatte schweigend zugehört, stellte ihr leeres Glas ab und sagte: »Die Bioreaktoren sind fertiggestellt, befinden sich in der Erprobung. Von Ihnen benötige ich jetzt auf schnellstem Wege noch die Zulassung für einen Lebend-Influenza-Impfstoff, der nicht injiziert, sondern in die Nase gesprüht wird, geradezu revolutionär. Bei den Probanden wurde zwar eine Häufung von Gesichtslähmungen registriert, sollte jedoch kein Problem darstellen. Letztendlich wird niemand die Impfung längerfristig überleben, ob der Stoff nun injiziert oder in anderer Form verabreicht wird.«

»Mit der Zulassung können Sie in den nächsten Tagen rechnen.« Der Minister trank von seinem Kaffee.

»Für wen ist der Impfstoff vorgesehen, welche Kriterien müssen erfüllt sein? Im Einzelnen haben wir darüber noch nicht gesprochen«, sagte Klara.

»Mit Verlaub, meine Liebe, im Grunde geht es Sie nichts an. Sie sollen nur liefern.« Aus kalten Augen sah er sie abschätzend an, sagte schließlich: »Alte und chronisch Kranke, diejenigen, die das Sozialsystem in den totalen Kollaps treiben, die unsere Sozialkassen über Gebühr beanspruchen. Dass an über Achtzigjährigen kostenaufwendige Herzoperationen vorgenommen werden, dass sie Hüft- und Kniegelenke eingesetzt bekommen, auch wenn es nur zu Forschungszwecken dient, ist verantwortungslos nachfolgenden Generation gegenüber. Pflegeheime, Krankenhäuser platzen aus allen Nähten. Geistige Verwirrung ist schon längst nicht mehr in den Griff zu bekommen, weil die Bevölkerung überaltert ist. Die Kosten im Gesundheitswesen, in der Pflege, schießen geradezu in astronomische Höhen. Die Rentenkassen sind leer. Wir brauchen eine „Bereinigung der Bevölkerung", so grausam es klingen mag. Wir brauchen junge, gesunde, fleißige Menschen. Wollen wir doch mal ehrlich sein, meine Liebe. Früher haben Kriege für eine Bereinigung der Gesellschaft und für wirtschaftliches Wachstum gesorgt. Seit Jahren gibt es das Generationsproblem, die Medien sind daran nicht ganz unschuldig, sie heizen die unerfreulichen Debatten an, sorgen für Unfrieden zwischen Jung und Alt. Selbstverständlich kann niemand von der Jugend erwarten, dass sie für Kranke und Alte arbeiten und zahlen, und für sie selbst bleibt am Ende nichts übrig. Eine gerechtere Verteilung ist notwendig. Es muss Grenzen geben, das haben wir erkannt und den Menschen klar gemacht. Wir brauchen ein Elitevolk. Sozusagen „Made in Germany"!«

»Und das Parlament entscheidet, wer dazu gehört?«

»Durchaus! Parlamentarier, Ärzte und Vertreter der Krankenkassen. Wir haben den klaren Regierungsauftrag durch das deutsche Volk erhalten. Es war eines unserer Themen vor der letzten Bundestagswahl, wenn Sie sich erinnern mögen. Wir müssen …«

»Von wem sind Sie denn gewählt worden?« fragte Klara provozierend und schluckte, wohlwissend, dass sie sich auf dünnes Eis begab. »Sie haben in der letzten Legislaturperiode das Wahlalter auf fünfzehn Jahre herabgesetzt. Glauben Sie wirklich, Jugendliche können abschätzen, worüber sie da abgestimmt haben? Dass sie es sind, die letztlich über Leben und Tod von Menschen entscheiden? Dass diese Kinder, denn es sind noch Kinder, über ihr eigenes Überleben; über das Leben ihrer Eltern und Großeltern entscheiden? Ich hatte ja keine Ahnung, dass Sie den größten Teil der Bevölkerung mit dieser Maßnahme zu entsorgen gedenken; glaubte, Sie als soziales Gewissen der Bundesrepublik Deutschland und Ihr Koalitionspartner Bündnis Bau, würden für einen Sozialstaat stehen.« Ihre Stimme klang ein wenig gereizt.

»Liebe Frau Doktor Weigand, wir sind ein Sozialstaat! Und damit es auch so bleibt, ist diese unerfreuliche Maßnahme erforderlich. Wir werden das Zeug natürlich nicht jedes Jahr einsetzen, dann haben wir uns tatsächlich bald selbst ausgerottet. Jetzt nehmen wir zunächst eine Grundreinigung vor. Später wird bei unter Achtzigjährigen im Einzelfall entschieden. Ihnen als hochintelligente Frau, zudem gute Bekannte unseres Bundeskanzlers, muss ich doch nichts erklären. Wenn man nicht korrupt ist, lügen kann, sollte man die Finger von der Politik lassen. Ein schmutziges und ziemlich brutales Geschäft, na und? Sie haben Ihren Auftrag durch den Bundeskanzler erhalten. Erzählen Sie mir jetzt nicht, sie wüssten nicht, wie es um die Zukunft unseres Landes bestellt ist. Und Ihr finanzieller Anteil an diesem Projekt ist nicht ganz unerheblich. Letztendlich geht es nur um Geld und Macht! Geld regiert die Welt, meine Liebe!« Der Minister wirkte längst nicht mehr so gelassen, wie er es noch vor wenigen Minuten zu vermitteln versuchte. »Also, die gesunde Bevölkerung wird bis zu ihrem neunundsechzigsten Lebensjahr arbeiten, so sieht es das Gesetz vor. Mit dem Eintritt ins achtzigste Lebensjahr, ist es dann beendet. Punktum! Elf Jahre Rentenbezug sind durchaus noch vertretbar. Natürlich gibt es Ausnahmen. Volksvertreter, Ärzte, Forscher und dem Volk zum Nutzen dienliche Personen wie Sie, liebe Frau Weigand, sind natürlich von dieser Regelung ausgenommen. Über Leben und Tod entscheiden zukünftig der Arzt und die Krankenkassen, die mit dem Gesetz im Rücken eine klare Anweisung auszuführen haben. Übrigens, diese Maßnahme wird über alle Parteigrenzen hinweg befürwortet, auch von den Christlich-Sozialen. Es gibt nur wenig Abgeordnete, denen es Bauchschmerzen bereitet.«

Klara stellte ihr leeres Glas auf einen kleinen Tisch neben sich, dann erhob sie sich. Der Gesundheitsminister tat es ihr gleich.

»Herr Minister«, sagte sie, reichte ihm die Hand zum Abschied: »Ich gehe davon aus, mit der Produktion des Impfstoffs innerhalb der nächsten vierzehn Tage beginnen zu können.«

Magnus Meier nahm Klaras Hand, deutete einen Handkuss an, während er entgegnete: »Ich hoffe, dass vorerst auch weiterhin Stillschweigen bezüglich unserer Pläne herrscht. Zumindest, bis die erste Grippeimpfung zu unserer vollsten Zufriedenheit verlaufen ist. Das Ausland hat bereits Interesse an dem Impfstoff bekundet, es steht ein lukratives Geschäft ins Haus, meine Teure. Vorausgesetzt natürlich, wir kommen vor den Amis mit dem Zeug auf den Markt.«

»Sie können sich auf mich verlassen, Herr Minister.« Klara nahm ihre Handtasche auf und verließ die Privatresidenz des Bundesgesundheitsministers. Vor der Tür blieb sie kurz stehen, schloss die Augen. Sie hatte zwar den Coup ihres Lebens gelandet, dennoch war ihr nicht ganz wohl bei der Sache.

6

Lisa konnte es kaum erwarten, wieder nach Hause zu kommen und nicht nur für ein paar Stunden Schlaf, sondern um endlich ein wenig Ordnung zu schaffen nach der langen Abwesenheit. Das vor ihr liegende Wochenende wollte sie nutzen, um in der Wohnung etwas aufzuräumen. Es fiel ihr schwer, sich im Nachhinein vorzustellen, dass sie fast ein Jahr lang fort gewesen war.

Den Dienstwagen parkte sie direkt an der Eingangstreppe, wenige Schritte daneben befand sich die Doppelgarage, in der ihr altersschwacher VW-Bulli stand.

Sie nahm die Hausschlüssel aus der Handtasche, öffnete die Eingangstür. Hörte, wie die Mehrfachverriegelung arbeitete. Beinahe ehrfürchtig betrat sie die geräumige, fast leere Diele. Stellte ihre Tasche gleich am Eingang ab, schloss die Tür und drückte automatisch auf die Taste der Alarmanlage. Das brachte der Beruf mit sich, wenn man sich ständig mit kranken Hirnen befasste. Wenn Mörder das tägliche Geschäft waren. Müde lehnte sie sich mit dem Rücken gegen die Tür, ließ den Blick durch den kahlen Raum gleiten. Für einen kurzen Moment schloss sie die Augen, ließ das Haus auf sich wirken, in dem sie zwei Jahre mit York verbracht hatte, bevor sie ihn hinauswarf, weil er, wie wohl die meisten Männer, von unterhalb der Gürtellinie gesteuert wurde, anstatt vom Hirn. Sie brauchte sich nur in ihrer näheren Umgebung umzuschauen, ständig wurde sie von irgendwelchen geifernden Kerlen angebaggert. Aber wenn schon Mann, dann gedachte sie ihn sich selber auszusuchen. Wenn sie heute über ihre missglückte Ehe nachdachte, ärgerte sie sich immer noch maßlos über ihre eigene Dummheit. Das mit York damals war jugendlicher Leichtsinn, empfand sie resigniert. Allerdings schützte das Alter auch vor Torheit nicht, was ihre heimliche Sehnsucht nach dem BKA-Fahnder Jörg Lesch bewies.

Langsam schlenderte sie durch die Räume. Ließ ihre Hand über die Rückenlehne des Wohnzimmersofas gleiten, auf dem damals Jörg Leschs Kopf ruhte, als sie mit ihm einen mysteriösen Mordfall bearbeitet hatte; berührte liebevoll das silberne Kaffeeservice ihrer Urgroßmutter, das im Esszimmer stand und das aus dem ehemaligen Russland - vor dem ersten Weltkrieg - stammte. Ein uraltes Familienerbstück. Dann ging sie zu den Fenstern hinüber, öffnete die schweren, hellen Leinenvorhänge eines der drei Terrassenfenster, schaute auf die Lichter der umliegenden Häuser, wie sie sich im dunklen Wasser der Schlei spiegelten. Obwohl es ihr Haus war, fühlte sie sich plötzlich wie ein Eindringling. An der Tür zum Arbeitszimmer ihres Exmannes York blieb sie stehen.

Nach seinem Auszug hatte sie alles, was ihm gehörte, hinausgeworfen, obwohl sie kein Geld für neue Möbel hatte. Jetzt war der Raum, bis auf Bücherkartons und zwei zerschlissene Ledersessel, die sie von ihrer Mutter abgestaubt hatte, leer. Wenn sie Zeit fand, wollte sie die alten Möbel wieder aufarbeiten. Sie schloss die Tür wieder hinter sich, ging über den brüchigen Terrazzoboden zur Treppe, um in das Obergeschoss zu ihrem Schlafzimmer zu gelangen. Die vergangenen beiden Nächte hatte sie unten auf dem Sofa zugebracht, oben in ihrem Schlafzimmer war immer noch alles mit Laken abgedeckt. Seit ihrer Scheidung bewohnte sie nur zwei Räume der Achtzimmervilla. Im Grunde konnte sie sich das Haus nicht leisten, aber es war ihre Rache an York, der unbedingt das Haus haben wollte. Nun saß sie da, mit einem Klotz am Bein, der sie unweigerlich in den Ruin treiben würde; spätestens, wenn ihre Mutter die Zahlungen zum Unterhalt des Hauses einstellen würde, aus welchen Gründen auch immer.

In Wiesbaden war ihr eine zündende Idee gekommen. Sie würde ihrer Mutter und deren Schwester den Vorschlag unterbreiten, eine altersgerechte Wohngemeinschaft zu gründen. Sechs Zimmer standen leer, drei Badezimmer ebenfalls. Die Küche war so groß, dass sie ein ganzes Heer von Menschen beköstigen könnte. Warum eigentlich nicht? fragte sie sich. Damit wäre dann auch das Problem bezüglich der Finanzierung des Kastens gelöst.

Oben vor dem Schlafzimmer blieb sie kurz stehen, stieß dann die Tür auf. Der erste Blick fiel auf den Punch-Ball, der von der Decke herabhing und Yorks Bild trug. Einstige Beweggründe, ihre morgendlichen Trainingseinheiten auf seinem hübschen Gesicht zu absolvieren, gehörten, seit sie sich in Jörg Lesch verliebt hatte, der Vergangenheit an. Auf dem Nachttisch stand neben Jörgs Foto auch noch ein Schnappschuss von York.

Sie entfernte die weißen Laken von den Möbeln, warf sie in den Wäschekorb im Bad. Dann ging sie zum Einbauschrank, nahm frisches Bettzeug heraus, um das Bett neu zu beziehen. Anschließend zog sie sich aus, schlüpfte in einen hässlichen, rosafarbenen, widerwärtig kratzenden Bademantel und ließ die Badewanne volllaufen. Nach fünfzehn Minuten räkelte sie sich im schäumenden, duftenden heißen Wasser, bis sie sich müde genug fühlte, um ins Bett zu schlüpfen. Es dauerte keine fünf Minuten, nur kurz hörte sie den Regen an die Scheiben prasseln, da war sie bereits eingeschlafen.

Mit einem Ruck saß sie aufrecht im Bett, das Telefon auf dem Nachttisch läutete. Verschlafen griff sie zum Hörer. Als sie Jörg Leschs Stimme hörte, war sie plötzlich hellwach.

»Hallo Lisa, ich hoffe, ich rufe nicht zu unpassender Zeit an«, erklang seine sanfte, einschmeichelnde Stimme, die ihr wahre Glücksschauer über den Körper jagten und ihre Herz in Schwingungen versetzte.

»Ja, ich meine nein, du rufst nicht zu unpassender Zeit an«, antwortete sie.

»Hast du etwa geschlafen?« fragte er besorgt.

»Nein, natürlich nicht«, log sie hemmungslos. »Schieß los, was willst du?«

»Ich wollte mich vergewissern, ob es dir gut geht. Unser Abschied vor wenigen Tagen war recht kühl. Was soll ich sagen …«

»Jörg, lass es einfach, okay? Um dich zu beruhigen, mir geht es ausgezeichnet. Ich stecke erneut in einem mysteriösen Fall und hab bisher keine Sekunde an dich gedacht. Wir sollten es dabei bewenden belassen. Wenn ich dich beruflich benötige, rufe ich selbstverständlich an. Ansonsten wäre ich dir sehr verbunden, wenn du mich einfach in Ruhe lässt.«

»Tut mir leid, Lisa. Ich hab keine Ahnung, was mit mir los ist. Ich möchte dich besser verstehen, mit dir zusammen sein. Jedenfalls hatte ich es mir von deinem Aufenthalt hier in Wiesbaden erhofft. Unsere Arbeit scheint keine gute Voraussetzung für eine Beziehung zu sein.«

Sie biss sich auf die Lippen. Ihr Herz raste wie verrückt. Sie liebte Jörg so sehr, dass es schmerzte. Aber für sie beide würde es keine gemeinsame Zukunft geben. Sie waren einfach zu verschieden, und nur der Beruf bildete das Bindeglied. Auf dieser Basis ließ sich jedoch keine dauerhafte Beziehung aufbauen. Selbst ihre privaten Gespräche führten nur in eine Richtung; kranke Charaktere von Mördern und Serienkillern zu analysieren. »Du musst dich nicht entschuldigen, Jörg. Alles ist bestens«, flüsterte sie.

»Darf ich dich besuchen kommen?«

»Nein!« entgegnete sie bestimmt, um etwas freundlicher anzufügen: »Offen gestanden, möchte ich eine Weile Abstand von dir gewinnen.«

»Das akzeptiere ich. Und wenn du mich beruflich benötigst, dann scheue dich nicht, mich um Rat zu fragen. Viel Glück.« Er hatte aufgelegt.

Ihre Müdigkeit war wie weggeblasen. In rosa Plüschpantoffeln, passend zum Morgenmantel, setzte sie sich an den Frisiertisch, betrachtete ihr Spiegelbild. Ihr rotblondes Haar glänzte zwar, war aber um einiges zu lang, brauchte dringend einen vernünftigen Schnitt. York hatte immer gewitzelt, ihr Haar sei so unnatürlich in der Farbgebung, dass die meisten Frauen in der Stadt überzeugt seien, sie helfe mit der chemischen Keule nach.

Von unten her, aus der Eingangshalle, hörte sie die alte Standuhr ihrer Großeltern schlagen, erschrak bei dem ungewohnten Klang. Dann wurde es wieder still. Die Stille im Haus empfand sie nach der lauten, verkehrsreichen Zeit in Wiesbaden als wahre Erholung. Sie hörte den Wind, wie er ums Haus fegte und durch einige brüchige Dachziegel eindrang, um ein schauriges Heulen auf dem Dachboden zu erzeugen, das ihr jedes Mal durch Mark und Bein ging. Es würde ihr nichts anderes übrig bleiben, als ihre Mutter um weitere finanzielle Unterstützung für die allernötigsten Reparaturmaßnahmen zu bitten. Scheißspiel, dachte sie resigniert. Aber nichtsdestotrotz freute sie sich auf den Frühling, wenn sie endlich wieder unten im Garten auf ihrer Lieblingsbank direkt am Schleiufer sitzen konnte, um dem Treiben im nahegelegenen Wikinghafen zuzusehen; mit ihrer Nachbarin über den Gartenzaun zu plaudern, vorausgesetzt, sie beschwerte sich nicht wieder über die vielen Wildkräuter, die zu ihr herüberwuchsen. Lisa wollte ihr altes Leben, so wie sie es vor der scheußlichen Mordserie vor fast zwei Jahren geführt hatte, wieder aufnehmen. Aber seit damals hatte sich vieles verändert. Eigentlich hatte sich alles geändert. Seit jenen Mordfällen war sie nicht mehr dieselbe und würde es auch nie mehr wieder sein.

7

Ferdinand Hellwig stand am Fenster und betrachtete gedankenverloren die wenigen vorüberziehenden Schiffe auf der Schlei. Natürlich wusste er, dass die Polizei ihn als Hauptverdächtigen betrachtete.

Alma erschien mit einem Tablett Tee. Vorsichtig stellte sie die silberne Kanne und eine dünne chinesische Teetasse auf einen Glastisch am Fenster.

»Ich fühle mich sehr seltsam, Alma«, beantwortete er ihre unausgesprochene Frage.

»Nein, treffender wäre der Ausdruck leer. Sie brauchen kein schlechtes Gewissen zu haben, ich habe Sie vorhin, als die Polizei hier war, hinter der Tür gesehen. Sie haben mal wieder gelauscht, Sie böses Mädchen.«

»Entschuldigen Sie, Herr Doktor. Es war nicht meine Absicht.«

»Was ich den Beamten gesagt habe, war mein voller Ernst. Ich spüre, dass sich mein Gedächtnis wieder einstellen wird. Ich habe meine Frau nicht verletzt und schon gar nicht getötet, Alma. Ein guter, liebevoller Ehemann war ich bei keiner meiner Frauen, aber ich verspreche Ihnen hoch und heilig, ich habe niemals etwas Böses getan. Vielleicht hat sie sich selbst verletzt …will sich an mir rächen …« Abrupt drehte er sich zur Haushälterin um: »Sie müssen doch den Liebhaber meiner Frau gesehen haben, wer ist es? Kommen Sie schon, ich muss es wissen.«

»Nehmen wir einmal an, dass Ihre Version der Dinge stimmt«, entgegnete Alma: »Ihre Frau hat sich selbst verletzt und ist einfach so verschwunden, nur um Ihnen eins auszuwischen. Vielleicht war sie es oder diese ominöse dritte Person, die Sie angeblich im Haus bemerkt haben wollen. Könnte ich ihr nicht mal verdenken, so wie Sie mit ihr umgesprungen sind. Für den Fall, dass es so gewesen ist, sich Ihr Gedächtnis wieder einstellt, dann könnte auch Ihr Leben in Gefahr sein. Vielleicht hat Ihre Frau das alles geplant. Ich meine ihr eigenes Verschwinden, auch Sie wurden verletzt, Herr Doktor, und zutrauen würde ich es ihr. Biestig genug wäre sie.«

»Und das viele Blut? Solveig muss doch davon ausgehen, dass die Polizei feststellen wird, dass es sich um ihr Blut handelt.«

»Was ist, wenn das alles zu ihrem Plan gehört? Sie ist Hebamme, sie weiß, wie sie an ihr eigenes Blut kommt und wie sie es aufbewahren muss«, resümierte die Haushälterin.

»Himmel, Alma«, rief er aus, »Sie lesen zu viele Krimis, aber eine durchaus zu überdenkende Möglichkeit.«

»Was wäre, wenn dieser Liebhaber Ihre Frau verschleppt oder gar umgebracht hat? Sie haben ihn möglicherweise gesehen. Nun muss er befürchten, von Ihnen wiedererkannt zu werden«, sagte Alma folgerichtig.

»Nach Auffassung der Polizei gibt es diese dritte Person nicht. Das haben die Herrschaften mir unmissverständlich deutlich gemacht. Demzufolge wird mich auch niemand bedrohen. Machen Sie sich also keine Sorgen. Sollte meine Annahme hingegen stimmen, habe ich den wirklichen Täter damit aufgescheucht und riskiere mein Leben. Es mag Ihnen seltsam erscheinen, aber genau das ist mein Anliegen.«

»Oh, Doktor, Sie dürfen so etwas nicht einmal denken. Lassen Sie die Polizei ihre Arbeit machen, die werden den richtigen Tathergang ermitteln.«

»Aber Sie glauben auch nicht so recht daran, Alma?«

»Wo Sie recht haben, Doktor, haben Sie recht. Sie wissen ja, ich hatte bereits vor zwei Jahren das zweifelhafte Vergnügen, mit genau diesen Herrschaften, die sich des Falles Ihrer Frau annehmen, zu tun zu haben. Dumm und arrogant haben sie damals meine Beobachtungen abgetan. Es hätte einigen Menschen den Tod erspart, wenn man mir nur zugehört hätte.«

»Ja, Alma, ich weiß. Auf Sie kann man sich verlassen.«

Die alte Dame verließ aufrecht und voller Stolz das Zimmer.

Die Beamten der Kriminalpolizei schienen Hellwig nicht gerade von der intelligentesten Sorte zu sein. Bedächtig rührte er einen Teelöffel Zucker in den Tee. Nippte vorsichtig an der heißen Tasse, ließ den unerfreulichen Tag Revue passieren. Plötzlich schnaubte er verächtlich, stieß den Rauch seiner Zigarette in die kalte Luft, schaute zur Schlei hinüber. Eines stand nach diesem Desaster für ihn fest. Nochmals würde er sich nicht auf eine Ehe einlassen. Ehefrauen waren nur unnötiger Ballast. Kostengünstig wurde man sie nur los, wenn man ihnen das Genick brach. Er konnte von Glück sagen, dass er Solveig bereits nach vier unerfreulichen Ehejahren getrost aus seinem Leben streichen durfte.

Erinnerungen an seine erste, wesentlich ältere Gattin ließen ihn verschmitzt lächeln. Eleonora verdankte er das immense Vermögen und die Klinik. Beatrix, seine zweite Gattin, war ebenfalls dreißig Jahre älter als er und auch sehr wohlhabend gewesen. Allerdings war sie ein dummes Schaf, das sich all seine Eskapaden gefallen ließ, nur um nicht allein sein zu müssen. Dann folgte Solveig, ein junges, aufreißendes Ding, das ihn nur Geld und Ärger gekostet hatte. Aber jetzt war Schluss damit! Er warf die Zigarettenkippe auf die Granitplatten der Terrasse. Die Blätter des letzten Herbststurms wurden vom Wind in einer Ecke der Terrasse zusammengeweht. Bald würde es hier aussehen wie Kraut und Rüben, dachte er. Solveig war ja nicht mehr da, um den Dreck zu beseitigen.

8

Es war kurz nach sechs, als der Wecker klingelte. Lisa war noch hundemüde, als sie nach einer kurzen Dehnphase des Körpers, ihre langen Beine aus dem Bett streckte. Obwohl sie das ganze Wochenende damit verbracht hatte, die Wohnung auf Vordermann zu bringen, fand sie in den zwei Nächten keinen wirklich erholsamen Schlaf, weil sie unentwegt über das mysteriöse Verschwinden der Arztgattin und auch über Jörg Lesch gegrübelt hatte.

Schön, wieder in Schleswig zu sein, dachte sie, als sie wenig später aus dem Büroofenster auf die Schlei schaute. Sie öffnete das Fenster, ließ frische Luft in den Raum. Roberts immenser Zigarettenkonsum, seine Ignoranz, was das Rauchverbot am Arbeitsplatz anging, verhagelten ihr bereits den zweiten Tag im Büro. Der Stress mit dem Kollegen war vorprogrammiert.

Als sie vorhin das Großraumbüro durchquert hatte, war ihr eine befremdliche Atmosphäre entgegengeschlagen. Immerhin war sie ein ganzes Jahr fort gewesen. Was erwartete sie denn? Dass ihr alle freudig entgegenströmten, sie zu ihrem demnächst leitenden Posten als Oberinspektorin beglückwünschten? Sie auf Anhieb als die neue Chefin der Mordkommission respektierten? Ihr war aufgefallen, dass viele neue Gesichter unter den Kollegen waren, die sie bisher nicht bemerkt hatte. Horst Sommer, dessen Nachfolge sie ab dem ersten Februar antreten sollte, würde sie später vorstellen. Eines hatte sich allerdings nicht geändert, sie würde auch zukünftig ihr Büro teilen müssen. Horst zog aus, dafür Robert Maler ein.

Sie beobachtete ein Fischerboot, das gerade seine Netze nahe der Möweninsel einholte. Kreischend flogen die Tiere in die Luft. Für gewöhnlich war es niemandem gestattet, so dicht an die kleine Insel heranzufahren.

Nachdem sie das Fenster wieder geschlossen hatte, setzte sie sich an den Schreibtisch. Nichts hatte sich seit damals verändert. Horsts diverse Glasbehälter mit ekelhaften Angelködern dekorierten immer noch den Schreibtisch. Auch das Foto seiner Frau und seiner vier Töchter stand auf seinem angestammten Platz, inmitten eines Papierchaos aus Akten, Umläufen, Gesetzestexten, alten Zeitungen und Anglerlektüre. Am liebsten hätte sie das Büro wieder verlassen; hatte das Gefühl, nicht willkommen zu sein.

Eigentlich wollte sie zwei freie Tage ans Wochenende dranhängen, sah sich jedoch gezwungen, den Urlaub auf einen späteren Zeitpunkt zu verschieben. Die Dringlichkeit der Aufklärung des Verschwindens der Arztgattin machte ihr einen Strich durch die Rechnung.

Zu Hause, in ihrer alten Villa nahe dem unschönen Baudenkmal aus den siebziger Jahren, dem legendären Wikingturm, im Stadtteil Friedrichsberg gelegen, wartete weiterhin eine Menge Arbeit auf sie. Wenigstens war es hier im Büro einigermaßen aufgeräumt, wenn man mal von Horsts Schreibtisch absah. Und Robert konnte anscheinend den Einzug in sein künftiges Domizil nicht abwarten, denn er hatte bereits seine ganz eigene Note eingebracht. An den beigefarbenen Wänden hingen Fotos des Pirelli-Kalenders, Pin-up-Girls. Hatte sie etwas anderes von ihm erwartet?

»Hallo, Lisa«, hörte sie eine Frauenstimme hinter sich. Edda Wilkens erschien in einem grauen Hosenanzug, dazu trug sie einen schwarzen Pullover. Ihre kinnlangen farblosen Haare trug sie zu einem Knoten am Hinterkopf geschlungen. »Wie ich sehe, hast du dich bereits wieder an deine alte Umgebung gewöhnt.« Sie sah ihr über die Schulter.

Der Computer lief, spuckte laufend Adressen und Daten zu Namen aus, mit denen Lisa ihn gefüttert hatte. Sie stand auf, reichte Edda zur Versöhnung freundschaftlich die Hand. Die Kollegin hatte ihr vor dem Fortgang nach Wiesbaden böse mitgespielt, weil sie selbst den Chefposten der Mordkommission angestrebt hatte. »Schön, dich zu sehen, Edda«, sagte sie. »Ich hoffe, wir werden in Zukunft besser miteinander auskommen.«

»Tut mir leid, was ich dir angetan habe.« Edda meinte es ehrlich, drückte Lisas Hand ganz fest. »Ich hab keine Ahnung, was damals in mich gefahren ist. War vielleicht auch ein bisschen Eifersucht im Spiel, als Jörg Lesch dich mit seiner ungeteilten Aufmerksamkeit bedachte. Immerhin war ich mal mächtig verknallt in den Kerl. Wie steht's mit euch? Hochzeit in Sicht?«

»Nichts dergleichen«, entgegnete sie knapp. Zwischen uns ist nichts. Ich hab nur meinen Lehrgang absolviert.«

»Mein Gott«, entfuhr es Edda, »dem Mann ist wirklich nicht zu helfen. Dabei glaubte ich wirklich, dass er dich ziemlich gut leiden kann.«

Lisa musste sich zusammennehmen, um nicht loszuheulen. Edda rührte in einer Wunde, die sie reichlich Selbstbeherrschung kostete.

»Habe gerade von dem Fall der verschwundenen Arztgattin gehört. Wie sieht es aus, nimmst du mich in dein Team?« Edda sah sie erwartungsvoll an.

»Lass uns auf Horst warten, immerhin ist er noch der Chef der Abteilung.« Sie bot der Kollegin einen Stuhl am Fenster an. »Er wird sicherlich gleich kommen.«

»Und wie kommst du mit unserem Macho Robert zurecht? Hab gehört, ihr seid am Tatort aufeinandergetroffen.«

Lisa nickte. »Die Zusammenarbeit mit ihm könnte sich zu einem Fiasko entwickeln. Er wird mich nicht für voll nehmen. Aber lassen wir das vorerst.«

»Lass den Kopf nicht hängen. Du weißt, dass Robert dir niemals das Wasser reichen kann.«

Sie nickte. »Du hast ja recht.«

Eine halbe Stunde später trudelten Horst Sommer und Andreas in der Dienststelle ein. Horst winkte ihr nur kurz von der Tür her zu, um gleich danach wieder zu verschwinden.

Kurz darauf erschien auch Robert. »Na, Süße, alle tot und begraben in Wiesbaden?« Mit einem Becher Kaffee stand er im Türrahmen, lächelte ihr süffisant zu. »Wir hatten ja noch nicht viel Zeit, intensiv miteinander zu plaudern«, feixte er. Aus seiner Hosentasche schaute der Verschluss eines Flachmanns hervor.

Lisa verstand nicht gleich, was er meinte, sah ihn fragend an. Ihre Gedanken waren bereits wieder beim Hellwig-Fall.

»Ich meine diese Psychoscheiße, die du dir von diesem Besserwisser Jörg Lesch ins Gehirn hast prügeln lassen«, half er ihr auf die Sprünge. Strich sich das schmierige Haar zurück, das er an diesem Morgen zu einem Zopf gebunden trug.

Unterdessen starrte sie das Telefon an, reagierte nicht auf sein blödsinniges Gefasel. Ein Blick in Eddas Richtung sagte ihr, sie solle den Kollegen gar nicht beachten, er schien betrunken zu sein. Sein täglicher Alkoholkonsum hatte anscheinend sein Gehirn in Mitleidenschaft gezogen. Mittlerweile schien sich auch niemand mehr für sein Alkoholproblem zu interessieren. Er schien Narrenfreiheit zu genießen.

Lisa wartete auf den erlösenden Anruf aus der Rechtsmedizin, deren Labor sich in Kiel befand, damit sie bei der Einsatzbesprechung, die in zwei Stunden stattfinden sollte, etwas Brauchbares im Fall Solveig Hellwig vorzuweisen hatte. Nachdem sie ihr Notizbuch vor sich ausgebreitet hatte, sondierte sie die wenigen Einträge vom Tattag, die sie sich als Gedankenstütze aufgeschrieben hatte. Es ärgerte sie, dass sie den Ehemann nicht zu weiteren Details, zum Beispiel seiner Ehe und dem ominösen Liebhaber, befragt hatte. Stattdessen war sie wieder einmal auf ihr schlechtes Gewissen hereingefallen, wenn es darum ging, Hinterbliebene zu interviewen, die anscheinend das Grauenvolle, das in ihrer Umgebung geschehen war, nicht realisierten und etwas Zeit benötigten, um mit ihrem Schicksal fertig zu werden.

Punkt halb elf erschien Horst nach einer Einsatzbesprechung zu einem anderen Fall. Er trug eine Akte unterm Arm, während er mit der anderen Hand seine abgewetzte Aktentasche mit der üblichen, von seiner Frau liebevoll zubereiteten Mahlzeit, auf dem bereits überladenen Tisch ablegte. Das Essen wärmte er sich stets im Mannschaftsraum in der Mikrowelle auf. »Kohlrouladen«, sagte er und lächelte.

Nachdem Lisa wieder in den Schoß der alten Heimat und an ihren früheren Arbeitsplatz zurückgekehrt war, zeichnete sich für Horst das Ende seines beruflichen Lebensweges ab. Eigentlich hätte seine Pensionierung im vergangenen Herbst bereits vonstattengehen sollen; durch ihren Ausflug nach Wiesbaden hatte sich sein langersehnter Ruhestand jedoch beträchtlich verschoben. Robert Maler kam als Leiter der Mordkommission nicht mehr in Betracht, da er sein Alkoholproblem sowie sein flegelhaftes Benehmen und seine ungehobelte Ausdrucksweise nicht in den Griff bekam. Und Edda Wilkens hatte sich jegliche Chance auf den Posten durch ihre Intrige gegen Lisa verspielt.

»Moin moin, Lisa«, grüßte der ältere Kollege, legte ihr eine lose Blattsammlung des Hellwig-Falls vor die Nase und grinste übers ganze Gesicht. »Du glaubst nicht, wie sehr ich mich freue, dass du wieder hier bist. Nicht nur, weil ich jetzt endlich aus dem Dienst ausscheiden kann, sondern weil Robert mir mit seinem Getue ganz gewaltig auf die Nerven geht.« Grinsend sah er Robert an, der wie gewöhnlich auf der Fensterbank lümmelte und sich wie ein ungezogener Bengel benahm; seines Alters völlig unwürdig.

Lisa begrüßte den Kollegen freundlich, der immer wie ein Vater zu ihr gewesen war. Horst setzte sich, wischte mit der Hand einige seiner Fliegenköder zur Seite. Dann wandte er sich ihr mit voller Aufmerksamkeit zu, während sie die dürftigen Ergebnisse studierte.

»Also, was haben wir da?« kam sie schnell zur Sache. »Tatortprotokoll in dreifacher Ausfertigung. Stapelweise Fotos vom Tatort. Ich nehme an, die Rechtsmedizin wird sich erst morgen melden.«

»Nicht allzu viel, mit dem wir arbeiten können«, entgegnete Horst, runzelte die Stirn. »Robert, würdest du mir einen Kaffee mitbringen?« wandte er sich an den Kollegen, der gerade den Raum verlassen wollte. »Bevor er zurückkommt, erzähl mal, bist du mit Jörg Lesch privat weitergekommen?« fragte Horst neugierig. »Am Freitag hatten wir ja keine Zeit, einige private Worte zu wechseln. Wenn du Lust hast, dann komm heute Abend zum Essen zu uns, meine Frau würde sich freuen, dich endlich einmal wiederzusehen.«

Lisa legte den Stift aus der Hand. Ihr Blick wanderte zum Fenster hinaus, der Himmel war gerade dabei, sich zuzuziehen. Das bereits vor zwei Tagen angekündigte Unwetter mit einem weiteren Sturmtief und Starkregen zog unerbittlich heran. Sie beobachtete die restlichen Eisschollen des vergangenen, ungewöhnlich kalten Novembers, die sich auf der Schlei gebildet hatten und die sich langsam aufs Ufer zuschoben.

»Wenn du nicht darüber reden willst, versteh' ich«, beeilte er sich zu sagen. Keinesfalls wollte er neugierig erscheinen. Doch Lisa war wie eine Tochter für ihn, er hatte den Leidensweg ihrer gescheiterten Ehe mit York erlebt, und er hatte bemerkt, wie sie sich endlich wieder verliebt hatte. In Jörg Lesch, einen der schwierigsten Charaktere, die er kannte. Nicht gerade in einen Mann, den er ihr gewünscht hätte, aber immerhin, sie hatte Fortschritte gemacht.

»Tut mir leid, Horst, ich möchte nicht darüber sprechen. Vielleicht später einmal. Und vielen Dank für die Einladung, ich nehme sie natürlich gerne an«, versuchte sie das Gespräch in weniger gefährliches Fahrwasser zu leiten. Er verstand.

Robert kam mit zwei Bechern Kaffee zurück, im Schlepptau Andreas Kohl, der ebenfalls für einen kurzen Moment den Raum verlassen hatte, um sich ebenfalls einen Kaffee zu holen. Andreas hockte sich umgehend auf einen der unbequemen Besucherstühle, während Robert sich in üblicher Manier auf die Fensterbank hockte und mit dem Kleingeld in seiner Hosentasche klimperte, ein untrügliches Zeichen, dass er gereizt war.

»Na, Lisa, was haben die vergangenen Nächte für Offenbarungen bezüglich des Verschwindens der Arztgattin gebracht?« grinste Robert sie an. »Hast du bei Kerzenschein und Räucherstäbchen den Tatort heraufbeschworen? Erzähl uns von dem Mumpitz, den du nun bei uns einzuführen gedenkst.« Ein hämisches Grinsen auf seinem Gesicht zeigte ihr nur allzu deutlich, was er von ihrer Profiler-Ausbildung hielt.

In ihrer üblichen ruhigen Art überging sie seine Sticheleien und widmete sich ihren wenigen Notizen: »Lasst uns eine Fallhypothese erstellen«, begann sie. »Zunächst Fragen allgemeiner Natur, und gehen wir vorerst einmal davon aus, dass ein Verbrechen in Form eines Tötungsdelikts vorliegt, denn danach sieht es für mich aus. Wir müssen Folgendes klären:

Wie ist der Täter ins Haus gelangt?

Wurde er oder sie vom mutmaßlichen Opfer hereingelassen, oder hatte der Täter einen Schlüssel?

Wenn ja, wann und wie?
Kannten sich Täter und Opfer?
Falls ja, woher?
Lassen sich Personifizierungsaspekte feststellen? Warum wurde das Opfer getötet?
Wie hat der Täter sich dem Opfer genähert?
Wie hat er es überwältigt?
Wurde das Opfer kontrolliert – mit einer Waffe bedroht oder gefesselt?
Hat sich das Opfer gewehrt? Wenn ja, wann und wie?«

»Scheiße, sind wir hier beim Quiz oder was?« blökte Robert genervt dazwischen. »Bisher sind wir auch ohne diesen ganzen Hokuspokus ausgekommen.«

Lisa sah ihn mitleidig an und fuhr fort: »Wurde das Opfer geplant, im Affekt oder weil der Täter situativ gebunden – zum Beispiel bei nicht erwartetem, heftigen Widerstand - glaubte, so handeln zu müssen, getötet? Wurden Beweismittel beseitigt oder wurde dies versucht?

Wo ist der Leichnam, wenn es einen gibt, versteckt?

Ist der Tatort nachträglich verändert worden, um die Ermittlungen in eine andere Richtung zu lenken?

Lässt sich vielleicht aus der Vorgehensweise des Täters schlussfolgern, dass er bereits getötet haben könnte?

Im Einzelfall sind diese Bereiche alle zu hinterfragen. Es ergeben sich bei jeder Tathergangs-Analyse immer neue Aspekte, die herauszufiltern, zu bewerten sind. Kümmern wir uns zunächst um das Alibi des Ehemanns. Allem voran: hat Hellwig ein Motiv? Robert und Andreas, ihr versucht die Zeugen des Seminars aufzutreiben, befragt sie zu Hellwigs Alibi. Horst und ich ...«

»Halt mal Süße!« unterbrach Robert sie. »Horst und Andreas können sich um die Alibis kümmern. Ich will diesen Fall mit dir zusammen lösen. Deine Inspirationen voll auf mich wirken lassen. Vielleicht entwickle ich mich ja in psychologischer Kriminologie zu einem Genie.« Sein Grinsen veranlasste sie, genervt die Augen zu senken, überlegte einen kurzen Moment. Wenn sie ihn abblitzen ließ, würde er keine Ruhe geben, ihre Theorien bis ins Kleinste auseinanderzupflücken. Wenn sie sich allerdings dazu entschloss, dieses Mal mit ihm den Fall zu lösen, hätte sie vielleicht zukünftig ihre Ruhe. Es könnte sogar die extreme Spannung zwischen ihnen etwas mindern. Sie sah Horst an, der ihr unmerklich zunickte.

»Nun gut«, gab sie nach, »ich möchte dich nur bitten, nimm dich mit deiner Ausdrucksweise zurück, du hast den guten Doktor bereits bis zur Weißglut gereizt.«

»Gut so«, grinste er, »du wirst deine Entscheidung nicht bereuen. Aber nun zu meinem Eindruck von dem sauberen Herrn, auch ohne dein Fragengewusel. Ich hielt seine Ansprache vorgestern für gequirlte Scheiße. Ich meine, die Geschichte mit der unbekannten Person im Haus.« Er begann im Raum umherzuwandern: »Naja, wenn man länger darüber nachdenkt, warum eigentlich nicht? Okay, ich werd' mich mit Hingabe deinen Überlegungen anschließen, liebste Kollegin.« Er zog den Flachmann hervor, nahm einen kleinen Schluck Tee, wie er es zu nennen pflegte. Welche Mischung sich in Wirklichkeit in der Flasche befand, war sein Geheimnis. Seinen Kaffee jedenfalls hatte er großmütig Edda überlassen.

»Entweder handelt es sich hierbei um eine reine Vermutung, oder er lügt offensichtlich, um von sich abzulenken«, entgegnete Lisa. »Im Grunde wissen wir gar nichts. Robert und ich fahren jetzt zur Villa, sehen uns dort um, fühlen dem Ehemann auf den Zahn. Eine Sondertruppe sollte sich das gesamte Grundstück inklusive des Noors vornehmen. Natürlich nicht zu vergessen, das Ufer der Schlei. Außerdem benötigen wir Taucher. Andreas, versuch` du bitte einen Leichenspürhund zu organisieren. Ohne Leiche haben wir nichts in der Hand. Wenn wir nach den Blutspuren in ihrem Schlafzimmer gehen, muss es ein Verbrechen gegeben haben. Ehrlich gesagt, ich tippe auf den Ehemann. Seine Erklärungen, dass seine Frau sich absichtlich selbst verletzt hat, möchte ich nicht ganz ausschließen, allerdings sagt mir mein Gefühl etwas anderes.«

»Gehst du nicht ein wenig zu weit, jetzt bereits unser volles Programm abzuspulen«, grunzte Robert. »Denk an die Kosten, Mädel. Solange wir nicht mit Bestimmtheit wissen, dass Hellwigs Alte sich vom Acker gemacht hat, sollten wir etwas sparsamer mit den Ressourcen des Landeshaushalts umgehen.«

Horst mischte sich ein, um die spannungsgeladene Atmosphäre ein wenig zu entschärfen. »Wir durchsuchen das Haus und das Grundstück nach der Frau. Dabei sollten wir es zunächst bewenden lassen. Bei einer groben Sichtung des Geländes am Tatabend haben unsere Leute nichts Außergewöhnliches entdeckt, was den Aufwand rechtfertigen würde.«

Lisa respektierte kommentarlos die Entscheidung ihres Vorgesetzten. Nach dem ersten Klingeln nahm sie den Telefonhörer ab. Ulrike Schow von der Rechtsmedizin in Kiel war am anderen Ende. Sie hörte still zu, legte dann auf. »Ja«, wandte sie sich an die Kollegen, strich sich die Haare aus der Stirn, »das Blut vom Tatort entspricht der Blutgruppe A-positiv des Ehemanns sowie der Blutgruppe AB-negativ. Ulrike hat es mir eben bestätigt. Die Ehefrau hat die Blutgruppe AB-negativ, die gibt es relativ selten. Außerdem hat die Analyse durch den PGM-Marker ergeben, dass es sich bei dem Blut der Ehefrau ebenfalls um relativ frisches Blut handelt. Ulrike geht von maximal zwei Tagen aus. Zu den blauen Fasern, die am Gewächshaus gefunden wurden, liegt bisher kein Ergebnis vor. Sie meint aber, dass es sich um dieselben Fasern handelt, wie die vom Nachthemd der Vermissten. Spätestens bis morgen Mittag haben wir etwas Konkretes in der Hand. Gehen wir also zunächst davon aus, dass die Frau nicht mehr lebt…«

»… Und dass der arrogante Sack von Ehemann sie zerpflückt hat«, schloss Robert ihre Vermutung ab.

Horst meinte: »Meine letzten Tage im Dienst hatte ich mir eigentlich etwas ruhiger vorgestellt. Übrigens, was erhoffst du dir in der Schlei zu finden, Lisa? Bei der Strömung, die momentan durch das Winter-Hochwasser herrscht, können wir uns die Arbeit schenken.«

»Ich weiß«, entgegnete sie, »wenn er ihre Leiche in der Fahrrinne entsorgt hat, werden wir nichts finden. Aber ich hoffe darauf, dass er sich nicht die Mühe gemacht hat, um mit einem Boot rauszufahren. Er selbst ist schließlich auch verletzt. Vielleicht hat er vom Ufer aus belastendes Beweismaterial entsorgt. Wir sollten auf jeden Fall nichts unversucht lassen. Außerdem müssen wir das angrenzende Noor miteinbeziehen. Der einstige Klärteich der Zuckerfabrik wäre ebenfalls ein genialer Platz, um eine Leiche verschwinden zu lassen.«

Horst sah sie skeptisch an und meinte wenig optimistisch: »Okay, du hast mich überredet. Dann solltest du auch die anderen fünf Klärteiche der Fabrik nebst Polder oben bei Klensby miteinbeziehen, schließlich grenzen alle an Hellwigs Grundstück. Aber gehst du nicht ein wenig zu weit mit deiner Vermutung?«

»Im Grunde gebe ich dir ja recht, Horst. Ich bitte jedoch zu bedenken, dass sich außer im Noor auch in den anderen Teichen Klärschlamm befindet. Dort werden unsere Bemühungen allerdings kaum von Erfolg gekrönt sein, weil der meterhohe Morast alles unter sich begräbt, und das bis in alle Ewigkeit.«

»Schön gesagt, Süße«, flötete Robert, sprang von der Fensterbank, wohin er sich wieder verzogen hatte. Leichtfüßig wie eine Gazelle schwebte er nach dem Genuss seines wundersamen Tranks durchs Büro, blieb vor ihr stehen. »Auf geht's Mädel, beginnen wir damit, unserem gelackten Freund die Hölle heiß zu machen.« Er war in seinem Element. Seinen Enthusiasmus mochte sie allerdings nicht so recht teilen. Ahnte bereits die Konflikte, die er vernehmungstechnisch heraufbeschwören würde. Vor allem bei einem Mann wie Hellwig.

Lisa dachte immer noch an die Klärteiche auf dem ehemaligen Fabrikgelände. Diese von Wasser und Schlamm zu entsorgen, um nach einer Leiche zu suchen, war schlichtweg unrealistisch. Es würde enorme logistische Maßnahmen erfordern, vom finanziellen Aufwand einmal ganz abgesehen.

Eine junge Polizeianwärterin übergab ihr ein Fax der Spurensicherung, das soeben eingetroffen war. Sie dankte der jungen Beamtin, überflog die Ergebnisse, die sie bereits kannte. Steckte das Blatt in die Tasche, während sie hinter Robert hertrottete; sich im Stillen wahnsinnig ärgernd, dass sie sich auf seinen Vorschlag eingelassen hatte.

Mit dem Dienstwagen fuhren sie zu Hellwigs Villa hinaus. Auf dem Weg dorthin entdeckte sie Überreste des roten Schornsteins der einstigen Zuckerfabrik. Als sie die hohen Deiche der Klärteiche sah, begrub sie ihre Hoffnung endgültig, dort fündig zu werden.

Einsam und verlassen lag das Grundstück in der kalten, regnerischen Witterung vor ihnen. In diese Gegend verirrte sich im Winter kaum je ein Mensch.

Auf ihr Läuten öffnete Alma Hauser ihnen die Tür. Sie betraten auf Geheiß der Haushälterin die Diele. Alma führte sie umgehend in Hellwigs Arbeitszimmer, entschuldigte sich sogleich, sie müsse den Doktor erst aus dem Gewächshaus holen.

Lisa dankte ihr, ließ sich den Weg zum besagten Gebäude beschreiben. Es war nicht nötig, dass die Frau ihn vorwarnte.

»Hattest du beim letzten Mal das Gefühl, dass unser Freund ein Gartenliebhaber ist?«, fragte Robert und schlurfte gelangweilt hinter ihr her, dabei rümpfte er abfällig die Nase, als seine schwarzen Lackschuhe langsam im Schneematsch versanken; dazu trug er weiße Söckchen unter einer grauen Flanellhose. »Der Kerl macht sich seine Finger nicht schmutzig. Verdammter Mist!« schimpfte er. »Sieh dir meine neuen Schuhe an, haben mich ein Vermögen gekostet.«

»Mach dir nicht ins Hemd«, sagte sie knapp. Überlegte es sich anders, drehte sich zu ihm herum, betrachtete seine neuen Treter. »Ich vermute mal, die Dinger hast du einem Zuhälter geklaut, oder?« Er zog ein beleidigtes Gesicht, wollte gerade zu seinem Flachmann greifen, als sie ihn scharf anfuhr: »Wag' es ja nicht. Wenn du jetzt säufst, werf' ich dich aus dem Team. Verstanden?«

Unverrichteter Dinge steckte er die Flasche zurück ins Jackett, entgegnete: »Weißt du überhaupt, was ich da drin habe?«

»Interessiert mich nicht. Dein Benehmen spricht jedenfalls für sich.«

Nach einigen Minuten Fußmarsch erreichten sie das Gewächshaus. Die Glastüren waren geöffnet, Lisa schaute hinein, rief Hellwigs Namen. Als sie keine Antwort erhielt, versuchte sie es erneut, diesmal etwas lauter. Wieder keine Reaktion.

»Lass mich mal«, schnaubte Robert, brüllte im gleichen Moment ins Glashaus, so dass sie befürchten musste, die Scheiben würden zerspringen. »Kommen Sie raus, Doktorchen. Lieber Besuch von der Polizei!« einen Augenblick warteten sie. Robert begann nochmals zu brüllen: »Kommen Sie endlich anmarschiert, verdammt noch mal! Wir haben nicht ewig Zeit. Außerdem werd' ich mir Ihretwegen hier nicht den Arsch abfrieren.«

»Glaubst du wirklich, dass du mit deiner liebenswürdigen Art bei ihm Eindruck schinden kannst?« fragte sie gereizt. »Du solltest versuchen, ein wenig dezenter aufzutreten. Möglicherweise gelingt es uns dann, den Herrn zur Zusammenarbeit zu bewegen.«

Als Hellwig hinter einer großen Fächerpalme hervorkam, bemerkte sie seinen grimmigen Gesichtsausdruck. Missmutig begrüßte er sie mit den Worten: »Was wollen Sie denn schon wieder? Haben Sie nichts anderes zu tun, als ehrbare Leute von der Arbeit abzuhalten? Suchen Sie lieber nach meiner Frau. Sie sehen ja, wie es hier aussieht. Bevor ich einen Gärtner finde, der …«

»Nun krieg dich mal wieder ein, Meister«, unterbrach Robert ihn harsch, trat einige Schritte ins Glashaus. Beeindruckt pfiff er durch die Zähne, als er die vielen verschiedenartigen Orchideen erblickte.

Hellwigs Gesicht zeugte von großer Wut. Lisa befürchtete zu Recht, dass sie den Fall voll in den Sand setzen würde, wenn ihr Kollege weiterhin seinen rüden Charme ungehindert versprühte. »Doktor Hellwig«, sagte sie daher überaus höflich, lenkte seine Aufmerksamkeit von Robert ab, bevor es vielleicht noch eine unerfreuliche Keilerei geben würde. »Wir haben einige Fragen zu klären, die wir vorgestern aus Rücksicht auf Sie nicht gestellt haben. Können wir uns irgendwo in Ruhe unterhalten?«

»Gehen wir ins Haus«, entgegnete er unfreundlich.

Sie folgten ihm übers Grundstück. Vor dem Schiebetor des Holzschuppens, der an das Gewächshaus grenzte, bemerkte sie einen Trecker, an den ein gewerbsmäßiger Holzhäcksler angekuppelt war. Des Weiteren standen dort eine Gartenfräse sowie ein Pflug. Ein wenig verwundert, dass die teuren Gerätschaften bei dem Wetter draußen standen, war sie schon.

Hellwigs Füße steckten in Gummistiefeln. Er stapfte voraus, führte sie in eine Art Wintergarten. Helle Korbmöbel und ein Glastisch befanden sich in einer Ecke des Raumes, der ansonsten mit exotischen Pflanzen fast überfüllt wirkte. Von der Decke rankte ein wahrer Urwald aus verschiedenartigen Orchideen. Missmutig forderte er sie auf, sich zu setzen. Er selbst blieb an der Tür stehen, entledigte sich seiner mit Erde verkrusteten Gummistiefel, um anschließend in Lederpantoffeln zu schlüpfen. Dann ging er zu einem Waschbecken, reinigte sich fast pedantisch die Hände mit Seife und einer Bürste.

»Sie sollen nicht operieren, Meister. Geht's vielleicht etwas schneller?« Roberts Ungeduld war kaum noch zu bremsen.

Endlich nahm auch Hellwig Platz, setzte sich den Beamten gegenüber.

Während sie geduldig wartete, hatte Lisa ihr Notizbuch und ein Aufzeichnungsgerät hervorgekramt, fragte ihn, ob er etwas dagegen einzuwenden hätte, wenn sie das Gespräch aufzeichnete, woraufhin er stumm mit dem Kopf schüttelte.

»Herr Doktor, vorhin erreichte mich ein Anruf aus dem Labor. Das Blut, das man im Schlafzimmer Ihrer Gattin sichergestellt hat, ist zweifelsfrei als Ihres und das Ihrer Frau identifiziert worden.« Aufmerksam beobachtete sie seine Reaktion. Aber er ließ sich nichts anmerken. Weder wirkte er nervös noch besonders überrascht.

»Sicher«, meinte er ruhig, mit einem Anflug von Spott in der Stimme. »Von wem sollte es denn sonst stammen? Schließlich wurde ich in ihrem Zimmer überfallen. Haben wir das nicht bereits erörtert? Ich nannte Ihnen auch den Grund dafür. Was glauben Sie, dass in meinem Haus Schlachtungen stattfinden?« Ein fast teuflisches Grinsen zeigte sich auf seinen ebenmäßigen Gesichtszügen.

Auf seine provozierend, ironische Antwort ging sie nicht weiter ein. Stattdessen fuhr sie in ihrem Dialog fort: »Unsere Leute haben blaue Fasern in der Nähe des Gewächshauses gefunden. Die Analysen diesbezüglich sind noch nicht abgeschlossen, allerdings gehen wir davon aus, dass es sich um Fasern des blauen Nachthemds handelt, das im Schlafzimmer Ihrer Frau sichergestellt wurde und das sie kurz vor ihrem Verschwinden getragen haben muss.« Insgeheim betete sie, dass es sich wirklich um brauchbares Material handelte, ansonsten würde Hellwig sie in der Luft zerreißen. »Zunächst gilt es zu klären, was hier im Haus vorgefallen ist. Unsere Techniker haben keinerlei Einbruchspuren gefunden. Sie selbst behaupten, die Alarmanlage war eingeschaltet, als sie heimkamen. Wie glauben Sie, ist diese unbekannte Person, von der Sie uns berichteten, ins Haus gekommen, und wo vermuten Sie Ihre Frau? Wenn Sie nichts dagegen einzuwenden haben, würden unsere Leute das Haus samt Grundstück genau durchsuchen ...«

»Hören Sie, ich habe bereits alles abgesucht, nachdem Ihre Leute wieder weg waren. Hab praktisch das ganze Haus auf den Kopf gestellt. Solveig ist nicht hier. Sie zu finden ist Ihre Aufgabe. Natürlich habe ich nichts gegen eine erneute Durchsuchung einzuwenden«, fügte er arrogant hinzu, hob die Brauen, um Lisa genauer unter die Lupe zu nehmen. Er wollte in ihrem Gesicht lesen wie in einem Buch. Studierte jede ihrer Gesten. Die Kleine schien nicht viel Rückgrat zu haben. Viel zu weich für den Beruf, zu rücksichtsvoll, dachte er verächtlich. Sie und dieser proletenhafte Kollege gehörten sicherlich nicht zur besten Liga der Kripo. Im Grunde fast eine Beleidigung für ihn, ihm derlei unfähige Beamte auf den Hals zu schicken.

»Bisher wurde nur oberflächlich nach Hinweisen gesucht, weil wir davon ausgingen, Ihre Frau hier irgendwo auf dem Grundstück zu finden«, erwiderte Lisa. »Leider haben wir bis jetzt nicht den geringsten Hinweis darauf, was hier passiert sein könnte. Wie ist das Verhältnis zu Ihrer Frau? Gibt es Konflikte?«

»Nein! Wir sind sehr glücklich miteinander.« Nach kurzer Überlegung, meinte er: »Solveig ist meine dritte Frau, meine große Liebe.« Seine Augen wurden feucht.

»Wieso gibt es dann diesen ominösen Liebhaber?« fragte Robert dazwischen.

»Meine Arbeit steht an erster Stelle. Wahrscheinlich hat sie sich vernachlässigt gefühlt. Aber für mich kein Grund, sie nicht zu lieben.«

»Was ist mit Ihren Exfrauen?« Robert sah ihn scharf an. »Geschieden oder verwitwet?«

Lisa stellte das Aufzeichnungsgerät etwas näher an Hellwig heran, er sprach ziemlich leise.

»In beiden Fällen verwitwet«, folgte eine kurze zischende Antwort.

»Tatsächlich? Finden Sie es nicht selbst merkwürdig, Ihre Ehefrauen überlebt zu haben? Sie verfügen über beneidenswert großes Glück, Meister«, Robert schürzte bewundert die Lippen.

Hellwig ging nicht auf die Provokation ein, stattdessen setzte er eine Trauermine auf: »Das Schicksal hat mir fürwahr grausam mitgespielt. Dennoch hoffe ich von ganzem Herzen, dass meine Frau noch lebt.«

Robert spielte mit dem Gedanken, einen weiteren unflätigen Kommentar abzugeben, was Lisa daran erkannte, dass seine Augen plötzlich aufblitzten; er hielt sich jedoch bemerkenswert zurück, was sie mit Erleichterung registrierte.

Die Haushälterin erschien mit hochrotem Kopf völlig aufgelöst im Wintergarten, gefolgt von Horst Sommer, der einen Durchsuchungsbeschluss in der Hand hielt. Ihm folgte eine Staffel von zwanzig Beamten, die das Haus umkrempeln sowie auf dem gesamten Grundstück jedes einzelne Sandkorn umdrehen sollten.

Hellwig reagierte völlig gelassen, als man ihm den Bescheid vor die Nase hielt. Schließlich hatte er nichts zu befürchten. Keiner dieser Dummschwätzer würde ihn mit dem Verschwinden von Solveig in Verbindung bringen können. Nicht den geringsten Hinweis, nicht den kleinsten Beweis würden sie finden. Mit absoluter Ruhe konnte er der Durchsuchung entgegensehen, schließlich hatte er nichts zu verbergen.

Lisa folgte Horst nach draußen, meinte skeptisch: »Mir ist nicht wohl bei der Sache. Der Mann hat etwas zu verbergen. Sucht so akribisch wie möglich. Hast du Taucher angefordert? Seht euch am Ufer um. Krempelt, wenn nötig, jeden Erdkrumen um. Ich weiß, es wird nicht einfach sein, etwas im Schnee zu finden, geschweige denn zwischen den Eisschollen.«

»Aha, du bist bereits wieder in deinem Element. Deine Ahnung, nehme ich an? Versprech' dir nicht zu viel. Die Schlei hat eine starke Unterströmung. Ich glaube kaum, dass wir hier etwas finden werden. Schnee und Eis wird die Spurensicherung zusammentragen, aufs Einsetzen von Tauwetter warten oder Heizgeräte aufstellen. Das könnte allerdings einige Tage in Anspruch nehmen.« Horst setzte sein sympathisches Lächeln auf.

Sie ließ es vorerst darauf bewenden, kehrte in den Wintergarten zurück, wo Hellwig relaxt in seinem Sessel saß und von Robert mit abfälligem Blick bedacht wurde, so, als wolle er sagen: „wir kriegen dich schon, du arroganter Sack".

Sie setzte die Befragung fort. Erkundigte sich nochmals nach Zeugen. Lies sich von Hellwig erneut erklären, was an dem bewussten Abend passiert war. Der Arzt blieb stur bei seiner Aussage. Lisa sah keine andere Möglichkeit, als sich vorerst zurückzuziehen. Sie hatte nichts gegen den Mann in der Hand außer seinen gelegentlichen, unterdrückten Wutausbrüchen, seine erzwungene Ruhe, wenn er glaubte, von ihren Fragen in die Enge getrieben worden zu sein. Allerdings war das nur eine Vermutung, sie konnte sich auch täuschen.

Nachdem sie sich verabschiedet hatten, fuhren sie zurück ins Büro. Unverzüglich setzte Lisa sich an den Computer, tippte die dürftigen Ergebnisse ihrer Befragung ein. Kurze Zeit später steckte Horst den Kopf zur Tür herein. In der Hand hielt er einen Kaffeebecher. »Was hältst du von einer kurzen Lagebesprechung? Ich trommle mittlerweile die anderen zusammen«, er reichte ihr das schwarze Gebräu, das durchaus einen Toten hätte zum Leben erwecken können. »Hab ich gekocht«, lachte er stolz.

»Danke«, sagte sie, nippte an dem Becher. »Ein bisschen zu bitter für meinen Geschmack. Blausäure?«

Horst sah sie mit hochgezogenen Brauen an, erwiderte fast beleidigt: »Dann musst du Roberts Gesöff versuchen.«

Robert hatte sich vehement geweigert, einen Beitrag in die Kaffeekasse zu entrichten. Daraufhin schloss man ihn kurzerhand aus der Gemeinschaft aus. Eine Maßnahme, die ihn nicht im Mindesten zu berühren schien. Aus der Not wurde eine Tugend geboren. Seither brühte er sich den bereits einmal durchlaufenen Kaffeesatz ein weiteres Mal auf. Immerhin gewann er eine leicht dunkelgefärbte Flüssigkeit, die er mit unterschiedlichen alkoholischen Geschmacksverstärkern - so die Vermutung der Kollegen - würzte.

Nach zehn Minuten waren alle an dem Fall Mitwirkenden versammelt, begannen das äußerst dürftige Material zu sondieren.

Andreas lehnte am Türrahmen, blätterte in einer medizinischen Fachzeitschrift. Robert nahm auf einem der unbequemen Besucherstühle Platz, ließ seinen langen Beinen ungehinderten Auslauf. Als Lisa aufstand, um das Fenster zu öffnen, machte er keine Anstalten, sein Fahrwerk einzuziehen. Nachdem sie ein wenig frische Luft ins Zimmer gelassen hatte, ging sie zum Schreibtisch zurück. Mit gespielter Erschöpfung zog er diesmal seine Beine ein, stöhnte dabei genervt.

Sie nahm wieder Platz. Nach einiger Zeit meinte sie: »Übers Wochenende hab ich viel über den Fall nachgedacht. Und nach dem Gespräch von heute Morgen kann ich mich des Eindrucks nicht erwehren, der Mann wirkt auf mich sehr widersprüchlich, macht einen reichlich verschlagenen Eindruck. Ich bin gerade dabei, meine Gefühle diesbezüglich zu analysieren.«

»Aha, da ist sie ja, die frisch gefressene Weisheit vom BKA«, grinste Robert und kratzte sich ungeniert im Bereich der unteren Hemisphäre.

»Lass sie ausreden«, fuhr Horst den Kollegen an. »Niemand hat dich davon abgehalten, ebenfalls den Lehrgang zu besuchen. Also, halt endlich deine Klappe und hör zu, was Lisa zu sagen hat!«

In ihren Notizen blätternd, begann sie zu erläutern: »Vielleicht häng ich mich zu weit aus dem Fenster, aber ich schätze den Doktor folgendermaßen ein: ein Mann, der psychische Gewalt bevorzugt, denn psychische Gewalt ist der intensivste Machtbeweis, den ein Mensch erbringen kann – urplötzlich, unmittelbar und unmissverständlich. Gewalt überzeugt, auch wenn sie sinnlos und unwillkürlich erscheint. Keine Sprache, die wir kennen, verfügt über eine größere Überzeugungskraft. Ihre Intention benötigt keine Übersetzung, sie ist spürbar, lässt keine Fragen offen. Und die wohl perfideste Spielart der Gewalt ist der Sadismus. Emotionen gipfeln in Leidenschaft, absolut und uneingeschränkt verfügen zu können, am liebsten über einen anderen Menschen. Dieser wird dehumanisiert, zu einem Ding degradiert, zum Spielball der eigenen, zügellosen Begierde. Erlebt wird dieser ekstatische Zustand als Allmacht. Die Opfer werden zu pulsierenden, paralysierten Objekten. Ihre Reaktionen werden geplant, kalkuliert und im Endstadium intensiviert und ausgedehnt. Das bedeutet: unermessliches Leiden wird dem Opfer aufgezwungen; solange, bis der Tod unvermeidlich ist. Dieses Hochgefühl der Überlegenheit, dieser emotionale Super-Gau suggeriert dem Täter, alle Grenzen überschreiten zu können.« Lisa schwieg einen kurzen Augenblick, um die Reaktionen der Kollegen zu beobachten. Als keiner etwas sagte, nicht einmal Robert seinen Senf dazugeben wollte, fuhr sie fort: »Diese Menschen, weil selbst entwurzelt, streben nach Sicherheit. Besitz garantiert Sicherheit. Ich würde meinen, Hellwig hat seine erste Frau nur wegen des Vermögens geheiratet. Immerhin war sie dreißig Jahre älter als er. Wie gesagt, so schätze ich ihn ein; ein Mann, der versucht, seine seelische Impotenz mit sozialer Inkompetenz zu kompensieren, indem er foltert und tötet. Aber er bleibt, was er ist: ein ungeliebter, unbeachteter, isolierter und angstvoller Mensch. Damit schließt sich der Kreis, und die Spirale der Gewalt beginnt von vorn.«

»Fein«, heuchelte Robert, »was sagt uns dein hochgestochenes Geschwätz nun? Hast du beim BKA hellseherische Fähigkeiten erworben? Der Kerl hat nichts von sich preisgegeben. Woher nimmst du deine Weisheit?«

»Ich höre nicht nur zu, ich sehe auch. Was soll ich dir erklären; bringt nichts, mein Schöner«, grinste sie genüsslich. Dann wandte sie sich wieder den anderen zu: »Uns wurde in Wiesbaden gelehrt, dass jeder Täter eine spezielle Signatur bei der Ausführung seiner Taten hinterlässt. Quasi seine Unterschrift, die wir versuchen müssen zu entziffern. Nicht jeder ist imstande, sie richtig zu deuten, nicht jeder ist kompetent genug, sie zu entschlüsseln«, dabei sah sie Robert herausfordernd an.

»Tatsächlich?« entgegnete er, »dein Hokuspokus geht mir dermaßen am Arsch vorbei, rede Klartext mit uns, Mädel, wir gehören nicht zu diesen aufgeblasenen Affen vom BKA, die glauben, die Weisheit mit Löffeln gefressen zu haben.« Wütend sprang er auf, schob seinen Stuhl zurück.

»Gut, Lisa«, mischte sich Horst in die spannungsgeladene Atmosphäre, »dein Fachvortrag in allen Ehren, aber Robert hat recht. Wir benötigen keine wissenschaftlichen Theorien. Was wir brauchen sind handfeste Beweise. Charakter hin oder her. Du ergehst dich in reinen Spekulationen. Der Mann mag dir unsympathisch erscheinen, doch dein jetziges Verhalten zeugt nicht unbedingt von Professionalität. Tut mir leid, dir das sagen zu müssen. Zudem beschuldigst du ihn bereits des Mordes. Wir haben aber nicht den geringsten Hinweis darauf, dass seine Frau auch wirklich tot ist.«

»Ich geb' dir recht«, gab sie kleinlaut bei. »Hellwig ist mir äußerst unsympathisch. Und ich räume ebenfalls ein, dass diese Methode keinesfalls allein dazu bestimmt ist, solide, methodische Polizeiarbeit zu ersetzen. Sie dient in erster Linie dazu, ein ergänzendes Werkzeug im Ermittlungsprozess zu sein. Natürlich ist diese spezielle Technik eine Wissenschaft für sich. Ehrlich gesagt, es ist mir völlig egal, ob die Methode wissenschaftlich, künstlerisch oder spirituell ist. Voraussetzung ist, sie muss funktionieren, und das tut sie! Natürlich weiß ich, dass sie bei euch nicht auf Begeisterung stößt«, fuhr sie unbeirrt fort, dabei schaute sie jeden Einzelnen im Raum an. »Mir ist durchaus bewusst, dass es Skeptiker unter euch gibt. Ich behaupte auch nicht, die Antwort auf all unsere Probleme zu haben.«

»Eine wirklich beeindruckende Rede, Süße. Du solltest Politikerin werden. Die leben auch in einer Scheinwelt, versprechen dem verblödeten Volk wundersame Heilung.«

»Und du solltest weniger saufen und Blödzeitung lesen, dann wärst du auch nicht so ...«

»Kinder, Kinder«, mischte sich Horst erneut ein, als er merkte, dass das Gespräch zu entgleisen drohte. Bedachte Lisa mit einem aufmunternden Lächeln und sagte an sie gewandt: »Ich fand deine Ausführung dennoch sehr aufschlussreich.« Er stand auf, nahm seine Jacke von der Garderobe, dabei wandte er sich nochmals an sie: »Ich würde vorschlagen, ihr esst erst mal etwas zu Abend, dann fährst du mit Robert nach Kiel in die Rechtsmedizin und zur Kriminaltechnik. Edda und Andreas, ihr versucht, in der Frauenklinik an Informationen heranzukommen. Das Personal ist meistens gut informiert, wenn's um den Chef geht. Ich fahre nur kurz zu Hause vorbei, um euch dann später in Kiel bei Ulrike zu treffen.« Seine Stimme klang müde. Lisa bemerkte den leichten Schweißfilm auf seiner Stirn. Hoffentlich kein Grund zur Besorgnis, dachte sie.

9

Der Himmel hatte nach einem langen Regentag endlich aufgeklart. Sterne leuchteten hell am frühabendlichen Himmel, versprachen eine weitere kalte Nacht, in der der Frost die Straßen in Rutschbahnen verwandeln würde. Es war kurz nach neunzehn Uhr, als sie endlich im Kieler Labor für Rechtsmedizin eintrafen. Direkt vor dem roten Backsteingebäude fand Lisa einen der heißbegehrten Parkplätze, stellte den Wagen ab und ging, gefolgt von Robert, zügig ins Gebäude. Wenigstens musste sie heute nicht im Bereich der Leichenhalle, fast hundert Meter entfernt und von dichtem Laubgehölz umgeben, einen Parkplatz suchen; dort wurde an Leuchtmitteln gespart. Die Verwaltung des Uni-Klinikgeländes vertrat seit Jahren beharrlich die Ansicht, Tote benötigten kein Licht. Irgendwo musste man schließlich mit dem Energiesparen beginnen.

Viermal war Lisa bisher in den zweifelhaften Genuss gekommen, genau dort in tiefster Nacht einen Parkplatz aufsuchen zu müssen. Jetzt geriet sie geradezu in Euphorie, als sie direkt vor den hellleuchteten Fenstern des Labors und der Rechtsmedizin den Wagen abstellen konnte.

Sie klopfte an die weiße Metalltür des Labors, trat, ohne auf Antwort zu warten, gefolgt von Robert ein. Der mittlerweile fast schon vertraute Geruch nach Formaldehyd, Bleich- und Desinfektionsmitteln empfing sie.

Ulrike Schow, Leiterin der Rechtsmedizin, saß mit einem angehenden Rechtsmediziner und Horst bei einer Tasse Kaffee und Schokoladenkeksen in gemütlicher Runde in einem Nebenraum des Seziersaals beisammen. Durch eine große Metallschiebetür, die gerade offenstand, konnte man teilhaben an den Vorgängen dort. Auf zwei von sechs Sektionstischen lag Frischfleisch, wie Ulrike ihre tote Kundschaft gern bezeichnete. Dabei handelte es sich um einen Mann und eine Frau, die nackt, unter grellem Licht, auf den kalten Edelstahltischen lagen. Soviel registrierte Lisa aus den Augenwinkeln.

»Suizid«, fühlte Ulrike sich bemüßigt zu erklären, als sie Lisas Blick folgte.

An beiden Tischen arbeitete je eine Gruppe von vier Studenten, die allesamt in OP-Kleidung und mit Gummischürzen ihrer grausigen Arbeit nachgingen. Neben den leisen Hintergrundtönen von Popmusik, konnte man Geräusche von Schneiden, Sägen, Fräsen und verhaltenen Gesprächen vernehmen. Eine der Studentinnen hielt in einer Hand ein Skalpell, die andere Hand befand sich inmitten des Bauchraums, entnahm dem Toten ein Organ; welches genau, konnte Lisa allerdings nicht sehen, legte auch keinen Wert darauf. Sie fand es wenig appetitanregend, deshalb vermied sie stets bei ihren Besuchen, sich an Ulrikes illustren Kaffeekränzchen zu beteiligen.

»Gut, dass du kommst«, begrüßte Horst sie, der bereits seit einer halben Stunde auf sie wartete. »Unsere Leute haben auf Hellwigs Grundstück interessante Dinge gefunden.« Er reichte ihr das Protokoll. Lisa setzte sich auf einen kalten, unbequemen Metallstuhl, in unmittelbare Nähe zur Tür. In ihrem Rücken einer der Sektionstische, während Robert neugierig einige Blicke auf einen aufgetrennten Schädel riskierte.

»Also«, begann Horst. »Das Blut aus dem Schlafzimmer und Bad wurde eindeutig als das Blut der Verschwundenen identifiziert. Des Weiteren fanden sich frische Blutspuren vom Ehemann im Schlafzimmer. Soweit, so gut!« Er schlug die Seite des Protokolls um: »Am Ufer der Schlei fanden unsere Leute merkwürdig anmutende Holzsplitter. Ulrikes erste Vermutung, es könne sich hierbei um Knochenschnipsel handeln, was ich jedoch nicht recht glauben möchte. Ein winziges Büschel Haare wurde ebenfalls an gleicher Stelle gefunden. In unmittelbarer Nähe von frischem Schreddergut und eines Buschhaufens, wurde das Stück eines rotlackierten Fingernagels gefunden. Unter Blättern verborgen, einige dieser Fasern«, er hielt eine Plastiktüte hoch, in der die dünnen Gewebereste kaum auszumachen waren. »Des Weiteren ein Stückchen grauen Metalls. Ach ja, nicht zu vergessen, ein Zahn«, unterrichtete er sie weiter.

»Ich werde heute Abend noch mit der Analyse beginnen, ob es sich wirklich um Knochensplitter handelt. Wenn ja, könnten es auch Knochenteile von einem Tier sein. Eine spezifische Untersuchung dauert jedoch. Erwartet also nicht zu viel. Die Haaranalyse gebe ich meinem jungen Kollegen hier vertrauensvoll in die Hände«, Ulrike stellte den rothaarigen, schlaksigen jungen Mann als Finn Weich vor. Sie nahm Horst die Tüte mit den Fasern ab, schaute sie gegen das grelle Deckenlicht an, ging anschließend zu einem der vielen Mikroskope und betrachtete den Fund einige Zeit. Dann wandte sie sich um, sagte: »Die Fasern würde ich auf den ersten Blick dem Nachthemd zuordnen, das im Schlafzimmer gefunden wurde, eine erste Vermutung. Dieses Metallstück wird schwieriger zu analysieren sein. Dazu benötige ich mehr Zeit oder mehr Personal; die Herkunft des Zahns muss ebenfalls überprüft werden«, fügte sie schmatzend hinzu, nachdem sie sich genüsslich einen Schokoladenkeks in den Mund geschoben hatte, dabei Robert einen verheißungsvollen, ja fast lüsternen Blick zuwarf, kehrte aber sogleich wieder zur Sache zurück, beäugte ein weiteres Mal den Fund: »Aber vom Gefühl her würde ich sagen, dass da etwas ganz fürchterlich aus der Bahn gelaufen ist.«

»Du vermutest also, die Ehefrau befindet sich eventuell im Kleinstformat in der Schlei?« interpretierte Robert ihre relativ dürftigen Ausführungen folgerichtig.

Die Rechtsmedizinerin nickte bekümmert, während Horst nachdenklich die Stirn runzelte, dabei ließ er Lisa nicht aus den Augen. Keinesfalls wollte er ihr vorgreifen, wartete geduldig auf weitere Instruktionen.

»Fein«, meinte Lisa wenig begeistert, »dann werden wir mit einer Hundertschaft von Polizisten und Leichenspürhunden das Haus, das gesamte Gelände und die Schlei, zumindest im Abschnitt von Hellwigs Grundstück, ein weiteres Mal akribisch nach Überresten seiner verschwundenen Gattin absuchen. Selbst das Noor müssen wir jetzt mit in die Suche einbeziehen. Vielleicht war der Herr zu bequem, hat seine Gattin dort entsorgt. Schließlich kann ein Körper sich nicht in Luft auflösen. Wie ich den Doktor einschätze, wird er sie, sollte er sie wirklich ins Jenseits befördert haben, nicht allzu weit von seinem Grundstück wegbewegt haben. Allerdings können wir ihm ohne Leiche keinen Mord nachweisen.«

Horst sah sie an: »Und die anderen Klärteiche?«

»Ich weiß«, sagte sie. »Hab den ganzen Tag damit zugebracht, darüber nachzudenken, ob er sie nicht dort versenkt haben könnte. Letztendlich bin ich zu der Überzeugung gelangt, dass ein Körper nicht sofort im Schlamm versinkt. Immerhin handelt es sich nicht um weichen Schlamm, sondern um festen Ackerboden, der zu Betriebszeiten der Fabrik dort eingebracht wurde. Auf jeden Fall musste er damit rechnen, dass wir auch die Teiche absuchen lassen.« Für einen kurzen Augenblick schwieg sie, um dann mit einer schier unglaublichen Vermutung aufzuwarten. »Seit heute Morgen, als mir dieser professionelle Häcksler aufgefallen ist, verfolgt mich eine schreckliche Vermutung. Und jetzt die gefundenen Schnipsel, wenn sie sich tatsächlich als Knochenfragmente herausstellen ...« Lisa bemerkte die ungläubigen Blicke der Kollegen.

»Das ist jetzt nicht dein Ernst, oder?« Robert schnalzte anerkennend mit der Zunge. »Zum Teufel, wie krank ist das denn?«

»Ich verlass' mich auf dein Urteil«, entgegnete Horst wenig überzeugt, setzte dort an, wo er zuvor aufgehört hatte: »Es fehlen keine persönlichen Gegenstände der Vermissten.« Er trank seinen Kaffee aus, fuhr fort: »Du hast dich ziemlich schnell auf den Ehemann eingeschossen. Vielleicht handelt es sich im schlimmsten Fall wirklich nur um Knochensplitter von einem Tier.«

»Im Grunde ist es doch eindeutig, oder?« fragend blickte sie zur Gerichtsmedizinerin herüber. Ulrikes Meinung war Lisa sehr wichtig. Die Frau runzelte nachdenklich die Stirn. Für gewöhnlich enthielt sie sich vorschneller Vermutungen. Ihr Beruf basierte auf knallharten Fakten, sich in Vermutungen zu verlieren, gehörte ins Geschäft der Polizei, nicht in ihres, obgleich sie sich bei der ersten Betrachtung der Fasern genau dazu hatte hinreißen lassen.

Horsts Worte an Lisa gerichtet, enthoben Ulrike einer Antwort: »Einem Tötungsdelikt geht im Allgemeinen ein Konflikt voraus«, sagte er, »gab es Eheprobleme? Was habt ihr diesbezüglich in Erfahrung gebracht? Du hast dich dazu bisher nicht weiter geäußert.«

»Hellwig behauptet, seine Ehe sei sehr glücklich. Andererseits habe seine Frau einen Geliebten, das schien ihn nicht sonderlich zu stören«, antwortete Lisa. »Er könne sich absolut keinen Reim darauf machen, was mit ihr passiert sein könnte.«

»Soweit mir bekannt, war das bereits die dritte Ehe. Habt ihr die Haushälterin vernommen?« fragte er.

»Wir fangen ja gerade erst mit den Ermittlungen an. Was die Haushälterin betrifft, da gibt es ein Problem«, erwiderte sie. »Es handelt sich um Alma Hauser, du erinnerst dich sicherlich an sie.«

»Du meinst die Frau aus dem Serienmord von vor zwei Jahren, die dir Arroganz und Dummheit vorgeworfen hat, weil du dich nicht für ihre Nachbarschaftsgeschichten interessiert hast?« Seine Stirn legte sich in Falten.

»Ja, genau. Sie wird uns nur widerwillig Auskunft erteilen. Außerdem kommt sie nur morgens von neun bis elf, dann erst wieder am Nachmittag von fünfzehn bis siebzehn Uhr zur Arbeit. In der Zwischenzeit darf sie das Haus der Hellwigs nicht betreten. Trotzdem gehe ich davon aus, dass die Hauser auch mal außer der Reihe kommt. Schließlich verfügt sie über einen Hausschlüssel, das hat Robert herausgefunden.«

»Wie lange geht das schon so?«

Robert übernahm die Antwort: »Seit vierzig Jahren. Seit sie dort angefangen hat zu arbeiten. Sie kennt beziehungsweise kannte auch die anderen Ehefrauen. Von Eheproblemen zwischen Solveig und ihrem Mann wisse sie nichts oder will davon nichts wissen.«

»Dann werde ich euch mal auf die Sprünge helfen«, lächelte Horst. »Hellwigs erste Ehefrau Eleonore ist bereits seit zehn Jahren tot. Von ihr hat er die Klinik, ja praktisch sein ganzes Vermögen geerbt. Sie war dreißig Jahre älter als er und ebenfalls Gynäkologin.«

»Du kanntest sie?« Lisa war ehrlich überrascht.

»Meine vier Töchter sind in der Klinik zur Welt gekommen. Übrigens verfügt die Klinik seit damals schon über einen hervorragenden Ruf. Unser reizender Doktor hat sich einst von Eleonore Hellwig und ihrem Mann adoptieren lassen, weil er die Klinik nach deren Tod übernehmen sollte. Ferdinand Hellwigs Geburtsname lautet Fegestein. Ein Junge aus verarmten Verhältnissen. Der Vater arbeitete als Gärtner bei den Hellwigs. Selbst hatte das Paar keine Kinder. Die Klinik sollte den Namen der Hellwigs weitertragen. Jahre später, als Eleonora Witwe wurde, hat sie ihren Adoptivsohn geheiratet. Das zu meinen Recherchen.«

»Ziemlich kurios und makaber zugleich, findest du nicht auch? Warum hat er seine Adoptivmutter geheiratet, wenn er sowieso in den Genuss des gesamten Vermögens gekommen wäre?«, fragte Lisa.

»Vielleicht hat er sie geliebt, nicht nur als Mutter, sondern auch als Frau«, meinte Horst nachdenklich.

»Wie krank is' das denn?« angewidert schüttelte Robert sein Haupt.

»Naja«, entgegnete Lisa skeptisch, »ich möchte bezweifeln, dass der Kerl überhaupt zur Liebe fähig ist.«

»In Ordnung«, stimmte Horst zu, der verantwortlich war, wenn es um die Kosten für ein Großaufgebot an Personaleinsatz ging. »Du bekommst deine Taucher. Jetzt aber mal konkret zu deiner persönlichen Einschätzung Hellwigs, nachdem du ihn vernommen hast.« Gespannt wartete er auf ihre Stellungnahme.

»Meinen Ausführungen zu Hellwigs psychologischem Profil, das ich heute Morgen erstellte, hab ich noch etwas hinzuzufügen: Ich würde sagen, dieser Mann verfügt über zwei Gesichter. Eines, das er seinen Patientinnen gegenüber an den Tag legt, nämlich liebenswürdig, vertrauensvoll, ein guter, aufmerksamer Zuhörer. Niemals ungeduldig, stets fürsorglich und vor allem sehr gründlich.«

»Richtig«, entgegnete Horst. »Andreas und ich waren in der Klinik. Nach Aussagen des Pflegepersonals dort, liebt er seine Patientinnen, und sie lieben ihn, daran besteht kein Zweifel.«

Lisa überlegte kurz: »Aber es gibt noch eine andere Seite. Er ist ein Despot und Choleriker. Aufbrausend, leicht erregbar, und er will Anerkennung. Ein Mann, der keinen Widerspruch duldet, vor allem keine Niederlage. Fühlt sich eventuell durch seine Frau provoziert oder erniedrigt. Will zeigen, wer die Oberhand hat. Er vermittelt mir den Eindruck eines, - hoffentlich hänge ich mich nicht zu weit aus dem Fenster - krankhaft, ja bösartig veranlagten Narzissten.«

Robert schnaubte: »Und was willst du uns mit deinem Geschwafel nun wieder sagen?«

»Narzisstische Menschen sind von sich selbst besessen.«

»So dämlich bin ich auch nicht, Süße.«

Lisa ließ sich nicht aus der Ruhe bringen: »Bösartige Narzissten gehen über das „übliche Maß" hinaus. Dieser Personenkreis hat einen geradezu krankhaften Glauben an sich selbst. Sie fühlen sich allmächtig, fordern von ihrer Umgebung Aufmerksamkeit und Bewunderung. Und sie haben kein Gewissen, sind ausnahmslos sadistisch veranlagt.«

»Wenn ich dich richtig interpretiere, dann fehlt dem Kerl jegliches Mitgefühl, wenn er anderen Schmerzen und Leid zufügt?« Das war Andreas.

»Richtig.«

»Verflucht, das hört sich nach einem Psychopathen an«, sagte Horst. »Aber dir fehlen die Beweise.«

»Ein Mann, der seine Überlegenheit unter Beweis stellen muss. Vielleicht ist der Hintergrund in seiner Kindheit zu finden«, mischte sich Ulrike ein. »Nichtsdestotrotz, mach weiter, Lisa.«

»Die Tötung ist geplant, unmittelbare Folge eines ungebremsten, aggressiven Impulses. Vielleicht wollte seine Frau ihn mit besagtem Liebhaber verlassen? Im Grunde weiß ich aber noch zu wenig über ihn, ebenso über sie. Das ist nur mein erster Eindruck.«

»Wenn deine Einschätzung stimmt«, übernahm Horst das Gespräch, »haben wir es mit einem ziemlich gerissenen Täter zu tun. Bis wir ihm die Tat nachweisen können, gilt die Unschuldsvermutung.«

Lisa nickte: »Natürlich.«

»Wie glaubst du, ist er vorgegangen?« Horst ließ nicht locker.

»Meine Vermutung bezüglich des Tathergangs ist ziemlich gewagt, kam mir in dem Augenblick, als ich den gewerbsmäßigen Gartengerätepark bemerkte. Trecker, Pflug, einen Holz-Schredder mit Benzinmotor. Das Ding knackt armdicke Äste im Nullkommanichts. Und die neuen Funde bestärken mich in meiner Vermutung.«

»Nun mach mal halblang«, Horst schüttelte mit dem Kopf. »Du glaubst nicht wirklich, dass er seine Frau geschnetzelt hat, oder?«

»Verdammter Mist!« Ulrikes Satz bestand nur aus diesen zwei Wörtern. Ihr Gesichtsausdruck veränderte sich schlagartig, als sie begriff, auf was der Fall wahrscheinlich hinauslaufen würde.

»Ohne Leiche kein Mord!« Lisas Stirn legte sich in Falten. »Ein Körper kann sich nicht so einfach in Luft auflösen. Das sagte ich bereits. Was liegt da also näher …«

»Fein! Dann graben wir eben nochmals das Grundstück um«, schloss Horst sich ihrer Meinung mit wenig Begeisterung an. Einen weiteren Durchsuchungsbeschluss für Hellwigs Haus und Grundstück zu beschaffen, würde einiges an Mühen kosten.

# 10

„Du meinst, es ist alles möglich? Dass der Kerl sein Weib in Puzzleteile zerlegt hat?«
Robert sah Lisa skeptisch von der Seite an. Sie saßen in ihrem Dienstwagen, befanden sich auf dem Weg zum Tatort. Mit jedem Kilometer, der sie dem Grundstück näherbrachte, musste sie daran denken, dass Robert durch sein flegelhaftes Auftreten die Aufklärung des Falls gefährden könnte. Zwischen ihrem Kollegen und Hellwig herrschte nicht gerade Sympathie. Roberts ganzes Auftreten war im Grunde genommen für den Job völlig ungeeignet. Er verfügte nicht über das geringste Feingefühl, und sein Alkoholkonsum entwickelte sich zu einem ernsthaften Problem.

Sie hielt Ausschau nach der Einfahrt zum Haus, bremste und bog in die Zufahrt ein. Mehrere Polizeiwagen sowie zwei weiße Kastenwagen der Spurensicherung waren bereits vor Ort. Horst hatte demnach schneller seinen Durchsuchungsbeschluss bekommen als gedacht. Bei dem Gedanken, was sie vielleicht entdecken würden, erschauderte sie. Gerade Personen, die in ihrem Umfeld einen Ruf von Herzlichkeit und Großzügigkeit genossen, war nur schwer beizukommen. Niemand, nicht einmal das nächste Umfeld konnte sich vorstellen, dass gerade diese so nette Person in ein Verbrechen verwickelt sein sollte. Aber das vergangene Jahr ihrer Ausbildung als Fallanalytikerin hatte sie bereits zu stark geprägt.

Vor der zweigeschossigen Villa hielt sie den Wagen an. Gemeinsam stiegen sie aus. Lisa schlug den Mantelkragen hoch; der Wind kam aus nordöstlicher Richtung, trieb dicke Schneewolken vor sich her und war unangenehm frostig. Als sie ums Haus herumgingen, entdeckten sie an der rückwärtigen Südseite einen Dachgarten, der bei gutem Wetter einen atemberaubenden Ausblick über die Schlei bieten musste. Neidvoll schaute sie nach oben. Ihrem Blick folgend, schnalzte Robert verächtlich mit der Zunge und meinte: »Der Heini scheffelt Kohle auf unsere Kosten. Die Beiträge zur Sozialversicherung sind mittlerweile ins Unendliche gestiegen, und die Weißkittel wollen uns weismachen, sie seien unterbezahlt. Ich sag ...«

»Halt die Klappe, Robert«, fuhr sie ihm ins Wort. »Den Kasten hat er geerbt. Ich warne dich, solltest du dich gleich nicht im Griff haben, wenn wir auf Hellwig treffen, dann war's das mit unserer Zusammenarbeit, klar?«

Als er sich einen Schluck aus dem Flachmann in den Rachen kippte, nahm sie das als Zustimmung. Jedenfalls erwiderte er nichts, sie ließ es stumm geschehen.

Sie gingen zurück zur Eingangstür. Lisa drückte gerade den Finger auf den Klingelknopf, als Alma Hauser in adrett sitzendem, grauen Faltenrock, mit weißer Bluse und einem bunten Tüchlein um den Hals, die Tür öffnete. Fast vorwurfsvoll betrachteten ihre wachsamen Adleraugen Lisa unter ihrer runden Hornbrille hervor. Und Lisa war es äußerst unangenehm, gerade auf die Frau zu treffen, der sie vor langer Zeit in einem Mordfall fast arrogant gegenübergetreten war, großspurig verkündet hatte, sie würde sich nicht für Nachbarschaftsintrigen interessieren. Später stellte sich dann heraus, hätte sie Alma Hausers Geplänkel Beachtung geschenkt, wäre einiges nicht so dramatisch verlaufen.

Die beiden Frauen musterten einander. Um Almas Augen zeigten sich tiefe Falten. »Sie dürfen mir Ihren Mantel geben«, sagte sie.

»Danke, nicht nötig«, lächelte Lisa.

»Folgen Sie mir ins Wohnzimmer«, forderte Alma sie auf, »der Doktor erwartet sie bereits«, und führte sie durch die geräumige Eingangshalle. An der Tür blieb sie stehen, klopfte. Drinnen rührte sich nichts. »Nanu?« vorsichtig öffnete sie die Tür, schaute hinein. Der Raum war leer. »Warten Sie bitte, ich sehe nach, ob ich ihn finde.« Umgehend verschwand sie in einem Nebenzimmer.

Hellwig stand am Fenster seines Arbeitszimmers, schaute versonnen in den Garten hinaus, versuchte mit seinen Blicken die immer dichter werdende Nebelwand, die von der Schlei heraufzog, zu durchbrechen. Schemenhafte Gestalten durchkämmten ein weiteres Mal das Grundstück nach Spuren seiner Frau.

Richter Arnold, den er aus dem Schlei-Segel-Club kannte, hatte ihn vor zwei Stunden angerufen, ihm die Aktion der Polizei angekündigt, sich dabei tausendmal entschuldigt, ihm dermaßen viel Ungemach zu bereiten. Wenigstens gab es noch Leute, die den Berufsstatus eines Arztes zu würdigen wissen, dachte er grimmig, während er der erneuten Durchsuchung seines Anwesens mit Gelassenheit entgegensah. Man würde nichts finden. Nicht den geringsten Hinweis auf Solveig. Und wenn doch, müsste die Kripo erst mal beweisen, dass es sich dabei um seine Frau handelte. Er drehte sich um, ging zu seinem Schreibtisch. Hinter sich hörte er, wie jemand die Tür leise öffnete.

Alma steckte vorsichtig den Kopf durch den Türspalt. »Herr Doktor«, sagte sie leicht hüstelnd, »die Beamten der Kriminalpolizei möchten Sie sprechen.«

Unwillig warf er den Kopf in den Nacken, erwiderte kurz: »Nun, wenn es sich nicht vermeiden lässt. Was wollen Sie denn noch?« fragte er ungehalten, zog die Augenbrauen in die Höhe, als er Robert, stolz wie ein Gockel ins Zimmer schreiten sah. »Sie bleiben draußen, verdammt nochmal«, fuhr er ihn wütend an, wies ihm die Tür. Doch weder Lisa noch Robert ließen sich durch Hellwigs erfrischende Höflichkeit beeindrucken.

Robert überging grinsend den Rausschmiss, sagte stattdessen: »Was haben Sie mit Ihrer Frau gemacht, Doktorchen? Kommen Sie uns jetzt nicht wieder mit schwachsinnigen Ausreden. Wir waren fleißig, haben Ihr Alibi überprüft. Keiner Ihrer Kollegen kann bestätigen, dass Sie die Nächte in Ihrem Zimmer waren und den Schlaf der Gerechten auch tatsächlich geschlafen haben.«

»Raus mit dem Kerl!«, schrie Hellwig. Griff nach einem Kristallaschenbecher, der auf dem Schreibtisch stand und warf diesen nach Robert, der dem Anschlag geschmeidig auswich.

Lisa ignorierte die Unfreundlichkeit, sagte: »Lassen wir jetzt mal Ihre kleine persönliche Affektion Herrn Maler gegenüber. Wir haben das Verschwinden Ihrer Frau, die undurchsichtigen Vorgänge in Ihrem Haus aufzuklären. Außerdem ist mein Kollege ein sehr erfahrener Kriminologe ...« Am liebsten hätte sie sich in den Hintern gebissen, als dermaßen übertrieben Roberts „nicht" vorhandene Qualitäten anzupreisen. Bevor sie zu ihm herübersah, bemerkte sie bereits sein ironisches Grinsen. »Seien Sie kooperativ, arbeiten Sie mit uns zusammen.« Ihr Gesichtsausdruck zeigte jetzt keinerlei Gefühlsregung mehr. »Wie war Ihre Ehe? Gab es Streit?«

Hellwig wanderte erneut ans Fenster, sah hinaus in den Garten. Beobachtete die Polizei, wie sie akribisch jeden Zentimeter des durchweichten Bodens nach irgendwelchen Hinweisen auf Solveig durchkämmte. Einige Beamte waren dabei, letzte Hand anzulegen beim Aufbau eines Bundeswehrzeltes. Andere begannen damit, das Zelt mit einer Plastikfolie auszulegen, während wieder andere den verbliebenen Schnee vom Schleuifer herbeischafften, um ihn auf die Folie zu schaufeln. Er ahnte, was die Polizei mit dieser Aktion bezweckte; der Schnee sollte aufgetaut werden, um eventuelle Spuren sichtbar zu machen. Langsam wandte er sich Lisa zu, flüsterte fast weinerlich: »Unsere Ehe ist sehr glücklich. Außerdem erwartet meine Frau ihr erstes Kind. Solveig hat es mir an dem Tag mitgeteilt, als ich zu dem Seminar fuhr. Ich liebe sie, wissen Sie. Verstehe das alles nicht.« Aus seinem perfekt sitzenden grauen Jackett holte er ein Päckchen Zigaretten hervor, zündete sich eine davon mit einem goldenen Feuerzeug an. Die Packung selbst warf er auf einen kleinen Tisch neben sich, blies den Rauch provozierend in Roberts Richtung. »Natürlich zermartere ich mir das Hirn, was hier geschehen sein könnte. Hab ihre Familie, ihre Freunde angerufen. Nichts!«

»Die Blutmenge, die wir von Ihrer Frau am Tatort sichergestellt haben, reicht nicht aus, um an deren Verlust zu sterben«, sagte Lisa.

»Ach ja, so genau lässt sich das feststellen?« entgegnete er provozierend. »Was suchen Sie eigentlich auf meinem Grundstück? Glauben Sie vielleicht, ich habe meine Frau irgendwo vergraben, sie gar versenkt? Finden Sie das nicht selbst albern? So dumm wäre ich ganz sicherlich nicht. Wenn ich mich meiner Gattin entledigen wollte, würde ich sie jedenfalls nicht in unmittelbarer Nähe meines Hauses verschwinden lassen.« Das war als klare Kampfansage gedacht. Ob die Beamten den Fehdehandschuh aufgriffen? Nach einer kurzen Pause fuhr er wesentlich freundlicher fort: »Mein Beruf ist es, Leben zu retten. Ich bin kein Mörder!«

»Nach meinen Recherchen ist Ihre zweite Ehefrau bei einem Segeltörn auf der Ostsee ums Leben gekommen. Sehr praktisch, wenn man bedenkt, dass sie kurz vor der rechtskräftigen Scheidung standen. Sie wären leer ausgegangen, Verehrtester«, läutete Robert den Gegenangriff ein. Schnalzte fast genüsslich mit der Zunge, dabei leckte er sich über die Lippen.

»Was erlauben Sie sich, Sie flegelhafter Affe, mir da zu unterstellen?«, brüllte Hellwig, »Damals waren wir auf Versöhnungsurlaub. Wir befanden uns gerade auf der Ostsee ...,« ihm brach die Stimme, »... als sie bei einem heftigen Unwetter über Bord gespült wurde.«

Ein breites Grinsen legte sich auf Roberts Gesicht. Er nahm es als Kompliment, freute sich tierisch, wenn er hochgestochene Typen auf die Palme bringen konnte. »Feine Sache, sich unliebsam gewordener Mitmenschen zu entledigen; die See ist eben unberechenbar, nicht wahr, Herr Doktor?« setzte er noch einen drauf.

Lisa sah sich gezwungen, die Situation ein wenig zu entschärfen, meinte reuevoll: »Bitte entschuldigen Sie den kleinen Ausrutscher meines Kollegen. Herr Maler meint es nicht so.« Doch sie setzte da an, wo Robert aufgehört hatte: »Ihre erste Frau war dreißig Jahre älter als Sie. Zudem war sie Ihre Adoptivmutter. Nach unseren Ermittlungen ist sie eines natürlichen Todes gestorben. Der Totenschein jedoch wurde von Ihnen selbst ausgestellt, das entspricht nicht den üblichen Gepflogenheiten. Ihre Frau hat Ihnen ihr gesamtes Vermögen hinterlassen. Da kann man schon mal ins Grübeln geraten.«

»Was hat meine Vergangenheit, meine erste Ehe damit zu tun? Wollen Sie mir daraus jetzt einen Strick drehen? Habe ich Ihrer Meinung nach auch meine geliebte Adoptivmutter auf dem Gewissen? Wissen Sie überhaupt, was Sie da reden?« Er war nicht mehr wütend. Wirkte eher frustriert und enttäuscht, dass man ihm drei Morde zutraute. Fassungslos schüttelte er den Kopf.

»Warum haben sie Ihre Adoptivmutter geheiratet?« Lisa ließ nicht locker.

»Weil ich sie sehr liebte. Übrigens, Siegmund Freud vergötterte ebenfalls seine

Mutter so sehr, dass ...«

»Verschonen Sie uns mit Siegmund Freud, dem kranken Hirn«, unterbrach Robert den Arzt respektlos, »der Kerl glaubte ernsthaft, seine Mutter hätte ihn bereits auf dem Wickeltisch sexuell belästigt. Und so'n Mist wird auf den Unis gelehrt. Ihr Typen seid doch alle ...«

»Meine Herren, es reicht«, fuhr Lisa dazwischen. »Konzentrieren wir uns bitte wieder auf das Wesentliche.« Allerdings wusste sie nicht so recht, wie sie weiterkommen sollte. Der Mann würde nach diesen haltlosen Fragen und Beschuldigungen mauern. Aber sie spürte aus einem inneren Instinkt heraus, aus jener Intuition, auf die Jörg Lesch sie damals hingewiesen hatte, dass Hellwig ihr etwas vorspielte. Spürte es ganz genau. So schnell wie der Arzt aufbrauste, so schnell beruhigte er sich, bot ihnen Platz auf einem der Sofas an.

»Möchten Sie Ihren Anwalt hinzuziehen?« fragte Lisa.

»Muss ich das?« Er setzte sich in einen tiefen Ohrensessel nahe dem Fenster, nickte bedächtig. »Im Grunde ist es einerlei, was ich sage. Als nächster Angehöriger werde ich sowieso verdächtigt.« Für einen winzigen Augenblick stiegen ihm Tränen in die Augen.

Ein grandioser Schauspieler, dachte Robert angewidert. Der Kerl lügt uns die Hucke voll, und wir fressen den Mist.

Alma kam mit einem Tablett Kaffee herein, stellte es auf den Tisch. Lisa erkannte an ihrem Gesichtsausdruck, dass es ihr nicht recht war, dass man ihren Arbeitgeber so in die Mangel nahm. Glaubte, dass Alma ihn beschützen wollte. Auf jeden Fall gehörte sie zu den Zeugen, die sie selber vernehmen würde. Nochmals wollte sie die alte Dame nicht unbeachtet lassen.

Alma servierte den Kaffee, dann verließ sie auf leisen Sohlen wieder das Zimmer. Nachdem Hellwig wenige Schlucke getrunken hatte, begann er ohne weitere Aufforderung zu erzählen, während Lisa eifrig mitschrieb.

Sie erfuhren von ihm, dass er sich vor ungefähr vier Jahren, kurz vor dem unerwarteten Dahinscheiden seiner zweiten Gattin Beatrix, in Solveig, die als angehende Hebamme in der Klinik tätig war, verliebt hatte. Kurz nach der Beisetzung von Beatrix heiratete er dann Solveig. »Wir haben uns so sehr ein Kind gewünscht«, fuhr der Arzt verträumt fort. Jetzt endlich hat es geklappt, Solveig ist schwanger. Ich brauche einen Erben; denken Sie wirklich, ich könnte meiner Frau etwas antun?« Erneut bildeten sich Tränen in seinen Augen. Er sprach nicht in der Vergangenheitsform von ihr. Für ihn schien sie tatsächlich weiterhin am Leben zu sein.

In Lisas Augen allerdings beteuerte er seine Liebe, sein Glück mit ihr zu sehr. »Was ist mit diesem angeblichen Liebhaber, den Sie erwähnten?«

»Nichts von Bedeutung«, entgegnete er. »Wir schätzen beide die Abwechslung, wenn Sie verstehen, was ich meine.«

»Aber sicher! Wer kann schon jeden Tag Erbsensuppe fressen?« grinste Robert, verzog angewidert die Mundwinkel, um sogleich fortzufahren: »Wie können Sie so sicher sein, Doktorchen, dass das Kind von Ihnen ist, wenn Sie beide angeblich Rudelbums vollzogen haben? Was, wenn Ihre Gattin Ihnen ein Kuckucksei ins Nest gelegt hat?« Er war in seinem Element. Endlich ein schlagkräftiges Argument. Damit konnte er seinen Gegner in den Boden stampfen. Lisa sah es an seinen Gesichtszügen. Jetzt grinste er still vor sich hin, als er bemerkte, dass Hellwig kaum erkennbar seine Hände rieb. Der Mann wurde nervös, dachte Lisa zufrieden. Vielleicht waren sie gar kein so schlechtes Team. Ihre unterschiedliche Arbeitsweise schien sich zumindest in diesem Fall hervorragend zu ergänzen.

»Natürlich wollte ich sichergehen, dass das Kind auch von mir ist. Wir haben einen Test durchführen lassen. Wenn Sie Wert darauf legen, stelle ich Ihnen die Ergebnisse freiwillig zur Verfügung«, nahm er Robert sogleich den Wind aus den Segeln.

»Fein«, sagte dieser, er gab sich allerdings nicht so schnell geschlagen. »Befassen wir uns nun mit Ihrem Personal. Wer ist hier im Haus und Garten beschäftigt und wer in Ihrer Praxis? Alle Namen und Adressen bitte.«

»Wenden Sie sich an meine Haushälterin und an meine Damen in der Klinik. Weder habe ich alle Namen noch Daten dieser Herrschaften im Kopf. So wichtig sind diese Leute nicht.«

Arrogantes Arschloch, dachte Robert. Vermutlich hast du nicht mal unsere Namen auf der Pfanne. Aber sei gewiss, du wirst sie im Traum buchstabieren lernen. Schnell kam er wieder zur Sache. »Sie pflegten also munter rumzupoppen; ich kann mir nicht vorstellen, dass Sie nicht eifersüchtig waren. Eifersucht, ein wirklich mordsmäßiges Motiv«, erläuterte er. »Ihre Gattin hatte vielleicht Ihre Faxen satt, wollte sich von Ihnen trennen.«

Lisa ließ ihn machen, solange er sich auf einigermaßen akzeptablem Boden bewegte, was seine Manieren anging. Wollte ihm nicht dazwischenfunken.

»Nein!« entgegnete Hellwig herrisch. »Sie liebt mich. Außerdem schätzt Solveig das sorgenfreie, luxuriöse Leben, das ich ihr biete. Sie würde mich niemals freiwillig verlassen.«

»Wenn das kein Motiv ist«, haute Robert in die Bresche. »Der perfekte Grund, seine Gattin loswerden zu wollen. Vielleicht haben Sie Ihre Fühler ja bereits nach Frischfleisch ausgestreckt. Ihre Gattin war unglücklicherweise im Weg.«

Wütend sprang Hellwig auf, gestikulierte wild mit den Armen, während er brüllte: »Hinaus, Sie widerlicher Prolet!«

Daraufhin verstaute Lisa den Notizblock in ihrer Handtasche, deutete Robert mit stummen Blicken an, das Feld zu räumen, bevor es zu einer handfesten Schlägerei kam.

»Unsere Leute werden vorerst weiter nach brauchbaren Spuren suchen. Ich bitte Sie, unterstützen Sie die Kollegen, wo immer es geht«, versuchte sie die Wogen ein wenig zu glätten.

Hellwig nickte kaum merklich.

»Hier ist meine Karte«, sagte sie, übergab ihm ihre Telefonnummer, unter der sie Tag und Nacht zu erreichen war. Dann verließen sie enttäuscht das Haus. Draußen atmete sie die feuchte Luft des kalten Dezembertages ein.

»Der Kerl hält sich für besonders schlau«, meinte Robert, betrachtete mit wehmütigem Blick das große Anwesen. »Ich hätte auch Arzt werden …«

Lisa hörte ihm gar nicht zu. Ihre Gedanken weilten bei Hellwig und seiner belanglosen Aussage. Allerdings sagte ihr Instinkt, dass sein Wutanfall vielleicht ein Anzeichen dafür war, dass Robert in der Wunde der Schuld gestochert hatte. Im Augenblick konnten sie ihre Befragung nicht weiterführen. Unter diesen Umständen würde er es nicht zulassen. Zudem würde er jetzt vermutlich Himmel und Hölle in Bewegung setzen, damit man ihn zukünftig in Ruhe ließ. Des Weiteren hatte er Robert mit einer Dienstaufsichtsbeschwerde gedroht, was dieser nur mit einem abfälligen Schulterzucken zur Kenntnis nahm.

Minuten später erreichten sie das Gebäude der Kriminalpolizei im Lollfuß. Gegenüber, im Schleswiger Amtsgericht, fand die Versteigerung mehrerer Eigentumswohnungen des Wikingturms statt, wie Lisa aus der Zeitung wusste. Der Besucheransturm legte den Verkehrsfluss in der schmalen Gasse fast völlig lahm. Anstatt an der Straße zu parken, musste sie in die Tiefgarage des Reviers fahren. Sie schätzte das alte, dunkle Gewölbe nicht sehr, denn die Zufahrt war dermaßen kurvig und eng, dass so manch hässliche Schramme den Lack der Fahrzeuge zierte.

»Was denkst du, ist das Motiv für das Verschwinden seiner Frau wirklich in dieser ominösen Affäre zu suchen?« Robert sah sie von der Seite an.

»Keine Ahnung. Ich spüre nur, dass etwas nicht stimmt.«

»Ah, da ist sie wieder, deine grandiose Satanstechnik«, grunzte er. »Weißt du was, Mädchen, ich bin auch schon so lange im Geschäft und brauch deinen Hokuspokus nicht. Wir sollten uns auf Fakten besinnen. Der Kerl verarscht uns, glaub mir. Das nächste Mal pack ich ihn bei seinen Eiern, dass schwör ich dir! Ich mach ihn fertig!«

## 11

Es war kurz nach dreizehn Uhr, und es regnete wie aus Kübeln. Lisa beschloss, den Rest des Tages damit zu verbringen, die bisher ermittelten Ergebnisse zu sondieren, als das Telefon läutete. Robert saß ihr gelangweilt gegenüber.

»Es hat geschellt, Süße«, flötete er, während er seine vom vielen Rauchen vergilbten Fingernägel maniküre.

Sie nahm den Hörer ab, meldete sich mit ihrem Namen. Sagte „ja" und „ausgezeichnet", legte wieder auf. »Das war Matthias Schneider. Die Taucher haben im Noor eine wirklich interessante Entdeckung gemacht...«

»Die Leiche gefunden?« unterbrach er sie.

Sie schüttelte den Kopf: »Nein, das nicht, aber etwas anderes, was uns vielleicht weiterbringt.«

»Mein Gott, Mädel, komm zur Sache! Denkst du, ich bin Hellseher?« er unterbrach seine Maniküre, sah sie grimmig an.

»Man hat auf dem Grund des Ablaufteichs der ehemaligen Fabrik Teile einer Kettensäge gefunden. Ungewöhnlich dabei ist allerdings, dass nach Schneiders erster Begutachtung vor Ort, die Seriennummer herausgemeißelt wurde. Mit den anderen gefundenen Gegenständen und diesem neuesten Fund werden jetzt forensische Untersuchungen durchgeführt. Schneider und Ulrike Schow werden uns informieren, sobald konkrete Ergebnisse vorliegen. Er meint, es ist irrsinniges Glück, dass sie auf die Säge gestoßen sind, denn normalerweise hätte sie längst im weichen Morast des Noors versunken sein müssen. Dieses kleine Gewässer gibt für gewöhnlich nichts mehr her, was erst einmal dort unten liegt.«

»Was sollen wir mit dem Ding anfangen, wenn keine Seriennummer vorhanden ist? Mumpitz! Bringt uns nicht weiter«, schüttelte er den Kopf.

»Es gibt da einige Möglichkeiten, wart's ab«, entgegnete sie.

»Dann würde ich meinen, da wir den Kerl nicht ohne stichhaltige Beweise einbuchten können, den lieben Doktor mal an den Lügendetektor anzuschließen«, schlug er süffisant vor und holte zur Feier des Tages den Flachmann aus der Jackettasche. Allerdings sah er an ihrem gereizten Blick, dass sie ihm die Leviten lesen würde, sollte er der Versuchung erliegen, einen Schluck aus der Pulle zu nehmen. Unverrichteter Dinge schraubte er die Flasche wieder zu, steckte sie zurück in die Tasche, während sie zufrieden nickte.

Wenig später erschien Horst zusammen mit Edda, die einen Aktenordner unter dem Arm trug.

»Hallo Leute«, begrüßte Edda die Kollegen, ließ sich in Roberts Manier erschöpft auf einen der unbequemen Besucherstühle aus kühlem Stahl sinken, während Horst neben Lisas Schreibtisch stehenblieb und fragte: »Na, wie sieht's aus? Irgendetwas, womit wir Hellwig festnageln können? Der Staatsanwalt will Ergebnisse.«

Lisa kam Robert zuvor, berichtete über die gerade erworbenen Kenntnisse und Roberts Vorschlag, den Verdächtigen dem Lügendetektortest zu unterziehen.

Horst nickte bedächtig, strich sich das ergraute Haar aus der Stirn, meinte dann: »Eine gute Idee. Versuch Druck zu machen.«

Sie stand auf, nahm ihre Handtasche, die neben dem Schreibtisch stand und forderte Edda auf, ihr zu folgen. An der Tür drehte sie sich kurz zu Robert um, sagte: »Übrigens, solltest du weiter dem Alkohol frönen, dann sorge ich dafür, dass du zur Entwöhnung geschickt wirst. Verlass dich drauf, ich meine es todernst!«

»Sackloses Gesindel!« brüllte er ihr hinterher, stieß mit dem Fuß einen der Bürostühle um.

»Nun mal sachte, Robert«, beruhigte Horst ihn, »sie hat recht, und das weißt du auch. Als dein Vorgesetzter hätte ich das schon längst tun müssen. In letzter Zeit bin ich recht phlegmatisch geworden.«

Robert sagte: »Scheiße«, holte den Flachmann hervor, reichte ihn an Horst weiter. Forderte den Kollegen auf, einen Schluck zu probieren.

Horst führte die Flasche an die Nase. Mit einem erstaunten Grinsen gab er Robert den Flachmann zurück. »Zum Teufel, was bezweckst du damit?«

Robert blieb eine Antwort schuldig.

Nachdem Alma die Beamten, die das ganze Haus auf den Kopf gestellt hatten, hinausbegleitet hatte, steckte sie den Kopf zu Hellwigs Bürotür hinein. »Wenn Sie mich nicht mehr benötigen, Doktor, würde ich jetzt gern nach Hause gehen.«
»Tun Sie das, Alma. Vielen Dank.«
Auf der Schwelle verweilte sie einen Moment. »Ich könnte auch bleiben und etwas kochen.«
»Vielen Dank, Alma. Ich habe keinen Hunger.« Seine Stimme klang gedämpft.
Die Haushälterin bemerkte seine gedrückte Stimmung, Schuldgefühle plagten sie plötzlich. Durch sie war Solveig damals erst auf den Gedanken gekommen, sich in der Klinik um einen Arbeitsplatz zu bewerben. So auf den smarten Arzt aufmerksam geworden.

Solveigs Eltern gehörte ein Bestattungsunternehmen, dort bekleidete Alma ebenfalls eine geringfügig bezahlte Putzstelle; mit ihrer kleinen Rente kam sie einfach nicht über die Runden. War sie nun gar schuld am Verschwinden der jungen Frau? „Oh, Gott", schickte sie ein Stoßgebet zum Himmel. „Was hab ich nur getan?"

In der Küche zog sie ihren grauen Wintermantel an, wickelte sich einen Wollschal um den Kopf, damit ihre Dauerwelle nicht dem Schneeregen zum Opfer fiel. Anschließend nahm sie ihr Schlüsselbund von der Anrichte, betrachtete ihn eine Weile äußerst nachdenklich, bevor sie die Villa durch die Hintertür verließ.

Knapp fünfzehn Minuten später erreichte sie ihr Haus, das sich in Klensby befand, einem romantischen, verschlafenen Ort vor den Toren Schleswigs. Sie lenkte den Wagen in die Auffahrt ihres kleinen Hauses. Hinter dem Wohnzimmerfenster bemerkte sie Licht. Brigitte, ihre dreißigjährige Tochter, saß sicher mal wieder vor dem Fernseher.

Als sie hereinkam, drehte die junge Frau sich zu ihr herum. Ihre Tochter schien bester Stimmung zu sein. Aber es gab auch Tage, da war Brigitte trotz der vielen Medikamente, die sie auf Geheiß Hellwigs und Müllers einnehmen musste, schrecklich nervös und vor allem aggressiv. Heute jedoch schenkte sie ihr ein fast liebevolles Lächeln.

Seit Solveigs Verschwinden wirkte sie so fröhlich, ja geradezu aufgekratzt. Um ihre Tochter nicht in Schwierigkeiten zu bringen, hatte Alma bei der Vernehmung durch die Polizei ein weiteres wichtiges Detail ausgelassen: Der Schlüssel zur Villa hatte sich an jenem Abend nicht mehr an ihrem Schlüsselbund befunden. Alma fand ihn einen Tag später in Brigittes Hosentasche. Als sie ihre Tochter danach fragte, begann das Mädchen zu heulen, war in ihr Zimmer gerannt. Über Stunden hatte sie sich eingeschlossen. Spät in der Nacht war sie dann zu Alma ans Bett getreten, hatte weinend darum gebeten: »Mama, bitte, bitte, sag nichts davon zur Polizei oder zum Doktor, dass ich böse war.«

Nachdem Alma sich von dem Schock erholt hatte, ermahnte sie Brigitte eindringlich: »Wir dürfen das niemals irgendeinem Menschen gegenüber erwähnen.«

Bis jetzt schien Brigitte sich tapfer daran gehalten zu haben. Seit jenem schrecklichen Tag versuchte Alma sich einzureden, dass alles nur reiner Zufall war. Was aber, wenn Brigitte mit dem Schlüssel ins Haus gelangt war? Was, wenn der Doktor tatsächlich eine weitere Person bemerkt hatte und diese Person Brigitte war? Das Mädchen kannte den Code der Alarmanlage. Besorgt sah sie auf ihre Tochter. Wie kann ich Gewissheit erlangen, fragte sie sich? Sie wusste von der unerfüllten Liebe Brigittes zu Hellwig.

## 13

Mit ihren Einkäufen unterm Arm ging Lisa zur Haustür. Es war erst zwanzig Uhr, doch sie war bereits hundemüde. Der Tag war lang und anstrengend gewesen. Nach der Befragung Hellwigs in seinem Haus, war sie mit Robert zurück ins Büro gefahren, hatte versucht, so viel wie möglich über das Arztehepaar herauszufinden. Es gab nichts, was in irgendeiner Form verdächtig gewesen wäre, wenn man von dem angeblichen Liebhaber absah. Danach war sie gemeinsam mit Edda in die Forensik nach Kiel gefahren; konnte durch ihren dortigen Besuch aber ebenfalls keinen wirklichen Erfolg verzeichnen. Die Untersuchungen an den gefundenen Materialien befanden sich noch im Anfangsstadium.

Ihre Einkäufe stellte sie auf den Küchentresen, ging zum Fenster hinüber, um die Vorhänge zu schließen. Seit ihrer Rückkehr aus Wiesbaden fühlte sie sich ständig beobachtet. Seinerzeit war sie so tief in die Materie von Serienkillern eingetaucht, dass sie sich nirgends mehr sicher fühlte. Wahrscheinlich würde sie noch lange Zeit benötigen, um das Erlernte seelisch zu verarbeiten. Würde lernen müssen, mit dieser Angst zu leben.

Im Wohnzimmer läutete das Telefon. Sie beeilte sich, das Gespräch anzunehmen, bevor sich der Anrufbeantworter einschaltete. Sehnsüchtig erwartete sie einen Anruf von Jörg Lesch.

»Hallo?«, hauchte sie in die Muschel, ohne sich mit ihrem Namen zu melden.

»Lisa, Schatz, ich wusste doch, dass du wieder zurück bist«, hörte sie die Stimme ihres Ex-Gatten York flöten. »Liebling, was hältst du davon, wenn ich kurz zu dir herüberkomme und dich zum Abendessen ausführe?«

»Nichts halte ich davon«, erwiderte sie gereizt. Das Letzte, was sie wollte, war ein Zusammentreffen mit ihrem Ex. Mittlerweile war der Schmerz nicht mehr so grausam, den er ihr zugefügt hatte. Verzeihen konnte sie ihm jedoch nicht. Schon deshalb nicht, weil sie genau wusste, was er von ihr wollte. Sein Begehren war das Haus, das man ihr bei der Scheidung zugesprochen hatte. Die wunderschöne alte Villa am Ufer der Schlei, in einem bevorzugten Wohngebiet Schleswigs. Yorks Traumhaus, nicht ihres, denn sie konnte es sich im Grunde nicht leisten, den alten Kasten zu unterhalten. Wenn ihre Mutter ihr nicht jeden Monat finanziell unter die Arme greifen würde, wäre die Villa bereits auf der Liste der versteigerbaren Immobilien gelandet.

York war ein junger, dynamischer Rechtsanwalt für Steuer- und Arbeitsrecht; seine Honorare wurden im letzteren Fall von den Gewerkschaften und Sozialverbänden gezahlt – das verschaffte ihm sozusagen den gewissen sozialen Touch. Das wirklich große Geld verdiente er allerdings an den „unschuldigen" Steuersündern, die bei ihm Schlange standen und sich durch seine Genialität - denn genial war er nun mal -, einen Freispruch erhofften. Er bekam jeden frei, selbst wenn derjenige schuldig war wie Judas.

Auf einer Geburtstagsparty bei einem gemeinsamen Freund hatten sie sich kennengelernt. York überzeugte jeden, so auch sie, durch sein grandioses Aussehen, seine berufliche Genialität, seine Zuvorkommenheit. Sein Kundenstamm wuchs von Tag zu Tag. Mittlerweile waren zwei Partner und zwei Referendare für ihn tätig. Von den fünf weiblichen Schreibmäusen einmal ganz abgesehen. Er verfügte über eine rasche Auffassungsgabe, unerschütterliches Selbstvertrauen. Wusste seinen unwiderstehlichen Charme bei jeder Gelegenheit einzusetzen. Verblüffte jeden mit seiner gespielten Aufrichtigkeit. Lisa war auf all seine vermeintlichen Vorzüge hereingefallen. Hals über Kopf stürzte sie sich in eine leidenschaftliche, aufregende Beziehung mit ihm. Viel Zeit zum Nachdenken war ihr nicht geblieben, weil er sie geradezu bedrängte, ihn zu heiraten. Und wenn sie ehrlich zu sich selbst war, hatte sie überhaupt nicht nachgedacht, es auch gar nicht gewollt. Ausschlaggebend war ihr Herz gewesen, nicht der Verstand.

Und wenn es Warnzeichen gegeben hatte, waren sie unerkannt an ihr vorbeigerauscht, weil sie ihn liebte.

Lange, intensive, sehr ermüdende Gespräche hatte sie mit ihm geführt. Sie wollte ihre Ehe retten, allerdings nicht um jeden Preis. Als sie ihn dann mit einer vollbusigen Volontärin in seinem Büro erwischte, einer jungen Frau, deren Ehrgeiz keinerlei moralische Hemmungen kannte, warf sie ihn schließlich aus dem Haus.

Es gab eine Zeit, da wäre sie, ohne lange nachzudenken, seiner Einladung gefolgt. Nur weil sie glaubte, ihn immer noch zu lieben. Doch seit sie Jörg Lesch kannte, war sie davon überzeugt, dass es nur noch einen Mann in ihrem Leben gab und geben würde, und das war Jörg. Den genialsten Profiler, den die Bundesrepublik hervorgebracht hatte - und den schwierigsten aller Charaktere. Leider gab es ein Problem; Lesch hatte ihr nie wirklich Hoffnung auf eine gemeinsame Zukunft gemacht. Voller Bitterkeit gestand sie sich ein, dass sie auch auf diesen Mann blind hereingefallen war. Dabei hatte sie sich so viel davon versprochen, wenn sie ihm nach Wiesbaden folgen und an dem Lehrgang für Fallanalytiker teilnehmen würde, den er ihr so warm ans Herz gelegt hatte. Bedauerlicherweise hatte sich keine allzu private Beziehung zwischen ihnen aufgebaut. Zwar waren sie des Öfteren miteinander ausgegangen, aber zu mehr ließ Jörg sich nicht hinreißen. Nicht einmal zu einem richtigen Kuss war es gekommen. Völlig frustriert, dass sie erneut an einen Mann geraten war, der keine feste Beziehung wollte, zog sie sich letztendlich von ihm zurück. Vielleicht kam er auch über den Tod seiner Frau nicht hinweg, benötigte einfach mehr Zeit.

»Lisa, bist du noch dran?« hörte sie York am anderen Ende der Leitung fragen.

Nur mühsam riss sie sich zusammen, verdrängte die Vergangenheit. »Lass mich endlich in Frieden, York«, fauchte sie wütend in den Hörer.

»Hör zu Liebling, ich möchte dich nur sehen. Ich hab dich vermisst.«

»Fein, du Saukerl, dann weißt du ja wie das ist, wenn man fallengelassen wird.« Erbost knallte sie den Hörer auf. Gerade als sie sich auf den Weg nach oben ins Schlafzimmer machen wollte, läutete erneut das Telefon. Jetzt war sie so geladen, dass sie den Hörer abnahm und in die Muschel fauchte: »Hör zu, du Mistkerl. Wenn du mich nicht in Frieden lässt, dann kannst du dir schon mal einen Grabstein bestellen ...«

»Verstehe!« hörte sie eine wohlbekannte Stimme am anderen Ende der Leitung und bekam weiche Knie.

»Nette Begrüßung«, flötete Lesch. »Ich hatte ja keine Ahnung, dass du mich dermaßen verabscheust.«

»Da missverstehst du etwas«, entschuldigte sie sich schnell. »Ich dachte, es wäre mein Ex-Mann.«

»In Ordnung. Wenn ich störe, dann sag`s nur.« Seine Stimme klang irgendwie verändert. »Wechseln wir das Thema«, fuhr er fort, »was ist das für ein mysteriöser Entführungsfall, den ihr da habt? Heute Morgen hab ich davon in der Zeitung gelesen. Im Fernsehen brachten sie ebenfalls einen kurzen Bericht.«

»Eine merkwürdige Sache«, erwiderte sie. »Mein Gefühl sagt mir, ich sollte den Ehemann nicht unterschätzen. Aber ohne Leiche leider kein Mord! So ist nun mal die Sachlage.«

»Du vermutest, er hängt da selbst mit drin?«

»Ausschließen möchte ich es nicht.«

»Wurde eingebrochen?«

»Es liegen keine Beweise für einen Einbruch vor«, sagte sie.

»Wenn ihr Mann an jenem Abend außer Haus war, vielleicht hat sie ihren Entführer, denn davon müssen wir ausgehen, selbst hereingelassen.«

»Jörg, bitte rede nicht mit mir, als wäre ich unfähig, selbst meine Schlüsse aus der momentanen Beweislage zu ziehen. Ich will dir keineswegs zu nahe treten, du solltest wohl am besten wissen, dass das Bundeskriminalamt keine übergeordnete Weisungsbefugnis den polizeilichen Ermittlungsstellen der Länder gegenüber hat. Wir haben unsere eigene Polizeihoheit. Das BKA ist eine Servicestelle zum Abrufen von Daten und zur Koordination mit den anderen Bundesländern und natürlich dem Ausland ...«

»Schon gut«, unterbrach er sie, »eigentlich gedachte ich, einige Tage Urlaub in Schleswig zu machen. Ein wenig Zeit mit dir verbringen.«

»Denkst du, dass das eine gute Idee ist?«

»Lassen wir es darauf ankommen. Eventuell kann ich euch bei dem Fall ein wenig unter die Arme greifen. Vorausgesetzt, du benötigst meine Hilfe. Verbinden wir das Angenehme mit dem Nützlichen. Übrigens, ist Horst Sommer noch im Dienst?«

»Ja. Ende Januar geht er endgültig in den Ruhestand. Dann trete ich in seine Fußstapfen.«

»Gratuliere! Dann hat es ja doch mit deiner Beförderung geklappt. Was wird aus Robert Maler?«

»Mit dem Proleten werde ich mich weiterhin herumschlagen müssen.«

»Also, was ist jetzt, darf ich dich besuchen kommen?« wechselte er abrupt das Thema.

»Gib mir etwas Bedenkzeit, Jörg. Im Augenblick stecke ich bis an die Haarwurzeln in Arbeit. Ich melde mich bei dir, versprochen«, sagte sie und legte unvermittelt auf.

Ihre Stimme zitterte, mit den Händen fuhr sie sich nervös durchs Haar, das sie an diesem Abend offen trug, spürte die Hitze in ihrem Gesicht. Zum Spielball der Männer würde sie sich nicht mehr degradieren lassen. Wenn hier einer den Ton angab, dann war sie es, nicht mehr umgekehrt.

Ein Blick zur Uhr auf dem Kaminsims sagte ihr, dass es bereits zu spät war, um ein üppiges Abendessen zu genießen. Stattdessen entschied sie sich für einen Salat mit wenig Dressing, stellte alles auf ein Tablett. Dazu schenkte sie sich ein Glas kalten Tee ein, ging hinüber ins Wohnzimmer, wo sie während des Essens die mitgebrachten Protokolle nochmals studieren wollte.

Sie blätterte die Unterlagen durch: Die Arztgattin befand sich ohne Zweifel in ihrem Schlafzimmer, als man sie verletzte. Ob tödlich verletzt, stand nicht einwandfrei fest, immerhin fehlte nach wie vor ihre Leiche. Wohin war die Frau verschwunden? Das Haus war nach Aussage ihres Mannes verschlossen gewesen, als er von seiner Tagung in den frühen Abendstunden heimkehrte. Lisa wühlte in den Unterlagen. Obwohl sie erst vor wenigen Stunden mit Ulrike Schow gesprochen hatte, suchte sie nun nach der Telefonnummer der Rechtsmedizin, wählte die Nummer, hatte auch gleich Ulrike am Apparat. »Tut mir leid, dass ich dich um diese Zeit noch störe«, sagte sie entschuldigend, »ich brauche deinen Rat und deine Hilfe.«

»Du störst nicht«, lachte Ulrike, »ich bin ganz froh, wenn ich mich mal unterhalten kann. Leichen können sehr langweilig sein. Also, schieß los, was willst du wissen?«

Ulrike schien einen ihrer heißgeliebten Schokoriegel zu genießen, was Lisa ein genüssliches Schmatzen verriet. Und höchstwahrscheinlich filetierte sie dabei gerade einen Toten, der vor ihr auf dem Tisch lag.

»Ich brüte über dem mysteriösen Verschwinden dieser Arztfrau, würde gern das forensische Verfahren zur Auffindung eines Körpers anwenden lassen. Kannst du mir da weiterhelfen? Ich weiß, wir sind diesbezüglich noch nicht so weit wie die Amis, aber ich hab keine andere Wahl, Ulrike. Heute wurde ein weiteres Mal das gesamte Grundstück akribisch abgesucht. Man hat eine Kettensäge gefunden, aber bevor diesbezüglich konkrete Ergebnisse vorliegen, bedarf es einiger Zeit. Also, außer dem, was du bereits vorliegen hast, gibt es keine neuen Erkenntnisse. Nun meine Frage: Es gibt doch diesen Doktor Krautberg, der sich seit Jahren der forensischen Spurensuche verschrieben hat. Soweit mir bekannt, hat er beste Beziehungen, um an einen Spektrographen heranzukommen. Du hast doch guten Kontakt zu ihm.«

»Was du nicht so alles weißt!« entgegnete Ulrike überrascht. »Du kennst dich mit einem Spektrographen aus?«

»Natürlich nicht! Ich weiß nur, dass man das Gerät sehr erfolgreich in den USA zur Bekämpfung der Kriminalität einsetzt.«

»Hör zu, Lisa«, unterbrach Ulrike ihren Redeschwall, »Krautberg ist zwar in der Forschung tätig, hat auch die besten Beziehungen zu unserem Landesvater, allerdings möchte ich bezweifeln, dass das Land Geld locker macht, um Analysen mit dem besagten Gerät zu genehmigen. Aber ich werde sehen, was ich tun kann. In den nächsten Tagen ruf ich dich an.«

»So viel Zeit hab ich nicht. Wenn wir Spuren sichern wollen, müssen wir das sofort tun. Dazu muss ich allerdings wissen, was Krautberg im Einzelnen für seine Untersuchungen benötigt.«

»Na gut«, hörte sie Ulrike seufzen, »ich rufe ihn gleich morgen an. Aber ich warne dich, er ist ein sehr unangenehmer Zeitgenosse.«

»Danke dir«, sagte Lisa erleichtert und legte auf. Sie war hundemüde. Morgen früh stand eine Besprechung auf dem Plan, die Kollegen erwarteten von ihr konkrete Anweisungen bezüglich der weiteren Vorgehensweise. Außerdem musste sie mit dem Staatsanwalt reden.

Sie eilte die breite Treppe in die erste Etage zu ihrem Schlafzimmer hinauf. Als sie die Tür öffnete, kam ihr ein kühler Luftzug entgegen. Beim Verlassen des Hauses hatte sie wahrscheinlich vergessen, das Fenster zu schließen. Ein kalter Schauer lief ihr über den Rücken. Ihr Blick glitt zum Tresor, in dem die Dienstwaffe unter Verschluss lag. Bisher hatte sie der Versuchung widerstanden, sich den Schießprügel unters Kopfkissen zu legen. Neuerdings jedoch vernahm sie Geräusche, die es nicht gab. Glaubte Gespenster zu sehen, die nicht da waren. Sie fürchtete sich. Aber war das nicht normal, wenn man die entsetzlichsten Morde rekonstruieren und ins Gehirn sexuell motivierter Serientäter kriechen musste?

Sie ging zum Fenster, schloss es, zog den Vorhang zu. Dann blickte sie durch einen kleinen Spalt des Vorhangs nach draußen, konnte einen Schatten und ein merkwürdiges Leuchten - wie ein Taschenlampenlicht auf dem Wasser -, erkennen. Langsam werde ich irrsinnig, dachte sie, ging zum Waffenschrank hinüber und schloss ihn auf.

Die Waffe lag geladen im Tresor. Damit verstieß sie gegen das Waffengesetz und die Dienstvorschriften, was ihr allerdings gleichgültig war. Sie nahm die Waffe an sich, legte sie unters Kopfkissen, dabei glitt ihr Blick auf das Foto ihres Ex-Mannes, das immer noch auf ihrem Nachttisch stand. Erschrocken fuhr sie zusammen, als ein Knarren auf der Treppe zu hören war. Hastig zog sie die Pistole wieder hervor, entsicherte sie. Schlich zur Tür, lauschte angespannt den Geräuschen jenseits der Tür.

Schritte. Ein kaum vernehmbares Hüsteln. Das Rascheln von Kleidung. Dann plötzlich furchteinflößende Stille. Ihr Herz hämmerte so laut in ihrer Brust, dass sie glaubte, auf der anderen Seite der Tür könne man es ebenfalls hören. Für einen kurzen Moment schloss sie die Augen. Ihre Hände zitterten. Mit dem Mut der Verzweiflung riss sie die Tür auf, zielte mit der Waffe auf ein ihr nur allzu bekanntes Gesicht. York stand vor ihr, riss die Hände in die Höhe und rief: »Nimm die Waffe runter, verdammt nochmal! Ich bin's doch nur.«

»Mein Gott, du Idiot! Was tust du hier, wie kommst du überhaupt ins Haus?« fragte sie entsetzt, sicherte die Waffe.

Er drängte sie zurück ins Schlafzimmer, dabei sah er ihr tief in die Augen. »Ich hab dich vermisst, Lisa. Ich will …« plötzlich fiel sein Blick auf den Punchball, der von der Zimmerdecke herabhing und mit einem zerfledderten Bild seines Gesichts versehen war. Er runzelte die Stirn, fragte überrascht: »Was soll das?«

Burschikos schob sie ihn beiseite, trat auf den Punchball zu, begann Yorks Antlitz in Taekwondo-Technik zu bearbeiten. Nachdem sie seinem Bildnis drei kräftige Tritte verpasst hatte, fühlte sie sich wesentlich besser.

»Sieh einer an«, grinste er schief, »ich hatte ja keine Ahnung, wie sehr du noch an mir hängst. Und wie ich sehe, hast du immer noch mein Foto neben deinem Bett stehen.«

»Was willst du?«, überging sie seine blödsinnige Bemerkung.

»Mit dir reden. Am Telefon ist es ja unmöglich. Ich will dieses Haus, Lisa. Nicht mehr und nicht weniger. Außerdem bezahle ich dir einen anständigen Preis. Überleg's dir, aber nicht zu lange.«

»Es gibt nichts zu überlegen, York. Dieses Haus bekommst du nur über meine Leiche«, erwiderte sie.

»Fein, wenn du es so haben willst. Mein Gott, bist du stur.« Wütend drehte er sich auf dem Absatz um, rannte die Treppe hinunter. Sie folgte ihm bis zur Balustrade, rief ihm nach: »Lass deinen Schlüssel hier!« Hörte, wie er den Schlüssel auf die Garderobe warf und aus dem Haus stürmte. Hinter ihm fiel krachend die Haustür ins Schloss. Na gut, dachte sie resigniert, der nächste Ärger stand ins Haus. Für Yorks Sperenzien war nun wirklich keine Zeit.

Am nächsten Morgen saß sie bereits um sechs Uhr wieder am Schreibtisch, fütterte den Computer mit den wenigen Daten und Fakten des Hellwig-Falls. Sie verfügte weiterhin über keine wirklich brauchbaren Hinweise. Hatte keine Ahnung, wie sie weiter verfahren sollte. In einer Viertelstunde würden die Kollegen im Büro erscheinen, eine konkrete Vorgehensweise von ihr erwarten. Wie hypnotisiert starrte sie auf das Telefon, erwartete, dass es jeden Moment läutete, ihr den erhofften Durchbruch in dem Fall verschaffte. Verdammt, dachte sie, Ulrike könnte sich wirklich endlich melden.

Horst erschien, »Moin Lisa«, grüßte er.

Sie grüßte lächelnd zurück, widmete sich umgehend wieder dem Computer, mit dessen Hilfe sie gerade die weitere Strategie im Hellwig-Fall festgelegt hatte. Kurz darauf trafen Robert und Andreas, beide gutgelaunt und mit dem unvermeidlichen Becher Kaffee in der Hand, bei ihr im Büro ein.

Andreas, Ende Dreißig, Vater von vier Kindern, demnächst kam das fünfte, war das genaue Gegenteil von Robert. Zurückhaltend, höflich und sehr aufmerksam. Vor allem, er war nicht frauenfeindlich wie sein Kollege, der keine Gelegenheit ausließ, sich über Frauen im Berufsleben, aber in erster Linie bei der Polizei, zu echauffieren. Roberts Ansicht nach gehörten sie alle an den Herd und dort am besten angekettet. Die Weiber nehmen den Männern die Arbeit weg, so lautete seine Philosophie. Aus seiner Meinung machte er auch keinen Hehl. Es gäbe keine Arbeitslosen, wenn die Weiber sich nur um das Wohl der Familie kümmern würden, statt den Männern die Jobs streitig zu machen.

Andreas spendierte eine Runde Kaffee, während Edda in den Waschraum ging. Kurze Zeit später saßen, bis auf Edda, alle im Büro, harrten der Dinge, die da kommen sollten.

»Wo bleibt Edda?« fragte Robert harsch, zündete sich eine Zigarette an, ignorierte wie stets das Rauchverbot.

»Also«, begann Lisa, schlug ihre langen Beine übereinander, »gestern Abend hab ich noch mit Ulrike telefoniert, sie darum gebeten, für uns ein gutes Wort bei Dr. Daniel Krautberg einzulegen.«

Edda erschien, setzte sich neben Horst auf die Schreibtischkante. Lisa ließ sich davon jedoch nicht unterbrechen, nickte ihr nur stumm zu. »Krautberg arbeitet zurzeit an einem neuen forensischen Verfahren an der Uni Kiel. Ich hoffe sehr, dass er uns bei der Aufklärung dieses Falles behilflich sein kann.«

»Eine wirklich brillante Idee. Aber was willst du ihm an Material übergeben? Diese Schnipsel, den anderen nichtssagenden Müll, den die Spurensicherung gefunden hat? Was sollen die zum Beispiel mit der Kettensäge anfangen, die unsere Taucher aus dem Noor gefischt haben? Kann doch jeder Blödmusiker da entsorgt haben. Zum Beispiel damals, als die Zuckerfabrik noch in Betrieb war. Glaubst du, die Burschen, die da beschäftigt waren, haben jedes Mal so genau hingesehen, wohin sie den Müll entsorgten? Außerdem wurde geklaut, was nicht niet- und nagelfest war. Vielleicht einer der damaligen Arbeiter. Deshalb auch die herausgemeißelte Seriennummer. Der Typ klaut eine Säge, beim Verlassen des Werksgeländes bemerkt er dann eine unvorhergesehene Kontrolle durch den Werkschutz. Sieht sich genötigt, das gute Stück ins Noor zu schmeißen. Also, was willst du beweisen?« Roberts Stimme gluckste fast vor Freude, weil er wusste, dass sie nichts wirklich Verwertbares in Händen hatte. »Soll dieser Krautberg sich was schnitzen, Süße? Du solltest erst überlegen und das Hirn einschalten, bevor du mit deinen schlauen Vorschlägen kommst.«

»Mein Gott, wird das ewig so weitergehen? Müsst ihr euch ständig in den Haaren liegen?«, mischte sich Horst ärgerlich ein. »Lass Lisa ausreden, verdammt noch mal! Sie tut jedenfalls etwas, was man von dir nicht gerade behaupten kann.«

Zähneknirschend fügte er sich Horsts Anweisung, verhielt sich zumindest für einige Minuten still. Mehr konnte man von ihm auch nicht erwarten.

»Wir haben es hier mit einem Puzzle besonderer Art zu tun. Zunächst müssen wir die einzelnen Teile finden und zuordnen, bevor wir sie richtig zusammensetzen können. Der erste Schritt in diese Richtung ist bereits getan. Erst dann wird sich uns das hässliche Bild des Verbrechens offenbaren«, fuhr sie fort.

»Die geschätzte Kollegin ist unter die Philosophen gegangen«, höhnte Robert, schlürfte genüsslich von seinem Kaffeewasser.

Ohne ihn zu beachten, fuhr sie ungerührt fort: »Ich gehe zunächst einmal von einem chiffrierten Tötungsdelikt aus …«

»Mein Gott, Mädel«, fuhr Robert wütend dazwischen, »rede Deutsch mit uns.«

»Wäre es zu viel verlangt, wenn du für wenige Minuten deine Klappe halten und zuhören würdest?« fragte sie gereizt, sah ihn wütend an: »Spitz' deine Lauscher, dann solltest selbst du kapieren, wovon ich rede. Der Begriff „Chiffre" ist unter anderem als Synonym für geheime Schriftzeichen gebräuchlich. Mitteilungen werden dahingehend verschlüsselt, dass sie den tatsächlichen Inhalt einer Nachricht nicht erkennen lassen. Bei chiffrierten Tötungen verhält es sich ähnlich: Der Mörder tötet symbolisch, codiert sein Motiv, sein Handlungsmuster. Teilt sich uns mit, wir können seine Zeichen jedoch nicht deuten. Seine Tat erscheint uns zunächst noch motivlos, rätselhaft und dunkel.«

»Und was bezweckst du mit deinem Gequatsche in Bezug auf Hellwig?« Roberts Geduld war am Ende. Gereizt fingerte er aus seinem Jackett den Flachmann, genehmigte sich einen Schluck zur täglichen Aufmunterung. Ärgerlich sah sie ihn an, fuhr unbeirrt fort: »Prägendes, wesentliches Merkmal einer chiffrierten Tötung ist, dass eine konfliktbesetzte Beziehung mit dem „eigentlichen Aggressor", in unserem Fall Solveig Hellwig, über einen längeren Zeitraum unterhalten und durchlebt wird. Es ist eine Person, mit der der Täter sich emotional verbunden fühlt, regelmäßigen Umgang pflegt. Aber er hasst diese Person, aus welchen Gründen auch immer. Vielleicht drangsaliert sie ihn mit Taten und Worten, die er eventuell in früher Kindheit von seiner Mutter erdulden musste. Meistens spielen in solchen Situationen Kind-/Elternkonflikte eine große Rolle. Er will seinen Aggressor loswerden. Also, wir müssen zunächst mehr über die Ehe sowie seine leibliche Mutter und den Vater in Erfahrung bringen. War seine Ehe wirklich glücklich oder versucht Hellwig, uns da einen Bären aufzubinden? Andreas«, Lisa sah den Kollegen an, »du kümmerst dich darum. Befrage Nachbarn, Verwandte, Freunde und so weiter. Kommen wir nun zu den Tatmerkmalen: Diesbezüglich haben wir verdammt wenig vorzuweisen. Aber wir haben den Tatort: Die Wohnung des Opfers, soviel wissen wir bereits. Nach Angaben des Ehemanns fehlen keine Gegenstände aus dem Haus. Wie und ob die Frau überhaupt getötet wurde, bleibt vorerst ungeklärt. Hier jedoch müssen wir ansetzen. Was werden uns die gefundenen vermeintlichen Holzschnipsel, die Ulrike für Knochenfragmente hält, erzählen? Die blauen Fasern, das winzige Stück Metall, der Zahn und die Haarbüschel? Nicht zu vergessen die Kettensäge, die zu Tage gefördert wurde. Gehen wir vorerst einmal von einer vollendeten Leichenbeseitigung aus. Und dass es sich um Rückstände dieser Beseitigung handelt.«

»Lisa«, unterbrach Horst ihren Redefluss, runzelte die Stirn, während er einen seiner Regenwürmer interessiert betrachtete. »Robert hat recht, du redest ziemlich geschwollen. Versuch doch bitte wieder, dich unseren gemächlicheren Arbeitsweisen und auch unserem Sprachgebrauch anzupassen.«

»Sag ich doch«, haute Robert in die Bresche, »keine Sau versteht den Scheiß, den du uns da verklickern willst.«

Enttäuscht schaute sie Horst an.

»Die Heinis von der Spurensicherung haben mittlerweile Haus, Garten und Schuppen mit der Pinzette abgesucht. Und was haben die bisher gefunden? Das will ich wissen, nicht die gequirlte Scheiße über chiffrierte Mörder.« Roberts fieses Grinsen sprach Bände. Sie wusste genau, was er dachte. Es würde heroische Anstrengungen kosten, mit ihm zusammen an diesem Fall zu arbeiten. Und er konnte von Glück sagen, wenn nicht einer von ihnen beiden als Mordopfer irgendwo hinter einer Mülltonne aufgefunden wurde. Jetzt stand jedoch das Opfer Solveig auf dem Programm, bevor sie sich ihren Mordgelüsten widmen wollte. Sie biss sich auf die Lippen, nahm den vorläufigen Bericht der Spurensicherung zur Hand, begann vorzulesen, was Mathias Schneider mit seinem Team zu Tage gefördert hatte: »Erstens: Das Blut aus dem Schlafzimmer ist ihr Blut und das ihres Mannes. Zweitens: Die Spurensicherung hat diese besagten Holzstückchen gefunden; der Verdacht liegt nahe, dass es sich um Knochensplitter handeln könnte. Davon müssen wir jetzt einfach mal ausgehen.

Drittens: Haarreste wurden auf dem Grundstück entdeckt. Man hat bereits Haarproben aus einer Haarbürste des mutmaßlichen Opfers sichergestellt. Die Untersuchungen laufen.

Viertens: Im Noor wurde eine Kettensäge sichergestellt, aus der die Seriennummer herausgemeißelt wurde.

Fünftens: Blaue Fasern, die im Gewächshaus gefunden wurden, gehören zum Nachthemd der Vermissten, das wir in ihrem Schlafzimmer sichergestellt haben. Ob es sich um den Zahn der Vermissten handelt, wird derzeit überprüft. Das ist vorerst alles. Deshalb schlage ich vor, unsere Leute drehen ein weiteres Mal jeden Erdkrümel auf dem Grundstück um. Ich bin mir ganz sicher, wir werden mehr finden. Zudem sind der zusammengetragene Schnee und die Eisbrocken noch nicht gänzlich aufgetaut.«

»In ihrem Schlafzimmer keine fremden Fingerabdrücke?« fragte Robert.

»Es gibt einige Abdrücke, die noch nicht zugeordnet werden konnten. Wir sollten außerdem alle Telefonate, die sie in den letzten vier Monaten getätigt hat, überprüfen. Hellwigs Alibi können wir derzeit nicht widerlegen.«

»Was ist, wenn die Lady sich ihren Lover zu neckischen Sexspielchen eingeladen hat, während ihr Alter auf dem Seminar weilte? Die treiben's ein bisschen zu wild. Sie kracht mit dem Kopf auf den Badewannenrand oder was Ähnliches, segelt ab in die ewigen Jagdgründe; der Täter gerät in Panik, lässt das Opfer verschwinden. Der Typ weiß, dass die Haushälterin Urlaub hat. Rechnet beim Aufräumen des Saukrams, den er angerichtet hat, aber nicht damit, dass Hellwig plötzlich vor ihm steht. Er drischt ihm eins übers Toupet, der fällt dann ganz unglücklich und landet in einem Messer. Punkt!« Robert klopfte sich aufs Knie, mit seiner Theorie war er vollkommen zufrieden. Nun wartete er auf allgemeine Zustimmung.

»Du übersiehst etwas ganz Entscheidendes«, führte Lisa an, »dann hätten wir zumindest einen winzigen Hinweis auf eine hausfremde Person finden müssen, zum Beispiel fremde Samenspuren.«

»Der Ehemann behauptet, es wäre eine weitere Peron im Haus gewesen, als er nach Hause kam.«

»Wir sollten den Kollegen von Hellwig befragen. Die beiden Herren arbeiten seit Jahren in der Klinik zusammen. Übrigens, man munkelt von ominösen Geldgeschäften. Hellwig hat sich einen Anwalt zugelegt, den sollten wir nicht unterschätzen«, sagte Edda, die in ihrem Notizblock blätterte. »Dann würde ich vorschlagen, die Haushälterin ebenfalls nicht zu unterschätzen.«

»Fein«, entgegnete Lisa. »Die Haushälterin gehört mir. Horst, recherchierst du mal über den Anwalt?«

## 14

Hellwig übergab seinem Anwalt eine Liste von Personen, die zu seiner Entlastung beitragen sollten. Günther Müller, der Mitinhaber der Frauenklinik und ein allgemein bekannter Wohltäter der Stadt Schleswig, stand ganz oben auf der Liste.

»Sollte kein Problem sein, mich mit Günthers Aussage aus dem Schlamassel rauszuholen. Außerdem ist er mein bester Freund.« Hellwig schaute seinen Anwalt an. »Du solltest auch zu meiner Entlastung beitragen.«

Carsten Stahl nickte, erwiderte: »Alles was ich für dich tun kann, alter Freund. Wir sollten nur bei der Wahrheit bleiben. Die Kripo wird viel Dreck ans Tageslicht fördern. Richte dich darauf ein, dass es kein Spaziergang wird.«

»Knöpf dir Alma vor. Bei ihr hab ich ein so komisches Gefühl, wenn du verstehst, was ich meine.«

Der Anwalt schüttelte den Kopf. »Erklär es mir.«

»Nur so ein Gefühl. Mit Alma stimmt was nicht. Immerhin kenne ich sie seit vielen Jahren.«

»Die Kriminalpolizei wird deine Haushälterin befragen. Zu weit dürfen wir uns nicht aus dem Fenster lehnen und sie eventuell instruieren, was sie vielleicht gesehen und nicht gesehen hat. Die Frau würde dir niemals schaden, sonst könnten wir sie verunsichern.« Stahl schob Hellwig die Tageszeitung über den Tisch. Beim Anblick seines Fotos auf der Titelseite zuckte er unwillkürlich zusammen. Der Artikel behandelte die Umstände, unter denen Solveig verschwunden war. Außerdem enthielt er Kurzbiografien enger Familienmitglieder, listete sämtliche beruflichen Erfolge auf. Auch Solveigs Leben wurde in der Öffentlichkeit breitgetreten. Selbst vor dem geschäftlichen Erfolg der Klinik machte die Presse keinen Halt. Fehlte nur noch seine Steuererklärung, und ganz Schleswig wüsste, wie vermögend er mittlerweile war, dachte er grimmig.

Der Anwalt sagte: »Sämtliche Personen, die mit dir zu tun haben, werden jetzt zur Zielscheibe von Klatsch und Tratsch. Diese Geschichte könnte dich ruinieren, Ferdinand.«

»Was schlägst du vor?«

»Verhalte dich ruhig. Leg dich nicht mit der Polizei an. Versuch dich an jede Einzelheit des Tatabends zu erinnern.«

Hellwig rieb sich die Stirn, um die aufkommenden Kopfschmerzen zu lindern, stand vom Schreibtisch auf, begann im Raum auf und ab zu gehen. Plötzlich blieb er abrupt stehen. »Da war irgendein Geräusch. Jetzt erinnere ich mich. Ich stand an Solveigs Bett. Sah das Blut, dann hörte ich dieses Geräusch. Die Tür zu ihrem Badezimmer stand offen, ich schaute kurz hinein, aber da war niemand.«

»Was war das für ein Geräusch?« fragte Stahl, blickte von seinen Notizen auf, die er gerade anfertigte. Die beiden Männer sahen einander über den Schreibtisch hinweg an. »Dann kommen wir zum nächsten Punkt. Glaubst du wirklich, Solveig hat sich selbst verletzt, um dich zu belasten und ist dann mit diesem ominösen Geliebten einfach auf und davon? Sie ist von dir abhängig, würde dich niemals freiwillig verlassen.« Stahl erhob sich nun ebenfalls. »Versuch dich um Gotteswillen zu erinnern. Ich muss jetzt ins Gericht. Du weißt, wo du mich erreichst.«

Als Hellwig die Eingangstür zuschlagen hörte, griff er zum Telefon, wählte die Nummer seines Klinik-Partners. Günther war am Apparat. »Ferdinand hier. Mein Anwalt und die Polizei werden sich mit dir in Verbindung setzen. Mir ist gleichgültig, was du über mich erzählen wirst, aber lass um Himmelswillen nicht den Verdacht aufkommen, dass in der Klinik etwas nicht mit rechten Dingen zugeht. Ich will die verdammten Schnüffler nicht in meiner Klinik, verstanden?« Er wartete auf Antwort.

Nach einer langen Pause erwiderte Günther ruhig: »Ich werde mir etwas einfallen lassen. Ich muss dich ja nicht daran erinnern, was für uns beide und auch für Klara auf dem Spiel steht, schließlich sitzen wir alle drei im selben Boot.«

»Okay. Nun zu meiner anderen Frage. Glaubst du, einer der Angehörigen hat etwas bemerkt, wird uns verklagen?« Hellwig schob wütend einen Stapel Akten vom Schreibtisch. Seine Hände zitterten unkontrolliert. Vielleicht würde jetzt alles ans Tageslicht kommen. Dabei war die Zeit längst noch nicht reif, dachte er. Alle Tests waren noch nicht zu seiner Zufriedenheit abgeschlossen, obwohl Günther und Sarah das völlig anders sahen.

»Ich weiß es nicht«, entgegnete Müller. »Es gibt gewisse Personen, vor allem weibliche Angehörige, die Ärger machen könnten. Lass uns abwarten, wahrscheinlich glätten sich die Wogen wieder«, schloss er, und legte den Hörer auf.

## 15

In der Mittagspause fuhr Lisa nach Hause. Nach dem unverhofften Besuch ihres Ex-Manns in der vergangenen Nacht, fühlte sie sich, als wäre eine Walze über sie hinweggerollt. Als sie dann zwei Stunden später wieder im Büro erschien, erwartete sie auf ihrem Schreibtisch eine Nachricht von Horst Sommer, der sie darin aufforderte, umgehend Günther Müller, Hellwigs Klinikpartner, aufzusuchen. Als sie gerade den Zettel mit der Nachricht betrachtete, erschien Robert frisch gestylt im Büro. In der rechten Hand hielt er einen Becher Kaffeewasser, in der anderen eine Zigarette, und in der Hosentasche zeichnete sich der unentbehrliche Gemütsaufheller in Form des Flachmanns ab.

»Hi, was gibt's Neues?« Robert stellte das Kaffeewasser auf den Schreitisch und schaute neugierig auf den Zettel in Lisas Hand.

»Fangen wir mit Müller an«, entgegnete sie.

Vera Koschnik, eine junge, attraktive Sprechstundenhilfe von dreißig Jahren, meldete die Beamten telefonisch bei Müller an, anschließend führte sie die Beamten in sein Sprechzimmer.

Der Arzt kam ihnen entgegen. »Bitte nehmen Sie doch Platz« forderte er seine Besucher nicht gerade begeistert auf, geleitete sie zu einer Sitzecke; selbst lehnte er sich mit dem Rücken gegen das Fenster, erwartete völlig gelassen die erste Frage. Müller ahnte, dass die Polizei bei ihren Recherchen über seinen Namen gestolpert war. Immerhin war er einige Zeit mit Solveig leiert gewesen, bevor sie seinen Partner heiratete. Oh ja, er hatte sie geliebt. Jetzt fiel es ihm sichtlich schwer, emotionslos an sie zu denken. Für Solveig zählte immer nur das Geld; sie wollte ein Leben in Reichtum und Sicherheit führen, deshalb entschied sie sich für Hellwig. Müller hatte sie damals schnell durchschaut. Dabei nagte er auch nicht gerade am Hungertuch. Er traute ihr durchaus zu, dass sie ihr Verschwinden absichtlich arrangiert hatte, um Hellwig zu schaden. Aus Gesprächen mit ihm wusste er, dass Solveig Ferdinand mehrfach mit Konsequenzen gedroht hatte, wenn er ihr nicht die Hälfte seines Vermögens notariell überschreiben würde. Sie hatte Hellwig, Sarah und ihn mit ihrem Wissen über die Vorgänge in der Klinik und in der Villa erpresst.

»Doktor Müller, was können Sie uns über die Ehe Ihres Kollegen erzählen?« kam Lisa sogleich zum Kern der Sache, riss ihn damit aus seinen Gedanken. »Gab es Streit zwischen den Eheleuten, wenn ja, worum ging es dabei?«

Müller runzelte die Stirn. »Wie kommen Sie darauf, dass ich von eventuellen Eheproblemen meines Partners weiß? Wir pflegen schon seit langem keinen privaten Kontakt mehr zu unterhalten. Unser Miteinander beschränkt sich rein aufs Berufliche.«

Sie nahm Horsts Vermerk aus der Tasche, sagte: »Über einen längeren Zeitraum haben Sie ein Liebesverhältnis zur Frau Ihres Partners unterhalten.«

»Woher wissen Sie davon?«

»Kommen Sie Doktorchen, keine Spielchen«, fuhr Robert barsch dazwischen. »Wir wissen es. Also kommen Sie zur Sache und reden nicht lange um den heißen Brei herum.«

»Ja, vor Solveigs Ehe waren wir einige Zeit ein Paar. Als sie dann Ferdinand heiratete, endete unsere Beziehung. Mehr kann ich dazu nicht sagen.«

»Sie wissen, dass man ihr ein Verhältnis mit einer unbekannten Person andichtet?« fragte Robert.

»Hellwig hat es einmal erwähnt.«

»Seit wann wissen Sie es?«

Müller wanderte gelassen zu seinem Schreibtisch zurück, setzte sich. »Seit ungefähr einem Jahr. Ferdinand hat es mir erzählt, als Solveig übers Wochenende ohne Nachricht verschwunden war. Er machte sich große Sorgen.«

»Einfach so?« Robert hob erstaunt die Augenbrauen.

»Ja. Sie pflegte während unserer Zeit auch einfach so zu verschwinden. Oftmals für einige Tage. Um es auf den Punkt zu bringen, sie ist eine räudige Katze, wenn Sie verstehen, was ich meine.«

»Also scharf wie 'ne Rasierklinge, meinen Sie?« Robert schnalzte anerkennend mit der Zunge. Frauen dieser Kategorie ließen ihn geradezu in Verzückung geraten. »Sie glauben also, dass Sie nur mal wieder auf Raubzug ist? Wieso dann diese Inszenierung in ihrem Schlafzimmer?«

Müller zuckte die Schultern. »Früher hat sie ihr Geld auf dem Strich verdient.«

»Sieh mal einer an! Würden Sie Ihrem Kollegen einen Mord zutrauen?« Jetzt drohte er übers Ziel hinauszuschießen. Lisa ahnte bereits den Konflikt, der sich anbahnte, wenn sie ihn weiter die Fragen stellen ließ. Bevor Müller antworten konnte, übernahm sie die Befragung: »Könnte sie ihrem Mann schaden wollen, indem sie ihn in den Verdacht bringt, sie getötet zu haben?«

Müller überlegte kurz, antwortete dann, und es klang sehr überzeugend: »Durchaus!«

»Ist Ihnen bekannt, ob Solveig in irgendeiner Form aggressiv war? Hat es Ärger mit dem Personal, mit Kollegen gegeben, vielleicht sogar mit Patienten? Irgendetwas, womit wir was anfangen können? Beschreiben Sie uns ihren Charakter.«

»Fragen Sie ihren Mann. Sie hat als Hebamme gearbeitet. Ihre Arbeit hat sie gut gemacht. Die Patientinnen mochten sie. Dann schmiss sie plötzlich den Job hin. Aus welchen Gründen, weiß ich nicht. Wenn Sie keine weiteren Fragen haben, dann würde ich es begrüßen, wenn Sie mich jetzt meine Arbeit machen ließen. Im Kreissaal ist die Hölle los. Babys warten nicht. Und die angehenden Mütter haben eine schwere Aufgabe zu bewältigen.«

»Die Weiber sollen sich nicht so anstellen, `ne Geburt ist schließlich nichts anderes als etwas härterer Stuhlgang.« Robert grinste.

Unterdessen war Lisa aufgestanden, sah ihn nun scharf an. Dann wandte sie sich an Müller: »Nur noch eine Frage, Herr Doktor. Hat Ihr Kollege Ihnen Einzelheiten vom Verschwinden seiner Frau mitgeteilt?«

»Nein. Wie gesagt, wir pflegen keinen privaten Kontakt mehr. Aber, um auf die Frage Ihres Kollegen zurückzukommen, ob Hellwig seine Frau getötet haben könnte, ich würde es nicht ausschließen.«

»Wie darf ich das verstehen?«

»Eifersucht, Ungehorsam sind schlagkräftige Argumente. Mehr möchte ich dazu nicht sagen.« Er schritt zur Tür, wollte endlich die unliebsamen Besucher verabschieden. »Bitte gehen Sie jetzt!«

Lisa hätte Vera Koschnik gern noch einige Fragen gestellt, aber die Patientenaufnahme war nicht besetzt. Nachdem sie fast fünf Minuten gewartet hatte, folgte sie Robert nach draußen. Eine Weile blieben sie im Wagen sitzen, beobachteten die Klinik. Sie überlegte, was als nächstes auf dem Programm stand.

»Ich werde Edda bitten, alles an Informationen über diese Klinik zusammenzutragen, was sie kriegen kann«, sinnierte Robert. »Ich hab da so ein merkwürdiges Gefühl. Du hast mich bereits infiziert mit deinem Hokuspokus«, feixte er. »Diese Typen sind mir alle nicht ganz geheuer. Da steckt mehr dahinter als nur das bloße Verschwinden der Frau. Müller ist ebenfalls nicht ganz echt, wenn du mich fragst.«

»Intuition, Robert?«

»Erinnerst du dich an den Artikel in der Zeitung, Ende vergangenen Monats? Dabei ging es um merkwürdige Geschäftspraktiken gewisser Arztpraxen und dieser Klinik hier. Um angebliche Behandlungsfehler. Eine junge Mutter war bei der Entbindung gestorben, das Kind schwerstbehindert auf die Welt gekommen. Der Ehemann bedrohte Hellwig daraufhin, baute ihm eine Bombenattrappe untern Wagen. Eine andere Frau ist durch falsche Medikation vier Monate nach der Entbindung ebenfalls überraschend verstorben; hier war es die Mutter, die sich an die Presse wandte. Andreas hat die Zeitung aufgehoben, seine Frau ist demnächst mit dem fünften Baby fällig, und sie ist in diesem Schuppen angemeldet. Er überlegt nun, ob er sie überhaupt hier einliefert, wenn's soweit ist.«

»Nein, der Artikel ist mir nicht aufgefallen. Wenn du dich erinnerst, ich bin erst seit vergangenem Donnerstag aus Wiesbaden zurück. Zudem pflege ich keine wochenlang zurückliegenden Artikel zu lesen.«

Nachdenklich rieb er sich das Kinn. »Unter anderem wurde davon berichtet, dass es dabei nicht nur um medizinische, sondern auch um finanzielle Aspekte geht. Überwiegend aber ums Finanzielle. Und wie man sieht, sind sie damit anscheinend sehr erfolgreich. Mittlerweile gehört den Herren Doktoren nicht nur diese Klinik, sondern auch die psychiatrische Fachklinik auf dem Stadtfeld, dem Gottorfberg, weitere in Stralsund und Rostock.«

»Ja, jetzt erinnere ich mich«, entgegnete sie und startete den Wagen. »Ich hab davon im Internet gelesen. Hellwig ist bereits seit fast dreißig Jahren als Gynäkologe an dieser Klinik tätig. Kann mich leider nicht mehr daran erinnern, wann die beiden Ärzte sich zu einer lukrativen Partnerschaft entschieden haben. Außerdem haben sie ein gewichtiges Wort in der Ärztekammer mitzureden. Jetzt planen sie angeblich eine Frauenklinik im dänischen Sonderborg zu eröffnen.«

»Richtig, Süße. Was hältst du eigentlich von der neuen Gesundheitsreform? Zweiklassensystem: die Reichen ins Bettchen, die Armen ins Särgchen! Diese Bürokraten in den Amtsstuben setzen die guten Ärzte alle unter Druck. Ihre Diagnosen werden von den Krankenkassen und ihren Sesselfurzern überprüft. Sollte einem Weißkittel einfallen, ein Patient benötigt einen Spezialisten, kann die Kasse das ablehnen. Erst zum Hausarzt, der sich die Sahne abschöpft. Dringend benötige Behandlungen werden so unnötig hinausgezögert. Der Patient verschleppt die Krankheit, die meisten bleiben dabei auf der Strecke. Selbst unsere hervorragenden Medikamente, die den Kranken das Leben erleichtern sollen; Entscheidungen über deren Verschreibung werden von Menschen gefällt, denen es nur um reinen Profit geht. Behandlungen werden einfach nicht genehmigt. Wir befinden uns auf einem grandiosen Weg, findest du nicht auch? Man könnte fast meinen, da steckt wesentlich mehr dahinter.«

»Was hat das mit dem Verschwinden Solveigs zu tun? Außerdem geht es um eine reine Frauenklinik. Entbindungen lassen sich nicht verhindern«, entgegnete sie.

»Weiß ich noch nicht, aber ich krieg`s raus, verlass dich drauf!«

Ihr fiel etwas ein: »Besteht da eventuell ein Zusammenhang zwischen dem Hellwig & Müllers Konsortium und dem Hospiz Hohenstein? Soweit ich weiß, ist Solveig Hellwig eine geborene Hohenstein.«

»Ach, du meinst, weil mit Todkranken immens viel Geld gescheffelt werden kann? Hast du überprüft, ob es hier viele Krebspatienten gibt?« Robert schlug sich mit der Hand an die Stirn. »Genau! Wenn Patienten sich im Endstadium befinden, zahlt das System alles, was ein Arzt als Maßnahme für richtig erachtet. Teure Medikamente, Gerätschaften und Behandlungsmethoden werden eingesetzt. Ein ständiges Kommen und Gehen. Scheiße! Ebenso verhält es sich bei psychisch Kranken. Wenn das stimmt, die Arschlöcher alle unter einer Decke stecken, und Hohensteins zweites Standbein, sein Bestattungsunternehmen, floriert gleich mit.«

»Es ist nur eine Vermutung, Robert. Wir müssen korrekt recherchieren, bevor wir mit unseren wilden Fantasien an die Öffentlichkeit gehen. Das wird verdammt schwer. Die Kliniken und das Hospiz genießen einen sehr guten Ruf.«

»Und wie findest du das, dass in der Klinik so viele Kinder mit körperlichen und geistigen Behinderungen zur Welt kommen? Dass die jungen Mütter selbst erkranken, dass einige sogar sterben? Für meinen Geschmack zu viele ungewöhnliche Krankheitsverläufe in dem Laden.« Er sah sie von der Seite an.

»Bist du wirklich sicher?« fragte sie erstaunt.

»Lass uns im Dreck wühlen, liebe Kollegin. Ich bin mir ganz sicher, wir haben in einen Misthaufen gegriffen. Jedenfalls steht nicht das Wohl der Patienten im Vordergrund, wenn du verstehst, was ich meine.«

Zügig fuhren sie durch den Stadtverkehr hinaus zur Villa von Hellwig. Ein Großaufgebot an Polizeibeamten war immer noch vor Ort, durchkämmte das zehn Hektar große Grundstück. Lisa gesellte sich zu einer Gruppe von mehreren Beamten am Eingang zum Gewächshaus. Hielt den Mantelkragen hochgeschlagen, denn es war ein geradezu grausiger, nasskalter Tag. Ihre Hände, die in dünnen Gummihandschuhen steckten, vergrub sie in den Manteltaschen, denn sie fror entsetzlich. Auch die Kollegen murrten über das scheußliche Wetter, und wie man bei dermaßen heftigem Regen- und Schneetreiben weitere Beweise für ein Verbrechen finden sollte, erschien ihnen unbegreiflich.

Das Wasser der Schlei drückte von Osten her aufs Grundstück, setzte den hangartigen Garten teilweise unter Wasser. Von Norden drückte das Hochwasser des Noores gegen die einst künstlich aufgeschütteten Deiche der ehemaligen Zuckerfabrik, drohte nun überzuschwappen.

Auch standen weiterhin neugierige Reporter an der hohen Umzäunung. Einige hatten versucht, über das ehemalige Gelände der Fabrik, von der Nordseite her auf das Grundstück zu gelangen, waren jedoch an den hohen Deichen und dem üppigen Wildwuchs gescheitert. Mittlerweile war das Gelände zum Schutzgebiet seltener Vogelarten geworden.

»Ich wette, wir vergeuden unsere Zeit«, bemerkte Robert, der neben Lisa stand. Er zog seine Skimütze tiefer ins Gesicht, knöpfte seine Jacke zu. »Ein Scheißwetter ist das. Meine Oma pflegte früher immer zu sagen, wenn der eisige Ostwind übers Land fegte: „Der kalte Iwan kommt". Aus dem Osten ist noch nie was Gutes gekommen!« Mit finsterer Miene sah er sich um, schüttelte mit dem Kopf: »Wie sollen wir in diesem Dreck Beweise finden, verklicker mir das mal. Der Garten ist doch bereits von unseren Leuten umgepflügt worden.«

Matthias Schneider von der Spurensicherung sprach leise in sein Mikrofon, als er die Terrasse und den Weg zum einsam gelegenen Gewächshaus zum x-ten Mal abschritt. Blitzlichter der Kameras leuchteten auf.

»Frau Buschmann, was können Sie uns zum Fall Hellwig mitteilen«, rief ihr einer der Reporter zu. »Wurde ein Haftbefehl ausgestellt?«

Lisa sah in die Menge der Kameras, sagte: »Bitte haben Sie Verständnis, aber wir können momentan keine Auskünfte erteilen. Wenn Sie Fragen haben, so wenden Sie sich bitte an die Pressestelle der Polizei oder an die Staatsanwaltschaft. Danke!« drehte sich um, verschwand Richtung Gewächshaus.

Robert war bereits vorgegangen. »Was hältst du davon, wenn wir dem Doktor nochmals gehörig aufs Gebiss klopfen?« fragte er, als sie ihn erreicht hatte.

»Okay, aber eins sag ich dir, benimm dich. Leg dich nicht mit ihm an, wir ziehen den Kürzeren. Er hat überall seine Freunde in wichtigen Positionen sitzen. Selbst beim Staatsanwalt und der zuständigen Richterin hinterließ er bisher einen untadeligen Eindruck.«

»Schon gut. Also los, jagen wir die Sau durchs Dorf«, feixte er und zündete sich eine filterlose Zigarette an. Wohlwollend nahm sie zur Kenntnis, dass er den unvermeidlichen Griff zum Alkohol unterließ. Dennoch blieb ihr nicht verborgen, dass sich eine Ausbeulung auf der rechten Seite seines Jacketts abzeichnete.

## 16

Vor zwei Stunden hatte Hellwig in der Klinik angerufen, Vera gebeten, sämtliche Termine bis zum Nachmittag abzusagen. Die junge Frau war bemüht, die verärgerten Damen ein wenig zu besänftigen, ihre liebevolle Art als Sprechstundenhilfe kam bei den Frauen gut an, es gab keine größeren Probleme. Dass ihr Chef im Verdacht stand, seine Frau ermordet zu haben, schien die Patientinnen nicht ernsthaft zu beeindrucken. Als er dann endlich eintraf, wurde er von seinem langjährigen Freund und Anwalt Carsten Stahl begleitet. Vera war ein wenig verwundert, den Anwalt in der Praxis zu sehen. Beide Männer verschwanden, ohne sie eines Blickes zu würdigen, im Sprechzimmer.

»Was ist mit deiner Haushälterin, was hat sie gesagt, was hat sie gesehen an dem fraglichen Abend?« kam Carsten umgehend zur Sache.

»Nichts.«

Darauf folgte Schweigen. Als Stahl weitersprach, hatte sich der Klang seiner Stimme verändert. »Ich bitte dich, Ferdinand, versuch nicht, Alma zu beeinflussen. Daraus würde man dir vor Gericht einen Strick drehen. Alma Hauser ist und bleibt eine ehrliche Haut. Die Frau würde niemals lügen, nicht einmal für dich.«

»Wieso Gericht? Glaubst du, ich werde angeklagt, meine Frau getötet zu haben?«

»Durchaus! Du kannst von Glück sagen, dass du noch auf freiem Fuß bist.«

Hellwig ging ans Fenster, schaute auf den im langsam lichterwerdenden Nebel liegenden Schlosspark hinaus. »Nun gut, ich verlass mich auf dich, alter Freund. Sieh zu, dass du mich aus der Sache herausboxt.« Er wischte sich mit einem Taschentuch über die Stirn, einen Augenblick später meinte er: »Du hast recht, Alma ist eine ehrliche Haut, ihre Aussage hat Gewicht.« Nach einem kurzen Räuspern fuhr er fort: »Wie oft muss ich dir noch beteuern, dass ich mit Solveigs Verschwinden nichts zu tun habe! Ich habe sie nicht umgebracht, wenn du das glauben solltest.«

»Gib einfach zu, dass du an jenem Abend unter immensem Druck gestanden und die Beherrschung verloren hast. Ferdinand, ich kenne dich, mach mir nichts vor. Was auch immer passiert sein mag, sag einfach, es war ein schrecklicher Unfall.«

Hellwig drehte sich um, zischte erbost: »Was bist du nur für ein Freund? Wenn du mir nicht glaubst, wer dann? Ich weiß tatsächlich nicht, was an jenem Abend geschehen ist.«

»Schon gut, Ferdinand, wir kriegen das wieder hin, mach dir keine Sorgen.«

17

Alma Hauser begoss die Schwarte eines Schweinebratens mit Salzwasser, der seit einer Stunde im Backofen vor sich hin schmorte. Eines von Brigittes Leibgerichten.

Während der köstliche Duft des Essens durchs Haus zog, beruhigten sich ihre Nerven ein wenig. Die Erinnerung an ihren vor fünfzehn Jahren verstorbenen Mann Siegfried ließ sie ein wenig lächeln. Damals war Brigitte noch ein gesundes junges Mädchen gewesen. Plötzlich jedoch, von einem auf den anderen Tag, veränderte sie sich dramatisch. Alma war mit ihr von einem Arzt zum nächsten gelaufen. Keiner konnte dem Kind helfen. Alle diagnostizierten sie eine Art von psychischer Krankheit. Den Begriff Schizophrenie allerdings wagte nur Hellwig auszusprechen. Seither hatte Alma ihm und dem – Gott hab ihn selig - verstorbenen Doktor Rüdiger Weiß die Behandlung des Mädchens überlassen.

Hellwig kannte Brigitte seit ihrer Geburt. In den smarten Doktor Weiß hatte ihre Tochter sich anfangs unglücklicherweise sogar verliebt. Alma mochte sich allerdings nicht mit der gestellten Diagnose anfreunden, wollte Brigitte aber auch nicht weiteren Quacksalbern aussetzen, die sie immer nur mit irgendwelchen Psychopharmaka vollstopften. Ihre Tochter diente der Pharmaindustrie nur als Versuchskaninchen. Nie hatte sie das Gefühl gehabt, dass jemals eine Besserung eingetreten war. Im Gegenteil, sie war der Meinung, der Zustand Brigittes habe sich seit damals in einem schleichenden Prozess sogar verschlimmert. Als Mutter blutete ihr das Herz, ihr Kind so dahinvegetieren zu sehen. Dabei war Brigitte ein besonders attraktives, intelligentes

Mädchen gewesen, bevor man begann, sie mit Chemie vollzupumpen. Wenn sie jetzt so recht darüber nachdachte, dann war die Veränderung bei dem Mädchen kurz nach einer Grippeschutzimpfung eingetreten. Als sie Hellwig damals gegenüber ihren Verdacht äußerte, hatte dieser nur gelacht und abgewinkt. Sie bilde sich da etwas ein, hatte er gesagt. Das Mädchen wäre eben etwas empfindlicher. Nebenwirkungen können bei Impfungen nicht gänzlich ausgeschlossen werden.

Alma war davon ausgegangen, ihrer Tochter mit der Impfung etwas Gutes zu tun. Aber ihr Verdacht, dass bei der Impfung etwas schief gelaufen war, ließ sich nicht beweisen, deshalb hielt sie sich mit Beschuldigungen zurück. Dass Brigitte damals schwanger war, konnte sie ja nicht ahnen. Wer der Vater des Kindes war, behielt das Mädchen anfangs für sich, erst nach langem Zureden offenbarte Brigitte ihr, was wirklich passiert war.

Die Impfung hatte jedoch unabsehbare Folgen. Sie verlor das Kind. Seither litt Brigitte Qualen. Wenn es ihr dann wieder besser ging, sprach sie davon, eine eigene Familie gründen zu wollen. Einen Ehemann und Kinder wollte sie haben. Alma hingegen vermutete, dass Brigittes Wunsch sich niemals erfüllen würde, denn sie litt unter gefährlichen Wahnvorstellungen und Gedächtnisverlust. Die Medikamente, die Hellwig und Müller ihr verschrieben, schienen nicht zu wirken, die Beschwerden wurden jedenfalls immer schlimmer statt besser.

Alma wusste ebenfalls, dass ihre Tochter heimlich in Hellwig verliebt war, auch wenn sie es stets vor ihr zu verbergen suchte. Nur wenige Menschen fühlten sich in Brigittes Gegenwart wohl, dazu gehörten Hellwig und Dr. Müller und natürlich sie als ihre Mutter. Aber auch Brigitte hielt sich von anderen Menschen fern, wurde immer so schnell aufbrausend, wenn ihr etwas quer kam, verlor viel zu schnell die Beherrschung. Ihre Sorgen, was einmal aus dem Mädchen werden sollte, wenn sie als Mutter und Betreuerin das Zeitliche segnete, waren durchaus begründet. Solange sie lebte, würde sie sich um ihre Tochter kümmern, sie dazu anhalten, ihre Medikamente einzunehmen. Allerdings wusste Alma, dass sie die Pillen manchmal wieder ausspuckte.

Rüdiger Weiß, ein junger Arzt, der in Hellwigs Fachklinik für psychisch Kranke Belegbetten hatte und mit dem Brigitte sich ausgezeichnet verstanden hatte, war vor sechs Monaten auf schreckliche Weise ums Leben gekommen. Die Polizei sprach von Mord. Durch mehrere Messerstiche in Brust und Bauch, war er in seinen Praxisräumen ums Leben gekommen. Die Polizei nahm an, dass der Mord von einem Drogenabhängigen begangen worden war, denn der Medikamentenschrank in der Praxis war aufgebrochen und es fehlten diverse Medikamente.

Zweifelsohne handelte es sich um zwei unterschiedliche Fälle, dachte Alma. Solveig galt als verschwunden, vielleicht entführt, während Rüdiger Weiß eindeutig einem Mord zum Opfer gefallen war. Aber Alma haderte mit sich. In ihrem tiefsten Innern hatte sie Angst vor der Wahrheit, fürchtete sich davor, dass ihre Tochter etwas mit dem Tod des Arztes sowie dem Verschwinden Solveigs zu tun hatte.

Ungefähr vier Wochen vor Rüdiger Weiß's spektakulärem Ableben war Brigitte auf der Eingangstreppe der Hellwig- Villa ausgerutscht und hatte sich das rechte Handgelenk angestaucht. Daraufhin wurde ihr von Rüdiger Weiß, der sich zu jenem Zeitpunkt in der Villa aufhielt, eine Schiene angelegt. Sie hatte regelrecht darauf bestanden, von dem jungen Arzt behandelt zu werden, weil sie außer Hellwig, Müller und Weiß keinen an sich heranließ. Und als Weiß tot war, fand man sie tagelang vor seiner Haustür sitzend vor. Als die Polizei damals ins Haus kam, um für die Tat zu recherchieren, hatte sie Brigitte gebeten, die Schiene nochmals anzulegen. Alma wollte keine unnötigen Fragen aufkommen lassen. Ihr Manöver war gelungen. Das Mädchen wurde daraufhin nicht weiter von der Polizei behelligt.

Jetzt, nachdem Solveig verschwunden war, beschlich Alma ein sonderbares Gefühl. Was, wenn Brigitte sich heimlich Einlass in die Villa verschafft hatte? Immerhin war sie auch in Ferdinand Hellwig verliebt. Würden die Sorgen denn niemals aufhören? dachte sie und begann seufzend, den Tisch zu decken.

Plötzlich stand Brigitte in der Tür, die Hände in den Taschen ihrer Jeans versteckt. Ihr langes schwarzes Haar fiel ihr wirr ins Gesicht. »Mama, Ferdinand geht es doch gut, oder?«

Alma blickte auf. »Sicher, mein Kind. Aber warum interessiert dich das?« fragte sie streng.

»Ich möchte ihn sehen.«

»Du darfst jetzt auf gar keinen Fall in die Villa kommen. Die Polizei stellt das ganze Haus auf den Kopf. Ich will nicht, dass man dich in die Sache mit hineinzieht.«

»Welche Sache, Mama?«

»Solveigs Verschwinden, du dummes Kind. Verhalte dich ruhig, bis alles aufgeklärt ist. Versprich es mir.«

Brigitte kniff die Augen zusammen, als versuche sie, sich an etwas zu erinnern, blickte an ihrer Mutter vorbei und sagte aus tiefstem Herzen: »Ferdinand würde mich niemals so anbrüllen wie Solveig.«

Schaurig überlief es Alma. Sie war der Meinung gewesen, ihre Tochter hatte das Ereignis längst vergessen, denn seither hatte sie nicht mehr darüber gesprochen. Zumindest nicht mehr, seit sie in Brigittes Hosentasche den Hausschlüssel zur Villa gefunden hatte.

»Es ist gut, dass Solveig weg ist, Mama. Sie wird mich niemals mehr anschreien.« Ihre Stimme klang heiser und aufgeregt.

Das Telefon in der Diele läutete. Als sie sich mit ihrem Namen meldete, klang Almas Stimme ängstlich.

»Frau Hauser, hier spricht Lisa Buschmann von der Kriminalpolizei. Ich möchte Sie ersuchen, uns morgen in der Villa für einige Fragen zur Verfügung zu stehen.«

»Ja, ja, natürlich«, stimmte sie mit einem mulmigen Gefühl zu.


18

In den vergangenen vier Jahren hatte sich das Leben von Ursula und Harro Jochimsen sehr verändert. In ihrem Wagen fuhr Ursula an der Schlei entlang, am Schloss Gottorf vorbei, um in die Flensburger Straße einzubiegen. Ihr Ziel an diesem Morgen, wie fast an jedem Morgen der letzten zehn Monate, war die Fachklinik für psychisch Kranke, die sich auf dem Gelände der gynäkologischen Privatklinik Hellwig & Müller, auf dem Gottorfberg befand.

Nachdem sie den Wagen unter einer alten Linde abgestellt hatte, blieb sie noch einen Augenblick im Auto sitzen, um sich auf den Besuch vorzubereiten. Ursula wusste nur zu gut, dass Tanja nichts von dem verstehen würde, was sie ihr erzählte. Als Mutter brach es ihr jedes Mal das Herz, ihre geliebte Tochter in diesem Zustand zu sehen.

Ursula war eine grauhaarige Frau von Ende Fünfzig, sehr gepflegt und mit aristokratischer Haltung. Seit jenem schrecklichen Unfall ihrer Tochter fühlte sie sich um Jahre gealtert, färbte sich seither auch nicht mehr die Haare. Bevor sie ausstieg, schloss sie die Knöpfe ihres Mantels.

Tanja war ein so liebes, entzückendes Kind gewesen; als junge Frau eine erfolgreiche Maklerin, die im Geschäft ihres Vaters mitarbeitete. Als sie dann vor zwei Jahren mit Dr. Rüdiger Weiß, einem jungen aufstrebenden Neurologen und Psychiater, der für

Hellwig & Müller arbeitete, den Bund fürs Leben einging, war das Glück perfekt. Tanja wurde alsbald schwanger, alle freuten sich unsagbar auf den neuen Erdenbürger. Ursula erinnerte sich noch ganz genau an jenen Tag, der das Leben der ganzen Familie auf so dramatische Weise verändern sollte.

Tanja war damals im sechsten Monat schwanger. Wie jeden Morgen joggte sie auf einem Wanderweg nahe der Treene, einem kleinen Fluss unweit der Ortschaft Tarp gelegen, um anschließend kurz bei ihren Eltern vorbeizuschauen. An diesem Morgen trug sie eine Jogginghose, unter der sich bereits ein kleiner Bauch abzeichnete; hatte das lange kastanienbraune Haar zu einem Pferdeschwanz gebunden. Ihre wachen dunklen Augen funkelten lebhaft. Die Schwangerschaft machte sie noch schöner, sie wirkte so unglaublich zufrieden. Bevor sie an jenem Tag die letzte Strecke ihres Wegs in Angriff nahm, trank sie ein Glas Wasser im Elternhaus, um sich gleich anschließend mit den Worten zu verabschieden: »Wir sehen uns später beim Mittagessen.« Das waren ihre letzten Worte gewesen. Eine halbe Stunde später war der Anruf von Rüdiger gekommen. Tanja habe einen Unfall gehabt.

Ursula und Harro waren auf dem schnellsten Weg ins Krankenhaus gefahren. Sie erinnerte sich an die kurze Fahrt in die Klinik und die Angst, die von ihr Besitz ergriffen hatte. Es war ein Trost für sie, dass Rüdiger als Arzt bei ihr war und auch Hellwig. Als sie die Klinik betraten, erkannte sie an der Mimik ihres Schwiegersohnes, dass etwas ganz Schreckliches passiert sein musste. Hellwig und sein Partner und Kollege Günther Müller ließen durch ihren Gesichtsausdruck ebenfalls keinen Zweifel daran aufkommen, dass die Lage sehr ernst war.

Hellwig hatte sie und Harro an die Seite geführt, um ihnen mitzuteilen, dass Tanja schwer gestürzt und mit dem Kopf auf einen Stein aufgeschlagen sei. Die Verletzung an sich sei nicht allzu schwerwiegend, allerdings habe sie auf dem Weg in die Klinik einen Herzstillstand erlitten, musste mehrere Minuten reanimiert werden.

»Wir tun alles, was in unserer Macht steht«, versprach er. Aber wie sich dann herausstellte, war die Sauerstoffzufuhr zum Gehirn zu lange unterbrochen. Tanja trug nicht wieder gutzumachende Schäden davon, wurde künstlich beatmet und so am Leben erhalten, obwohl sie bereits quasi als klinisch tot galt. Hellwig wollte wenigstens das Kind retten. Rüdiger war zu jenem Zeitpunkt nicht in der Lage, einen klaren Gedanken zu äußern. Als sie ihn einmal nach dem Baby fragte, antwortete er, es sei ihm egal, was mit dem Kind passiere. Ihm war nur daran gelegen, dass Tanja überlebe. Kurze Zeit später unterbrach Hellwig mit Rüdigers Zustimmung die Schwangerschaft. Rüdiger sah sich nicht in der Lage, seine künstlich am Leben erhaltene Frau zu sehen, wie in ihr weiterhin ein neues Leben heranwuchs. Ursula und ihr Mann hatten daraufhin jeden Kontakt zu ihrem Schwiegersohn abgebrochen. Wollten nichts mehr mit dem Mörder ihres Enkelkindes zu tun haben. Hellwig versuchte ihnen sogar zu verkaufen, dass ihr Enkelsohn kaum eine Überlebenschance gehabt hätte. Beim Schwangerschaftsabbruch hätte man bei dem Kind festgestellt, dass es mit einer Hirnschädigung zur Welt gekommen wäre. Aber Ursula glaubte die Geschichte nicht.

Nur zwei Wochen nach dem Eingriff erwachte Tanja aus ihrem Koma. Doch die Schäden, die sie davongetragen hatte, waren irreparabel. Mit Rüdigers Zustimmung wurde sie anschließend in die Fachklinik verlegt. Seither lag sie im Wachkoma und wurde mit Medikamenten vollgepumpt. Niemand konnte realistisch beurteilen, was Tanja wahrnahm.

Ursula und Harro vermieden stets, ihrem Schwiegersohn am Bett ihrer Tochter zu begegnen. Und dann geschah vor sechs Monaten dieser Mord. Rüdiger wurde in seinen Praxisräumen tot aufgefunden. Von mehreren Messerstichen durchdrungen. Sein Medikamentenschrank war aufgebrochen worden. So etwas nannte man wohl ausgleichende Gerechtigkeit, dachte Ursula emotionslos. Ungeschoren kam niemand davon, der das Leben eines anderen auf eigene Verantwortung beendete. Wäre ihr nicht jemand zuvorgekommen, Ursula hätte die Angelegenheit irgendwann selbst in die Hand genommen.

Es kostete sie sehr viel Überwindung, aus dem Auto auszusteigen. Die Erinnerungen taten ihr sehr weh. Mit schweren Schritten ging sie durch die helle, freundliche Eingangshalle, deren große Fenster den Blick auf die gegenüberliegende Frauenklinik preisgaben. Tanjas Zimmer war ebenfalls hell und sehr geräumig. Die medizinische Ausrüstung befand sich auf dem neuesten Stand; viele hilfsbereite, vor allem ehrenamtliche Menschen kümmerten sich, neben dem angestellten Pflegepersonal, um das Wohlergehen der Kranken auf der Station. Hier lagen nur Privatpatienten, und alles, was man für Geld bekommen konnte, wurde in ein „relativ" erträgliches Leben für jeden Einzelnen investiert.

Ein Pfleger hatte Tanja in einen Sessel gesetzt und sie mit einer dicken Wolldecke zugedeckt. Ursula wusste, dass sich unter der Decke Riemen und Schnallen befanden, die die junge Frau an den Sessel fixierten. Tanja litt unter unkontrollierten Muskelzuckungen und würde ohne diese Hilfsmittel ständig umsinken. Durch diese Maßnahme beugte man der Verletzungsgefahr vor. Der Anblick vom entstellten Äußeren ihrer Tochter tat Ursula extrem weh. Der Mund war völlig schief, aus den Mundwinkeln tropfte ständig Speichel auf ihren Pullover, ihre Augen starrten ins Leere.

Manchmal glaubte Ursula, eine Bewegung der Augen zu bemerken oder sogar einen kleinen Seufzer zu hören. Wollte Tanja sich ihr vielleicht mitteilen?

Unsagbar müde setzte sie sich neben das Sofa und nahm Tanjas Hand, streichelte zärtlich über die durchscheinende Haut, auf der die dunklen Adern wie Wasserläufe im weißen Schnee anmuteten. Die nächsten zwei Stunden verbrachte sie damit, ihrer Tochter von der Familie und dem neuesten Nachbarschaftsklatsch zu erzählen. Als sie ihre Tochter dann verließ, wurde sie bereits von Hellwig auf dem Flur erwartet.

»Wie geht es Tanja heute, Ursula?« fragte er.

»Wie immer. Was erwartest du nach so langer Zeit?« Jedes Mal, wenn sie auf Hellwig traf, überkam sie so ein merkwürdiges Gefühl. Ihre Abneigung ihm gegenüber konnte sie nicht einmal beschreiben, aber sie mochte den smarten Arzt mit dem aufgesetzten, freundlichen Lächeln nicht. Traute ihm einfach nicht mehr. Auf sie wirkte er wie eine Ratte in Lauerstellung. Seine kleinen hellen Augen lagen tief in den Höhlen, sein schmales knochiges Gesicht hatte diesen strengen abweisenden Ausdruck, obwohl er ständig versuchte, mit seinem künstlichen Lächeln die Menschen für sich einzunehmen. Aber sie wusste es besser, machte auch nicht viel Federlesens aus ihrer Abneigung und verabschiedete sich kühl.

Als sie zur Tür ging, ahnte sie nicht, dass Hellwig ihr nachblickte. Ahnte auch nicht, dass er sich an den schrecklichen Moment erinnerte, als ihr klar wurde, dass das Gehirn ihrer Tochter unwiederbringlich geschädigt worden war. Und an jenen Augenblick, als man ihr mitteilte, dass das ungeborene Baby einem Abort zum Opfer gefallen war. Und er erinnerte sich daran, als Solveig, damals auf der Station beschäftigt, ihm entgegengeschrien hatte: »Du hast Tanja auf dem Gewissen! Du hast sie zerstört!«

Später, als das Baby geholt wurde, war Solveig erneut hysterisch über ihn hergefallen mit Vorwürfen, die er ihr nicht auszureden vermochte. Und nun waren die Tage der jungen Frau gezählt. Tanjas Ende stand kurz bevor. Eine letzte Impfdosis war für den nächsten Morgen vorgesehen.

19

Hellwig erwachte wie gerädert. Er sah zur Uhr auf dem Tisch neben dem Bett; kurz nach sechs. Es fiel ihm sichtlich schwer, die müden Knochen aus dem Bett zu schwingen und sich für den langen Arbeitstag zu rüsten, der vor ihm lag. Als er den rechten Arm ausstreckte, berührte er das Kissen neben sich.

Im Grunde hatte er Solveigs Anwesenheit in seinem Bett bereits wenige Wochen nach der Heirat nicht mehr vermisst. Als sie nach einem heftigen Streit, in dem es wieder einmal um Tanja Weiß und deren Unfall ging, in ein eigenes Schlafzimmer umgezogen war, redeten sie auch kaum noch miteinander. Zudem hatte Solveig sich darüber mokiert, dass in der Klinik außergewöhnlich viele Kinder mit Behinderungen zur Welt kamen und dass Patientinnen nach einer harmlosen Grippeimpfung binnen eines Zeitraums von sechs Monaten plötzlich verstarben. Er hatte keine Veranlassung gesehen, sie diesbezüglich zu informieren; ihre Ehe bestand nur auf dem Papier. Für ihn war sie nicht mehr als ein Ventil, um den immensen Druck abzubauen, unter dem er stand, seit er mit Müller und Klara Weigand an einem revolutionären Projekt arbeitete. Ein Projekt, das nicht nur Deutschland, sondern in absehbarer Zeit die ganze Welt verändern würde. Außerdem diente Solveig ihm als Prellball, um seine unberechenbaren Aggressionen abzubauen. Den Hass, die Abscheu, die er auf seine leibliche Mutter verspürte. Die furchtbare Brutalität, die grauenhaften Schläge, die sie ihm hatte angedeihen lassen, musste er weitergeben.

Solveig wusste, worauf sie sich einließ, als sie ihn heiratete. Immerhin wurde sie für ihre Dienste an ihm gut bezahlt. Aber sie hatte etwas in Erfahrung gebracht; vor ungefähr vier Wochen hatte sie damit begonnen, ihn, Müller und auch Klara zu erpressen. Sie hatte das Geheimlabor im Keller entdeckt. Mit ihrem Wissen drohte sie fortan, an die Öffentlichkeit zu gehen; die Missstände in der Klinik publik machen zu wollen, wenn er ihr nicht zwei Millionen Euro Schweigegeld zahle. Ihre Worte hatten sich selbstzufrieden, ja fast gönnerhaft angehört, überlegte er. Sie hatte bereits Kontakt zur örtlichen Presse aufgenommen. Ihr Verschwinden kam also gerade zur rechten Zeit. Dabei war es nicht nur bei einer Drohung geblieben, seine Klinik an den Pranger zu stellen, sondern sie wollte auch ihn als Menschen vernichten. Wollte der Öffentlichkeit Einsicht gewähren in das Eheleben mit ihm, wollte von den Misshandlungen berichten, von Schlägen und Vergewaltigungen. Allein der Verdacht, dass er eine Bestie im Schafspelz war, würde sein Lebenswerk gefährden.

Ohne auf Vera zu achten, die am Empfang der Klinik ihren Dienst versah, und der man nachsagte, das jüngste Betthäschen von Hellwig zu sein, stürmte Müller wutentbrannt an ihr vorbei und riss die Tür zu dessen Büro auf.

Hellwig saß an seinem Schreibtisch, blickte von dem Krankenbericht auf, den er gerade geistesabwesend las und fragte irritiert: »Was ist los?«

»Willst du uns fertigmachen, Ferdinand? Gedenkst du die Klinik, unser Projekt zu ruinieren? Was ist, wenn die Kripo anfängt, in unseren internen Unterlagen zu wühlen oder sogar unser Geheimlabor findet? Ich gehe nicht in den Knast, wenn herauskommt, was wir hier treiben.«

»Bist du fertig?« zischte Hellwig. »Was hat die Klinik mit dem Verschwinden Solveigs zu tun? Keiner wird sich die Mühe machen, hier herumzuschnüffeln. Und das Labor in meinem Keller haben die bisher nicht entdeckt, werden es auch nicht entdecken, das versichere ich dir.«

»Eine wohlmeinende Patientin von mir, hat mich gestern Abend angerufen und mir gesteckt, dass da was gegen uns läuft. Die Frau heißt Edda Wilkens, eine Kriminalbeamtin.«

»Dann werden wir unverzüglich alle verräterischen Unterlagen in Sicherheit bringen«, entgegnete Hellwig gelassen. Je mehr er in Bedrängnis geriet, desto ruhiger wurde er. Innerlich hatte er sich längst auf eine spannende Auseinandersetzung mit der Kriminalpolizei vorbereitet. Jeder seiner Schritte war minutiös geplant. Immerhin ging es um mehr als den guten Ruf der Klinik. Es ging um die Entwicklung und Verbreitung eines revolutionären Influenzaimpfstoffs - auf Basis des Vogelgrippevirus A/H5/N1 - der eine genetische Veränderung durch ihn und Müller erfahren hatte und an deren Weiterentwicklung sie mit Erfolg, wie sich mittlerweile herausstellte, gearbeitet hatten.

Die beiden Männer starrten einander über den Schreibtisch hinweg an.

»Offenbar ist die Kripo fest entschlossen, dir den Mord an Solveig anzuhängen. Man sucht das Motiv hier in unserer Klinik«, sagte Müller. Hellwig erbleichte.

Müller schleuderte drei Akten auf den Schreibtisch. »Das hier sind Leute, die uns wegen eines Kunstfehlers verklagen wollen, wurde mir gerade eben von einem Gerichtsdiener überreicht.«

»Mach sie fertig, Günther. Wie du das machst, überlass ich dir. Du bist doch als Gutachter für Berufsgenossenschaften und Versicherungen tätig. Dir muss ich doch nicht erzählen, wie Geschädigte kleinzukriegen sind.« Hellwig musterte ihn und bemerkte, dass Günthers Hände zitterten. »Du solltest dir mal wieder einen anständigen Scotch genehmigen, alter Freund.«

20

»Bitte hör auf, dir Sorgen zu machen, Annika. Sie wollte es nicht.«
Annika Schumacher blickte ihren Vater über das Bett der Mutter hinweg an. Sie befanden sich im Sterbezimmer der Hellwig & Müller Frauenklinik. Walter Schumacher vermochte nur mit Mühe, seine Tränen zu unterdrücken. Mit zitternder Hand streichelte er den Arm seiner Frau. Dass die beiden Frauen Mutter und Tochter waren, war unverkennbar. Beide verfügten über das gleiche schmale Gesicht mit den hohen Wangenknochen, und wenn sie lächelten, zeigten sich kleine Grübchen um den Mund herum. Auch die Formen der Lippen, der geraden Nasen waren fast identisch. Annika war Anfang zwanzig und studierte in Marburg Jura.

»Du hättest mich früher informieren müssen, Vater«, flüsterte sie. »Es war sicherlich nicht Mamas Idee, mich zu schonen«, meinte die junge Frau ärgerlich.

»Wir wollten beide nicht, dass du dir Sorgen machst«, entgegnete er müde. »Du kannst es dir nicht leisten, dein Studium zu vernachlässigen.«

»Ach, Papa, rede dich jetzt nicht heraus. Ihr hättet mich anrufen müssen. Ich hätte dafür sorgen können, dass man Mutter hier herausholt und in die Universitätsklinik nach Kiel verlegt. Glaub mir, ich hätte das durchgesetzt. Man kann ihr nicht einfach die notwendige Behandlung verweigern, wo gibt es denn so etwas?«

»Schatz, Doktor Hellwig und Doktor Müller haben wirklich alles getan, um Mama zu retten. Sieh dir an, wie schön sie es hier hat. Sie hat ein großes, helles Zimmer ganz für sich allein. Ärzte und Schwestern sind liebevoll um sie bemüht, ihr jeden erdenklichen Wunsch von den Augen abzulesen. In der Uniklinik hätte man ihr genauso wenig helfen können.«

»Nein, natürlich nicht … jetzt nicht mehr, weil diese Quacksalber Hellwig und Müller selbst an ihr herumexperimentiert haben.«

»Mama ist erst vor drei Stunden operiert worden, mein Kind. Sie wird ganz bestimmt wieder gesund. Wir dürfen die Hoffnung nicht aufgeben.«

Marie Schumacher erwachte und vernahm die erregten Stimmen Annikas und ihres Mannes, ahnte, dass es dabei um sie ging. Sie fühlte sich schläfrig und schwerelos. Die Narkose, die vielen Schmerzmittel wirkten nach. Im Grunde war es recht angenehm, nur dazuliegen und sich treiben zu lassen. Aber die aufgebrachten Stimmen veranlassten sie, sich aufzurichten. Plötzlich wurden die Schmerzen im Brustkorb, Bauchraum sowie im Kopf und in den Gliedern wieder unerträglich. Es waren jene Schmerzen, unter denen sie bereits seit vielen Wochen litt; um genau zu sein, seit sie von Hellwig eine Grippeschutzimpfung erhalten hatte.

Annika und Walter führten weiterhin eine heiße Debatte. Sie sah den Klingelnotruf in der Hand ihrer Tochter. Bitte, hört auf, wollte sie sagen. Von Ferne vernahm sie das Klingeln des Notrufs. Unversehens eilten Schritte über den Flur, die Tür wurde aufgerissen. Marie wollte etwas sagen, wollte ihnen mitteilen, dass sie eine weitere Impfung erhalten hatte, die ihr anscheinend nicht bekommen war. Sie musste sich irgendwie bemerkbar machen, dachte sie. Ein leises Krächzen entrang sich ihrer Kehle, dann wurden die Schmerzen unerträglich. Als sie ihren letzten Atemzug tat, hörte sie die Stimmen ihrer Lieben flehend und voller Entsetzen: »Mama, nein, bitte nicht …«

Eine unheimliche Stille legte sich über das Zimmer. Der Tod, als allzu häufiger Gast der Klinik, hatte ein weiteres Opfer gefordert.

## 21

Lisa betrat den Raum der Rechtsmedizin, bemühte sich, die Erinnerungen an den letzten Besuch in diesem Gebäude zu unterdrücken; daran, wie sie über eine kleine Welle im Fußbodenbelag gestolpert und auf die aufgeschnittene Leiche eines Mannes, der sich gerade auf dem Sektionstisch befand, gefallen war. Sie blickte sich um. Jedes Mal, wenn sie hierher kam, musste sie unwillkürlich daran denken, selbst einmal auf einem dieser Tische zu liegen und auseinandergepflückt zu werden.

Ulrike hatte sie bemerkt, winkte ihr zu. »Tut mir leid«, entschuldigte sie sich, nahm den Mundschutz ab und legte die elektrische Säge beiseite, mit der sie soeben die Schädeldecke eines alten Mannes abgetrennt hatte. »Der Hausarzt vermutet Fremdeinwirkung«, sagte sie. »Bisher konnte ich nichts finden, was darauf hinauslaufen würde.« Sie ging zu einem Handwaschbecken, wusch sich die Hände. Dann wandte sie ihre volle Aufmerksamkeit Lisa zu. »Was kann ich für dich tun?«

»Habt ihr mittlerweile die erforderlichen Ergebnisse im Hellwig-Fall?«

»Lass uns in die Cafeteria gehen«, schlug Ulrike vor.

»Bitte, Ulli, ich steh fürchterlich unter Druck. Wenn ich dem Staatsanwalt keine wasserdichten Beweise vorzuweisen habe, dass Hellwig seine Frau getötet hat, bleibt der Mann auf freiem Fuß. Der Staatsanwalt hat auf mein Drängen hin zwar Anklage aufgrund der wenigen, bisher nicht eindeutigen Indizien erhoben, vermied es allerdings, Kaution zu fordern. Ich hab mich ziemlich weit aus dem Fenster gehängt. Und er ebenso.«

»Du hast dich auf den Doktor eingeschossen, oder?«

Lisa nickte: »Obwohl der Staatsanwalt ebenfalls die Meinung vertritt, das Hellwig seine Frau auf dem Gewissen hat, sieht er keine Möglichkeit, ihn festzusetzen. Ihm ist auch nicht wohl bei der Sache. Hellwig könnte sang- und klanglos verschwinden. Und selbst mit dem Alibi häng ich in der Luft. Glaub mir, er ist schuldig, das sagt mir mein Gefühl. Vielleicht macht er sich sogar aus dem Staub.«

Ulrike nickte bedenklich. »Eindeutig ist ihm bisher nichts nachzuweisen.« Sie zuckte mit den Schultern. »Gehen wir zu Doktor Krautberg. Soweit ich weiß, hat er die vergangenen Tage damit zugebracht, die Kettensäge zu untersuchen.«

»Ich hoffe, ihm gelingt der Durchbruch«, entgegnete Lisa und runzelte die Stirn. Gemeinsam gingen sie über einen langen Flur zu den Aufzügen, fuhren in die zweite Etage hinauf. Einen Augenblick blieb sie an der Tür stehen, bevor sie Ulrike in den Raum folgte. Überall an den Labortischen standen Studenten. Es brodelte und dampfte aus diversen Reagenzien. Das Labor erweckte den Eindruck einer Hexenküche. Am Fenster standen Mitarbeiter Krautbergs, in ein Gespräch vertieft.

Ulrike deutete mit dem Kopf auf einen großen, hageren Mann mit grauem langem Haar, in einem verwaschenen Holzfällerhemd und zerschlissenen Jeans. »Das ist Krautberg«, sagte sie.

»Was tun diese vielen Menschen hier?« fragte Lisa erstaunt.

»Unsere Leute nehmen die Gelegenheit wahr und lernen von ihm. Außerdem würde er die Fülle an Material, die er im Hellwig-Fall untersuchen muss, niemals allein bewältigen können, jedenfalls nicht in so einer kurzen Zeit.« Sie bahnten sich einen Weg durch die überfüllten Laborgänge. Ulrike tippte Krautberg auf die Schulter. Nachdem die üblichen Floskeln des Vorstellens beendet waren, kam Ulrike sofort auf den Punkt. »Hast du etwas Neues für uns, Jürgen?«

»In einer halben Stunde kann ich mit einigen brauchbaren Ergebnissen aufwarten.«

Ulrike wandte sich an Lisa, wechselte abrupt das Thema: »Was ist eigentlich aus Rüdiger Weiß geworden, der junge Arzt, der vor Kurzem auf so tragische Weise ums Leben kam?«

»Du kanntest ihn?« fragte Lisa überrascht.

»Ein überaus sympathischer Kollege, kümmerte sich geradezu aufopferungsvoll um seine Patienten. Arbeitete ehrenamtlich drüben in der Psychiatrie.« Sie zeigte auf einen mehrstöckigen roten Klinkerbau mit vergitterten weißen Sprossenfenstern auf der gegenüberliegenden Seite. »In den Pausen bin ich ihm öfter begegnet. Er erzählte mir, dass ihn mit Hellwig und dessen Frau eine enge Freundschaft verband.« Ulrike dachte an das freundliche Gesicht des Arztes. »Und dann lag er plötzlich bei mir auf dem Tisch, von mehreren Messerstichen durchbohrt.«

»Ich weiß. Ich habe die Akte gelesen. Robert und Andreas bearbeiten den Fall«, entgegnete Lisa nachdenklich. »Ein merkwürdiger Zufall, oder? Sein Medikamentenschrank war aufgebrochen worden.«

»Wirklich nur ein tragischer Zufall, dass beide Personen Hellwig so nahestanden?«

Professor Krautberg kam mit schwingenden Schritten auf sie zu. In der Hand hielt er einen Packen Papier, ließ sich auf einen freien Stuhl nieder und überflog kurz seine Notizen. »So, meine Damen, da haben wir mal etwas Erfreuliches«, sagte er mit fast schelmischem Grinsen. Während er seine Ergebnisse ausführlich erläuterte, hörte Lisa konzentriert zu. Gleich im Anschluss an dieses Gespräch würde sie ins Präsidium fahren, um die Kollegen zu unterrichten. Endlich waren sie einen großen Schritt weitergekommen. Um nicht zu sagen, einen riesengroßen Schritt. Für sie stand nun unzweifelhaft fest, Hellwig war nicht das Unschuldslamm, das er vorgab zu sein. Ihr Bauchgefühl diesbezüglich schien sie nicht getäuscht zu haben. Bisher hatte sie ihn mit Samthandschuhen angefasst, und er führte sie nur allzu offensichtlich an der Nase herum. Die neuen Ergebnisse schienen endlich den erhofften Erfolg zu versprechen; wenn es nach ihr und dem Staatsanwalt Guntor Kreuzbach ginge, würde Hellwig nach jetzigem Sachstand das Gefängnis bis zur Gerichtsverhandlung nicht mehr verlassen.

Guntor Kreuzbach konnte äußerst unangenehm werden, wenn er seine Felle davonschwimmen sah. Der äußerst dynamische Staatsanwalt war Mitte Fünfzig, hatte seine gesamte berufliche Laufbahn der gerechten Sache gewidmet. Kämpfte für Recht und Gesetz. Hasste es, wenn Schuldige aufgrund schlampiger Ermittlungen mit höchstrichterlichem Spruch wieder auf freien Fuß gelangten. Mittlerweile hatte er sich einen Ruf als unnachgiebiger Ankläger erworben, und sie wollte dafür sorgen, dass er diesen auch behielt.

## 22

Aufkommender Sturm heulte ums Haus. Auf dem Dachboden knarrte das Gebälk. Als Lisa noch mit York in diesem Haus zusammenlebte, waren sie bei solch einem Wetter ins Bett gegangen, hatten sich ganz eng aneinandergekuschelt. York pflegte dabei stets von seinen diversen Segeltörns auf dem Atlantik zu erzählen, sie hatte ihm dabei geradezu an den Lippen geklebt.

Sie hängte gerade ihre Bluse auf einen Bügel, als das Telefon läutete. Es war Jörg Lesch. Sie hörte seine einschmeichelnde Stimme sagen: »Hallo Lisa, ich hoffe, ich habe dich nicht aus dem Schlaf geholt?«

Wenn du wüsstest, dachte sie, wie sehr ich mich nach einem Anruf von dir gesehnt habe. Plötzlich hämmerte ihr Herz wie verrückt und sie erwiderte: »Durchaus nicht. Dieser mysteriöse Fall …« Dumme Gans, schalt sie sich. Was redete sie nur für ein blödes Zeug daher? Sollte lieber fragen, was er von ihr wollte. Aber Jörg kam ihr bereits zuvor. »Ich weiß, Lisa. Edda hat mich heute Morgen angerufen, mir den Fall geschildert. Sie meinte, wenn ihr nichts Handfestes vor Gericht gegen Hellwig vorzuweisen habt, sprich wirklich bombensichere Beweise, dann wird die Anklage gegen den Kerl fallengelassen. Warum hast du dich nicht bei mir gemeldet? Ich hätte dir geholfen.«

»Ich will den Fall allein lösen, Jörg. Nichts für ungut.«

»Jetzt leg mal deinen Stolz beiseite, Lisa. Ich habe eine Woche Urlaub, würde dich gerne besuchen kommen. Zudem könnte ich so ganz nebenbei zur Aufklärung des Falls beitragen. Was hältst du davon?«

»Du glaubst also, ich bin zu dämlich, um handfeste Indizien beizubringen?«

»Verdammt, Lisa, du weißt, dass ich es nicht so gemeint habe. Was willst du also hören? Dass ich dich vermisse? Ja, verdammt, das tue ich. Und es fällt mir unglaublich schwer, das zuzugeben.«

Ihr Herz führte geradezu irrwitzige Purzelbäume auf. Der Kerl zeigte endlich einmal Gefühle. Aber sie dachte gar nicht daran, es ihm allzu leicht zu machen. »Ich weiß nicht, Jörg, ob das im Augenblick eine so gute Idee ist. Wie ich dir bereits sagte, stecke ich bis zum Hals in Arbeit. Nimm lieber den nächsten Flieger und starte in die Sonne.«

»Zu spät! Ich weiß, ich hätte dich eher informieren müssen, aber ich stehe sozusagen bereits vor deiner Tür. Bin soeben im Hotel Hoheneck, in der Schubystraße abgestiegen.«

»Oh!« war alles, was sie hervorbrachte.

Er lachte. »Ich stehe auf entscheidungsfreudige Frauen. Was ist, kann ich zu dir rüberkommen?«

»Das solltest du besser nicht tun. Wenn du schon hier bist, dann kannst du morgenfrüh an unserer Einsatzbesprechung teilnehmen.«

Er klang enttäuscht, als er erwiderte: »Wie du willst.«

Sie war gerade im Begriff, ihre Abfuhr zu revidieren, als plötzlich die Schlafzimmertür aufging und York vor ihr stand. Fast wäre ihr der Hörer aus der Hand gefallen, sie brachte nur ein leises: »Du?« heraus.

York grinste sie an. Am anderen Ende der Leitung war Jörg Leschs besorgte Stimme zu hören, die fragte, ob es ihr gutgehe und was passiert sei.

Lisa entgegnete: »Mein Ex-Mann ist gerade gekommen. Lass uns Schluss machen. Wir sehen uns im Präsidium.« Ohne auf seine Antwort zu warten, legte sie auf.

»War das dieser Schnösel vom BKA? Läuft da was zwischen euch?«

Schnell schlüpfte sie in ihren Bademantel, starrte York an. »Wie bist du ins Haus gekommen? Dein Schlüssel …« Bevor sie weitersprechen konnte, hatte er bereits seine Arme um ihre Taille geschlungen und ganz nah zu sich herangezogen. Sanft glitten seine Lippen über ihr Gesicht, sie spürte seinen heißen Atem. In seiner Freizeitkleidung sah er einfach umwerfend aus. Er trug ein weißes Polohemd zu einer zerrissenen Bluejeans, dazu ausgetretene Turnschuhe. Das blonde Haar war zerzaust, Bartstoppeln rieben an ihrem Gesicht, seine Wange fühlte sich kühl an. Zu ihrem eigenen Schutz schob sie ihn angewidert von sich und sagte schroff: »Was soll das, York? Verschwinde!«

Erneut grinste er, sah, dass ihre Wangen glühten. Sein Charme, seine Wirkung auf sie, waren ihm nur allzu bewusst. Wenn er sie in diesem Moment etwas intensiver bedrängen würde, dachte er, würde sie nur zu bereitwillig in seine Arme sinken. Er startete gerade einen weiteren Angriff auf ihr Seelenheil, als unten die Haustürglocke erklang.

Verstört befreite Lisa sich aus seinen Armen und rannte die Treppe ins Erdgeschoss hinunter. Auf dem Weg nach unten zurrte sie schnell den Gürtel ihres Bademantels fester. York blieb oben am Treppenabsatz stehen, sah ihr verärgert nach.

Sie öffnete einem verdutzten Jörg Lesch die Tür.

»Du hast das Gespräch so abrupt beendet. Ich dachte, dir wäre etwas zugestoßen«, begrüßte er sie, während sein Blick über ihren noch halbgeöffneten Bademantel hinauf zu York wanderte.

Sie bat ihren Gast einzutreten, als York langsam die Treppe herunterkam. Dann machte sie die beiden Männer miteinander bekannt. Ohne sie eines weiteren Blickes zu würdigen, warf York den Ersatzschlüssel auf die Garderobe und verließ das Haus.

»Ich wüsste gern, wie viele Schlüssel er noch hat?« sagte sie nachdenklich. »Während ich mich anziehe, kannst du es dir im Wohnzimmer gemütlich machen. Du kennst dich ja aus«, wandte sie sich an Lesch.

Zehn Minuten später saßen sie einträchtig auf der Couch beisammen, tranken Rotwein und sprachen über den mysteriösen Hellwig-Fall. Keiner von beiden verlor ein Wort über den Vorfall mit York.

Als sie zwei Stunden später endlich die Akten schlossen, sagte Lesch: »Und was hältst du nun von dem Fall, was sagt dir deine Intuition? Wirst du ihn mit den Fakten festnageln können? Entlockst du ihm ein Geständnis?« nachdenklich schüttelte er den Kopf und fuhr fort: »Denkst du aufgrund der jetzigen Erkenntnisse, dass Hellwig seine Frau auf so eine grausame, wirklich perfide Weise umgebracht hat? Ich meine, dazu gehört schon ein ganz schönes Stück Perversion, einen Menschen durch einen Häcksler zu jagen.«

»Für dich scheint der Fall nicht klar zu sein«, meinte sie enttäuscht.

»Alles, was ich aus den Unterlagen entnehmen kann ist, dass dieser Mann anhand der - ich will dir nicht gänzlich die Hoffnung nehmen - dürftigen Beweise, die bisher vorliegen, nicht zu verurteilen ist. Wenn ihr nicht mehr in der Hand habt, dann sehe ich schwarz. Er wird sich herausreden. Zudem habe ich in den Unterlagen kein psychiatrisches Gutachten gefunden.«

»Das liegt beim Staatsanwalt«, entgegnete sie.

»Dem Kerl ist nicht leicht beizukommen. Wir sollten im ganzen Team den Fall besprechen, um Fehler zu vermeiden.«

»Dann gehe ich davon aus, du willst mir deine Unterstützung zukommen lassen?«

»So würde ich das nicht sehen. Ich bin nur neugierig, was du in Wiesbaden gelernt hast«, grinste er, lehnte sich entspannt im Sessel zurück, dabei gähnte er herzhaft. »Ich könnte mir jetzt ein Taxi rufen, aber da ich weiß, dass du über ein Gästezimmer verfügst, was liegt da näher ...«

»Keine gute Idee, Jörg. Wenn du willst, fahre ich dich«, unterbrach sie ihn.

»Nicht nötig, ist ja gleich um die Ecke.« Er stand auf, vom Flur aus wählte er die Nummer eines Fahrdienstes. Fünf Minuten später befand er sich bereits auf der Fahrt in sein Hotel, und Lisa trauerte der vertanen Chance nach. Sie hätte mit ihm über York sprechen müssen, hätte Jörg nicht so im Unklaren lassen dürfen, was ihr Verhältnis zu ihrem geschiedenen Mann betraf.

## 23

Brigitte musste aus dem Haus geschafft werden, bevor die Polizei hier auftauchte, um weitere Fragen zu stellen, dachte Alma Hauser. Gestern Abend hatte das lokale Fernsehen einen Bericht über den Hellwig-Fall ausgestrahlt. In dem Zusammenhang wurde natürlich auch der mysteriöse, immer noch nicht aufgeklärte Mord an dem Arzt Rüdiger Weiß erneut in den Fokus gerückt. Es war Alma durchaus bewusst, dass Brigitte in beide Männer verliebt war, aber da das Mädchen psychisch krank war, hatte sie sich über derlei Gefühle ihrer Tochter keine Gedanken gemacht. Eine dumme Schwärmerei, mehr war das nicht. Doch der Bericht im Fernsehen, der mysteriöse Fund des Schlüssels in Brigittes Sachen, all das stimmte Alma sehr nachdenklich. Vielleicht sollte ich Anneliese bitten, das Mädchen ein paar Stunden zu beaufsichtigen, dachte sie. Sie hatte noch etwas zu erledigen.

Anneliese Schulz, eine sehr liebenswürdige Seele, Anfang Siebzig, wohnte in dem Haus neben Alma. Als Annelieses Mann vor zehn Jahren an einem Herzinfarkt verstorben war, widmete sie sich Brigittes Wohlergehen. Alma war der Nachbarin dankbar dafür, so wusste sie wenigstens, dass ihre Tochter in guten Händen war und keine Dummheiten machte. Anneliese gehörte zu den wenigen Menschen, die - ohne Komplikationen heraufzubeschwören - mit der jungen Frau zurechtkamen.

Als die Polizei kurz darauf bei Alma klingelte, befand Brigitte sich gerade in der Obhut Annelieses. Mit einem mulmigen Gefühl im Bauch bat sie die unliebsamen Gäste in die Küche, bot ihnen Platz und einen Kaffee an, fragte sodann geradeheraus: »Nun, was wünschen Sie denn noch? Ich dachte, der Fall würde endlich ein Ende finden.«

Lisa öffnete die Knöpfe ihres Mantels.

»Hellwig ist zwar angeklagt, aber bis zu einer eventuellen rechtskräftigen Verurteilung sind noch alle Karten im Spiel«, antwortete Robert stattdessen und schaltete ein Aufzeichnungsgerät ein. »Ihr Arbeitgeber beteuert ständig seine Unschuld, vielleicht fällt Ihnen ja etwas ein, das längst in Vergessenheit geraten ist, das seine Unschuld beweisen könnte. Wiederholen wir also Ihre Aussagen.«

»Hellwig erinnert sich mittlerweile wieder an einzelne Vorfälle des bewussten Tages«, übernahm Lisa das Gespräch. »Er behauptet steif und fest, dass eine weitere Person zu jenem Zeitpunkt im Haus war. Die Fakten sprechen jedoch allesamt gegen ihn, sind dermaßen erdrückend ...« Dass Lisa bei dieser offensichtlichen Lüge nicht die Schamröte ins Gesicht zog, verdankte sie dem heißen Kaffee. Ihre Wangen glühten bereits.

Alma füllte einen Kartoffeltopf mit Wasser, dabei verschüttete sie einige Tropfen. Ihre Hände zitterten. »Ach, du meine Güte!« schimpfte sie.

Lisa betrachtete die Frau argwöhnisch. Irgendetwas verheimlicht sie uns, dachte sie aus jenem Instinkt heraus, der sie geradezu prädestinierte, ihre Ausbildung zur Profilerin fortzusetzen.

Alma stellte den Topf auf den Herd, setzte sich auf einen kleinen Schemel davor, spähte die beiden Beamten über den Rand ihrer Brille hinweg an. »Ich gehe jeden Morgen um neun Uhr zur Arbeit, um elf Uhr verlasse ich die Villa wieder. Dann komme ich erst am Nachmittag so gegen sechzehn Uhr zurück und bleibe bis gegen siebzehn Uhr«, sagte sie. »Wenn ich dort bin, ist der Doktor bereits in der Klinik. Nur sehr selten kehrt er zurück, wenn ich meinen Dienst noch versehe. Außer, Gäste sind geladen, dann gehört es zu meinen Aufgaben, zu kochen, sie zu bewirten. Allerdings kommt das sehr selten vor.«

Lisa bemerkte, dass Alma die Lippen fest aufeinanderpresste, so, als erinnere sie sich gerade an etwas Unangenehmes.

»Unlängst beim Verhör erwähnten Sie, dass Hellwig seine Frau geschlagen hat, dass er sich auch nicht scheute, sie zu vergewaltigen. Ich gehe davon aus, dass er diesen Aktivitäten nicht gerade frönte, wenn Gäste zu erwarten waren«, übernahm Robert wieder das Gespräch.

»Die Hellwigs waren sehr glücklich miteinander. Sie lebten recht zurückgezogen«, wich Alma der Frage aus.

»Frau Hauser, erzählen Sie uns die Wahrheit«, drängte Lisa.

Alma biss sich auf die Lippen, schüttelte den Kopf. Nach einer Weile sagte sie leise: »Solveig war sehr unglücklich. Der schreckliche Unfall von Rüdiger Weiß's junger Frau Tanja, mit der sie eine tiefe Freundschaft verband, trug dazu bei, dass Solveig sich von der Außenwelt abkapselte.«

»Was ist das für eine Geschichte mit dieser Tanja Weiß«, fragte Lisa stirnrunzelnd. »Wissen Sie etwas von einem Liebesverhältnis zwischen Solveig und Doktor Weiß?«

»Das müssen Sie schon selbst herausfinden, ich interessiere mich nicht für derlei Dinge«, erwiderte Alma kurz angebunden.

Lisa überging die unfreundliche Antwort. »Frau Hauser, als sie an jenem bewussten Tag zur Arbeit erschienen, war die Alarmanlage der Villa nicht eingeschaltet, richtig?«

»Ja. Aber das habe ich doch bereits alles mehrfach erzählt.«

»Haben Sie überprüft, ob vielleicht jemand durch eine unverschlossene Tür eingedrungen sein könnte?«

»Die Türen waren alle verschlossen.« Ihre Stimme klang plötzlich feindselig. »Der Doktor hat die Alarmanlage ausgestellt, als er heimkehrte. Das heißt aber nicht, dass die Türen sperrangelweit offenstanden und jedes Gesindel ins Haus konnte.«

»Haben wir da eventuell einen wunden Punkt getroffen, Frau Hauser?« preschte Robert dazwischen und zerstörte unversehens das mühevoll erarbeitete Vertrauen. »Wie viele Türen gibt es in der Hütte?«

»Eine ganze Menge«, entgegnete Alma. »Der Haupteingang, die Terrassentür. Eine Tür zur Küche, zwei in die Waschküche, eine zur Garage, zwei in den Keller. Die Letzteren sind allerdings stets verschlossen, nur der Doktor hat die Schlüssel.«

»Und Sie haben alle Türen überprüft?« Robert runzelte die Stirn, sah Alma ungläubig an.

»Nein, aber die Polizei an jenem Abend. Reden Sie doch mit Ihren Kollegen.«

Lisa war bemüht, die Schärfe aus dem Gespräch zu nehmen, sagte fast übertrieben freundlich: »Wir zweifeln nicht an Ihren Worten, Frau Hauser.«

Scheinbar beruhigt entgegnete Alma: »Bevor ich am Donnerstagmittag ging, sah ich nach, ob alle Türen verschlossen waren. Anschließend schaltete ich die Alarmanlage ein. Der Doktor benutzt fast immer die Eingangstür, oder er kommt durch die Garage. Die Eingangstür verfügt über eine separate Alarmanlage, die weder am Donnerstag- noch am Freitagnachmittag, als ich unvorhergesehen zur Villa kam, eingeschaltet war. Irgendjemand muss durch diese Tür am Donnerstag hineingekommen sein, denn Solveig legte immer allergrößten Wert darauf, dass gerade die Haustür gesichert wurde. Wissen Sie, das Schloss funktioniert nicht einwandfrei. Sie hatte Angst, die Tür könne sich von selbst einmal öffnen. Aber wie gesagt, am Freitagnachmittag war der Doktor vor mir im Haus, also wird er sie da selbst ausgeschaltet haben. Alle anderen Türen waren verschlossen, das weiß ich genau. Als ich am Donnerstagnachmittag das Haus wieder verließ, schaltete ich die Alarmanlage ein.«

»Sie überprüfen jedes Mal, wenn sie das Haus verlassen, ob die Türen im gesamten Haus verrammelt sind?« In Roberts Stimme klang erheblicher Spott mit, was Alma veranlasste, die Stirn verächtlich zu runzeln und in vorwurfsvollem Ton zu erwidern: »Hören Sie, junger Mann, schlagen Sie einen anderen Ton an, wenn Sie mit mir reden!«

»Verzeihung«, lenkte er ein, fuhr etwas gemäßigter fort: »Sie erschienen an diesem besagten Freitag nicht wie üblich um sechzehn Uhr zur Arbeit, nehme ich an.«

»Nein, ich hatte einen Zahnarzttermin. Außerdem, wenn der Doktor nicht im Haus ist, nehme ich mir stets frei, aber das wissen Sie bereits. Solveig legt keinen Wert auf meine Anwesenheit.« Almas Wangen hatten sich gerötet. Lisa bemerkte, dass sie den Tränen nah war. »Trotzdem erschienen Sie zur Arbeit. Dabei machten Sie dann die schreckliche Entdeckung?«

»Ja.«

»Danke für Ihre Auskünfte, Frau Hauser, wir haben Ihre Zeit lange genug in Anspruch genommen.«

»Ach verdammt«, sagte Robert, »wir haben vergessen zu fragen, ob die Schlösser ausgetauscht wurden?« Erwartungsvoll schaute er die verdutzte Frau an.

»Nein, es wurde nichts ausgewechselt.«

»Dann sollten wir dem Doktor vorschlagen, es sofort zu tun. Ansonsten könnte der Eindringling wiederkommen und erneut sein Unwesen treiben.«

Alma erbleichte. »Frau Buschmann«, sagte sie, »wenn Sie dasselbe gesehen hätten wie ich, als ich nach oben kam – das blutverschmierte Bett, die Wand, den Teppich, den schwerverletzten Doktor - dann konnte man meinen, eine fremde Person sei im Haus gewesen … aber es war niemand da … ich will ihm ja nichts Böses, allerdings war das alles sehr merkwürdig.«

»Welche Beweggründe lagen wirklich vor, obwohl Sie das Wochenende frei hatten, noch einmal das Haus zu betreten?« blieb Robert am Ball.

Alma zuckte mit den Schultern, sagte: »Ich hatte meine guten Lederhandschuh' vergessen, wissen Sie. Sonntags, wenn ich zur Kirche geh, trag ich sie für gewöhnlich.« Es folgte eine kurze Pause, dann fuhr sie fort: »Als ich die Villa betrat, spürte ich sofort, dass etwas nicht stimmt. Außerdem liebt der Doktor es, wenn ich Freitagabends für ihn und Solveig koch'. Da ich ein wenig Zeit hatte, dachte mir, ich mach ihm eine Freude.«

»Wegen vergessener Handschuhe kommen Sie zurück?« fragte Robert ungläubig, fügte hinzu: »Ich werde das dumme Gefühl nicht los, dass Sie uns noch eine Menge Fragen beantworten können.« Er stand auf. »Wir kommen ganz sicher auf Sie zurück.«

## 24

Kurz vor sieben war Lisa aufgestanden, hatte sich Tee gekocht, war mit dem aromatisch duftenden Getränk in ihr Schlafzimmer zurückgekehrt. Die vergangene Nacht war ungewöhnlich ruhelos verlaufen. Yorks mehrfache nervige Versuche, mit ihr zu telefonieren, kosteten sie ihren Schlaf. Immer wieder hatte sie den Hörer aufgelegt, sobald sie seine Stimme vernahm. Als er endlich weit nach Mitternacht Ruhe gab, fand sie dennoch keinen rechten Schlaf. Zu vieles schwirrte ihr im Kopf herum. Der Hellwig-Fall, jetzt auch noch der von Rüdiger Weiß, hingen wie ein drohendes Damoklesschwert über ihr. Außerdem wartete sie vergebens auf ein neues Lebenszeichen von Jörg Lesch, den sie mittlerweile schrecklich vermisste. Und zu allem Übel drangsalierte sie ihr Ex, ihm die Villa zu überlassen.

Ihre Füße berührten den flauschigen Teppich. Sie ging zum Fenster hinüber. Die Straßenlaternen verbreiteten ihr fahles Licht, brachten allerdings keine wirkliche Helligkeit in einen düsteren, regnerischen Wintertag. Freudlos nippte sie an ihrem Tee, erinnerte sich an die Zeit in Wiesbaden. Unter völlig falschen Voraussetzungen hatte sie an dem Profiler-Lehrgang teilgenommen. Jörg Lesch allein war ausschlaggebend gewesen, dass sie ihm folgte. Aber er blieb reserviert, wie es seine Art war, die sie mittlerweile nur zu gut kannte. An diesen Mann war einfach nicht heranzukommen. Jetzt endlich hatte er einen Versuch unternommen, sich mit ihr in Verbindung zu setzen, aber bestimmt nicht ihretwegen, sondern wegen des kuriosen Hellwig-Falls.

Sie ging ins Bad, drehte die Dusche auf. Als das warme Wasser über ihren Körper lief, bekam sie wieder einen klaren Kopf. Im Schlafzimmer hörte sie das Telefon läuten. Nur mit einem Handtuch ums Haar gewickelt, lief sie an den Apparat. Als sie abnahm, war niemand mehr in der Leitung. Sie schaute aufs Display, aber die Nummer des Anrufers war unterdrückt. Jörg? Aber warum sollte er in aller Herrgottsfrühe bei ihr anrufen, nur weil sie es sich so sehr wünschte?

Zurück im Bad, trocknete sie sich ab, föhnte die Haare, schlüpfte in eine graue Flanellhose und einen weißen Pullover. Bevor sie nach unten ging, klingelte es erneut. Diesmal war sie schneller am Apparat. »Buschmann.«

»Hi, Süße«, hörte sie Robert säuseln, »beweg deinen Hintern ins Büro, es gibt Neuigkeiten. Ich hab mir die ganze Nacht um die Ohren geschlagen.«

»Hast du wieder getrunken?«

»Hättest du wohl gern«, fauchte er. Die Leitung war tot, sie legte auf.

## 25

Hellwigs schnelle Schritte, seine kurzen Atemstöße, als er durch sein Arbeitszimmer tigerte, zeugten von ungeheurer innerer Anspannung. Vor gut zwei Stunden hatte er eine Zusammenkunft mit Thilo Bock, dem Liebhaber seiner Frau. Um keinen Preis darf mir bei meiner Aussage ein Fehler unterlaufen, nahm er sich fest vor. Thilo hat die Klinik vor mir verlassen. Ich habe Vera einige Rezepte unterschrieben, dann erst die Klinik verlassen. Während ich zur Tür ging, wurde mir ganz schwindelig. Thilos Worte, das Kind, das Solveig unter dem Herzen trägt, sei von ihm, das Gutachten gefälscht, hämmerten mir unentwegt im Kopf herum. Solveig hasst mich, will sich von mir trennen, will mit diesem Nichtsnutz von Privatdetektiv ein neues Leben beginnen. Ich bekam plötzlich keine Luft mehr, konnte nicht mehr atmen. Als ich auf dem Parkplatz vor der Klinik meinen Wagen aufschloss, bemerkte ich einen Landrover. Es schien niemand in dem Wagen zu sitzen. Jedenfalls habe ich niemanden bemerkt. Allerdings fuhr ein anderes Fahrzeug gerade ab. Ich dachte, es sei Thilo Bock. Plötzliche Wut überkam mich, ich lief dem Wagen hinterher, aber er war schneller und der Fahrer bemerkte mich auch nicht. Dann setzte ich mich in meinen Wagen, fuhr nach Hause.

Was wird Vera der Polizei erzählen? Sie hat mich gesehen, wie ich hinter dem Wagen herlief. Ich muss Carsten anrufen, ihm erklären, was passiert ist. Carsten denkt bestimmt, ich hab etwas mit Solveigs Verschwinden zu tun. Habe ich wirklich etwas damit zu tun? Immerhin war ich voller Blut, war selbst verletzt. Verdammt noch mal, zumindest weiß ich, dass ich nichts mit dem Mord an Thilo Bock zu tun habe. Ich hab den Kerl nicht angerührt. Aber sie werden mich verdächtigen.

Klara wird mir helfen. Sie glaubt an meine Unschuld. Immerhin ist sie Solveigs beste Freundin, und sie liebt mich. Ich werde sie anrufen, bitten herzukommen, bevor Polizei und Presse erneut über mich herfallen. Die Kripo wird nicht lange benötigen, um den Zusammenhang zwischen mir und Bock herzustellen. Immerhin wurde der Mann tot auf dem Klinikgelände aufgefunden.

Hellwig wartete bis nach den Zehn-Uhr-Nachrichten. Dann ging er zum Telefon, rief Klara Weigand an. Kurz schilderte er ihr die Sachlage.

»Du behauptest allen Ernstes, du hast dich heute Abend mit Solveigs Liebhaber getroffen, und jetzt hat ihn jemand ermordet?« Klara redete nicht lange um den heißen

Brei herum.

»Ja. Gerade eben wurde in den Medien von einem Mord auf dem Klinikgelände berichtet. Der Wachmann, der das Gelände kontrolliert, hat den Toten vor über einer Stunde in seinem Wagen entdeckt, mich informiert und dann die Polizei gerufen. Ich wollte zunächst einmal abwarten.«

»Hast du deinen Anwalt informiert, Ferdinand?«

»Nein. Carsten hat mir abgeraten, Thilo zu treffen. Er meinte, es würde nichts als Ärger bringen. Er hatte recht.«

»Carsten wusste, dass du dich mit diesem Kerl treffen willst?« fragte sie erstaunt.

»Ja!«

»Ich bin in wenigen Minuten bei dir.«

»Glaubst du, ich habe ihn umgebracht, Klara?«

»Nein, mein Liebling. Aber andere werden es denken. Bis gleich.« Ein Knacken im Hörer. Sie hatte aufgelegt.

Nur ganze zehn Minuten benötigte sie von ihrer Zweit-Wohnung gelegen auf dem Schleswiger Holm zur Villa von Hellwig.

Klara Weigand war eine hübsche, schlanke Mittvierzigerin. Ihr gehörte das zweitgrößte pharmazeutische Unternehmen Europas, die Weigand-Werke mit Standorten in Lübeck und Bochum.

Ferdinand hielt bereits Ausschau nach ihr, riss die Tür auf, als er ihren Wagen in die Zufahrt einbiegen sah.

Er sieht aus, als stünde er unter Schock, dachte sie. Mein Gott, ist es möglich, dass er zwei Menschen auf dem Gewissen hat?

Er war aschfahl, sein beigefarbener Pullover verstärkte die Gesichtsblässe noch. Außerdem zitterte er leicht. »Klara, noch so eine Farce stehe ich kein weiteres Mal durch. Eher bringe ich mich um«, sagte er.

»An so etwas darfst du nicht einmal denken, Schatz«, entgegnete sie sanft und ergriff seine zitternden, kalten Hände. »Ich habe Carsten in seiner Kanzlei erreicht. Er ist bereits auf dem Weg hierher. Du solltest jetzt lieber nach oben gehen, eine heiße Dusche nehmen. Die Polizei sollte dich nicht in diesem Zustand vorfinden. Carsten hat mich darüber informiert, dass man den Toten als Thilo Bock identifiziert hat. Es ist also nur eine Frage der Zeit, bis die Kripo hier eintrifft. Nimm diese Pillen, die werden dich ein wenig beruhigen.« Sie reichte ihm zwei kleine weiße Tabletten, die er dankbar annahm. Dann drehte er sich um und ging die Treppe in sein Schlafzimmer hinauf. Sie würde ihn jetzt nicht allein lassen, er brauchte sie.

Gegen halb acht am nächsten Morgen erwachte Klara müde und wie gerädert. Sie war auf dem Sofa eingeschlafen, nachdem Hellwigs Anwalt angerufen hatte, um ihr mitzuteilen, dass die Polizei erst für den kommenden Vormittag eine Vernehmung seines Klienten vorsehe. Sie erhob sich, zog ihren engen Rock glatt, ging auf Strümpfen zum Fenster, um die Vorhänge beiseite zu schieben. Dabei bemerkte sie die Scheinwerfer eines Wagens die Auffahrt heraufkommen. Es war die Haushälterin. Klara ging in die Küche, begrüßte Alma, die sie ein wenig verwundert ansah.

»Ist etwas passiert?« fragte Alma.

»Bitte kochen Sie eine große Kanne Kaffee und machen das Frühstück für den Doktor. Bringen Sie es ihm aufs Zimmer.« Das Läuten der Türglocke unterbrach sie. »Das wird der Anwalt sein«, überlegte Klara laut und ging zur Tür.

Es war tatsächlich Carsten Stahl, seine besorgte Miene bestätigte ihre schlimmsten Befürchtungen.

»Nett von dir, dass du mich gestern Abend noch informiert hast, Klara. Ich hoffe, Ferdinand hat bisher mit niemandem geredet!«

»Ich glaube nicht«, entgegnete sie.

»Ich muss dich allerdings bitten, nicht an dem Gespräch teilzunehmen, selbst wenn Ferdinand das wünscht.«

»Geheimnisse?«

»Nein. Dennoch wäre es besser, wenn du meinen Wunsch respektierst.«

»Du glaubst im Grunde nicht an seine Unschuld, nicht wahr?« sagte sie provozierend, um ihn aus der Reserve zu locken.

»Hör zu, Klara. Ich bin Ferdinands Anwalt. Nicht sein bester Freund oder sein Beichtvater. Meine Aufgabe besteht darin, ihn aus dieser Scheiße herauszuholen. Was ich glaube und denke, ist ganz allein meine Sache, solange ich im Namen meines Mandanten alles daransetze, ihm zu helfen. Außerdem brauche ich dir nicht zu sagen, dass es ein Anwaltsgeheimnis gibt. Aber mal zu deiner Meinung, was denkst du, war er es?«

»Um ehrlich zu sein, ich dachte es. Jetzt allerdings tauchen immer mehr Fragen auf, auf die ich keine Antwort finde. Leidet er seit dem Überfall tatsächlich unter einer Amnesie, oder spielt er uns nur etwas vor?«

»Du bist verliebt in den alten Knaben, stimmt's?« Carsten grinste schief.

»Mag sein.« Sie drehte sich um. »Komm mit in die Küche, ich brauche jetzt einen Kaffee.«

Carsten folgte ihr. »Hör zu, Klara, wenn du etwas weißt, was hilfreich sein könnte in diesem Fall, dann bitte ich dich, erzähle es mir.« Seine Miene war freundlicher geworden, sein Tonfall veränderte sich ebenfalls zum Positiven.

»In Ordnung«, sagte sie, »Ich hätte da einiges mit dir zu besprechen. Aber als Zeugin vor Gericht sage ich nicht aus, damit das klar ist!«

Alma war mit dem Frühstück fertig, machte sich auf den Weg, Hellwig ein Tablett mit köstlich duftendem Kaffee, geröstetem Toast und Marmelade nach oben zu bringen.

Nachdem sie die Küche verlassen hatte, sagte Klara: »Ist dir eigentlich bekannt, dass Solveig neben Thilo Bock auch ein Verhältnis mit Rüdiger Weiß unterhielt?«

»Nein, Ferdinand hat nichts dergleichen erwähnt.« Er dachte einen Augenblick nach, dann meinte er: »Der Rüdiger Weiß, der vor einem halben Jahr erstochen in seiner Praxis aufgefunden wurde? Dessen Frau vor einigen Jahren schwer verunglückt ist?«

Klara nickte.

Carsten pfiff leise durch die Zähne und meinte: »Wir können von Glück sagen, dass der Fall bisher nicht vom Staatsanwalt aufgerollt wurde.«

»Es wussten nur ganz wenige von dem Verhältnis.«

»Und Solveig hat es dir anvertraut?«

Klara seufzte. »Solveig hat mir alles erzählt. Ferdinand war immer und stets über alles informiert, was sie so trieb.«

»Dann kommen wir zum Kernpunkt«, sagte er. »Ferdinand hat diesen Thilo Bock damals auf Solveig angesetzt. Unglücklicherweise haben die beiden sich ineinander verliebt. Schluss war's mit Ferdinands Informationsquelle.«

»Treffender hätte ich es nicht formulieren können«, lächelte sie.

»Hast du diesen Privatdetektiv je kennengelernt?«

»Nein. Aber ich habe da eine andere Frage. Erinnerst du dich, ob über einen Hausschlüssel gesprochen wurde, der in einem Versteck im Garten aufbewahrt wurde?«

Carsten runzelte die Stirn. »Möglich wäre es. Aber es wurde anscheinend von der Polizei nicht weiterverfolgt.«

»Mein Eindruck ist, es wurde nur ansatzweise in Erwägung gezogen, nach einem anderen Tatverdächtigen zu suchen.«

»Die Indizien weisen allesamt auf Ferdinand hin. Ich sollte die Aussage der Haushälterin dahingehend überprüfen. Sie wird wohl gleich wieder herunterkommen.«

Eine völlig aufgelöste Alma Hauser rauschte kurz darauf in die Küche. »Oh, du lieber Himmel! Als ich ihm sein Frühstück brachte, stand er vor ihrem Bett mit einem Rasiermesser in der Hand …, sein Gesicht und sein Hemd sind blutig … sowie an jenem Abend, als Solveig verschwand …, genauso …, ohje, ohje, ohje.«

26

Der Tagesablauf von Günther Müller war immer der gleiche. Ein karges Frühstück, ein ausgiebiger Waldlauf, dann duschen, anschließend in die Klinik. Um neun Uhr begann die Visite, ab elf Uhr stand er im Kreiss- oder Operationssaal. Nachmittags widmete er sich ganz den Forschungen, die er und Hellwig im Auftrag von Klara Weigand an arglosen Patientinnen durchführte. So auch an diesem Morgen. Doch etwas war anders an diesem Tag. Unten auf dem Parkplatz war ein Geländewagen von der Spurensicherung abgeholt worden. Es sollte sich ein toter Mann darin befunden haben mit diversen Stichverletzungen.

Einige Minuten frische Luft würden genügen, damit er wieder einen klaren Kopf bekam. Er dachte an seinen Besuch bei Hellwig am vergangenen Samstag, der nicht gerade sehr erfreulich verlaufen war. Klara war - wie stets - mit der Tür ins Haus gefallen, anstatt ihn mit Schmeichelei zur effizienteren Mitarbeit zu bewegen. Zudem machte es Günther wütend, dass der smarte Kollege immer wieder die gleiche Leier abzog, indem er behauptete, er habe nicht das Geringste mit Solveigs Verschwinden zu tun. Wer's glaubt, wird selig, dachte er. Starrsinnig wie Hellwig war, rückte er nicht von seiner Behauptung ab, dass sich eine weitere Person im Haus befunden haben müsse. Für wie dumm hielt er seine Mitmenschen eigentlich? Die eigenen Verletzungen, die ihm angeblich diese ominöse dritte Person zugefügt hatte, hätte er sich durchaus auch selbst beigebracht haben können, sinnierte Müller weiter. Zuzutrauen wäre es ihm.

Verdammt, dachte Günther, kam sogleich auf den Kernpunkt seiner Gedanken zurück. Es muss einen Weg geben, Hellwig von der Notwendigkeit weiterer Experimente zu überzeugen. Der lukrative Vertragsabschluss mit Klara, den mutierten, bahnbrechenden Influenzaimpfstoff Gocetria 1440 auf Basis des Vogelgrippevirus H5N1 endlich auf den Markt zu bringen, bedeutete für seine Erfinder ein Milliardengeschäft, das er sich keinesfalls entgehen lassen wollte. Der Klinik sicherte es den Fortbestand. Und nicht zu vergessen, ihnen wurde die Möglichkeit geboten, einen weiteren Trakt für Frauen mit Wochenbettdepressionen anzubauen, die geradezu prädestiniert waren, um als Versuchskaninchen der Forschung zu dienen. Ein weiterer Gesichtspunkt; welche der Frauen dachte schon daran zu sterben, wenn sie gerade neues Leben geschenkt hatte? Zudem waren die Frauen allesamt relativ jung.

Günther steckte die Hände in die Hosentaschen, blickte finster drein, ging dann zurück zu seinem Schreibtisch, setzte sich. Ihm stand ein langer, arbeitsreicher Tag bevor. Fehler durfte er sich nicht erlauben. Einige der Angehörigen wurden bereits misstrauisch, nachdem ein liebes Mitglied der Familie nach einem Routineeingriff eine geistige Behinderung davongetragen hatte oder gar gestorben war, was in letzter Zeit häufiger der Fall war. Man würde sich auf eine Klagewelle einstellen müssen.

Das Telefon läutete.

»Günther«, sagte Klara Weigand ohne die üblichen Begrüßungsfloskeln, »hast du von Ferdinands misslicher Situation gehört? Gestern Abend soll Thilo Bock die Klinik aufgesucht haben. Der Mann wurde in einem Landrover auf eurem Parkplatz tot aufgefunden. Ermordet. Leider müssen wir davon ausgehen, dass Ferdinand an diesem unnatürlichem Ableben nicht ganz unbeteiligt ist.«

Günthers Atem raste, als er fragte: »Wer sagt, dass er etwas mit dem Tod des Mannes zu tun hat? Ich dachte, es wäre ein Raubmord. Meine Sprechstundenhilfe deutete so etwas an. Bisweilen habe ich jedenfalls noch nicht mit der Polizei gesprochen.«

»Nein, es handelt sich bei dem Toten um Solveigs Geliebten. Der gute Ferdinand steht nun im Verdacht, ihn umgebracht zu haben. Die Polizei geht von Erpressung aus. Man wird die Klinik auf den Kopf stellen, Günther. Verdammt noch mal, was machen wir jetzt?«

»Ruhig Blut, Klara. Die Sache geht nur Ferdinand an. Es liegt kein Grund vor, die Klinik auseinanderzunehmen.« Nachdem Günther aufgelegt hatte, lehnte er sich nachdenklich zurück. Kurz darauf huschte ein Lächeln über sein Gesicht. Er fühlte sich wie befreit. Dieses Gefühl glaubte er längst verloren zu haben. Irgendein Bauernopfer wurde immer gefordert, dachte er.


27

Anneliese Schulz stand erwartungsvoll am Gartenzaun ihres schmucken kleinen Häuschens und erwartete die Rückkehr Almas. Im Radio wurde seit mittags über die Festnahme Hellwigs berichtet. Anneliese hoffte, ihre Neugier direkt aus erster Quelle stillen zu können, konnte es kaum mehr erwarten. Alma stieg aus ihrem Wagen, da stürzte ihre Freundin bereits auf sie zu. »Was ist dran an den Gerüchten, Alma? Hat der Doktor den Liebhaber seiner Frau tatsächlich erstochen?«

»Komm erst mal rein, ich koche uns einen anständigen Kaffee«, schlug Alma vor. »Brigitte wartet auf mich.«

Bei selbstgebackenen Eierwaffeln und starkem Kaffee erzählte Alma ihrer Nachbarin und Brigitte, wie sie den Doktor am frühen Morgen; das Gesicht und sein Hemd blutverschmiert, vorgefunden habe. »Ich dachte, mir bleibt das Herz stehen«, schnaubte sie. »Er drehte sich zu mir herum, lächelte mich versonnen an. Ich habe mich so erschrocken. Das war wie damals, als Solveig verschwand. Überall war er mit Blut beschmiert, kuckte so kirre, weißt du, Anneliese? Ich bin natürlich sofort nach unten gelaufen, hab den Anwalt des Doktors, der mit dieser arroganten Tusnelda Klara Weigand herumturtelte, aufgescheucht. Die beiden haben sich dann um den armen Doktor gekümmert. Währenddessen hab ich das Bett neu bezogen. Nachdem er wieder einigermaßen normal aussah, kam er zu mir, flüsterte mir ins Ohr: »Alma, ich hab doch niemanden getötet, oder? Zweifelsfrei muss er verrückt geworden sein, anders lässt sich sein Verhalten nicht erklär`n«, seufzte sie.

»Mein Gott, was du so alles erlebst, beneidenswert«, stöhnte Anneliese fassungslos, während ihre Augen zu leuchten begannen.

»Was soll ich sagen«, fuhr Alma wichtigtuerisch fort. »Als die Weigand und der Anwalt mitkriegten, dass der Doktor mir was ins Ohr flüsterte, warfen sie mich aus dem Zimmer, wollten wohl nicht, dass ich später bei der Polizei und vor Gericht was gegen ihn aussagen kann. Du weißt ja, ich bin eine stets ehrliche Haut.« Sie verschwieg allerdings, dass Hellwig ihr mit seiner Handlungsweise, dem merkwürdigen Gerede, eine schwere Bürde von den Schultern genommen hatte. Ohne Zweifel war er geistesgestört, dachte sie. Ein normaler Mensch würde ganz bestimmt nicht zwei Morde begehen, ohne jegliches Erinnerungsvermögen an die Taten …, obwohl die Leiche von Solveig bisher nicht aufgetaucht war. Ihre Angst um Brigitte war also völlig grundlos gewesen.

»Weiter, Alma, was ist dann passiert?« Annelieses Gesicht, ihre Augen hinter der dicken Hornglasbrille, starrten ihre Nachbarin fast magisch an, riss sie aus ihren Gedanken.

»Na ja, wenig später erschien die Polizei, die haben ihn dann verhört. Natürlich im Beisein seines Anwalts. Wie du dir denken kannst, hat man mich nicht an der Befragung teilhaben lassen.«

»Ja, Alma, was geschah weiter?«

»Die Polizei hat ihn nicht mitgenommen. Diese reichen Fatzkes können sich alles erlauben«, sagte sie, nickte zur Eigenbestätigung. »Als das Haus endlich wieder leer war, kam der Doktor völlig verstört aus seinem Zimmer. So wie er aussah, bestätigt es nur meine Annahme, dass er dem Wahnsinn verfallen sein muss. Irgendwie starrte er mich so sonderbar an …, er war nicht mehr er selbst. Ich kann's nicht beschreiben.« Sie überlegte intensiv, fand aber nicht die passenden Worte, setzte erneut an: »Er erweckte den Eindruck, als bekäme er nichts von dem mit, was um ihn herum geschah. So, als stünde er unter Drogen … ja, so wie Brigitte damals nach einer Grippeimpfung, als sie anschließend ihr Baby verlor und man sie unter starke Medikamente gesetzt hatte.« Alma nickte wiederum nachdenklich, sah ihre Tochter aufmerksam an.

Nur Annelieses Schlürfen aus der Kaffeetasse erfüllte den Raum mit Geräuschen, sonst war alles totenstill. Nach einer Weile fuhr Alma fort:»Der Doktor nahm meine Hand, mich schauderte natürlich, wie du dir denken kannst. Naja, er meinte dann - in meinen Ohren klang das wirklich ehrlich- Alma, sagte er, Alma, alle glauben, ich hätte auch diesen Kerl umgebracht. Kurz vor Mittag hat die Polizei ihn doch noch abgeholt.«

Mit einem kräftigen Stoß schob Brigitte den Kuchenteller über den Tisch, sprang auf und schrie:»Mama, ich muss zu ihm …, niemand darf ihm wehtun …, ich liebe ihn, Mama …«

Alma legte beruhigend ihre Hand auf die ihrer Tochter, sagte einfühlsam: »Niemand tut ihm weh, mein Kind. Die Polizei muss ihn aber befragen, weißt du? Wo er gestern Abend war, ob er sich mit dem fremden Mann …«

»Ich will zu ihm. Er ist immer so nett zu mir. Solveig war immer so böse, sie hat mich nur herumgescheucht … mach dies, mach das …, Brigitte, das ist aber verkehrt …, und gelacht hat sie über mich …, ich sei ein Tölpel.«

»Brigitte, Liebes, lass uns ein andermal darüber reden«, unterbrach Alma sie ängstlich. Hoffentlich hatte Anneliese Brigittes ärgerlichen Tonfall und ihren düsteren Gesichtsausdruck nicht bemerkt.

Die junge Frau ging nach draußen, drehte ihnen so den Rücken zu. Eisiger Wind blies ihr ins Gesicht, für Brigitte bedeutet es Luft zum Atmen. Sie war völlig verstört. Tränen des Leids liefen ihr über die bleichen Wangen.

»Wer ist eigentlich der Vater des Kindes, das Brigitte damals erwartete?« Anneliese sah endlich die Möglichkeit, diesbezüglich ihre Neugier zu befriedigen. Aber bisher hielt Alma sich stets bedeckt.

»Weiß nicht!« erfolgte eine kurze barsche Antwort, die keine weitere Frage erlaubte.

»Deine Tochter war gestern bei mir«, raunte ihr Anneliese über den Tisch vorsichtig zu, »ich hatte große Schwierigkeiten sie davon abzuhalten, den Doktor zu besuchen. Nimm sie mit zur Arbeit, damit sie sich von seinem Zustand überzeugen kann. Vielleicht gibt sie dann endlich Ruhe.« Für sich dachte sie, wenn nicht gar der gute Doktor Brigitte seinerzeit geschwängert hat.

Alma nahm nichts von dem wahr, was die Nachbarin vorschlug. Ihre ganze Aufmerksamkeit galt ihrer Tochter, die soeben einen Schlüssel aus ihrer Rocktasche hervorholte und ihn versonnen betrachtete. »Ich muss den Schlüssel zurückbringen, Mama …, verzeih mir, dass ich ihn wieder gestohlen habe …, ich geb' ihn Ferdinand zurück …«

28

Bemüht, ihre Freude nicht allzu offenkundig zu zeigen über die unverhoffte Begleitung Roberts, um sie ins Vernehmungszimmer zu führen, schritt die Krankenschwester Vera Koschnik neben dem in ihren Augen äußerst attraktiven Mann, - wenn man mal von seiner Kleidung absah - einher. Sie war als Zeugin vorgeladen, da sie Hellwig als Letzte am vergangenen Abend gesehen hatte, als dieser Thilo Bock auf den Parkplatz vor dem Klinikgebäude gefolgt war. Die Krankenschwester genoss sichtlich Roberts aufmerksame Behandlung.

Im Vernehmungszimmer erwartete Lisa sie bereits. Robert bot der Zeugin einen Stuhl und ein Glas Wasser an. Lisa war ein wenig verwundert über seine Fürsorglichkeit, nahm es allerdings wohlwollend zur Kenntnis. Sein Verhalten bedeutete, dass diese Vernehmung wahrscheinlich um einiges ruhiger verlaufen würde als üblich, was sie begrüßte. In letzter Zeit hatte sie genug Stress mit seinem rüpelhaften Verhalten den Zeugen gegenüber. Die vielen Dienstaufsichtsbeschwerden, die gegen ihn fast täglich eingingen, erforderten einen eigenen Sachbearbeiter; ihm entlockten sie jedoch nur ein müdes Lächeln, da er wusste, dass man ihn nicht zur Rechenschaft ziehen würde. Eine Krähe hackte bekanntlich der anderen kein Auge aus. Was in Ärztekreisen galt, war auch in Polizeikreisen durchaus an der Tagesordnung.

Der Tod von Thilo Bock hatte die für den Tag vorgesehene Besprechung des gesamten Teams um einige Stunden nach hinten verschoben.

»Sie brauchen sich nicht vor uns zu fürchten, mein schönes Kind«, säuselte Robert, strich der Zeugin über den Arm, »aber Sie können uns sicherlich einige Vorkommnisse zuteilwerden lassen, die Ihnen gestern Abend in der Klinik aufgefallen sind.« Er schnalzte mit der Zunge wie ein Reiter, der sein Pferd zum Galopp antreibt.

Lisa stellte ein Aufzeichnungsgerät an, setzte sich der Zeugin gegenüber, während Robert, wie gewöhnlich, wenn sie sich in diesem dunklen Zimmer aufhielten, herumtigerte.

Vera hatte eine schlanke, gut durchtrainierte Figur. Dunkles, kurzes Haar, das am Ansatz bereits einen winzigen grauen Streifen zeigte.

In ihrem Notizbuch überflog Lisa die wenigen Informationen, die ihr über Vera Koschnik bereits durch eine erste Befragung vom Vorabend bekannt waren. Die Frau war einunddreißig Jahre alt, unverheiratet, keine Kinder. Lebte in einer Doppelhaushälfte neben ihren zänkischen Eltern. Beruflich war sie zur Oberschwester und Chefsekretärin zugleich avanciert, verdiente recht gut. Da sie keine Familie zu versorgen brauchte, stand sie jederzeit zur Verfügung. Im Grunde schleppte sich ihr Leben ereignislos dahin.

»Na, denn schieß mal los, meine Hübsche«, forderte Robert sie grinsend auf, »erzählen Sie uns nochmals, wie das gestern Abend war.«

Vera musste nicht lange überlegen. »So gegen neunzehn Uhr kam ein Mann zu mir und erklärte, er habe einen Termin beim Doktor. Das ist nicht ungewöhnlich, auch am Wochenende nimmt der Doktor Termine wahr. Es gibt Patienten und Angehörige, die schätzen die ruhigeren Stunden am Wochenende. Der Chef nimmt sich dann immer besonders viel Zeit für ihre Sorgen und Belange. Zunächst dachte ich, der Mann sei auch ein Angehöriger einer Patientin. Ich brachte ihnen eine Kanne Kaffee, dann verließ ich wieder das Zimmer.«

»Beschreiben Sie den Mann bitte«, forderte Lisa sie auf.

Vera dachte kurz nach, meinte dann: »Ich schätze ihn auf Anfang vierzig, mittelgroß. Um den Bauch setzte er bereits ein wenig Fett an. Eine hohe Stirn, relativ wenig Haare, gesunde, kräftige Zähne. Dunkelblond würde ich sagen. Im Großen und Ganzen erweckte er nicht den Eindruck eines besorgten Angehörigen, wenn ich so richtig darüber nachdenke. Irgendwie wirkte er ziemlich selbstbewusst, so, als sei er derjenige, dem der Doktor zuhören müsse …«

»Sie haben nichts von dem Gespräch gehört, das geführt wurde?« das war Lisa. »Keine Silbe? Wie gingen die Männer miteinander um?«

»Distanziert, aber nicht unfreundlich«, entgegnete sie nach kurzer Überlegung, »aber das habe ich Ihnen doch bereits alles erzählt.«

Robert nahm ein Foto des Ermordeten auf, das er ihr vor die Nase hielt. »Ist das der Mann, der Hellwig aufgesucht hat?«

»Ja.«

»Sie verließen also das Zimmer. Haben Sie die Tür ganz geschlossen oder vielleicht nur angelehnt, so dass eventuell Gesprächsfetzen zu Ihnen dringen konnten?« bohrte Lisa weiter.

»Ich lausche nicht, was denken Sie sich überhaupt?« reagierte Vera verärgert.

Robert setzte sich auf die Tischkante, legte sein schmierigstes Lächeln auf, während er einschmeichelnd fragte: »Natürlich sind Sie nicht neugierig, meine Schöne. Allerdings bleibt es nicht aus, dass Gespräche in verschiedenen Tonlagen und Lautstärken geführt werden. Ich muss Ihnen sicherlich nicht erzählen …«

»Wenn Sie mich so fragen«, unterbrach sie ihn, »der Fremde sprach sehr leise, geradezu eindringlich, während der Doktor ziemlich aufgeregt antwortete. Ich konnte wirklich nichts verstehen, außer, dass der Doktor sagte: »Das glaube ich Ihnen nicht.« Kurz darauf stürmte der Mann wütend aus dem Zimmer und verließ umgehend das Haus. Wenig später erschien auch der Doktor, wirkte sehr verstört. So hab ich ihn vorher niemals gesehen. Nicht einmal verabschiedet hat er sich von mir, was er für gewöhnlich tut.«

»War Hellwig der einzige diensthabende Arzt an diesem Abend?«

»Ja. Am Wochenende versehen aus Kostengründen nur eine Hebamme und zwei Schwestern ihren Dienst. Zwei Ärzte befinden sich in Rufbereitschaft. Als Chefs wechseln sich Hellwig und Dr. Müller ab.«

»Doktor Müller war nicht in der Klinik?« hakte Robert nach.

»Ich glaube nicht. Jedenfalls bin ich ihm nicht begegnet.«

»Und sein Auto haben Sie auch nirgends gesehen?«

Sie überlegte angestrengt, entgegnete dann kopfschüttelnd: »Ich kann mich zumindest im Moment nicht daran erinnern. Gestern Abend war es stockfinster. Sein Wagen ist dunkel, und Müller parkt ihn immer etwas abseits, befürchtet, jemand könne das teure Stück beschädigen.«

»Also wäre es durchaus möglich, dass Müller ebenfalls vor Ort war, ohne von Ihnen bemerkt worden zu sein?«

»Ja, wenn ich so richtig darüber nachdenke.«

»Was geschah dann?«, führte Lisa die Befragung fort.

»Nachdem Hellwig gegangen war, folgte ich ihm nach draußen, wollte eine rauchen. Kurz darauf hörte ich ein Auto wegfahren und den Doktor rufen „Warten Sie, Bock".«

»Das ist alles?«

»Richtig! Der Wagen hielt nicht an, der Doktor ging zu seinem Fahrzeug, dann fuhr er ebenfalls vom Parkplatz.«

»Könnte er nochmal zurückgekommen sein? Haben Sie den Geländewagen auf dem Parkplatz bemerkt?« fragte Robert.

»Ja, da stand ein großer Wagen unter den Linden. Aber ich konnte nicht viel sehen, es war einfach zu dunkel. Den Doktor habe ich, während ich draußen war und das waren fast zehn Minuten, nicht zurückkommen sehen.«

»Gut, Frau Koschnik, danke für Ihre Mitarbeit«, sagte Lisa, »das war's fürs Erste.« Die Krankenschwester verließ den Raum. Lisa schloss ihr Notizbuch.

»Was denkst du?« Robert sah sie aufmerksam an.

»Wir sollten unbedingt einen weiteren Durchsuchungsbeschluss erwirken. Wir haben allen Grund zu der Annahme, dass Hellwig den Liebhaber seiner Frau getötet hat. Ich gehe davon aus, dass sich in seinem Haus oder seinem Wagen Hinweise auf das Verbrechen finden lassen. Falls die Möglichkeit besteht, Blutflecken, Haare, Fasern oder gar die Tatwaffe sicherzustellen, müssen wir unverzüglich handeln, bevor er die Gegenstände beseitigt oder gar Spuren entfernt.«

»Du gehst davon aus, dass wir die Tatwaffe bei ihm finden werden?« grinste er.

»Zumindest würden wir den Kerl dann wegen Mordes an Thilo Bock rankriegen. Aber so dumm ist er nicht. Wenn er seine Frau spurlos verschwinden lassen kann, wird er nicht so dämlich sein, sich mit einem banalen Beweisstück ans Messer zu liefern«, überlegte sie laut. »Was mag in diesem Mann vorgehen? Was für ein Mensch ist er eigentlich? Ich kann mir immer noch kein sicheres Bild seines Charakters machen«, sagte Lisa mehr zu sich selbst als zu ihm.

»Ich hab mir die Fotos und den Wagen selbst angesehen, in dem das Opfer aufgefunden wurde.« Er klimperte wie gewöhnlich mit dem Kleingeld in seiner Hosentasche, schritt unablässig durchs Zimmer. Sie vermisste den üblichen Griff zum Flachmann, wenn er seine Überlegungen kundtat. In letzter Zeit schien er sich, was den Alkoholkonsum anging, ungewöhnlich zurückzuhalten, was sie aufs Angenehmste überraschte. Endlich konnte sie ihn einmal ernst nehmen.

»Das Fenster der Fahrerseite war halb offen«, fuhr er fort, »was darauf schließen lässt, dass Thilo Bock das Fenster geöffnet hat, weil er Hellwig hat rufen hören.«

Sie überlegte laut: »Das würde aber bedeuten, dass Hellwig das Messer bereits in der Tasche gehabt haben muss. Dass er die Tat plante. Ein bisschen weit an den Haaren herbeigezogen, findest du nicht auch?«

»Würdest du heute Abend mit mir essen gehen? Ich lade dich auch ein«, sagte Robert ohne jegliche Vorwarnung.

Lisa, die gerade eine Tasse mit heißem Tee an den Mund führte, war so überrascht, dass sie das Getränk über den Schreibtisch und sämtliche Unterlagen, die darauf lagen, verschüttete. »Lass uns beim Thema bleiben, Robert«, entgegnete sie unwirsch und holte aus einer der Schubladen ein Geschirrhandtuch, um den Schaden zu begrenzen. An seiner Mimik erkannte sie, dass er ein wenig enttäuscht wirkte. Sie ging jedoch nicht weiter darauf ein. Unversehens befanden sie sich wieder beim Thema.

»Ich bin mir fast sicher, dass in diesem Fall die Indizien zur Überführung reichen werden«, fuhr er fort, als wäre nichts gewesen. »Wir werden dem sauberen Herrn gleich bei der Vernehmung ganz gewaltig auf die Füße treten. Glaub mir, ich koch' ihn dir butterweich«, zur eigenen Bestätigung nickte er mehrfach.

»Wir sollten ernsthaft in Erwägung ziehen, dass eventuell eine dritte Person im Spiel ist«, überging sie seine Großspurigkeit. »Hellwig behauptet weiterhin steif und fest, dass es diese Person gibt. Was wäre, wenn außer Thilo Bock ein weiterer Liebhaber seiner Frau existiert? Immerhin wird ihr auch ein Verhältnis mit Rüdiger Weiß nachgesagt, der ja auch ermordet aufgefunden wurde. Findest du nicht, dass da etwas zu viele Zufälle aufeinandertreffen?« Sie erhob sich, schaute auf ihre Armbanduhr. »Es wird Zeit für die Dienstbesprechung. Lass uns später darüber reden.«

»Die Haushälterin«, sinnierte er, »erzählte sie uns nicht heute früh …« Er wühlte auf dem Tisch herum, suchte das Vernehmungsprotokoll. Als er es fand, glitt sein Finger übers Papier, bis er die Stelle gefunden hatte, die er suchte. »Hier«, sagte er und schnalzte mit der Zunge: »die Putzmaus sagte aus …, brrr …, Hellwig hätte blutverschmiert am Bett seiner Frau gestanden …, mit einem Messer in der Hand und irrem Blick. Fast so wie beim letzten Mal …«

»Ja und?« Lisa war nicht klar, was er damit zum Ausdruck bringen wollte.

»Ich verfüge zwar nicht über deine hellseherischen Fähigkeiten, bin aber auch nicht ganz blind«, meinte er. »Irgendwie ließ mir ihr Verhalten bei der Befragung keine Ruhe, jetzt weiß ich, was es war.« Er grinste wie ein Honigkuchenpferd. »Es war nicht ihr Tonfall, mit dem sie uns das Auffinden Hellwigs schilderte, als vielmehr ihre verhaltene Freude darüber, ihn in diesem Schockzustand vorgefunden zu haben.«

»Aus welchem Grund sollte sie Freude darüber empfinden, ihn so vorzufinden?« überlegte Lisa laut. Wusste aber im gleichen Moment, was Robert meinte. Es fiel ihr wie Schuppen von den Augen. Ja, Alma wirkte bei der Vernehmung irgendwie aufgekratzt, was sie allerdings ihrer Nervosität zuschrieb. Zwei Morde, die man ihrem Chef anlastete, gingen sicherlich nicht so spurlos an der Frau vorbei.

»Jetzt versuch' mal den Psychodreck anzubringen, du geniale Profilerin«, forderte Robert sie auf, während er hinterhältig grinste. Er war wieder ganz der Alte. »Mittlerweile steh' ich auf diesen Hokuspokus.«

## 29

Dank der hervorragenden Medikamente, die Brigitte kostenlos von Müller und Hellwig bekam und die ausgezeichnet zur Beruhigung beitrugen, hatte sich die junge Frau endlich schlafen gelegt. Alma hoffte, dass sie durchschlafen und sich dann am nächsten Morgen wieder besser fühlen würde.

Am ganzen Körper spürte Alma, wie erschöpft sie eigentlich war, konnte ihre siebzig Jahre nicht mehr verleugnen. Die Arbeit in der Villa, der aufregende Tag, ihre kranke Tochter, kosteten ihre ganze Kraft.

Wie erleichtert war sie gewesen, dass sie Brigitte vor der Befragung dieser impertinenten Lisa Buschmann und ihres Kollegen in Sicherheit bringen konnte. Hatte den Beamten einfach die Tür vor der Nase zugeknallt, bevor sie Brigittes aufgewühlten Zustand bemerkten. Jetzt galt es allerdings, Schadensbegrenzung zu betreiben. Sie musste ihre Nachbarin aushorchen, was diese vielleicht gegenüber den Beamten über Brigitte ausgeplaudert hatte.

Heute Morgen in der Villa wurde seitens der Polizei kein Wort über Brigitte verloren. Alma konnte sicher sein, dass Anneliese ihrer Tochter niemals absichtlich schaden würde. Aber diese Kommissarin war schlau, man durfte sie keineswegs unterschätzen.

Wenn Anneliese gegenüber der Polizei nun unbedarft ausgeplaudert hatte, dass Brigitte sich den Schlüssel zur Villa aneignen wollte, um dem Doktor einen Besuch abzustatten, das wäre nicht auszudenken. Man würde sie mit Fragen geradezu drangsalieren.

Sie erinnerte sich an den schrecklichen Moment, als sie Solveigs Zimmer und den verletzten Doktor sah. Seither bekam sie immer panische Angst, wenn jemand den Schlüssel erwähnte. Konnte sich genau daran erinnern, als sie der Polizei den Ersatzschlüssel, der sich seit Jahren im Garten befand, nach dem Verschwinden Solveigs aushändigte. Aber wo war an jenem Morgen mein Schlüssel, überlegte sie. Ich konnte ihn nicht finden, bin mit dem Ersatzschlüssel aus dem Garten ins Haus gelangt. Hab Brigitte verdächtigt, ihn an sich genommen zu haben. Allerdings hat sich das ja Gott sei Dank als unbegründet herausgestellt. Niemand verlor mehr ein Wort darüber. Anscheinend war er schlicht und ergreifend vergessen worden.

Alma schaltete den Fernseher ein. Ein Kamerateam des Schleswig-Holstein-Magazins befand sich auf dem Gelände der Klinik, wo der Geliebte von Solveig sein jähes

Ende fand. Der Tatort war mit rotem Absperrband gekennzeichnet, auch der Landrover, in dem man den Toten gefunden hatte, stand nicht mehr dort. Der Reporter vor Ort unterbrach seine Reportage für einen kurzen Augenblick, ihm wurde durch die Regie eine wichtige Information zugespielt. Er richtete sein Augenmerk auf den mittlerweile wieder normal benutzten Parkplatz vor der Frauenklinik, sprach in die Kamera: »Gestern Abend wurde hier der Privatdetektiv Thilo Bock ermordet aufgefunden. Die Polizei ermittelt ... «

Alma spürte einen kühlen Luftzug, drehte sich um. In der Tür stand Brigitte, das dunkle Haar hing ihr wirr in die Stirn, ihre fast schwarzen Augen funkelten zornig.

»Mama, war der Doktor wieder voller Blut?«

»Schatz, darüber solltest du wirklich nie mehr reden«, wies sie die junge Frau zurecht.

»Erinnerst du dich daran, wie ich eine Dose rote Farbe in Solveigs Schlafzimmer verschüttet habe?« sie grinste schelmisch, verdrehte dabei die Augen.

»Hör auf damit, Brigitte. So etwas darfst du niemandem erzählen. Auch nicht, dass du überhaupt jemals in Solveigs Schlafzimmer warst. Du hattest und hast dort niemals etwas verloren.«

»Aber dir darf ich es erzählen«, entgegnete sie zornig.

»Nein, mein Kind. Ich will nicht darüber mit dir sprechen. Du solltest es schnellstens aus deinem Gedächtnis streichen.«

»Die rote Farbe sah wie Blut aus, Mama ..., wie reines frisches Blut ..., so unschuldig ..., so schön wie ein Meer aus roten Rosenblättern ...«

»Hör auf!« fuhr sie ihre Tochter unwirsch an. »Du hattest Glück, dass der Doktor und Solveig zu jenem Zeitpunkt in Urlaub waren. Womöglich hätten sie dich bestraft, wenn sie die Sauerei bemerkt hätten, die du damals angerichtet hast. Es hat mich eine ganz schöne Stange Geld gekostet. Ich musste einen neuen Teppich verlegen lassen, den Maler bestellen. Aber wenigstens hat keiner etwas bemerkt.«

Brigitte hörte ihrer Mutter gar nicht zu. Sie drehte sich im Kreis, wiegte den Oberkörper hin und her, »... Stimmen waren zu hören, die zu mir gesagt haben, ich solle Solveig töten. Aber sie war nicht da an jenem Tag ..., deshalb hab ich die rote Farbe aus dem Keller genommen ..., im Keller war es so unheimlich, weißt du ..., so ein merkwürdiges, dumpfes Klopfen ..., dieser komische Geruch ...,« sie dachte kurz nach, dann sagte sie, auf das eigentliche Gespräch zurückkommend: »Es sah wirklich aus wie Blut ..., ich meine die rote Farbe, Mama ..., und an dem Tag als Solveig verschwand, waren die Stimmen auch wieder da ... «

Oh Gott, dachte Alma und schloss die Augen. Nicht schon wieder. Die Medikamente schienen nicht mehr zu wirken.

Sie ging zu Brigitte, nahm sie behutsam in den Arm. »Sei ruhig, mein Liebling, vergiss es einfach. Versprich mir, dass du mit niemandem außer mit mir darüber sprichst.«

Die junge Frau nickte, legte ihren Kopf auf die Schulter ihrer Mutter. »Hat der Doktor den Mann getötet, Mama?«

»Komm, mein Kind, nimm noch eine Tablette, und leg dich schlafen. Morgen hast du sicherlich alles vergessen.«

30

Nach einem kurzen Klopfen betrat Vera Koschnik Hellwigs Sprechzimmer. Für einen kleinen Moment sah er vom Studium eines Röntgenbildes auf, das er gerade nachdenklich betrachtete. Veras Miene ließ ihn ahnen, dass sie keine guten Nachrichten brachte. Ein Blick auf die Wanduhr verriet ihm, dass es kurz vor Mittag war.

»Dein Anwalt hat angerufen«, sagte sie. »Es klang sehr dringlich, aber da du die Anweisung gegeben hast, niemanden zu dir durchzustellen, habe ich ihm mitgeteilt, dass du zurückrufst. Es geht um den Verhandlungstermin.«

Hellwig beherrschte seine Mimik perfekt. »Danke, ich setze mich umgehend mit ihm in Verbindung. Sonst noch etwas?«

Sie lächelte aufreizend und entgegnete vielsagend: »Vorerst nicht. Aber wenn der Stress hier vorbei ist, ich meine die Anklage gegen dich fallen gelassen wird, dann sollten wir uns mal über eine kleine Abfindung für mich unterhalten. Vergiss nicht, Ferdinand, ich weiß mehr, als dir und Müller lieb sein dürfte.«

»Ein weiterer Versuch, mich zu erpressen, mein Kind?«

Sie trat ganz nah zu ihm, flüsterte ihm zärtlich ins Ohr: »Nein, durchaus nicht. Ich möchte nur eine kleine Beteiligung an eurem Coup.«

»Wir werden sehen, Vera«, zischte er und schob sie angewidert von sich, griff dann zum Telefon. »Mach die Tür hinter dir zu«, rief er ihr nach, als sie wütend das Zimmer verließ. Ihm war klar, auch gegenüber Carsten Stahl durfte er keine Schwäche zeigen. »Hallo, Carsten, irgendwelche Schreckensnachrichten?« preschte er sogleich vor, dabei lachte er nervös.

»In der Tat, Ferdinand. Man hat drei Verhandlungstage festgelegt. Außerdem hat die Kriminalpolizei in Solveigs-Fall jetzt handfeste Beweise gegen dich vorliegen; zieh dich besser warm an. Erinnerst du dich an eine Kettensäge, die dir gehört? Darüber hinaus hängt man dir den Tod dieses Thilo Bock an. Die Kripo sucht das Messer. Das Motiv für den Mord liegt auf der Hand. Eifersucht!«

»Blödsinn«, lautete Hellwigs Antwort, aber er war hellhörig geworden. Langsam bröckelte seine aufgesetzte Fassade.

»Ich habe hier einen erneuten Durchsuchungsbeschluss für dein Haus und das Grundstück vor mir liegen. Man will jeden Quadratzentimeter deines Anwesens ein weiteres Mal untersuchen. Die Kripo will auf Nummer sicher gehen, sagt der Staatsanwalt. Die Forensik hat da einiges zu Tage gefördert, mein Lieber. Und im Fall Thilo Bock fangen die gerade erst an, im Dreck zu wühlen.«

»Inwiefern?« Hellwig hatte das Gefühl, als würde Stahls dröhnende Stimme den Hörer zum Explodieren bringen.

»Diese Lisa Buschmann sorgt für Unruhe, die lässt nicht locker.«

Hellwig hielt den Hörer in der rechten Hand, lockerte langsam die Finger, um die Spannung zu lösen. »Gehe ich recht in der Annahme, dass ich mit einer Verurteilung rechnen muss?«

»Ja.«

»Auf was sollte ich mich vorbereiten, Gefängnis?« Hellwig glaubte den Boden unter den Füßen zu verlieren. Er wähnte sich so nah am Ziel, hatte gehofft, dass man die Anklage gegen ihn fallen lassen würde. Wie durch einen dichten Nebel hörte er Carsten Stahl sagen: »Verhalte dich zunächst einfach nur ruhig. Lass die Schnüffler suchen. Niemand wird nach fast acht Wochen noch etwas in dem Dreck finden, was nicht gefunden werden soll. Schließlich hat auch der aufgetaute Schnee seinerzeit keine wirklich neuen Erkenntnisse gebracht. War alles sauber, ein wirklich gutes Zeichen. Alles andere hoffe ich widerlegen zu können«, entgegnete Stahl entspannt. »Hoffen wir, dass man das Messer nicht bei dir findet, mit dem dieser Thilo Bock erstochen wurde.«

»Verdammt, Carsten«, entfuhr es Hellwig, »wie oft soll ich dir noch versichern, dass ich nichts mit Solveigs Verschwinden zu tun habe! Von einer Kettensäge weiß ich ebenfalls nichts. Und Bock hab ich auch nicht umgebracht!«

»Umso besser«, säuselte Stahl. »Lass sie suchen. Wir sorgen dafür, dass dein guter Ruf wiederhergestellt wird. Wenn die Sache ausgestanden ist, wirst du völlig rehabilitiert sein, alter Freund.« Eine Minute später legte Stahl den Hörer auf. Hellwig blieb mit einem unguten Gefühl in der Magengegend zurück, wurde den Gedanken nicht los, dass sich der Strick immer enger um ihn zusammenzog. Was versuchte man ihm da anzuhängen?

## 31

Ein wenig verspätet erschien Lisa mit Robert im Schlepptau zur Dienstbesprechung. Mit Erstaunen registrierte sie, dass nur Edda anwesend war und den Dienst an der Kaffeemaschine versah.

»Nanu, sind wir zu spät oder zu früh?«, grunzte Robert, ließ sich übertrieben erschöpft auf einen der Stühle fallen. »Ach ja, hätte ich fast vergessen«, aus seiner Hosentasche zauberte er einen völlig verknitterten Zettel hervor, »bin da auf ein weiteres interessantes Detail gestoßen.« Er sprach laut, um das blubbernde Geräusch des Kaffeeautomaten zu übertönen.

»Und das wäre?« fragte Lisa.

»Mir wurde gestern Abend eine äußerst interessante Story zugetragen. Eine junge Frau Namens Annika Schumacher fing mich auf dem Parkplatz ab, erzählte von dem angeblich mysteriösen Todesfall ihrer Mutter. Nun, das ist nichts Außergewöhnliches, ich weiß. Aber die junge Frau behauptete felsenfest, ihre Mutter hätte nicht sterben müssen. Sie sei umgebracht worden. Und rate mal, wen das Mädchen des Mordes beschuldigt?«

»Sind wir mal wieder beim Quiz?« fragte sie ärgerlich. Ihre Zeit war knapp bemessen. Für Roberts blödsinniges Gefasel hatte sie keine Muße, wo ihnen der Hellwig-Fall derart unter den Nägeln brannte. Ihr Blick glitt zu dem gigantischen Aktenstapel am Rand des Tisches. Ganz oben auf dem Stapel lag die rote Akte der Gerichtsmedizin, die grüne darunter musste von der KTU sein.

Der Dienststellenleiter Norbert Paul, Andreas und Jörg Lesch vom BKA sowie Ulrike und der ehrenwerte Professor Krautberg von der Forensik erschienen gemeinsam. Lisas Aufmerksamkeit galt jedoch Jörg, der an diesem Morgen wieder einmal atemberaubend aussah in seinem schwarzen Pullover, dazu trug er eine graue Hose und eine schicke Wildlederjacke. Robert hörte sie schon längst nicht mehr zu, bis plötzlich die Namen Hellwig und Müller fielen. »Was sagtest du da gerade?« fragte sie, hellhörig geworden.

»Die Frau sei in der Frauenklinik ermordet worden«, behauptet zumindest die Tochter.

»Uns liegt kein Fall …, wie sagtest du, war der Name …?«

»Marie Schumacher, das Opfer, war fünfundfünfzig Jahre alt, starb nach einer Routineoperation an Herzstillstand«, antwortete er.

»Das ist nichts Ungewöhnliches, das solltest du eigentlich wissen«, entgegnete sie jetzt leicht gereizt. Ihnen rannte die Zeit davon, und er kümmerte sich um die üblichen Beschuldigungen von Angehörigen, wenn plötzlich und unerwartet ein Familienmitglied den Tod nach einer Operation fand. Stets wurden Schuldige gesucht, um mit dem unerwarteten Schicksalsschlag fertig zu werden.

»Hör zu, Lisa, da ist mehr dran, glaub mir. Die Tochter hat eine ziemlich haarsträubende Geschichte erzählt. Da wir uns sowieso gerade dort umsehen, ich meine in der Klinik ...«

»Warum reicht sie keine Beschwerde bei der Ärztekammer ein, wenn sie einen Behandlungsfehler vermutet? Es gibt eine interne Untersuchungs- und Schlichtungsstelle«, fuhr sie ihm ins Wort.

»Du kennst die Papierfurzer doch. Das würde überhaupt nichts bringen. Die Weißkittel stecken alle unter einer Decke. Die Tochter hat allerdings mit dem Hausarzt, einem gewissen Hugo Holz gesprochen. Der hat eine Untersuchung des Falles befürwortet.«

»Wurde die Frau obduziert?«

»Nein, es bestand ja anfangs kein Verdacht. Allerdings meinte der Hausarzt, die Frau war nicht herzkrank, hätte nicht bei so einem kleinen Eingriff sterben dürfen.«

»Gut, ich weiß zwar nicht, was das bringen soll, aber hast du die Adresse des Hausarztes? Dann treffen wir uns dort morgen früh«, erklärte sie sich nur widerwillig bereit. »Konzentrieren wir uns jetzt lieber auf das bevorstehende Interview mit Hellwig.«

»Wenn wir ihn nicht für das Verschwinden seiner Frau rankriegen, dann zumindest für den Mord an Thilo Bock«, meinte Robert nachdenklich.«

Professor Krautberg ging zur Videowand, wo Ulrike bereits alles vorbereitet hatte, dann erschien der Staatsanwalt Guntor Kreuzbach mit einem Stapel Akten unterm Arm.

Nachdem der Professor alle begrüßt hatte, legte er auch schon los: »In den vergangenen Wochen wurden von meinen siebzehn Mitarbeitern über fünfzigtausend Tests mit den mir vorliegenden Beweisstücken durchgeführt; übrigens sehr lehrreich für die Studenten.«

Als Lisa die Anzahl der Untersuchungen hörte, schloss sie für einen kurzen Moment die Augen. Die Kosten für eine derlei umfangreiche Untersuchung standen in keinem Verhältnis zum bisherigen Ergebnis. Wie durch einen dichten Nebel hörte sie

Krautbergs Ausführung zu sich durchdringen.

»Also, die Ergebnisse der Blutuntersuchung vom Tatort lassen wir jetzt mal außen vor, denn die Proben sind eindeutig vom Opfer sowie vom Ehemann. Kommen wir zunächst einmal zur Kettensäge. Jedes einzelne Glied der Säge wurde akribisch untersucht. Wir fanden menschliches Gewebe, Haare und eine winzige Faser, die sich an der Schneidekante der Säge befand, für das menschliche Auge nicht zu erkennen. Hierbei handelt es sich eindeutig um die gleiche blaue Faser, die wir bereits am Bootsanleger gefunden haben. Diese Fasern stammen zweifelsohne von dem Nachthemd der Verschwundenen. Ungewöhnlich ist, dass die Seriennummer aus dem Gehäuse der Säge entfernt wurde. Aber ohne dieses wichtige Indiz keine Zuordnung zu einer Person. Drei meiner Studenten haben mit ganz speziellen chemischen Lösungen experimentiert, und siehe da, die oberste Metallschicht begann sich abzulösen, die Nummer kam ganz schwach wieder zum Vorschein.« Mit Wohlwollen nahm er die erstaunten Blicke der Anwesenden zur Kenntnis, fuhr sogleich fort: »Bei der letzten Hausdurchsuchung fand man den Garantieschein für die Säge. Die Nummern stimmen überein.«

»Jeder kann die Säge ins Haus geschmuggelt haben, um Hellwig zu belasten. Kein eindeutiger Beweis«, meinte Lisa.

»Nun denn«, entgegnete Krautberg unbeeindruckt, schob seine Lesebrille auf den Rand der Nase. »Kommen wir zu den Haaren an der Sägekette. Es hat uns einige Mühe gekostet, insgesamt zweitausendsechshundert Tests, bevor wir eindeutig die Zuordnung zum Haar des Opfers herstellen konnten. Wenn Haare in eine solche Säge geraten, sind eine massive Zerreißung und Aufspleißung am Haar vorhanden, die mikroskopisch sehr auffällig sind, aber mit dem ursprünglichen Haar nichts mehr gemein haben. Dank einiger Vergleichsproben aus der Haarbürste des Opfers konnten wir jedoch ein ungewöhnliches Merkmal ausfindig machen: Die Haare haben eine Riefe. Solche Auffälligkeiten können genetisch oder krankheitsbedingt sein. Eine Zuordnung zum Opfer ist daher eindeutig nachweisbar.«

»Wir wollen nicht gleich vom Schlimmsten ausgehen«, mischte sich Robert ein. »Die Dame des Hauses könnte sich mit dem Ding auch frisiert haben …, oder sie hatte, während sie mit der Säge hantierte, Haarausfall …, nichts ist unmöglich«, grinste er und wartete darauf, dass die Kollegen auf seine Bemerkung reagierten. Allerdings erntete er keinen Lacher, die Angelegenheit war zu ernst.

»Weiter«, überging Krautberg das dümmliche Gerede, wandte sich an Lisa und den Staatsanwalt. »Auf dem Grundstück, direkt am Ufer der Schlei, wurde ein kleines Stück eines rotlackierten Fingernagels gefunden. Wir haben den Lack analysiert, mit dem

Nagellack im Bad des Opfers verglichen. Eindeutig derselbe Nagellack. Auch die DNA des Nagels beweist, dass er vom Opfer stammt.«

Lisa strich sich nervös eine Haarsträhne aus dem Gesicht. Wenn Krautberg nichts Stichhaltigeres vorzuweisen hatte, dann konnte sie getrost davon ausgehen, dass sie demnächst auf der Straße Dienst schieben durfte. Sie gab sich große Mühe, ihre Stimme fest klingen zu lassen, als sie entgegnete: »Auch kein Beweis dafür, dass die Frau tot ist. Bei Gartenarbeiten kommt es schon mal vor, dass man sich einen Fingernagel abbricht.«

»Nun denn, kommen wir zu den winzigen Knochenteilchen, die an gleicher Stelle gefunden wurden wie der Fingernagel.«

»Wir vermuteten ja bereits, dass die Gnädigste durch den Schredder gejagt wurde«, grunzte Robert zufrieden dazwischen, während er sich entspannt im Stuhl zurücklehnte, zu einer Büroklammer auf dem Schreibtisch griff sie auseinanderbog und begann, seine Fingernägel damit zu reinigen.

Krautberg raschelte mit Papieren, räusperte sich, fuhr dann fort: »Auf Ihre Vermutung hin«, sagte er, sah dabei Lisa über den Rand seiner Brille hinweg an, »haben wir ein ausgewachsenes Schwein durch den Schredder gejagt.« Man hörte ein Raunen durch den Raum gehen. Edda hielt sich die Hand vor den Mund, aber auch die anderen schienen wenig begeistert, einer ausführlichen Beschreibung zu lauschen. Krautberg störte sich jedoch nicht am Entsetzen der Beamten, sein täglich Brot bestand aus genau diesen Scheußlichkeiten. »Ein Schwein deshalb, weil Haut und Knochen denen des Menschen sehr ähnlich sind.« Er räusperte sich. »Folgendermaßen sind wir vorgegangen: Das Tier wurde im Ganzen eingefroren, anschließend haben wir es mit einer Kettensäge derselben Marke, wie die Säge, die wir im Noor gefunden haben, in kleine Portionen zerteilt, um es anschließend durch den Schredder zu stopfen. Eingefroren deshalb, damit kein Blut austritt. Meiner Kenntnis nach wurden auf dem Grundstück keine Blutspuren gefunden.«

»Wurde der Schredder damals eigentlich auf Blutspuren untersucht?« fragte der Staatsanwalt, blätterte in einem Stapel Unterlagen, die er auf seinem Schoß hielt.

»Dazu sahen wir keine Veranlassung«, entgegnete Lisa fast beschämt, nicht wirklich an eine solch bizarre Möglichkeit gedacht zu haben. »Ich meine, wer kommt auf so eine Idee? Wir dachten, sie wäre entführt worden«, versuchte sie zu erklären.

»Also, weiter im Text sagte Krautberg: Nachdem wir also das Schwein geschreddert hatten, begann ich meine Untersuchungen an den produzierten Knochensplittern im Labor fortzusetzen. Dabei ist mir aufgefallen, dass das Gerät - oder besser ausgedrückt

- die Messer des Schredders ein ganz bestimmtes Schnittmuster erzeugen.«

»Wir müssen tatsächlich davon ausgehen, dass das mutmaßliche Opfer tiefgefroren und zersägt wurde, bevor man es zu Gartendünger degradierte?« Das war Robert, der plötzlich aufrecht auf seinem Stuhl saß und sich vor lauter Begeisterung fast auf die Schenkel klopfen wollte, hätte er nicht den warnenden Blick Lisas aufgefangen. Eine Erkenntnis, die wahre Begeisterungsstürme bei ihm freisetzte.

»So ist es. Hätte man die Leiche, davon dürfen wir nunmehr getrost ausgehen, nicht eingefroren, bevor man sie zersägt und geschreddert hat, hätte es natürlich eine Blutüberschwemmung gegeben, was ja anscheinend nicht der Fall war.«

Alle nickten nachdenklich, was Krautberg zum Anlass nahm, eine kurze Pause einzulegen. Er zog ein Taschentuch aus seinem Jackett, wischte sich damit über die Stirn, dabei sah er seine aufmerksame Hörerschaft an, nickte gewichtig, bevor er erneut mit seiner schaurigen Tatanalyse fortfuhr: »Nach tagelanger akribischer Sisyphusarbeit habe ich die Knochenteile des Schweins mit den gefundenen Teilen vom Grundstück verglichen und tatsächlich Übereinstimmungen gefunden. Natürlich lassen sich solch aufwändige Analysen nicht unter einem herkömmlichen Mikroskop, sondern nur mit dem Massenspektrographen erledigen. Die Massenspektrometrie ist ein Verfahren zum Messen der Masse von Teilchen. Es wird in Bereichen der Chemie, Archäologie und Kriminologie, zum Beispiel bei Drogentests, eingesetzt. In den Vereinigten Staaten von Amerika sieht die Sache allerdings anders aus. In den Staaten wird das Gerät vielfach in der Kriminologie bei eben diesen undurchsichtigen Fällen verwandt. Diese sehr aufwändige, zeitraubende …«

»… und schweineteure Analyse«, quasselte Robert dazwischen, »hat es dann zutage gebracht, wollten Sie doch sagen!« Er hasste es, wenn Leute ständig um den heißen Brei herumpalaverten und nicht in einem Satz auf den Punkt kamen.

Jeder im Raum hielt die Luft an. Endlich einmal etwas Konkretes. Missbilligend schaute Krautberg Robert an, um dann fortzufahren: »Dann mal los«, meinte er ein wenig versöhnlicher, »Analysen unter einem Spektrographen geben so einiges her. Ich hab winzige Rillen in den Knochenfragmenten entdeckt. Diese Riefen werden durch die Blutgefäße im Innern der oberen Schädelhälfte geformt, das gibt es eben nur beim Menschen. Darüber hinaus habe ich Schädelfragmente identifiziert, die rechtsmedizinisch«, dabei blickte er zu Ulrike hinüber, »von äußerster Bedeutung sind. Bei der Untersuchung stellte sich eindeutig heraus, dass die Bruchstellen von innen nach außen weisen, das wiederum bedeutet, die zerstörerische Kraft rührte in hohem Maße von Innern her. Allerdings lässt sich nicht mehr nachweisen, ob die Person dabei bereits tot war oder später gestorben ist. Was ich allerdings mit Sicherheit sagen kann ist, dass die Person danach auf jeden Fall tot war. Zumindest wissen wir jetzt, dass es einen toten Menschen gibt.«

Lisa machte sich eifrig Notizen, hoffte, dass Krautberg endlich zum Kern der Sache kam. Im Raum herrschte Totenstille. »Und nun kommt Ulrike wieder ins Spiel«, lächelnd schaute er zu der Gerichtsmedizinerin hinüber, nickte anerkennend.

Ulrike begann auch sogleich, knüpfte dort an, wo Krautberg endete: »Ich habe Knochenfragmente mit Flüssigstickstoff tiefgefroren, sie anschließend zu feinem Pulver zermalmt, um dann eine Blutgruppenbestimmung durchzuführen. Dabei stellte sich heraus, dass die Knochen von einer Person mit der Blutgruppe AB-negativ stammen.«

»Solveig hat AB-negativ«, warf Lisa ein.

»Richtig«, entgegnete Ulrike. »Außerdem lag uns ein winziges Metallstück vor, das als Splitter einer Zahnkrone in Betracht kam. Allerdings ließen sich daran keine menschlichen Überreste mehr zur Identifizierung finden.«

»Wir haben noch den Zahn, der im Gewächshaus gefunden wurde«, sagte Lisa und wandte sich an die Kollegen.

»Wir haben Röntgenbilder von Solveigs Zahnarzt zur Identifizierung hinzugezogen, und siehe da«, Ulrike lächelte fast schon süffisant, »es handelt sich bei dem Zahn eindeutig um einen Zahn der Vermissten. Es ist der rechte obere Schneidezahn.«

»Endlich ein verwertbarer Beweis«, meinte Andreas, aber aus seinem Tonfall entnahm Lisa, dass er sich nicht so sicher war. Und seine nächsten Worte bestätigten ihren Verdacht. »Hellwig ist uns als gewalttätig bekannt. Jedenfalls behauptet es die Haushälterin. Es könnte durchaus vor dem Verschwinden seiner Frau zu einem handfesten Krach gekommen sein, wobei der Zahn auf der Strecke blieb.«

»Du meinst, unser reizender Doktor hat seiner Alten anständig eins aufs Gebiss geklopft, wobei sich ein Beißerchen gelöst hat?«

»Schön formuliert«, entgegnete Lisa gereizt auf Roberts dumme Sprüche. Der Kerl wurde einfach nicht erwachsen.

»Es könnte durchaus so gewesen sein«, mischte sich Edda ein, »auf jeden Fall wurde der Zahn gewaltsam aus dem Mund geschlagen, wenn ich Ulrikes Bericht richtig interpretiere.« Diese nickte.

»Fein!« ertönte Jörg Leschs dunkle Stimme vom Fenster her. Er begann durch den Raum zu wandern: »Die Schlussfolgerung dürfte sein: Gefundene Knochenfragmente wurden eindeutig als die der Vermissten identifiziert.

Der Fingernagel, der Nagellack, können ebenfalls der Vermissten zugeordnet werden.

Der Zahn stammt von Solveig Hellwig.

Die blauen Fasern sind eindeutig dem Nachthemd der Vermissten zuzuordnen.

Die Kettensäge können wir aufgrund des Garantiescheins ebenfalls Ferdinand Hellwig zuordnen. Folgerichtig ist: Alle, durch mühsame Arbeit gewonnenen Beweisstücke haben eindeutigen Bezug zur vermissten Person. Allerdings ist dadurch immer noch nicht bewiesen, dass der Ehemann etwas mit ihrem Tod zu tun hat und ob sie tatsächlich auch tot ist. Sie können forensisch so viel aus dem Hut zaubern wie Sie wollen, Herrschaften«, sagte der BKA-Fahnder, »es gibt keinen eindeutigen Beweis, um den Ehemann zu überführen. Es handelt sich nur um Indizien, vergessen Sie das bitte nicht! Sie benötigen sein Geständnis, müssen ihm auf den Kopf zusagen, dass er sie so und nicht anders getötet hat; ihn geradezu drangsalieren mit Ihrem Wissen. Müssen ihn so in die Mangel nehmen, dass ihm nicht der geringste Zweifel daran aufkommt, dass Sie ihn eindeutig als Täter überführt haben, dass die Beweise mehr als ausreichend sind, ihn lebenslänglich hinter Gitter zu bringen. Der kleinste Zweifel an seiner Schuld hält vor Gericht nicht stand.«

»Das Gericht hat einen Gutachter hinzugezogen«, sagte der Staatsanwalt.

»Und wie wir alle aus Erfahrung wissen, wird der Schwarze Peter damit an die Forensik und uns als Kriminalisten weitergereicht«, nahm Lesch das Gespräch wieder auf, »allerdings wird dabei übersehen, dass wir und der forensische Experte lediglich empfehlen, aber nur der Richter entscheidet. Demzufolge hängt alles von Ihrer Sorgfalt, Ihrem Verantwortungsbewusstsein ab, ob der Täter auf freien Fuß gesetzt wird. Entlocken Sie Hellwig ein Geständnis.«

32

Lisa und Robert suchten nach der Besprechung den Hausarzt der verstorbenen Marie Schumacher auf. Jörg Lesch, der die beiden begleitete, zog es vor, im Wagen zu warten. Er wollte sich nicht zu weit in den Fall einmischen, zumindest solange nicht, wie Lisa seine Hilfe ablehnte. Insgeheim bewunderte er ihre beängstigende Selbstbeherrschung, kannte sie mittlerweile gut genug um zu ahnen, dass dieser Mordfall erneut an ihre seelische Substanz gehen würde. Stets machte sie den gleichen Fehler, den er bemüht war, bei seiner Zuhörerschaft auszumerzen; sie ging mit Gefühl an eine Sache heran.

Sie war eine hübsche, unerschrockene, intelligente, gefühlvolle Frau, unter den Kollegen hochgelobt und umworben, mit einer Ausstrahlung, als sei sie geradewegs aus der Hölle geschickt worden, um den Beweis dafür anzutreten, dass Männerhirne nicht unter der Schädeldecke existierten, sondern ausschließlich in deren Hosen.

Jörg ertappte sich plötzlich dabei, dass sich ihm genau eine solch beschissene, abgedroschene Metapher aufdrängte; ihm wurde heiß und kalt, seine Kehle fühlte sich plötzlich an wie ausgedörrt, er sehnte sich nicht nur mental, sondern vielmehr auch körperlich nach ihr.

Er schaute vom Rücksitz aus dem Wagenfenster zum Haus des Arztes hinüber. Die Praxistür ging auf, gefolgt von Robert kam sie heraus, um sogleich die Straße zu überqueren. Lisa setzte sich auf den Beifahrersitz, überließ Robert das Steuer. Sie drehte sich zu Jörg herum, sah ihn an. In ihrem Gesicht deutete ein schwaches Lächeln Müdigkeit und Erschöpfung an. Er hielt ihrem Blick stand, obwohl er ahnte, dass sie genau in diesem Augenblick seine geheimsten Gedanken in seinen Augen lesen konnte. Hastig fragte er: »Darf ich erfahren, was der Arzt gesagt hat?«

»Nur, dass seine Patientin eigentlich nicht an Herzversagen hätte sterben dürfen. Sie hatte nichts am Herzen. Er hatte sie zu einer ganz normalen Routineoperation in die Klinik eingewiesen. Eine Zyste am rechten Eierstock. Wir haben keine Besonderheiten entdeckt. Allerdings versprachen wir ihm, uns bei Gelegenheit von der Klinik die Unterlagen zeigen zu lassen. Eine Obduktion der Verstorbenen ist sowieso nicht mehr möglich, da die Frau eingeäschert wurde.«

»Asche zu Asche, die einzig wahre Beseitigung von Beweismaterial«, knurrte Robert dazwischen. »Ich wäre dafür, dieser Haushälterin und ihrer Tochter, nachdem wir nun sicher vom Ableben der Arztgattin ausgehen können, einen unverhofften Besuch abzustatten, wenn wir schon mal auf dem Weg sind. Hellwig trabt erst in zwei Stunden zum Verhör an.«

»Gut«, stimmte sie zu, und drehte sich zu Jörg um. »Begleitest du uns, oder sollen wir dich an deinem Hotel absetzen?«

»Wenn nichts dagegen spricht, dann komme ich gern mit.« Für ihn die Möglichkeit, länger von ihrer Nähe zu profitieren. Und wer weiß, dachte er, vielleicht ergibt sich im weiteren Verlauf sogar eine Gelegenheit, mit ihr allein zu sprechen.

Robert stoppte den Wagen unter einem Ahornbaum vor Alma Hausers Haus. Lisa schaute nachdenklich auf den Eingangsbereich, dann wanderte ihr Blick zu den Nachbarhäusern. »Ich hab über deine Bemerkung bezüglich der Haushälterin nachgedacht«, wandte sie sich an Robert. »Und du hast vollkommen Recht! Aus irgendeinem Grund verhält die Frau sich Hellwig gegenüber feindselig. Außerdem fürchtet sie sich vor uns. Wir sollten herausfinden, was dahintersteckt.«

Zu dritt stiegen sie aus dem Wagen, gingen durch den gepflegten Vorgarten auf das Haus zu. Lisa läutete bereits zum dritten Mal, aber niemand öffnete. Als sie gerade den Rückzug antreten wollten, hörten sie vom Gartentor jemanden rufen: »Hallo, Sie da, was wollen Sie von meiner Nachbarin?« Die Beamten drehten sich um, sahen eine Frau um die Siebzig, mit einem Lockenwickler vor der Stirn, in lila Gummischlappen und mit bunter Kittelschürze, über den Rasen auf sich zuschlurfen. Typisch Dorf, dachte Lisa, so gewagt lief man nur auf dem Land herum.

Anneliese Schulz, die Almas Haus wie ein Wachhund hütete, sagte: »Alma ist sicher gleich zurück.« Sie erkannte die Beamten, denen sie vor einiger Zeit bei einer Routinebefragung bezüglich Almas Alibi Rede und Antwort gestanden hatte. »Alma ist mit ihrer Tochter Brigitte beim Arzt. Wenn das Mädel ihre Medizin nicht schluckt, ist sie immer so unleidlich. Ja, geradezu bösartig kann sie werden. Ich passe fast jeden Tag auf das Mädchen auf, wenn Alma zur Arbeit geht. Kommen Sie mit zu mir rüber«, forderte Anneliese sie auf, »Sie können bei mir warten. Kann nicht mehr so lange dauern.«

»Das ist sehr nett von Ihnen«, flötete Robert zufrieden, er rechnete sich aus, unverhofft in den Genuss gewöhnlichen Alltagstratsches zu kommen. Solche Gespräche offenbarten oftmals mehr als strenge Verhöre in den Amtsstuben der Polizei.

Anneliese führte die Beamten in die warme Küche.

»Hier sehen wir sofort, wenn Alma nach Hause kommt«, verkündete sie fast stolz. »Sicherlich möchten Sie ein Tässchen Kaffee«, bot sie an, im gleichen Moment schenkte sie auch schon vier Tassen frisch gebrühten Mokkas ein, dann ließ sie sich gegenüber Lisa auf einem Schemel nieder. »Alma muss öfters mit ihrer Tochter zum Arzt, wissen Sie«, wiederholte sie flüsternd und sehr wichtigtuerisch, sah sich dabei fast beschämt um. Wenn Alma beim Doktor arbeitet, bleibt das Mädel meistens bei mir. Sagen Sie mal, junger Mann«, Anneliese schaute Lesch wachsam an. »Ist es nicht viel zu gefährlich, wenn Alma weiterhin für den Doktor arbeitet? Dass er seine Frau abgemurkst hat, na gut, das mag ja vielen Ehepaaren so gehen, aber jetzt steht er auch im Verdacht, den Liebhaber seiner Frau ins Jenseits befördert zu haben; das geht denn doch zu weit. Bei seiner Frau hat er sicherlich die Beherrschung verloren, Solveig war eine ziemliche Zicke, wissen Sie …«

»Wie kommen Sie darauf?« fragte Robert.

»Na, kam doch heute früh in den Nachrichten, Jungchen. Ich meine, dass man den Doktor verdächtigt.« Sie nickte zur eigenen Bestätigung eifrig mit dem Kopf.

»Dann wissen Sie mehr als wir«, raunzte Robert ärgerlich, weil die Pressestelle der Polizei mal wieder nicht dichtgehalten hatte.

»Eins können Sie mir getrost glauben«, fuhr Anneliese fort: »ich möchte mit so einem Kerl nicht stundenlang allein im Haus zubringen. Wer weiß, was dem Schurken so alles durch den Kopf geht. Selbst in meinem Alter ist man nicht mehr vor Sextätern sicher«, meinte sie und schüttelte sich angewidert, kam aber sogleich aufs eigentliche Thema zurück. »Heute Morgen erst hab ich mit Alma geredet. Ich meinte zu ihr, was passiert, wenn er durchdreht und sie ebenfalls abmurkst? Was wird dann aus Brigitte, das Mädchen muss dann in die Anstalt, in Hellwigs Klappsmühle«, sie schüttelte sich erneut.

»Braucht das Mädchen denn ständige Pflege?«

»Wenn das Kind ihre Medizin nimmt, kommt man ganz leidlich mit ihr aus. Wenn nicht, wird sie störrisch, ja fast bösartig mit Tobsuchtsanfällen und so. Man erkennt sie dann nicht wieder. Vor einiger Zeit hat sie zum Beispiel wieder mal versucht, Hellwigs Hausschlüssel aus Almas Tasche zu stibitzen. Gott sei Dank hat Alma das rechtzeitig mitgekriegt.«

Die Beamten wurden hellhörig.

Robert fragte fast beiläufig: »Und das ist öfter vorgekommen, dass das Mädchen ihrer Mutter den Schlüssel klaut?«

»Das Mädel redet manchmal auch viel Unsinn. Wenn ich genau überleg', ich weiß es nicht. Alma redet nicht über solche Sachen.«

»Welche Sachen, Frau Schulz?«, hakte Lisa nach.

»Alma hat dem Mädel verboten, das Haus des Doktors zu betreten. Er kann sehr komisch werden, wenn irgendwo Krümelchen herumliegen oder jemand seine persönlichen Gegenstände anfasst. Oder gar unten im Keller herumstöbert.« Anneliese beugte sich wichtigtuerisch über den Tisch. »Viel kann ich nicht darüber sagen, wissen Sie, Frau Kommissarin. Nur was Alma mal unterm Siegel der Verschwiegenheit erzählt hat; dass er Brigitte im Keller erwischt hat. Er hat das Mädel hochkantig aus dem Haus geschmissen ..., ach, da kommt Alma ja schon.«

Sie erreichten die Haushälterin, als diese gerade die Tür aufschloss. Als sie die Beamten erkannte, machte sie ein erschrockenes Gesicht; für Lisa eine weitere Bestätigung, dass sie etwas zu verbergen suchte.

»Sieh zu, dass du reinkommst«, schnauzte Alma ihre Tochter an. Lisa konnte gerade noch einen Blick auf die gutaussehende, etwa dreißigjährige Frau erhaschen. Dann schloss sich die Tür hinter ihr. Alma wandte sich mit hochroten Wangen an Lisa, ihre Stimme zitterte vor Wut: »Was wollen Sie denn noch von mir? Reicht es nicht, dass Sie mir die Villa auf den Kopf stellen, mir ständig Löcher in den Bauch fragen? Sie brauchen mich nicht auch noch in meinem Haus zu belästigen. Wenn Sie etwas von mir wollen, dann bestellen Sie mich gefälligst aufs Präsidium.«

»Lieber Himmel, Alma«, sagte Anneliese, »hat Brigitte sich wieder schlecht benommen? Ich erkenne dich ja gar nicht wieder. Du bist so schrecklich nervös.«

»Brigitte geht es gut«, zischte Alma. Zorn und Angst mischten sich in ihrer Stimme. »Hoffentlich hast du den Beamten gegenüber nicht über meine Tochter gelästert.«

»Na hör' mal, Alma, wie kannst du mir so etwas unterstellen? Ich mag Brigitte sehr, als wäre sie mein eigen Kind.« Anneliese war den Tränen nahe, dass man ihr so etwas zutraute. »Ich hab immer Verständnis für Brigittes Lage aufgebracht«, seufzte sie weinerlich. »Sie hat den Tod ihres Vaters und ihres Kindes nie richtig verkraftet. Und dann wird auch noch der gute und liebenswürdige Doktor Weiß ermordet aufgefunden.«

»Tut mir leid, Anneliese. Aber du weißt, wie schwierig Brigitte manchmal werden kann. Der Morgen war äußerst anstrengend. Jetzt entschuldige mich bitte, ich melde mich später bei dir.«

Die Nachbarin verstand den Wink mit dem Zaunpfahl, marschierte zu ihrem Haus zurück, während Alma die Beamten mit wachsamen Blicken beobachtete, auf der Hut vor unvorhergesehenen Fragen.

»Was hat die Ermordung von Doktor Weiß mit Ihrer Tochter zu tun, Frau Hauser«, fragte Lisa in scharfem Ton, weil sie spürte, dass die Frau versuchte, sie auszubooten.

»Er war Brigittes Arzt. Das Kind war ein wenig verliebt in ihn. Ein wirklich sehr sympathischer Mann. Wenn Brigitte ihre schlechten Tage hatte, brauchte ich ihn nur anzurufen, er kam sofort. Welcher Arzt kommt heutzutage noch auf Hausbesuch?«

»Hat es Ihrer Tochter sehr zu schaffen gemacht, als der Doktor auf so tragische Weise ums Leben kam, Verehrteste?« führte Robert die Befragung fort.

»Natürlich hat es ihr zu schaffen gemacht«, entgegnete Alma ärgerlich. »Jetzt reicht's aber, wenn Sie mich über meine Tochter ausfragen wollen, dann kommen Sie ein andermal wieder, ich muss mich jetzt um sie kümmern.« Flugs verschwand sie hinter den schützenden Mauern ihres Hauses, und Lisa ging, gefolgt von Robert und Jörg, zurück zum Wagen. Die Gespräche, die sie geführt hatten, waren aufschlussreicher als so manches Verhör.

»Kann es sein, dass die reizende Dame etwas zu vertuschen versucht?«, überlegte Robert laut.

»Man könnte fast den Eindruck gewinnen. Glaubst du, die Hauser geht so weit, dass sie tatenlos zusieht, wie ihr Arbeitgeber für ein Verbrechen verurteilt wird, das vielleicht ihre Tochter begangen hat?« überlegte Lisa laut.

»Hör zu, das Mädchen könnte durchaus auch diesen Thilo Bock auf dem Gewissen haben. Aber die Frau vom Hellwig? Wo hat sie dann die Leiche versteckt? Ich denke nicht, dass sie den Schredder bedienen kann. So helle ist die Kleine nicht, glaub mir. Und wenn sie die Frau entführt hat, wo steckt sie dann, wer versorgt sie? Das Mädchen benötigt selbst ständige Hilfe. Wie soll das gehen? Krautberg hat Knochenfragmente vom Kopf der Vermissten gefunden. Die Frau ist mausetot!«

»Die Schädelfragmente wurden nur einer Blutgruppe zugeordnet. AB-negativ besagt überhaupt nichts. Es kann sich auch um den Schädel einer anderen Person handeln.«

»Bisschen viel Zufall oder?« schüttelte Robert ungläubig den Kopf.

»Was geht hier eigentlich vor? Der ganze Fall passt hinten und vorn nicht zusammen. Alles, was wir zusammentragen, alles, was wir wissen, ergibt keine eindeutige Linie. Wir fangen immer wieder von vorn an«, meinte Lisa kopfschüttelnd.

»Wir sollten uns kurz in der Klinik umsehen. Hellwig hängt jetzt gerade am Lügendetektor, wir müssen die Zeit nutzen«, meinte Robert und sah auf seine Armbanduhr. »Es muss einfach etwas geben.« Sein Handy klingelte. Er hörte schweigend zu, dann wandte er sich ihr zu: »Hab ich dir nicht gesagt, wir kriegen den sauberen Herrn? An den Schuhen, die Hellwig am Abend getragen hat, als dieser Thilo Bock seinen unrühmlichen Abgang machte, sind Blutspuren sichergestellt worden, ebenso in seinem Wagen. Übrigens, die Schuhe waren gut versteckt.«

»Thilo Bocks Blut?«

»Richtig, Süße!«

33

Seit drei Tagen war Lisa die zuständige Leiterin der Mordkommission, musste sich fortan das Büro mit Robert teilen. Horst hatte das Feld geräumt, war endlich in den wohlverdienten Ruhestand getreten.

Kurzfristig hatte sie eine Teambesprechung einberufen, war erneut mit Robert aneinander geraten, als sie ihre Thesen aufstellte. Daraufhin überschüttete er sie mit Spott und Häme bezüglich ihrer Ausbildung zur Profilerin. Sie war so sauer geworden, dass sie ihn wie einen dummen Schuljungen abkanzelte, indem sie ihm vor versammelter Mannschaft eine lehrreiche Predigt hielt: »Erstens«, sagte sie: »Profiler oder Psycho-Fahnder hört man in Fachkreisen der deutschen Kriminalpolizei nicht gern, das zu deiner Information! Diese Nomenklatur ist wenig aussagekräftig und verengt den Blick lediglich auf einen Teilbereich dieser in Deutschland relativ jungen kriminalistisch-kriminologischen Arbeitsmethode. In erster Linie, und das schreib dir endlich einmal hinter die Ohren, geht es um die Rekonstruktion von Tatabläufen und Täterverhalten, basierend auf systematischen und speziellen Analyseverfahren und nicht nur, um ein Täterprofil zu erstellen. Beim BKA nennen wir es „Operation Fallanalyse", um die Komplexität fallanalytischer Verfahren deutlich zu machen und um sie von der Bearbeitung und Erforschung allgemeiner Kriminalitätsphänomene und ¬Entwicklungen abzugrenzen. Der prinzipielle Unterschied der Fallanalyse zu unserem herkömmlichen Vorgehen ist, einfach ausgedrückt, altbewährte Strategien und Erfahrungen, aber eben auch intuitives Wissen herauszuarbeiten, weiterzuentwickeln, zu systematisieren. Selbstverständlich kommt es vor, Annahmen zu revidieren und daneben interdisziplinäres Wissen explizit zu berücksichtigen. Konkret gesagt, neben speziellen Erscheinungsformen der Kriminalität, zum Beispiel Entführung, Erpressung und auch Tötung, muss ganzheitlich betrachtet werden, vollständig rekonstruiert werden.«

»Sehr lehrreich, Kollegin! Was hat es dir bisher gebracht?« fragte Robert ironisch.

»Wir arbeiten jetzt erneut den Fragenkatalog ab«, sagte sie, »du hast ja nun im Wesentlichen verstanden, worum es in der Fallanalyse geht, verschont mich hoffentlich zukünftig mit deinen blödsinnigen Bemerkungen. Anschließend sichten wir das Material, um Hellwig nochmals mit den Fakten zu konfrontieren. Übrigens, Lesch kommt zur Verhandlung extra angereist. Ihm scheint der Fall auch keine Ruhe zu lassen.«

Das kann alles nur ein böser Traum sein, dachte Hellwig. Nichts von all dem geschieht wirklich. Der erste von drei Prozesstagen war anberaumt worden. Der Staatsanwalt glaubte, genügend Fakten vorlegen zu können, um ihn einem gerechten Urteil zuführen zu können. Sein Anwalt Carsten Stahl, schien jedenfalls äußerst besorgt. Hellwig saß hinter seinem Schreibtisch, hatte den Kopf auf die Hände gelegt. Eine Haltung, die Hilflosigkeit ausdrückt, schoss es ihm durch den Kopf. Ihm drohte die erste Niederlage seines Lebens, das war es, was ihn so hilflos machte. Ich muss mich in meinem eigenen Haus verkriechen, während fremde Menschen wieder und wieder mein Eigentum in Beschlag nehmen, um einen Grund zu finden, mich zu ruinieren, meinen guten Ruf, mein Lebenswerk. Jeden Erdkrumen haben sie dreimal umgedreht. Dabei wurde bereits alles auseinandergenommen, durchsucht, nichts wirklich Verwertbares entdeckt, was ihn ernstlich hätte belasten können. Es gab nichts! Es würde auch nichts zu finden sein. Also, was wollten sie schon wieder hier? Auch Thilo Bock hatte er nicht getötet. Wie das Blut des Opfers an seine Kleidung gekommen war, konnte er sich nicht erklären.

Wenn ich jetzt die Augen öffne, dachte er, ist bestimmt alles vorbei, und riskierte es. Sein Arbeitszimmer war von der Polizei ebenfalls mehrmals untersucht worden. Jede kleinste Ecke wurde umgekrempelt, jeder Fussel eingetütet. Jetzt konnte er hier wenigstens in Ruhe seine Überlegungen fortsetzen, wie es fortan weitergehen sollte. Die Polizei hatte seine Kleidungsstücke samt Schuhen, die er am Todestag dieses Thilo Bock getragen hatte, beschlagnahmt. Ihm blieb nichts anderes übrig, als auszuharren, bis die Polizei wieder ging. Aber das konnte dauern. Er sah zur Uhr, die auf dem Kaminsims stand. Um siebzehn Uhr war er ins Polizeipräsidium geladen. Ihm blieben also nur wenige Stunden zur Strategiefestlegung.

Ich muss mit Günther sprechen, überlegte er. Günther wird mir helfen, kann mir einen Rat geben, wie ich mich verhalten soll. Warum musste dieser Thilo Bock ihn auch auf dem Klinikgelände aufsuchen? Hätten sie sich nicht irgendwo auf einem Autobahnparkplatz treffen können? Ferdinand wählte Günthers Nummer. Bis heute konnte er sich nicht erklären, wie das Blut des Opfers an seine Schuhe gelangt sein sollte.

Als das Telefon am anderen Ende der Leitung läutete, schloss Günther Müller gerade seinen Schreibtisch ab. Er befand sich im Begriff, seinen alltäglichen Rundgang zu absolvieren, um den dummen, unwissenden Patientinnen, die ihm und seinen Partnern als Versuchskaninchen dienten, seine Aufwartung zu machen.

Nach jahrelangen Experimenten am Impfstoff H5N1 war ihnen die Mutation des Virus endlich gelungen. Sie hatten einen todbringenden Grippe-Impfstoff entwickelt. Es berührte ihn schon lange nicht mehr, wenn er den betroffenen Menschen sein Bedauern ausdrücken musste über den unerwartet schlechten Verlauf einer Krankheit oder wenn ein Kind behindert oder gar tot zur Welt kam. Dass dabei auch manchmal eine Patientin ums Leben kam, war sogar beabsichtigt.

Still grinste er vor sich hin, dachte verachtend: Beim Hobeln fallen bekanntlich auch Späne. Am anderen Ende der Leitung hörte er Hellwigs Stimme.

»Ich bin's, Günther. Ich muss dringend mit dir reden.«

»Hör zu, Ferdinand, im Augenblick passt es mir überhaupt nicht.«

»Bitte, Günther, es ist wichtig. Ich komme kurz rüber. Vera meinte zwar, ich solle heute lieber nicht in der Klinik erscheinen …der Presserummel …«

Nach kurzem Zögern sagte Günther: »Du solltest auf Vera hören. Aber wenn es unbedingt sein muss, in fünfzehn Minuten bei mir im Büro.« Dann legte er auf.

34

An Schlaf war nicht zu denken. Erstens, weil Hellwigs geplantes Verhör vom Vortag auf den heutigen Tag verschoben werden musste, da seinem Anwalt etwas Gewichtiges dazwischengekommen war und zweitens, weil sie ständig über Jörg nachdenken musste. Später kämpfte sie dagegen an, aufzustehen und sich die Nacht mit dem Fall Hellwig um die Ohren zu schlagen, weil das geplante Marathonverhör mit dem Verdächtigen ihre ganze Konzentration beanspruchen würde. Schließlich glaubte sie, jede einzelne Zeile seiner Akte bereits auswendig herunterbeten zu können. Es war zwingend erforderlich, ihn erneut mit den Fakten zu konfrontieren, um endlich ein Geständnis aus ihm herauslocken. Erst in den frühen Morgenstunden war sie dann in einen unruhigen, wenig erholsamen Schlaf gefallen. Als sie gegen sechs Uhr aufwachte, fühlte sie sich benommen und keineswegs ausgeruht. Sie duschte, schlüpfte in eine Jeans, ging anschließend nach unten in die Küche, um sich einen Tee aufzubrühen.

In meinem Leben geht es drunter und drüber, dachte sie verzweifelt, als sie die Tasse geleert hatte und in die Spülmaschine stellte. Vielleicht sollte ich ernsthaft in

Erwägung ziehen, York das Haus zu überlassen, bevor es mich auffrisst. Im Flur zog sie sich gerade ihren Mantel an, da läutete es an der Tür. Als sie öffnete, stand York mit einem großen Strauß weißer Rosen vor ihr.

»Ich wusste, dass du noch da bist«, grinste er, schob sie ins Haus zurück, während die Tür hinter ihm ins Schloss fiel.

»Nimm deine Blumen und verschwinde«, fauchte sie, wich einige Schritte zurück. »Was machst du überhaupt um diese Zeit hier?«

Ihr Verhalten ließ ihn unbeeindruckt. Geradewegs marschierte er zur Küche durch, inspizierte den Kühlschrank, während sie ihm auf den Fersen blieb.

»Fein«, sagte er, »dachte ich mir doch, dass zu ziemlich spartanisch lebst.« Von oben bis unten betrachtete er sie mit hochgezogenen Augenbrauen. »Du erinnerst mich an eine Hundehütte, mein Liebling. In jeder Ecke ein Knochen. Komm mit, ich lade dich zum Frühstück ein, dabei können wir dann ganz unbefangen über dieses wunderbare Bauwerk reden, in dem du so ganz allein haust.«

»Nein«, erwiderte sie gereizt. »Verschwinde, und zwar schnell!«

»Bist du jetzt sauer, Liebes?« Er setzte sein entwaffnendes Lächeln auf, mit dem er jeden herumkriegte. Stets war sie aufs Neue darauf hereingefallen. Ihm blieb ihr innerer Kampf nicht verborgen. Unversehens nahm er sie in die Arme, küsste sie auf den Mund. Lisa spürte bei seiner Berührung keinerlei Gefühle; endlich war sie über ihren Ex hinweg. Er konnte ihr nichts mehr anhaben. Als er spürte, dass sie seinen Kuss nicht erwiderte, ließ er von ihr ab, trat einen Schritt zurück. Aufmerksam betrachtete er ihr Gesicht, meinte dann lapidar: »Gut, dann leg` ich eben die etwas härtere Gangart ein. Entweder überlässt du mir das Haus, oder ich werde dir jede Minute deines Lebens zur Hölle machen. Du hast Zeit genug gehabt, dir mein Angebot zu überlegen.«

»Ach so, daher weht also der Wind! Du kannst es ja mal versuchen«, entgegnete sie unbeeindruckt und schob ihn zur Haustür. »Verschwinde endlich«, sagte sie, während sie ihn gänzlich hinausdrängte.

In diesem Augenblick hielt auf der gegenüberliegenden Straßenseite ein Taxi. Jörg Lesch wollte sie überraschen, sie zum Frühstück einladen. Erst vor zwei Stunden war seine Maschine in Hamburg gelandet. Jetzt sah er, wie sie sich von ihrem Ex-Mann verabschiedete, der anscheinend die Nacht bei ihr verbracht hatte. »Fahren Sie mich bitte ins Polizeipräsidium«, wies er den Fahrer an.

Lisa schloss die Haustür ab, hörte die Gartenpforte quietschen, wusste, dass York fort war. Langsam drehte sie sich zur Straße herum, lehnte sich erschöpft gegen die

Hauswand, dann ließ sie ihren Tränen freien Lauf. Warum bin eigentlich immer ich die Blöde? Warum kann ich nicht einmal im Leben glücklich sein?
Das Taxi hatte sie nicht bemerkt.

## 35

Als Klara Weigand in den frühen Morgenstunden bei Hellwig eintraf, fiel ihr sofort auf, dass er ziemlich ärgerlich war. Als sie sich umsah, wusste sie auch warum. Die Polizei hatte bei der letzten Durchsuchung ein gigantisches Chaos hinterlassen.

Die Haushälterin hatte ihr die Tür geöffnet und sie unfreundlich begrüßt, allerdings umgehend dem Doktor gemeldet. Jetzt saß sie Hellwig und seinem Anwalt im Wohnzimmer gegenüber, sie diskutierten über die weitere Vorgehensweise. Den Lügendetektortest hatte er mit Bravour bestanden. Nun sprachen sie über den Mord an Thilo Bock; Hellwig beteuerte erneut, er habe absolut nichts mit dem Tod des Detektives zu tun. Klara warf ihm jedoch einen besorgten Blick zu.

»Mach dir keine Sorgen, Klara. Carsten holt mich auf Kaution aus der Haft, sollte den Idioten einfallen, mich dazubehalten. Ein grandioser Vorteil, wenn man über genug Geld verfügt.«

»Oh Liebling«, über Klaras Gesicht huschte ein fadenscheiniges Lächeln, »ich bin der festen Überzeugung, du hast nichts mit Solveigs Verschwinden, ebenso wenig mit dem Mord an Thilo Bock zu tun.«

»Ich will nicht hoffen, dass man dich weichklopft, Ferdinand, alter Freund. Im Grunde haben die nichts in der Hand. Kein eindeutiges Motiv, nur windige Indizien, die wir alle widerlegen werden. Das Gericht wird sich nicht auf derlei zweifelhafte Beweise einlassen. Ohne ein Geständnis ist das alles völlig belanglos. Warum glaubst du, lädt man dich fortwährend vor, versucht mit allen Mitteln, dir ein Geständnis zu entlocken?«, mischte sich Carsten ein. »Kommen wir jetzt zu deiner Hypothese. Gehen wir mal davon aus, dass du in einem Netz von Intrigen steckst, wie du behauptest. Dass sich am Tatabend eine weitere Person im Haus befunden hat. Nimms mir nicht übel, aber ich persönlich glaube nicht an deine Version der Geschichte. Natürlich kann ich mich auch irren, es tut aber nichts zur Sache, denn ich bin dein Verteidiger, werde dich mit allen mir zur Verfügung stehenden Mitteln aus dieser Sache herausboxen«, entschuldigte er sich umgehend für sein Misstrauen.

Hellwig schien zunächst schockiert, entgegnete dann fast spöttisch: »Besten Dank, dass du mich für einen kaltblütigen Killer hältst, dennoch bis aufs Blut verteidigen willst. Daran sieht man, wie wenig Moral ihr Paragrafenreiter habt.«

Klara legte ihre Hand auf Hellwigs Arm. »Ich glaube an deine Unschuld. Carsten im Grunde seines Herzens ebenfalls. Du musst dich unbedingt daran erinnern, was passiert ist. Du kannst niemandem verdenken, dass man dir die Story eines Gedächtnisverlustes, den du gerade in den tragischsten Momenten deines Lebens bekommst, nicht recht abnimmt.« Mit dem Anwalt wechselte sie einen vielsagenden Blick.

»Ich wurde selbst verletzt an jenem denkwürdigen Tag«, entgegnete er scharf. »Immerhin war ich ohnmächtig.«

»Wir glauben dir ja, Schatz«, tröstete sie ihn, um nach einer kurzen Pause fortzufahren: »Gestern haben wir über den im Garten hinterlegten Schlüssel gesprochen«, sie deutete mit dem Kopf Richtung Garten.

»Unter dem Blumenkübel an der alten Eiche. Solveig und ich haben ihn dort deponiert, falls einer von uns mal den Schlüssel vergisst. Aber das weißt du doch, Klara«, meinte er.

»Hast du jemals den Schlüssel vergessen, Ferdinand?« bohrte sie nach.

»Wo denkst du hin! Du weißt, dass mir so etwas niemals passieren würde«, entgegnete er mit Entrüstung.

»Tut mir leid. Daran hätte ich nicht zweifeln dürfen. Du bist und bleibst der korrekteste und sorgfältigste Mensch, der mir je begegnet ist.«

»Schon gut«, meinte er besänftigt, »soweit ich weiß, hat auch Solveig niemals ihren Schlüssel vergessen«, fügte er unaufgefordert hinzu. Nach einer Weile. »Du und Günther könntet mit eurem Laborschlüssel ebenfalls ins Haus gelangt sein.«

»Nun ja«, lachte Klara gekünstelt, überging damit seine Provokation, um sogleich auf Solveig zurückzukommen: »Im Grunde genommen wäre das bei ihr nicht verwunderlich gewesen, so chaotisch wie sie immer ist.« Sie dachte an die Schlüssel für den Weinkeller, von dem aus man zu dem geheimen Laboratorium gelangte. Verborgen hinter einer dicken, schalldichten Steinwand als Tarnung, befand sich das finstere Reich böser ärztlicher Fantasien. Klara wusste, dass er niemals diese Schlüssel unbeaufsichtigt herumliegen ließ, geschweige denn, sie vergaß. Außerdem verfügte die Geheimtür zu den Laboratorien über ein Codeschloss. Es gab nur drei Menschen, die Zugang zum Labor hatten: Günther Müller, Hellwig und sie selbst.

Hellwigs Gesichtsausdruck wurde sehr ernst, seine Stimme klang streng, duldete keinen Widerspruch, als er sagte: »Ich versichere dir, meine Frau hat niemals ihren Schlüssel vergessen. Sie war der Inbegriff der Perfektion und Zuverlässigkeit. Du solltest es eigentlich wissen, du bist ihre beste Freundin.«

Der Anwalt hatte interessiert das Gespräch der beiden verfolgt. Plötzlich horchte er auf, Hellwig hatte zum ersten Mal in der Vergangenheitsform von Solveig gesprochen. Erneut stellte sich die Frage, ob sie wirklich tot war; wie es die Indizien der Polizei vermuten ließen. Oder ob sie vielleicht irgendwo im Verborgenen ein neues Leben führte. Hellwig brauchte niemandem etwas vorzumachen, jeder, der Augen und Ohren im Kopf hatte, wusste, wie es um die Ehe bestellt war.

Klara schenkte Hellwig ein Glas Wasser ein und reichte ihm eine Tablette. »Nimm das«, forderte sie ihn auf, »es wird dich beruhigen, verhilft dir zu ein wenig Schlaf. Geh nach oben, leg dich etwas hin, damit du mit einem klaren Kopf zur Vernehmung gehen kannst.« Sie schob ihn zur Tür hinaus. Drehte sich zu Carsten herum, überlegte eine Weile: »Du willst seine Unschuld beweisen, dann solltest du dir die Haushälterin nochmal vornehmen. Es gibt nur diese eine Möglichkeit, Alma Hauser lügt! Sie weiß, was an jenem Tag, als Solveig verschwand, passiert ist. Glaub mir.« Nach einer weiteren kurzen Pause: »Hat die Polizei dich darüber informiert, was man mittlerweile herausgefunden hat?«

»Die Kripo hält sich ziemlich bedeckt, ich gehe allerdings davon aus, dass wir nachher mit den neuesten Fakten konfrontiert werden. Der Staatsanwalt wird ebenfalls zugegen sein. Aber mal etwas anderes, Klara. Warum bist du von Ferdinands Unschuld so überzeugt?«, fragte er, während er unruhig im Raum auf und ab marschierte. Wenn er intensiv überlegte, rekonstruierte, benötigte er Bewegung, das regte seinen Geist an.

»Weil ich mir absolut sicher bin, dass er keine zwei Morde auf dem Gewissen hat.«

»Lieber Himmel!« rief er aus. »Intuition, mein Gott, Klara, wach auf! Ferdinand ist kein Unschuldslamm, er ist es nie gewesen!«

»Ja gut, Solveig steht oder stand ihm in nichts nach. Sie ist wild, unbändig, immer auf der Suche nach einem Abenteuer. Sie wollte kein Kind von Ferdinand, das hat sie mir einmal gestanden. Aber ist das ein Grund, jemanden zu ermorden? Jetzt ist sie angeblich schwanger von Thilo Bock, na und? Ferdinand beteuerte, dass es ihm nichts ausmache, als sie ihn vor vollendete Tatsachen stellte. Lassen wir mal diesen Aspekt beiseite. Solveig erzählte mir unter anderem, dass Rüdiger Weiß, ihr Ex-Lover, einen Tag vor dessen Ermordung ihr eine sehr wichtige Akte mit Untersuchungsergebnissen übergeben wollte, um sie sicher aufzubewahren. Leider starb er, bevor er ihr die Unterlagen übergeben konnte. Solveig habe eindeutig das Gefühl gehabt, dass Rüdiger ihr etwas verschweige, dass er um sein Leben fürchte.« Eine kleine Pause trat ein. Klara überlegte, musste eine falsche Fährte legen, sonst würden auch sie und Müller über die Klinge springen. »Solveig erzählte mir von Brigitte, Almas Tochter. Dass die junge Frau psychisch nicht ganz auf der Höhe sei. Außerdem soll Brigitte unsterblich in Ferdinand verliebt sein …, in Rüdiger Weiß war sie ebenfalls verschossen. Solveig sagte, er fühle sich von der jungen Frau belästigt. Brigitte sei eine Stalkerin.«

»Warum erzählst du mir erst jetzt davon?« fuhr Carsten sie ärgerlich an. »Das hättest du mir früher mitteilen müssen, Klara. Ich hätte mich auf eine ganz andere Verteidigungsstrategie vorbereiten können.«

Der Zeiger der Wanduhr bewegte sich unaufhaltsam vorwärts, in wenigen Minuten wurde es achtzehn Uhr, und noch immer hatte Hellwig kein einziges Wort von sich gegeben. Er ließ seinen Anwalt nur das Allernötigste erläutern. Aber kein Wort, das ihn auch nur im Entferntesten belastete.

Im Verhörraum spendete eine Neonröhre ihr gleißendes Licht, während Hellwig ein weiteres Mal mit den neuesten forensischen Fakten konfrontiert wurde. Lisa stand neben Lesch in einem angrenzenden Raum, beobachteten Robert und Andreas durch den halbdurchlässigen Spiegel, wie sie den Arzt und seinen Anwalt seit fast drei Stunden unermüdlich versuchten, in die Mangel zu nehmen.

»Robert mag ja ziemlich meschugge sein, oder wie sagt man so schön? Aber eins muss man ihm lassen, mit dieser Art von Typen versteht er umzugehen. Er nimmt sie nicht ernst, provoziert. Ob er damit aber bei Hellwig weiterkommt, möchte ich bezweifeln«, meinte Jörg schmunzelnd. »Bisher hat der Mann nichts von sich gegeben, was ihn belastet. Keine Ungereimtheiten bei seinen Aussagen.

»Du meinst, weil er ihn in seiner Intelligenz zu treffen versucht, ihm zu verstehen gibt, dass er nicht so schlau ist, wie er uns weismachen will?« Sie sah Lesch von der Seite an, wartete noch auf eine Antwort, als die Tür aufging und Robert, gefolgt von Andreas und Edda, hereinkam.

»Der Kerl gibt nicht den geringsten Furz von sich«, schnaubte Robert. Entlockte seiner Hosentasche den unvermeidlichen Flachmann. Gerade als er ihn an den Mund setzen wollte, »sagte Lesch: »Maler, mit dem Zeug ruinieren Sie Ihre Karriere.«

Unvermittelt hielt Robert inne, riss seine Augen erstaunt auf, glaubte, sich verhört zu haben. In der Vergangenheit war er so oft mit dem BKA-Klugscheißer aneinandergeraten, dass er ihm so viel Größe gar nicht zugetraut hätte. Mit bedauerndem Blick auf die Flasche, schraubte er den Verschluss wieder zu, steckte sie zurück. Allerdings konnte er sich nicht verkneifen, spöttisch zu fragen: »Mein Interview war zufriedenstellend, Herr und Meister? Wie erlauben Sie fortzufahren?«

Lesch ging nicht auf seine Provokation ein, sagte stattdessen: »Erstens, Sie müssen einen Selektionsfilter erstellen. Bedeutet: Eigenheiten faktischer Tätermerkmale fokussieren. Nehmen Sie's mir nicht übel Herrschaften, aber Sie arbeiten alle etwas planlos.«

»Kommen Sie mir jetzt nicht wieder mit Ihrem Psychomist, klar?«

»Lisa«, wandte Lesch sich an sie, »du verstehst, was ich damit sagen will?«

Sie nickte. »Ja. Ohne umfangreiches Geständnis stehen wir vor Gericht auf verlorenem Posten. Nur mit Indizien kommen wir nicht weiter. Wer sagt uns, dass Hellwig wirklich der Täter ist? Wir müssen höchsten Anforderungen beim Verhör gerecht werden. Der Kollege Lesch ist nur angereist, um uns heute bei der Befragung behilflich zu sein.«

»Im Klartext, Süße?« grinste Robert süffisant.

»Einfühlungsvermögen ist zwingend erforderlich, was du nicht aufzubringen vermagst. Mit deiner an den Tag gelegten Großspurigkeit kommst du bei intelligenten Tätern nicht weit. Des Weiteren fehlt dir Beharrlichkeit, die nötige Geduld.«

»Kurzum: psychologisches Geschick, die richtige Strategie. Und viel wichtiger ist, die „Chemie" muss stimmen«, beendete Jörg Lesch den Satz.

»Heißt?« fragte Robert.

»Reden Sie einfühlsam mit ihm. Versuchen Sie Ihren Dialog behutsam zu führen, nicht so herablassend, wie sie es eben praktizierten. Damit kommen Sie bei diesen Typen nicht weit. Lassen Sie ihn über seinen Lebensweg plaudern. Allgemein. Unverbindlich. Geben Sie ihm ein Gefühl von Allmacht. Er ist quasi die mordende Intelligenz. Wenn Sie es aus diesem Blickwinkel betrachten, kommen Sie zum Erfolg. Glauben Sie mir, Sie brechen sich keinen Zacken aus der Krone, Ihr eigenes Licht unter den Scheffel zu stellen, denn Sie wissen, warum Sie es tun. Weil Sie intelligenter sind als er!« Lesch blätterte in seinen Aufzeichnungen, die er sich während des Verhörs gemacht hatte. Hellwigs Gestik, Reaktionen, jede kleinste Bewegung gaben Aufschlüsse für ein Täterprofil. »Meines Erachtens hat er die Tat nicht als lustvollen Akt durchgeführt, sondern er handelte aus der unmittelbaren Folge ungebremster, aggressiver Impulse heraus. Charakteristisch bei solchen Delikten ist fehlende Tatplanung. Der Täter fühlt sich vielmehr durch das Opfer provoziert oder erniedrigt. Hier würde ich auch das Motiv ansiedeln. Fühlt er sich an jemanden erinnert? Vielleicht an die Mutter, den Vater, die ihn in frühester Kindheit misshandelt haben? War die Mutter dominant? Meistens sind es die Mütter, die von ihren Kindern gehasst werden. Sah er in seiner Frau vielleicht das Ebenbild seiner Mutter? Hat seine Frau ihn erniedrigt oder erpresst? Spielte Eifersucht eine Rolle? Hellwig sah in dem Augenblick keine andere Möglichkeit, den Widersacher zum Schweigen zu bringen. Erst wenn das Opfer tot ist, beginnt der Täter, seinen Plan zu schmieden, und Sie müssen es ihm gleichtun. Von Zeugen wissen wir, dass er ein äußerst aggressiver Mensch ist, seine Frau unter ständiger körperlicher wie psychischer Gewalteinwirkung stand. Wagte sie es, sich zur Wehr zu setzen? Versetzen Sie sich in seine Lage. Was würden Sie an seiner Stelle tun?«

»Eigentlich hätte seine Alte ihn kaltmachen müssen, nicht umgekehrt, oder wie seht ihr das?« meinte Robert grinsend.

»Es hat aber keinen Kampf gegeben, jedenfalls nach Schneiders Analysen am Tatort.« Lisa benötigte keinen Blick in die Protokolle, sie kannte fast jedes Wort, das über den Tathergang geschrieben stand. »Wir haben es mit einem hochintelligenten Mann zu tun«, erläuterte sie. »Es gibt auch hierzu Studien. Wir müssen einfach zu einem Punkt gelangen, an dem sein Panzer bricht.«

Lesch strich sich mit der Hand übers Haar, überlegte, meinte dann: »Wir haben es hier mit einem Problem zu tun: Hellwigs hoher IQ. Meine langjährigen Analysen, das Phänomen eines Täters, vor allem aber das eines Serientäters zu erforschen, haben dahingehend eindeutig bestätigt, dass dieser Personenkreis, ob nun Vergewaltiger, Mörder oder Bombenleger, oftmals über einen IQ von 115 und höher, in der Regel sogar über 125 verfügt. Hellwig hat einen IQ von 135, das macht die Sache schwierig.« Lesch kniff die Lippen zusammen, nickte. Er ist also als intelligenter Mörder zu betrachten, der den Profiler herausfordert. Sogar Spaß dabei empfindet.«

»Das haben schon andere versucht, sind dabei ganz gewaltig auf die Fresse gefallen«, knurrte Robert und strich sich über den Dreitagebart.

»Heißt«, fuhr Lisa fort, die Leschs Ausführung intelligent zu beenden hoffte; sie sagte das, was er nach einem Jahr Intensivkurz beim BKA von ihr erwartete, »logischerweise muss der Ermittler noch intelligenter sein, will er den blutbesudelten Fehdehandschuh ergreifen und das Monster besiegen!«

»Hellwig strotzt geradezu vor intellektueller Intelligenz, kokettiert damit vor uns herum, einfach formuliert«, mischte sich Andreas ein. Die ersten Worte, die er an diesem Tag sprach.

»Treffend formuliert!« entgegnete Lesch.

»Also an die Arbeit, Leute«, forderte Lisa die Kollegen auf und erhob sich. Jetzt war sie an der Reihe, Hellwig ein letztes Mal auf den Zahn zu fühlen; hoffte inständig, dass sie mehr Erfolg haben würde.

Gefolgt vom BKA-Fahnder, blieb sie plötzlich an der Tür stehen, drehte sich herum. Jörg rannte fast in sie hinein. »Noch was«, sagte sie, »nach Auskunft der Nachbarin hat die Tochter der Haushälterin versucht, an den Schlüssel der Mutter zu gelangen.«

»Richtig! Was, wenn sie das schon öfter gemacht hat? Was, wenn die junge Frau - wir dürfen nicht vergessen, sie ist geistig nicht ganz auf der Höhe - mehr auf dem Kerbholz hat, als man uns weismachen will?« endete Roberts Überlegung. »Okay, soll ich sie nebst Mütterchen Hauser einbestellen?«

Lisa nickte nachdenklich, dann verschwand sie mit Jörg im Verhörraum, wo der Intelligenzbolzen Hellwig auf sie wartete, um in die nächste Runde zu starten.

36

Ein Mann, dem eine Frau durchaus ein zweites Mal hinterhersieht, dachte Lisa, als sie Günther Müller in den Abendstunden in ihrem Büro erneut gegenübersaß.

Müller war ein großer, stattlicher Mann von fast einsfünfundneunzig, muskulösem, schlanken Körperbau, mit hellwachen braunen Augen, einer geraden Nase und schmalen, wohlgeformten Lippen. Seine grauen Haare trug er sehr kurz geschnitten. Er machte einen äußerst gepflegten Eindruck.

Offen blickte er sie an. Nachdem er einige Zeit schweigend auf ein Wort gewartet hatte, begann er von selbst zu sprechen. »Was kann ich für Sie tun? Sicherlich hatten Sie einen Grund, mich vorzuladen.«

Robert kam mit einem Glas Wasser ins Büro zurück, reichte es Müller, der kurz zuvor darum gebeten hatte.

»Es geht um den Mord an Thilo Bock. Ihre Mitarbeiterin Vera Koschnik glaubt, Ihren Wagen am Tatabend, als der Mann getötet wurde, an der Klinik gesehen zu haben…«

»Da muss sie sich irren«, fuhr er Lisa unwirsch ins Wort. »Ich befand mich an jenem Tag den ganzen Abend allein zu Hause. Das hatte ich bereits bei der ersten Befragung mitgeteilt. Was soll also dieser neuerliche Überfall?«

»Manchmal fällt einem Zeugen nach Tagen noch etwas Wichtiges ein. Wir wollten auf Nummer sicher gehen«, entgegnete sie. Nach wenigen Augenblicken war jedoch klar, dass sie kein weiteres Wort aus ihm herausbringen würden. Mit einem aufgesetzt, freundlichen Lächeln entließ sie den Arzt. Sie war stinksauer.

»Was hältst du von seiner dürftigen Version? Außerdem halte ich den Typen für ziemlich blasiert«, meinte Robert.

»Um ehrlich zu sein, ich weiß überhaupt nicht mehr, was ich von dem ganzen Fall halten soll. Hab das Gefühl, alle Zeugen mauern. Warum?«

Nachdem man Hellwig auf Kaution aus der Untersuchungshaft entlassen hatte, holte Klara Weigand ihn vor der Justizvollzugsanstalt Flensburg ab, fuhr ihn zurück zur Villa. Er gehorchte ihren Anweisungen wie ein kleines Kind. Sie brachte ihn ins Wohnzimmer, befahl ihm, sich aufs Sofa zu legen. Deckte ihn liebevoll mit einer Decke zu. Anschließend ging sie in die Küche, um einen Tee zuzubereiten. Als sie nach zehn Minuten mit einem Tablett Geschirr zurückkehrte, bemerkte sie, dass er sich fester in die Decke eingewickelt hatte. »Du zitterst ja. Ich mache den Kaminofen an. Wo sind die Streichhölzer und Anzünder?«

»Neben dem Ofen«, antwortete er.

Kurz darauf flackerte ein warmes, gemütliches Feuer, während dicke Regentropfen an die Scheiben prasselten.

»Wenn du nichts dagegen hast, dann bleibe ich über Nacht; du siehst völlig mitgenommen aus.«

»Ich habe wirklich nichts mit dem Mord an Thilo Bock zu tun, Klara. Ich hoffe, du glaubst mir. Wenn nicht du, wer dann?« Er war den Tränen nahe.

»Natürlich glaube ich dir. Du erzähltest mir, Thilo fürchtete sich vor etwas. Hast du mittlerweile eine Vermutung, was das sein könnte?«

Hellwig schwieg einen Moment, dachte darüber nach. Als er dann antwortete, schaute sie ihn irritiert an. »Wenn man im Gefängnis sitzt, hat man eine Menge Zeit, um nachzudenken«, fuhr er fort, während er von dem heißen Tee trank. »Man hört ständig irgendwelche Türen, die sich öffnen und wieder geschlossen werden. Plötzlich war da wieder dieses merkwürdige Gefühl des Erinnerns an jene Nacht, als Solveig verschwand.«

»Du meinst, es hat jemand hier im Haus eine Tür geöffnet und wieder geschlossen?«

Sie setzte sich zu ihm aufs Sofa, ergriff seine Hand. »Erzähl weiter«, forderte sie ihn auf.

Seufzend schob er die Decke weg. »Der Tee schmeckt bitter, hast du keinen Zucker eingerührt?« Er schüttelte sich. »Wenn ich es nicht besser wüsste, würde ich vermuten, du willst mich vergiften. Arsen oder Rattengift, Klara?« Ein völlig missglücktes Lächeln zeigte sich auf seinem Gesicht.

»Du musst dich an jene Nacht erinnern, Ferdinand«, überging sie seine provokante Frage, »es ist deine letzte Chance. Der Staatsanwalt will dich hinter Gittern bringen. Niemand bemüht sich darum, einen anderen Schuldigen zu finden.«

»Du hast völlig recht, man wird mich verurteilen«, entgegnete er resigniert. »Oh Gott, wenn die Erinnerung an jene Nacht nur zurückkäme. Dann hätte ich sicherlich eine Chance.«

»Langsam kehrt doch dein Gedächtnis zurück, mein Liebling. Du musst einfach mehr Geduld aufbringen, darfst dich nicht unter Druck setzen.« Mit prüfendem Blick musterte sie ihn. Niedergeschlagen regelrecht apathisch wirkte er. Offenbar war er völlig erschöpft. Das Beruhigungsmittel, das sie ihm in den Tee gegeben hatte, entfaltete seine Wirkung.

Als es wenig später an der Tür läutete, vermutete Hellwig die Polizei, doch als Klara öffnete, war es Günther Müller, der sie brüsk beiseiteschob und forsch ins Haus spazierte.

»Was ist passiert?« fragte er ohne Begrüßung.

Klara sah ihn erstaunt an.

»Das Labor, wir müssen alles vernichten, sie sind uns auf der Spur«, keuchte er aufgeregt, ließ sich erschöpft in den nächstbesten Sessel fallen. »Wo hast du deine Aufzeichnungen versteckt, Ferdinand?«

»Macht euch keine Sorgen, sie sind absolut sicher.«

»Aber wenn dir etwas zustößt, Liebster«, flötete Klara, »wenn sie dich doch ins Gefängnis stecken? Wir benötigen deine Forschungsunterlagen, damit wir endlich mit der Produktion beginnen können. Das Bundesgesundheitsministerium hat uns eine Frist bis Ende nächster Woche gesetzt. Man ist dort sehr ungehalten, ich muss unbedingt das Serum liefern.«

Hellwig konnte kaum mehr seine Augen offen halten. Mit einem letzten Aufbäumen, bevor ihn der Schlaf übermannte, entgegnete er: »Sie sind meine Lebensversicherung.«

37

Letzte Woche, als ich Carmen besuchte, habe ich eine Veränderung bemerkt, überlegte Ursula Scheurer. Sie befand sich auf der Fahrt von zuhause in die Klinik, während sie in die Dunkelheit hinausblickte. Vor knapp einer halben Stunde erhielt sie den Anruf des behandelnden Arztes ihrer Tochter. Unverzüglich hatte sie sich daraufhin mit ihrem Mann Harro in Verbindung gesetzt, der seit mehr als dreißig Jahren als Elektromeister in der Schleswiger Taufabrik arbeitete. Sie waren übereingekommen, sich umgehend in der Klinik zu treffen. Der Arzt hatte Ursula am Telefon schonungslos offenbart, dass sich der Zustand ihrer Tochter massiv verschlechtert habe; ihre Organe drohten zu versagen. Er fürchte, sie werde die nächsten Stunden nicht überleben. Innerlich betete sie, dass sie die Klinik rechtzeitig erreichen möge, denn sie wollte ihrer geliebten Tochter beistehen, wenn sie sterben musste.

Schon lange lag Carmen im Koma, aus dem sie nun endlich erwacht war. Aber sie konnte sich Ursula nicht mitteilen. Für sie sowie für die Angehörigen bedeutete der Tod nur eine Erlösung, denn die junge Frau befand sich seit zwei Jahren in der psychiatrischen Abteilung von Hellwigs-Fachklinik.

Bei einer ganz normalen Routineoperation an der Gebärmutter, während der Narkose, hatte Carmen einen irreparablen Schaden am Gehirn erlitten. Sauerstoffmangel während des Eingriffs, hatte man ihnen damals lapidar mitgeteilt. Den Ärzten war kein Verschulden nachzuweisen gewesen.

Sollte sie sterben, dachte Ursula, dann werde ich dafür sorgen, dass sie obduziert wird. Ich will die Wahrheit wissen. Mit einem Stöhnen versuchte sie, die aufsteigenden Tränen zurückzuhalten. Allein der Gedanke, ein Kind zu verlieren, war schier unerträglich. Es war, als verliere sie selbst ihr Leben, denn es war ihr und das Leben Harros, das durch ihre Tochter in die nächste Generation getragen werden sollte.

»Oh, mein Liebling«, sagte sie laut, um die bedrückende Stille zu durchbrechen, »wie konnte es nur dazu kommen? Warum gerade du? Du bist doch noch so jung ...« Ihre Stimme brach, Tränen rannen über ihre Wangen, tropfen auf ihren dunklen Mantel.

Als Ursula wenige Minuten später auf dem Gottorfberg, wo sich die Klinik befand, durch den Eingang trat, spürte sie, dass ihr Kind bereits in den letzten Atemzügen lag.

Sie betrat das Zimmer, in dem Carmen ungewöhnlich bleich, aber ruhig in ihrem Bett lag. Man hatte ihr die Hand- und Fußfesseln entfernt, um ihr im Beisein ihrer Eltern ein würdiges Sterben zu ermöglichen.

Harro, Ursulas Mann, saß in einem grauen Arbeitskittel am Bett, hielt Carmens Hand, kämpfte vergeblich mit den Tränen. »Wir können nichts mehr für sie tun, Ursel«, klagte er, dabei sah er sie hilfesuchend an. Ursula achtete nicht auf ihn.

Der Krankenpfleger rückte einen Stuhl für sie zurecht, so dass sie einen Arm um Carmens Schultern legen konnte. Liebevoll betrachtete sie das Gesicht ihrer Tochter, das so friedlich wirkte, als würde sie schlafen. Ursula erwartete, dass sie gleich ihre Augen öffnen würde, um sie anzulächeln. Wenn Carmen sich nur von mir verabschieden könnte, dachte sie traurig, während unaufhaltsam die Tränen über ihre Wangen liefen.

Der erste Weg an diesem Morgen führte Doktor Günther Müller zu Carmen. Die junge Frau dürfte längst nicht mehr am Leben sein, dachte er nervös, während er forsch den langen Flur zu ihrem Zimmer entlangschritt. Hoffentlich erwies es sich nicht als Fehler, das Mädchen in das Experiment aufgenommen zu haben. Natürlich führten solche Fälle hin und wieder zu nützlichen Erfahrungen und äußerst interessanten Ergebnissen. Aber in diesem Fall erwies sich die Durchführung als sehr schwierig.

Die Mutter der Probandin war eine aufmerksame Frau, die fast ständig am Krankenbett ihrer Tochter verweilte. Nicht so blauäugig wie die meisten Menschen, die sich blind auf das Wort eines Arztes verließen. Es gab drei Frauen, die sich wesentlich besser als Carmen zu Forschungszwecken geeignet hätten.

Nun gut, dachte er, bisweilen war ja alles einigermaßen zufriedenstellend verlaufen. Kaum einer der Angehörigen hegte einen Verdacht, dass etwas nicht in Ordnung sein könne mit ihren Liebsten. Er durfte jetzt nicht aufhören, das würde erst recht Verdacht erregen und wäre fatal für ihn und die Klinik. In seinem Kittel spürte er das kleine Päckchen, dass er aus Hellwigs Labor am Vortag mitgenommen hatte.

Als er ins Zimmer kam, lag Carmen leicht aufgerichtet im Bett, krampfhaft versuchte sie, ihn anzulächeln. Auf dem Beistelltisch neben ihr stand das unberührte Frühstück. Das dumme arme Geschöpf vertraut mir blindlings, dachte er zufrieden.

»Guten Morgen, Carmen. Ich hoffe, Ihnen geht es heute etwas besser«, sagte Günther und fühlte im gleichen Moment ihren Puls. »Sie haben sich wirklich ausgezeichnet erholt, mein Kind«, lächelte er, holte die Injektion aus dem Päckchen, das er bei sich trug. »Eine kleine Spritze zur Stärkung, damit Sie auch wieder mehr Appetit bekommen«, dabei deutete er auf das unberührte Tablett. »So können Sie nicht richtig zu

Kräften kommen.« Er nahm ihre schlaffe Hand. Auf dem Handrücken befand sich die Dauerkanüle einer Infusionslösung. Er injizierte den Inhalt seiner Spritze in die Kanüle, sah zu, wie die Flüssigkeit in ihren Körper eindrang. Es war vollbracht. Er schaute auf die Uhr.

Morgen früh würde es vorbei sein, und niemanden würde es wundern. Auch die Mutter, die für zehn Minuten das Zimmer verlassen hatte, um die Toilette aufzusuchen, war bereits auf den Tod ihrer Tochter vorbereitet worden. Mit ihrem Mann, der in den frühen Morgenstunden wieder an seine Arbeit zurückgekehrt war, hatte sie die ganze vergangene Nacht am Bett ihrer Tochter verbracht. Es würde also keine unerwünschten Fragen geben. Ursula Scheurer würde sich der Allmacht des Todes fügen und ihre Tochter mit einem letzten Kuss verabschieden.

Erst gestern Abend hatte er in Hellwigs Labor drei Stunden mit Klara zugebracht, um alle verräterischen Spuren zu beseitigen. Bisher war das Labor von der Polizei nicht entdeckt worden. Doch es war sicherlich nur eine Frage der Zeit, bis Hellwig anfangen würde zu plaudern oder vergaß, die dumpf klopfenden Reaktoren auszuschalten, wenn sich die Polizei im Haus befand. Jetzt, nachdem ihre langjährigen Experimente endlich einen Abschluss gefunden hatten, durfte er auf gar keinen Fall zulassen, dass sein Lebenswerk durch seinen Partner gefährdet würde. Er erinnerte sich, wie Klara geradezu in Begeisterung ausgebrochen war, als sie die neuesten Forschungsergebnisse durchsah, ihm dabei über die Schulter geschaut hatte, als er ihr die letzten, vor Wochen in Petrischalen angesetzten Kulturen zeigte, die endlich den erhofften Durchbruch gebracht hatten. Endlich konnte sie den Kontrakt mit der Regierung erfüllen.

»Wunderbar! Grandios!« hatte sie ausgerufen. »Das Zeug wächst wie wild in den speziellen Gewebekulturen. Du bist genial, Günther!«

»Wir haben den morphologischen Teil der Untersuchung bereits vor einigen Wochen abgeschlossen. Mit der Proteinanalyse haben Ferdinand und ich unlängst begonnen. Aber wenn ich ehrlich bin, sehe ich unser Projekt gefährdet. Wir müssen alle Spuren beseitigen«, hatte er beunruhigt geantwortet, und sie hatte kalt gefragt: »Wie viele lebende Objekte gibt's noch?«

»Nur eins, Carmen Scheurer. Ein relativ junges Mädchen. Sie wird binnen vierundzwanzig Stunden an Organversagen sterben. Das Vogelgrippe-Virus H5N1, das wir ihr in mutierter Form verabreicht haben, rafft auch sie dahin«, dabei hatte er finster gelächelt. »Danach wird das Mädchen sofort eingeäschert, so wie alle anderen vor ihr auch, bevor die Mutter auf dumme Gedanken kommt.«

»Und du bist sicher, dass niemand außer Solveig davon wusste, was hier vor sich geht? Was mit den Patientinnen geschieht?« Klara hatte ihn dabei argwöhnisch angesehen.

»Sie muss es ihrem Liebhaber, diesem Thilo Bock erzählt haben. Aber er ist ja Gott sei Dank tot«, hatte seine Antwort gelautet.

Daraufhin hatte Klara es Müller gleichgetan, war in einen weißen Laborkittel geschlüpft, hatte sich einen Mundschutz und eine Schutzbrille angelegt, anschließend eine weiße Haube aufs brünette Haar gestülpt. Zum Schluss hatte sie die sterilen Handschuhe angezogen. Dann war sie zu einem der beiden Kühlschränke gegangen, wo diverse tiefgekühlte Seren lagerten, hatte begonnen, den gefährlichen, verräterischen Inhalt vorsichtig in eine Kühltasche zu legen. Nachdem sie alles verstaut hatte, war sie zu einem der zwei Brutschränke gegangen. Dort befanden sich zwei Röhrchen mit Gewebekulturen in einen sich langsam drehenden dunklen Rahmen eingehängt. Nach kurzem Zögern hatte sie eines der Röhrchen herausgenommen, es gegen das Licht betrachtet, war zu einem Waschtisch gegangen, und hatte den Inhalt in den Ausguss geschüttet, um ihn anschließend mit reichlich Wasser fortzuspülen.

Teilnahmslos war Müller am Brutschrank stehengeblieben, hatte Klaras Treiben zugeschaut. »Du weißt, was du da gerade tust, oder? Das Zeug geht in die Kanalisation! Lebensgefahr für Mensch und Tier, Klara!« hatte er sie gewarnt.

Klara hatte nur verächtlich mit den Schultern gezuckt.

Im Labor hatte eisige Kälte geherrscht, plötzlich hatte er zu frösteln begonnen. Wut hatte ihn überkommen. Wut auf Klara, auf Hellwig, weil er Solveig geheiratet hatte, auf Solveig, weil sie mitbekommen hatte, was in der Klinik vor sich ging. Solveig, dieses undankbare kleine Biest, hatte vor einigen Monaten damit begonnen, ihn und Hellwig zu erpressen.

»Was geschieht mit dem Rest?« Klara hatte sich fragend zu ihm umgesehen, aber sie schien nicht seine geballten Fäuste, die Wut in seinen Augen bemerkt zu haben.

In dem großen rechteckigen Raum standen ringsherum Labortische, darüber mehrere Abzugshauben. Das Laboratorium war mit allem ausgestattet, was das Forscherherz begehrt und benötigt. Auf den Tischen befanden sich Gerätschaften aller Art: Zentrifugen, zwei Brutschränke, verschiedene Mikroskope. An den Wänden darüber befanden sich Glasregale mit farblich unterschiedlichen Reagenzien, Messinstrumenten und futuristisch anmutenden Apparaturen. In der Mitte des Raums prangte ein quadratischer Laborblock, in dessen hellgraue Granitarbeitsfläche zwei Spülbecken sowie eine

Sezierwanne aus Aluminium eingelassen waren. Unterhalb des Tisches befand sich ein Kühlfach, so groß, dass ein ausgewachsener Mensch in liegendem Zustand darin Platz fand. Zum Kernstück des Labors gehörten ein Airlift- und Membranbioreaktor, zwei Geräte zur Kultivierung verschiedenartiger Organismen.

In einer Ecke des Raums befanden sich Käfige mit Ratten, Mäusen und Katzen. Müller fühlte deren Augen auf sich gerichtet. Manche voll fiebrigen Hasses, manche teilnahmslos. Einige der Tiere lagen tot im Käfig. »Komm mit«, hatte er gesagt und ihren Arm ergriffen. »Ich muss dir etwas zeigen.«

Sie hatte sich von ihm zum zweiten Brutschrank führen lassen. Mit zittrigen Händen hatte er die Glastür geöffnet. Vier weitere Röhrchen drehten sich dort in einem Rahmen. Sie hatte ihn angesehen, eins der Röhrchen ergreifen wollen. »Und? Was soll das, hatte sie gereizt gefragt. »Das Zeug muss natürlich auch sofort verschwinden.«

Müller hatte sie zurückgehalten, indem er ihren Arm so fest zurückzog, dass sie für einen Augenblick geglaubt hatte, er würde ihn ihr brechen. »Das ist es, verdammt noch mal«, hatte er sie scharf angefahren. »Das ist unsere Wunderwaffe, Klara, für die uns die Regierung ein Vermögen zahlt. Weißt du überhaupt, was das bedeutet? Wir sind endlich soweit! H5N1, der Austausch des zirkulierenden Stamms ist perfekt gelungen. Tod auf ganzer Linie und dabei so unscheinbar. Im Körper wird der mutierte Stamm nicht nachweisbar sein. Das Zeug sollte nur nicht in die Hände von Terroristen oder Verbrechern fallen ...«

»Und was sind wir?« hatte sie ungerührt gefragt.

»Unsinn! Wir handeln im Auftrag der Regierung. Die ganze Welt wird sich um den Impfstoff reißen, um das kollabierende Gesundheits- und Sozialsystem in den Griff zu bekommen. Du wirst dir sicherlich nicht selbst das Wasser abgraben, oder?« hatte er rau hervorgestoßen, »jetzt, wo wir endlich soweit sind. Endlich kannst du in Produktion gehen.«

»Schon gut«, hatte sie zurückgefaucht und sich losgerissen. »Was hab ich aus dem Kühlschrank genommen und weggeschüttet?«

»Unbedeutendes Zeug, nur Gewebeproben neuer Forschungsopfer«, lautete seine Antwort. Daraufhin hatte er eines der Röhrchen aus dem Brutschrank entnommen. Das Röhrchen enthielt eine gelblich-braune Flüssigkeit, war an einer Seite von einem dünnen Film bedeckt – einer Schicht lebender Zellen. Das Todesvirus „Projekt 1440", wie sie es nannten. In den Zellen betrieb das Virus seine eigene Vermehrung.

Mit gierigen, glänzenden Augen hatte Klara den unscheinbar aussehenden Glaskörper betrachtet, ihn gegen das Licht gehalten. An ihrem Blick fiel ihm auf, dass es ihr durchaus klar war, dass sie eine pharmazeutische Revolution, wenn nicht gar die Weltherrschaft, wie Müller sich gern auszudrücken pflegte, in den Händen hielt. Vorsichtig hatte er ihr das Röhrchen abgenommen, war hinüber zu einem der Labortische gegangen. Sie war ihm gefolgt. Unter einem der Mikroskope hatte er die Probe in die richtige Position gebracht, die Fokussierung eingestellt und war zurückgetreten, hatte sie einen Blick durchs Mikroskop werfen lassen und gefragt: »Siehst du die dunklen Punkte im Cytoplasma?« Sie hatte nur genickt. Er hatte ihr nicht zu erklären brauchen, was Cytoplasma ist. Schließlich war sie selbst Biochemikerin. Der Begriff stammte aus dem Altgriechischen, bedeutet: Gefäß, Höhlung, Gebilde. Eine die Zelle ausfüllende Grundstruktur. Chemisch gesehen besteht Cytoplasma aus zahlreichen organischen, aber auch aus anorganischen Stoffen. »Die Inklusionskörper, die du hier siehst, ein erstes Anzeichen des Befalls. Ein unglaublich aktives Virus. Das ist der neue Influenzaimpfstoff: GOCETRIA – CQMR/VEG/4986/10 - wir haben für den Rest unseres Lebens ausgesorgt«, lauteten dann seine stolzen Worte.

»Ja«, hatte Klara kühl entgegnet. »Wir werden den Impfstoff „GOCETRIA 1440" nach unserer Versuchsreihe benennen.«

»Niemand, außer Solveig und diesem Thilo Bock, hat in den vergangenen Jahren einen Verdacht gehegt, an welch einer grausamen Waffe wir in Wirklichkeit arbeiten«, hatte Müller nicht ohne Stolz resümiert. »Die Kollegen sind bequem geworden, kaum mehr jemanden interessiert's, wenn ein Patient mit einem diffusen Beschwerdebild in seiner Praxis auftaucht.«

Die Viren waren deutlich erkennbar gewesen, ebenfalls die unregelmäßigen Zellkerne. Klara war vom Mikroskop zurückgetreten, und Müller hatte das Röhrchen behutsam zurück in den Brutschrank gestellt.

»Wann kann ich mit der Produktion des Impfstoffs beginnen? Der Minister sitzt mir im Nacken, wird nervös«, hatte sie unter Lachen gesagt, anschließend fast beschämt gefragt: »Ach übrigens, was habe ich da vorhin eigentlich durch den Abfluss gejagt?«

»Proben einer Patientin. Spielt keine Rolle mehr«, war seine laxe Antwort daraufhin erfolgt.

Viele Frauen und Mädchen hatten bisher unwissentlich ihr Leben in den Dienst der Forschung gestellt, die meisten ihr Leben dabei verloren. Unzählige lebten mit irreparablen Hirnschäden. Zu diesen armen Kreaturen gehörte auch Brigitte Hauser. Von den vielen Totgeburten einmal ganz abgesehen.

Müllers Gedanken kehrten wieder in die Gegenwart zurück. Brigitte? Ja, dachte er, dieses neugierige Miststück hatte im Keller herumgeschnüffelt. Sie würde eine weitere Grippimpfung dringend benötigen, dachte er, grinste dabei still vor sich hin. Armes Mädchen!

38

Lisa und Robert kamen einer weiteren Verabredung mit dem Hausarzt der verstorbenen Beatrix Schumacher nach. Sie hatten es der Tochter Annika versprochen. Eine der Sprechstundenhilfen meldete sie beim Arzt an, der sie umgehend empfing, was von den anwesenden Patienten mit mürrischen Blicken registriert wurde.

Hugo Holz war dreiundsechzig, mit schütterem grauem Haar, einer dicken runden Hornbrille und ziemlich korpulent. Aber er strahlte eine gewisse Gemütlichkeit aus, die Lisa bereits beim ersten Aufeinandertreffen auf Anhieb gefallen hatte.

Holz bot den Beamten Platz an. Selbst blieb er an seinem Schreibtisch sitzen. »Was kann ich denn noch für Sie tun«, fragte er ohne Umschweife; seine Zeit war sehr knapp bemessen, das Wartezimmer zum Bersten voll.

»Wir kommen der Bitte von Annika Schumacher ein weiteres Mal nach. Sie hat uns gebeten, den Tod ihrer Mutter unter dem Aspekt eines Mordes zu betrachten«, kam Robert umgehend auf den Punkt und damit Lisa zuvor.

Bereits seit einiger Zeit war ihr nicht verborgen geblieben, dass er sich zum Leiter der Ermittlungen aufschwingen wollte.

»Tatsächlich«, entgegnete der Arzt wenig erfreut, »solche Vermutungen sollten lieber unterbleiben. Ich habe sie wegen psychischer Probleme behandelt. Körperlich war sie kerngesund.«

»Hat sie niemals über irgendwelche Beschwerden geklagt?« fragte Lisa erstaunt. »Eine Frau in ihrem Alter und dann ganz ohne Beschwerden?«

Holz sah in die vor ihm liegende Akte, die die Sprechstundenhilfe ihm gebracht hatte. »Natürlich hatte sie ihre kleinen Wehwehchen. Die üblichen Frauenleiden eben, die wir aber nicht überbewerten sollten.«

»Nun mal raus mit der Sprache, was dürfen wir darunter verstehen?« fragte Robert und klimperte ungeduldig mit dem Kleingeld in seiner Hosentasche. Ein untrügliches Zeichen, dass ihm offenbar der allmorgendliche Schnaps fehlte.

»In den letzten Monaten litt sie ein wenig unter Magenkrämpfen, Nierenschmerzen, Müdigkeit, Übelkeit, Erbrechen und Gliederschmerzen.« Über den Rand seiner Brille sah er die Beamten nachdenklich an. »Ich habe sie zu Fachärzten geschickt. Keiner meiner Kollegen konnte etwas finden. Kurz vor dem Einsetzen der Beschwerden wurde ihr von ihrem Gynäkologen eine Grippeschutzimpfung verabreicht, das war alles. Die

Kollegen und ich mussten deshalb davon ausgehen, dass Frau Schumacher allergisch auf den Impfstoff reagierte. Mir schien, sie steigerte sich da in etwas hinein. Jedenfalls habe ich sie dann auf Psychopharmaka gesetzt. Glaubte, es ginge ihr danach wesentlich besser.«

»Und dann fiel sie plötzlich ins Koma?«

»Natürlich nicht durch die Medikation«, entgegnete er barsch. »Zu diesem Zeitpunkt befand sie sich bereits in der Klinik.«

»Was machte sie denn dann in der Klinik, wenn es ihr angeblich besser ging?« fragte Robert.

»Sie klagte plötzlich über irrsinnige Unterleibs- und Kopfschmerzen. Aber wie gesagt, meines Erachtens alles eine Sache der Psyche. Die arme Frau war äußerst labil. Litt unter ihrem Alter.«

»Hätte sie sterben müssen?« hakte Robert nach.

»Wir müssen alle sterben, der eine früher, der andere später. Wenn Sie Genaueres wissen wollen, wenden Sie sich bitte an die Kollegen in der Hellwig-Klinik.« Damit hielt er die Besprechung für beendet, stand auf, um sie zu verabschieden.

Obwohl Hugo Holz ein Arzt alter Schule war, der früher viel Zeit für die Belange seiner Patienten aufgewendet hatte, war er durch die gravierenden Veränderungen in der Gesundheitsreform gezwungen, jetzt eine Leistung zu verkaufen, um ein Leben zu erhalten oder zu verbessern. Zeit war Geld, auch für ihn. Die Krankenkassen interessierten sich nicht dafür, ob er mit den ihm zugestandenen fünf Minuten pro Patient auskam, was natürlich nie reichte. Meistens konnte er sich nicht einmal die Zeit nehmen, sich hinzusetzen, er fertigte die armen Menschen im Stehen ab. Alles, was er an Zeit mehr aufbrachte, musste er praktisch aus eigener Tasche bezahlen. Es gehört eine gewaltige Portion Liebe zum Beruf dazu, wenn ein Arzt sechzig Stunden und mehr pro Woche arbeitete, aber nur mit einem Mindestlohn von fünf Euro die Stunde abgegolten wird.

»Wissen Sie«, rief Holz den Beamten nach, »es gibt gewaltige Fortschritte in der Medizin. Wir verfügen über die besten Medikamente, eine hochwertige Technik, dennoch sind wir nicht in der Lage, einen Patienten bestmöglich zu behandeln, weil uns Zeit und Geld fehlen. Es ist einfach alles viel zu teuer geworden. Jeder, ob Pharmaindustrie, meine hochgeschätzten Kollegen, die Ärztekammer, selbst die Krankenkassen füllen sich ihre Taschen aus den Beiträgen der Krankenversicherung. Unser vielgerühmtes Sozialsystem steht vor dem Kollaps, junge Dame. Ich kann daran nichts ändern«, sagte er traurig. »Die Gesetze machen andere.«

## 39

Die Küche war aufgeräumt, die Spülmaschine stand auf Standby. Alma sah sofort, als sie die Villa betrat, dass der Doktor am vergangenen Abend Besuch gehabt haben musste.

Sie hängte ihren Mantel in einen Nebenraum der Küche. Zwei Gefriertruhen sowie Waschmaschine und Trockner befanden sich dort. Eine Brandschutztür führte in den Keller hinunter, eine andere in den Heizungsraum. Aber es gab noch eine weitere Tür, die in den gut bestückten Weinkeller hinabführte. Von dort aus, gelangte man durch eine als Teil der Wand getarnte, aus rotem Verblendstein gefertigte Geheimtür, die selbst der Polizei bisher verborgen geblieben war, in Hellwigs geheimes Labor. Sie würde jedoch nichts verraten. Zudem war es ihr strengstens untersagt, die Stiege in diesen Trakt des Kellers hinabzusteigen. Soweit ihr bekannt, verfügte nur Hellwig über den Schlüssel, den er stets bei sich trug.

Vor langer Zeit war sie durch einen dummen Zufall Zeugin geworden, wie Hellwig und Günther Müller im Weinkeller verschwanden. Sie wirkten damals so aufgekratzt, dass sie den beiden gefolgt war. Dabei beobachtete sie, wie die Männer die Tür im Mauerwerk öffneten, hinter der ein unheimliches Klopfen zu hören war. Ihre Neugier war geweckt, ihre wachen Augen registrierten den Code der elektronischen Tür-Schließanlage, die sich in einem der vier Heizölfässer verbarg. Ein genialer Schachzug Hellwigs, eines der Fässer für die Schließanlage zu verwenden. So manches Mal war sie versucht gewesen, einen Blick in das geheime Reich zu werfen. Bisher fehlte ihr jedoch der Mut, es zu tun. Auch jetzt wieder überlegte sie kurz, ob sie es wagen sollte, das Geheimnis hinter der Steinmauer zu lüften, entschloss sich jedoch dagegen, denn Hellwig konnte jeden Augenblick auftauchen, das wäre fatal.

Plötzlich entsann sie sich der Bemerkung Brigittes. Ihre Tochter hatte erst vor kurzem von dem seltsamen, unheimlichen Klopfen gesprochen. Alma konnte sich beim besten Willen nicht vorstellen, dass Brigitte allein hier gewesen sein sollte. Mit einem Achselzucken wandte sie sich einer der großen Gefriertruhen zu, in der sie im vergangenen Herbst zwei Hasen eingefroren hatte. Heute wollte sie dem Doktor eine Freude machen, ihm sein Lieblingsgericht, Hasenbraten in Rotweinsoße mit geschmortem Rotkohl und Kartoffelknödel, zubereiten. Doch sie war nicht ganz bei der Sache, ihre Gedanken schweiften ungewollt wieder zu Brigitte, die ihr große Sorgen bereitete. Seit dem Verschwinden Solveigs verhielt das Mädchen sich äußerst seltsam. Kaum ein Tag verging, an dem sie nicht von Hellwig und Solveig sprach, dabei wurde sie jedes Mal fürchterlich wütend.

Alma schlüpfte in eine weiße, gestärkte Kittelschürze, die an einem Haken an der Wand hing. Überlegte, ob sie dem Doktor anschließend das Frühstück ans Bett bringen sollte. Anscheinend war er noch nicht aufgestanden. Sie unterließ es, den Hasenbraten aus der Truhe zu nehmen, wollte den Deckel gerade schließen, als ihr auffiel, dass darin ein völliges Durcheinander herrschte. Sorgsam wie sie war, wurden die Fleischstücke stets nach einer Liste sortiert, die zur leichteren Orientierung an die Wand geheftet war. Jemand musste die ganze Truhe auf den Kopf gestellt haben, vermutlich die Polizei, dachte sie. Die hatten ja das ganze Haus förmlich auseinandergenommen.

Ich gehe nach oben, sehe nach, ob ich etwas für ihn tun kann, beschloss sie. Vielleicht hat er verschlafen oder einfach blaugemacht. Er hat so viel durchgemacht, aber am schlimmsten war, dachte Alma, dass er sich so schrecklich veränderte. Man sollte ihn in seine eigene Anstalt einweisen, überlegte sie. Wer weiß, was in seinem Kopf vor sich geht. Anneliese, ihre Nachbarin, meinte, sie solle die Stelle hier so schnell wie möglich aufgeben, weil sie ihn für sehr gefährlich hielt.

Alma spürte ihr Rheuma in den Knien, als sie die Treppe hinaufstieg. Sicherlich wird die Polizei sich um den Doktor kümmern. Zumindest lassen sie solange wenigstens Brigitte zufrieden. Im Grunde war er immer gut zu ihr gewesen. Jetzt könntest du ihm helfen, dachte sie. Warum tust du es nicht? Du weißt genau, dass Brigitte in jener Nacht, als Solveig spurlos verschwand, im Haus war. Dann würde sie jedoch ihre eigene Tochter ans Messer liefern, das durfte nicht sein.

Als sie wenig später den Schlaftrakt erreichte, kam Hellwig gerade aus der Dusche, gehüllt in einen dicken grauen Frotteebademantel, aus seinem Haar tropfte Wasser.

»Guten Morgen, Alma«, sagte er.

Sie erwiderte den Gruß. Müde sah er aus, offenbar hatte er keine gute Nacht gehabt, überlegte sie. »Kann ich Ihnen Frühstück machen?«

»Das wäre schön. Ich brauche einen starken Kaffee. Die Nacht war fürchterlich. Eigentlich habe ich überhaupt nicht geschlafen, wenn ich ehrlich bin, so wie in den vergangenen Nächten auch«, sagte er, ging hinüber in sein Schlafzimmer. »Klara hat mir etwas zum Schlafen dagelassen, aber ich fühle mich dann immer so gerädert, irgendwie bin ich dann nicht mehr ich selbst«, fügte er hinzu.

»Wenn Sie wollen, dann kann ich Ihnen ein Schlafmittel von Brigitte dalassen. Das

Mädchen kommt sonst auch nicht zur Ruhe. Die Tabletten sind nicht so stark, außerdem haben Sie sie ihr selbst verschrieben.« An der Tür war sie stehengeblieben.

Er kam aus dem angrenzenden Ankleidezimmer, trug nun eine graue Flanellhose, ein weißes Hemd mit blauer Krawatte. »Vielleicht keine schlechte Idee, Alma«, meinte er. »Brigitte bekommt immer nur das Allerbeste von mir.« Dabei sah er sie im Spiegel nachdenklich an.

»Zufällig hab ich gerade welche unten«, erwiderte sie. Fügte bedauernd hinzu: »Das tut mir alles sehr leid, was Sie da gerade durchmachen müssen, Herr Doktor.«

»Das glaube ich Ihnen sogar«, versuchte er ein kleines Lächeln aufzusetzen. »Machen Sie bitte Kaffee, ja?«

Nachdem sie gegangen war, ging Hellwig ans Fenster, schaute in den regnerischen Morgen hinaus, froh, dass er bis zur Gerichtsverhandlung auf freiem Fuß bleiben durfte. Wenigstens konnte er seiner Arbeit weiter nachgehen. Allerdings wollte er nicht in die Klinik fahren, sondern entschloss sich, zu Hause ein wenig Verwaltungsarbeit zu erledigen.

Wenig später saß er im Arbeitszimmer, sah Unterlagen durch. Die Staatsanwaltschaft hatte die Papiere aus seinem Büro gesichtet. Aber man hatte nichts Belastendes gegen ihn gefunden, weil es nichts zu finden gab, dachte er zufrieden. Er trank gerade den letzten Schluck Kaffee, als Lisa und Robert auf der Bildfläche erschienen, um weitere unbeantwortete Fragen, auf die sie durch die Angehörigen verstorbener Personen aus Hellwigs Umfeld aufmerksam geworden waren, zu klären.

Alma erschrak, als sie den Beamten die Tür öffnete.

»Wir haben da noch einige Fragen an Ihren Chef«, sagte Robert, schob die Haushälterin burschikos beiseite. Sie benötigen wir auch, meine Schöne«, flötete er gutgelaunt, denn er hatte mal wieder über die Stränge geschlagen. Vermutlich mehr von seinem Wundertrank verkonsumiert, als gut für ihn war.

Oh Himmel, hoffentlich fragen sie mich nicht über Brigitte aus, flehte Alma still vor sich hin. Das Kind kann nichts dafür, dass Solveig verschwunden ist. Sie wurde blass um die Nase, ihre Knie drohten nachzugeben, als sie den Beamten ins Arbeitszimmer folgte. Am Kamin blieb sie stehen, bis Hellwig sie aufforderte, sich zu setzen, was sie dankbar annahm.

Lisa kam sofort zur Sache. »Frau Hauser, in welchem Verhältnis stand ihre Tochter zu Dr. Rüdiger Weiß?«

Alma schluckte. Auf diese Frage war sie nicht vorbereitet. »In keinem besonderen

Verhältnis. Brigitte war seine Patientin und ein klein wenig verliebt in den jungen Arzt, mehr auch nicht. Wie Sie vielleicht wissen, ist das Mädchen krank. Sie ist nicht in der Lage, mit Männern herumzumachen.« Sie versuchte, sich ihre wachsende Beklommenheit nicht anmerken zu lassen.

»Ihre Nachbarin hat uns erzählt, Brigitte sei seinerzeit über den Tod von Dr. Weiß sehr bestürzt gewesen«, bohrte Lisa weiter.

»Durchaus. Immerhin war er ja ihr Arzt. Sie kannte ihn von den Besuchen hier im Haus und aus der Klinik. Stets war er nett zu ihr, sehr geduldig. Niemals hat er sie als schwachsinnig angesehen, so wie es die meisten tun, die Brigitte kennenlernen.«

»Ist Ihre Tochter geistig behindert, worauf ist gegebenenfalls die Behinderung zurückzuführen?« setzte Lisa die Befragung fort.

»Hören Sie«, mischte sich Hellwig ein, »was haben das Mädchen und der verstorbene Kollege mit meinem Fall zu tun? Lassen Sie Alma in Ruhe!«

Die Haushälterin war ihm dankbar, dass er sich so für sie einsetzte, aber sie wollte nicht den Eindruck erwecken, als habe sie etwas zu verbergen.

»Manchmal hat es schon den Anschein, dass Brigitte nicht alle Tassen im Schrank hat. Doch sie ist ein liebes Mädchen. Nur ihr rechter Arm macht mir Sorgen, wissen Sie? Brigitte trägt seit einigen Monaten meistens eine Schiene, um die Schmerzen erträglich zu halten. Es gibt aber auch Tage, da kommt sie ganz ohne dieses Hilfsmittel aus. Zudem klagt sie ständig über Lähmungen im Arm. Als Doktor Weiß umgebracht wurde, trug Brigitte gerade eine Schiene.« Das hätte ich nicht sagen dürfen, schoss es ihr durch den Kopf. Bisher war sie ja nicht in Verdacht geraten.

»Das beantwortet nicht meine Frage«, hakte Lisa nach. »Worauf ist die geistige Behinderung zurückzuführen?«

»Weiß ich nicht«, log Alma. Über das längst vergessene Grauen der Vergangenheit, das ihr ein behindertes Kind eingebracht hatte, wollte sie niemals mehr nachdenken müssen, es war einfach zu schmerzlich. »Darüber kann ich nicht sprechen«, entgegnete sie kurz angebunden.

Vorerst ließ Lisa es darauf beruhen. Die nächste Frage galt dem Schlüssel im Garten. »Sie haben damals zu Protokoll gegeben, dass der Schlüssel zum Haus für gewöhnlich im Garten versteckt ist. Wenige Tage vor dem Verschwinden Solveigs allerdings, hätten Sie den Schlüssel in einer Schale im Waschraum vorgefunden. Gaben an, gesehen zu haben, dass der Doktor den Ersatzschlüssel dort kurz zuvor deponierte. Als meine Kollegen damals hier eintrafen, haben Sie den Schlüssel an einem der Beamten ausgehändigt und zu Protokoll gegeben, dass er sich bereits seit längerer Zeit dort befunden habe. Der Doktor habe den Schlüssel nie in den Garten zurückgelegt.«

»Das stimmt nicht!« rief Hellwig aufgebracht dazwischen. »Niemals habe ich den Ersatzschlüssel gebraucht! Außerdem bin ich mir ganz sicher, dass auch Solveig ihn nicht gebrauchte. Erläutern Sie mir Ihre Beweggründe, Alma, warum unterstellen Sie mir, ich hätte den Schlüssel im Haus abgelegt?«

»Ich sage die Wahrheit, Herr Doktor«, entgegnete Alma gefühllos. »Seit jenem schrecklichen Tag sind Sie nicht mehr Sie selbst. Bestimmt haben Sie es vergessen.«

Lisa wurde das merkwürdige Gefühl nicht los, dass die Haushälterin etwas zu verbergen suchte. Überlegte, wie sie mehr Druck ausüben könnte. Die Frau musste zum Reden gebracht werden, soviel stand fest. Alma wusste mehr, als sie zugab. Wovor hatte die Frau Angst?

Unvermittelt hörte Lisa Hellwig sagen: »Alma hat recht, wahrscheinlich bin ich wirklich nicht mehr zurechnungsfähig«, meinte er resigniert. Wirkte erstmals wie ein Mann, der einem stärkeren Gegner Tribut zollen musste. Ahnte, dass die Beamten nicht ihm, sondern seiner Haushälterin glauben schenkten.

Alma Hauser, die Gerechte, die unerschütterliche Seele. Eine Frau, deren Tugenden keinerlei Zweifel aufkommen ließen, dass sie stets die Wahrheit sagte.

»Doktor«, übernahm Robert das Gespräch, »eine Ihrer Patientinnen, eine gewisse Beatrix Schumacher, ist vor drei Wochen aus unersichtlichen Gründen verstorben. Plötzlich und unerwartet, sagt man wohl im Volksmund. Nun, gehen wir dem Ganzen mal auf den Grund. Was vermuten Sie denn, woran die Frau gestorben ist?«

»Hören Sie, Sie Flegel, suchen Sie lieber meine Frau! Kümmern sich um den Mörder Thilo Bocks«, brüllte Hellwig aufgebracht. Er sah sich nicht mehr in der Lage, ruhig und still auszuharren, während das Kartenhaus über ihm zusammenzustürzen drohte.

40

»Ich weiß, es ist reichlich spät. Dennoch würde ich gern mit dir reden«, sagte Jörg Lesch, als Lisa ihm die Tür öffnete.

»Ich bin müde, möchte ins Bett«, versuchte sie ihn abzufertigen.

Aber so einfach ließ er sich nicht abwimmeln. »Nur eine halbe Stunde. Bitte, Lisa«, flehte er.

»Oh Jörg, was soll das bringen?« seufzte sie, ließ ihn nur widerwillig eintreten. Nach einer freundschaftlichen Umarmung gab er ihr einen ebensolchen Kuss auf Wange und Stirn.

Sie nahm seinen Mantel in Empfang, hängte ihn an die Garderobe. Dabei konnte sie den altbekannten Geruch seines Rasierwassers wahrnehmen. Es erinnerte sie an alte Zeiten. Mit einem mulmigen Gefühl im Magen führte sie ihn ins Wohnzimmer, wo er sich sofort aufs Sofa sinken ließ. Mit einem Lächeln auf den Lippen sah er sich im Zimmer um. Nach einer Weile meinte er: »Seit damals hat sich nichts verändert!«

»Was sollte sich innerhalb eines so kurzen Zeitraums verändern? Du kennst meine finanziellen Verhältnisse. Ich kann mir diesen Kasten nicht leisten, will ihn aber auch nicht meinem Ex-Mann überlassen. Ich habe mehr Zimmer zur Verfügung als ich benötige.«

Er schlüpfte aus den Schuhen, schien es sich gemütlich machen zu wollen. Lehnte sich im Sofa zurück. »Übrigens, Lisa, du siehst fantastisch aus.« An seinem Ton, seinem Blick merkte sie, dass er es tatsächlich ernst meinte.

Beschämt sah sie an sich herunter. Er macht Witze, dachte sie. Ihre schlabbrige graue Jogginghose, das verwaschene gelbe, befleckte T-Shirt sahen aus, als wären sie aus einem Müllcontainer. Ihre Haare waren fettig, hingen wie nach einem kräftigen Regenguss um ihr schmales Gesicht. Was ging bloß in dem Kerl vor, dachte sie, wenn er sie in diesem Outfit hoffierte?

»Hör zu, ich mache mir Sorgen um dich, hätte dich nicht zu dem Lehrgang überreden dürfen«, wechselte er abrupt das Thema.

Sie zwang sich zu einem Lächeln. Setzte sich ihm gegenüber in einen Sessel, zog die Beine unter sich. »Schon gut, Jörg. Ich hab damit angefangen, jetzt führe ich es auch zu Ende. Aber aus diesem Grund bist du sicherlich nicht hier, oder?«

»Nein, eigentlich nicht. Ich wollte dich sehen, mit dir reden. Aber als ich dich neulich mit deinem Ex zusammen aus dem Haus kommen sah, war mir danach nicht mehr zumute. Hast du dich mit ihm ausgesöhnt?«

»Nein, natürlich nicht«, platzte sie entsetzt heraus. »Er bedrängt mich ständig wegen des Hauses. Als er seinerzeit auszog, hat er einen Schlüssel behalten. Seither muss er laufend heimlich hier gewesen sein. Wahrscheinlich hat er sogar ein ganzes Arsenal an Schlüsseln. Im Grunde fühle ich mich hier nicht mehr sehr wohl«, lachte sie gekünstelt. »Vielleicht sollte ich das Haus doch verkaufen«, überlegte sie laut.

Jörg sah es als Gelegenheit, erneut das Thema zu wechseln, fragte stattdessen: »Wie gehen die Ermittlungen im Hellwig-Fall voran?«

Nach kurzer Überlegung meinte sie: »Glaubst du, dass jemand von einer auf die andere Minute sein Gedächtnis verlieren kann, wenn etwas Gravierendes in seinem Leben geschieht? Ich finde es jedenfalls ziemlich an den Haaren herbeigezogen. Dennoch bleibt da dieses Gefühl ...«

»Was zum Beispiel?«

»Hellwig behauptet weiterhin, er könne sich nicht an den Tatabend erinnern, als seine Frau verschwand. Nur ihr blutbesudeltes, leeres Bett vorfand. Kann sich nicht einmal genau an den mutmaßlichen Angreifer erinnern, der ihm angeblich den Schlag auf den Hinterkopf versetzte, um ihn anschließend auch noch mit einem Messer niederzustechen. Übrigens war der Schlag auf den Kopf nicht so heftig, dass es eine Amnesie erklären würde. Alles, was er von sich gibt, ist widersprüchlich; er erinnere sich an Geräusche im Haus.« Sie wartete auf Leschs Kommentar; als er nichts erwiderte, fuhr sie fort: »Behauptet, er könne sich nicht daran erinnern, Thilo Bock umgebracht zu haben, obwohl die Spurensicherung an seinen Schuhen das Blut des Opfers sichergestellt hat.«

»Zweifelst du plötzlich an seiner Schuld, Lisa? Hältst du ihn eventuell für unzurechnungsfähig?«

»Ich glaube eher, er spielt uns ein grandioses Schmierentheater vor. Ich weiß nicht, was ich von dem ganzen Fall halten soll. Andererseits sprechen die Indizien mittlerweile eine ganz eigene Sprache. Es liegt mir fern, einen Unschuldigen hinter Gitter zu bringen. Als wir ihn mit unseren eindeutigen Beweisen konfrontierten, war ihm dennoch kein Geständnis zu entlocken. Du warst selbst dabei. In wenigen Tagen beginnt der Prozess. Wir können ihm nicht nachweisen, dass er seine Frau auf dem Gewissen hat. Thilo Bock ist eine andere Sache, da bleibt mir etwas mehr Zeit.«

»Ihr seid in der Lage, den Fall anhand eindeutiger Indizien zu rekonstruieren. Damit müsste er zu Fall zu bringen sein«, entgegnete er. Überlegte eine neue Strategie, wie man Hellwig aus der Reserve locken könnte.

Sie schüttelte den Kopf, meinte dann: »Hellwig, wenn es denn so ist, hat den perfekten Mord begangen, Jörg. Der liefert sich nicht ans Messer, weiß ganz genau, dass wir sein Geständnis benötigen. Dir brauch ich das nicht zu erzählen.«

»Versuch es mit Einfühlungsvermögen, verhöre ihn allein. Lass niemanden an ihn heran, schon gar nicht euren Pausenclown Robert«, schlug er vor. »Mach da weiter, wo du beim letzten Mal aufgehört hast.«

Wenig später verabschiedete er sich von ihr. Sie hatten kaum ein Wort Privates miteinander gesprochen. Lisa musste sich eingestehen, sie war sogar erleichtert, nur beruflich mit ihm kommuniziert zu haben.

Nachdem er sich verabschiedet hatte, hängte sie die Türkette vor, fühlte sich sehr unbehaglich, als sie nach oben in ihr Schlafzimmer ging. Überall spürte sie die Gegenwart ihres Ex-Mannes. Und nachdem er ihr so unverhohlen gedroht hatte, sie nicht in Ruhe zu lassen, bis sie ihm das Haus verkaufte, würde sie hier keine ruhige Minute mehr bekommen.

Vom Tag erschöpft, lehnte sie sich ans Treppengeländer. Ärgerte sich maßlos über sich selbst, dass sie Jörg einfach so hatte wieder gehen lassen. Warum war sie nur so kühl, so distanziert in seiner Gegenwart? Sie wollte ihn, er wollte sie, wenn sie seinen kurzen Überfall von vorhin richtig interpretierte. Doch anscheinend stand da eine unüberwindbare Wand zwischen ihnen. Wahrscheinlich passten sie nicht so gut zusammen, wie sie dachte. Es wäre besser, ihn zu vergessen. Sie musste versuchen, sich auf wichtigere Dinge im Leben zu besinnen.

Von unten her knackte es. Sie zuckte zusammen, blickte hinunter in die dunkle Diele. Durch den Spalt der Tür zum Keller, in dem sich ihr ganz privater Schießstand befand, sah sie einen Lichtschein. Konnte sich jedoch nicht daran erinnern, in den letzten Tagen dort unten gewesen zu sein. Wer hatte dann das Licht brennen lassen? Ob York in ihrer Abwesenheit erneut im Haus war? fragte sie sich, schlich leise die Stufen hinab. In der Garderobenschublade fand sie eine Taschenlampe. Sie konnte sich selbst nicht erklären, warum sie keine Sturmbeleuchtung einschaltete. Stattdessen stolperte sie durchs finstere Haus, auf der Suche nach … ja, nach was eigentlich? Was glaubte sie da unten vorzufinden? Einen Einbrecher? York ganz sicher nicht, denn er verabscheute den Schießstand, den Grabesgeruch dort unten.

Während ihrer kurzen, äußerst unerfreulichen Ehe hatte er es stets vermieden, die nach Moder riechenden Gewölbe aufzusuchen. Zudem würde ihr Ex niemals die Unachtsamkeit begehen und Licht brennen lassen. Dazu war York zu geizig. Er würde ein Streichholz, vielleicht eine Kerze zur Beleuchtung nehmen, sich lieber den Hals brechen, als auch nur einen Cent an die Stromkonzerne zu verschleudern.

Mit der Taschenlampe stand sie unschlüssig vorm Kellerabgang, legte das Ohr an die Tür. Dabei hielt sie den Atem an, lauschte angespannt, während ihr Herz immer schneller, immer lauter schlug. Mist, dachte sie, warum hatte sie nicht ihre Waffe aus dem Schlafzimmer geholt, bevor sie sich auf Verbrecherjagd begab?

Ein kaum hörbares Rascheln war zu hören, ließ sie erschrocken zusammenfahren. All ihren Mut zusammennehmend, drückte sie die Klinke langsam, um kein Geräusch zu erzeugen, hinunter. Mit einem grauenvollen Knarren öffnete sich die Tür.

Lisa blinzelte in das grelle Licht der Wandbeleuchtung, die die Wendeltreppe nach unten ausleuchtete. War versucht, nur das Licht auszuschalten, schnell die Tür wieder zu schließen, um sich dann in ihrem Schlafzimmer, mit der Kanone unterm Kopfkissen, die Nacht um die Ohren zu schlagen. Aber ihre Neugier war größer als ihre Angst. Schließlich war sie Polizistin, zudem eine ausgezeichnete Karatekämpferin, ebenso in der koreanischen Kampfsportart Taekwondo ausgebildet. Sie würde doch wohl noch so 'nen Kerl aufs Kreuz legen können, ohne mit Bleikugeln herumzuballern.

Ohne ein Geräusch zu verursachen, legte sie die Taschenlampe auf die oberste Stufe, schlich dann vorsichtig die Treppe hinunter. Unten im Kellergang roch es widerwärtig nach brackigem Wasser. Mit zusammengebissenen Zähnen, angehaltenem Atem, konzentrierte sie sich auf die Geräusche. Alles war jetzt still. Zu still, wie sie fand. Sechs Türen gab es hier unten, alle waren verschlossen. Sie überlegte, ob sie jede einzelne kontrollieren sollte, entschied sich jedoch dagegen. Schlich zur Eisentür des Schießstands, blieb kurz davor stehen, holte tief Luft und riss schwungvoll die Tür auf.

41

Edda und Lisa befanden sich in Thilo Bocks Haus. Sie suchten nach möglichen Hinweisen auf seinen Tod.

Robert hatte sich für den Tag freigenommen, ein unaufschiebbarer Zahnarzttermin wartete auf ihn. Lisa war das ganz recht, vor allem, nach der dramatischen Begegnung im Keller ihres Hauses. Den Rest der vergangenen Nacht musste sie leider im Krankenhaus verbringen. Immer noch saß ihr der Schreck in den Gliedern, wenn sie an die vergangenen Stunden zurückdachte.

Als sie die Tür zum Schießstand geöffnet hatte, war sie plötzlich von zwei grünen Augen angestarrt worden. Sie hatte einige Sekunden benötigt, um zu registrieren, dass es sich dabei um Katzenaugen handelte. Das Tier war mit der rechten Vorderpfote in der Scheibenzuganlage eingeklemmt. Der anschließende Versuch, sich dem verängstigten Tier zu nähern, endete dann kläglich in einer wüsten Keilerei. Als sie dann die Katze befreien wollte, bekam sie deren ganze Dankbarkeit in Form eines tiefen Bisses in den Daumen der linken Hand zu spüren. Unaufhörlich floss das Blut aus der winzigen Wunde, so, als hätte sie sich mit einem scharfen Messer geschnitten. Da ihr die Katze unbekannt war, die höchstwahrscheinlich durch den Kellerschacht ins Innere gefallen war, fuhr sie sofort in die Notaufnahme des nächsten Krankenhauses, um sich aus Angst vor Tollwut behandeln zu lassen.

Erst in den frühen Morgenstunden war sie dann wieder zu Hause angekommen. Aber an Schlaf war nicht zu denken gewesen. Der Biss des Tieres war extrem schmerzhaft, und jetzt pochte der Daumen ohne Unterlass.

Nun sah sie Edda dabei zu, wie diese eine Kommode in Thilo Bocks Schlafzimmer durchsuchte und dabei einen Brief zutage förderte. »Der ist an die Polizei gerichtet«, stellte Edda erstaunt fest. »Verschlossen und frankiert, aber nicht abgeschickt!«

Mit einer Nagelfeile öffnete sie den Umschlag, überflog die wenigen Zeilen. »Donnerwetter!«, sagte sie, reichte den Brief an Lisa weiter. Nach einer Weile fragte sie: »Was schlägst du vor? Der Fall bekommt eine völlig neue Wendung. Wir sollten den Vermutungen des Opfers nachgehen.«

»Wir müssen zunächst überprüfen, ob es sich um Thilo Bocks Handschrift handelt«, entgegnete Lisa. Ihr Blick schweifte durchs Zimmer. Neben dem Kleiderschrank fand sie eine kleine Leiter, zog sie hervor und kletterte bis auf die oberste Stufe hinauf. Anschließend machte sie sich lang, um oben auf den Schrank zu schauen. Entdeckte unter einem Zeitungsberg einen kleinen Schuhkarton. Sie rief Edda zu sich, bat sie, ihr zu helfen. Ihre verbundene Hand hinderte sie daran, den Karton zu ergreifen. Als Edda das Paket aufs Bett legte, um den Deckel zu öffnen, fielen Lisa mehrere handschriftlich gefertigte, wissenschaftliche Aufzeichnungen und Fachberichte in die Hände. Einige der Seiten waren markiert; Zettel mit einzelnen Randbemerkungen mittels Heftklammern an der jeweiligen Seite einer wissenschaftlichen Aufzeichnung befestigt worden.

Sie schaute auf den Text, las laut vor: »Gocetria/A/Vietnam/1196/2004 – zugelassen von der Europäischen Arzneimittelagentur am 21.03.2009 - und mögliche (unbeabsichtigte) Folgen. Thilo Bock hat das Wort „unbeabsichtigte" mit rotem Textmarker gekennzeichnet.« Lisa las weiter: »Die Richtlinie CQMR/VEG/4975/07 ermöglicht es, den enthaltenen Stamm bei Vorliegen einer Pandemie durch den tatsächlich zirkulierenden Stamm auszutauschen.« Stirnrunzelnd sah sie Edda an, meinte nach einiger Zeit: »Gocetria, ein Grippeimpfstoff? Was denkst du, was wollte er mit diesen Artikeln und Aufzeichnungen?« fragte sie, runzelte dabei die Stirn. »Was hat das zu bedeuten?«

»Er scheint auf etwas gestoßen zu sein, mit dem wir jedenfalls in dieser Form nichts anfangen können«, kommentierte Edda. »Du solltest dich mal durch die pharmazeutischen Wissenschaftsberichte wühlen«, schlug sie Lisa vor. »Hier«, sie reichte ihr eine

Folie mit mehreren Artikeln, »sieh nach, was das für 'n Zeug ist. Ich hab davon nicht die geringste Ahnung.«

Ein weiteres Mal überflog Lisa den Inhalt des Briefes. »Thilo Bock beschuldigt die Ärzte der Klinik, mehrere Patientinnen umgebracht zu haben.«

»In Krankenhäusern passieren laufend Dinge, die für Außenstehende nicht nachvollziehbar sind. Wenn wir uns mit derlei Vermutungen herumschlagen müssten, könnten wir drei Leute abstellen, nur um die Todesfälle in Kliniken zu untersuchen. Ein bisschen übertrieben, findest du nicht auch?«

»Bock berichtet von einer Lösung, die den Frauen injiziert wurde. Kurz darauf sind sie dann entweder schwerstbehindert gewesen oder verstorben. Zwei Tage vor seiner Ermordung ist eine weitere Frau verstorben. Er schreibt hier vom Vogelgrippevirus H5N1, mit Verweis auf dieses Gocetria. Was ich beachtenswert finde, ist die Tatsache, dass er die Informationen von Solveig Hellwig höchstpersönlich bekommen hat, ebenfalls als Randbemerkung von ihm gekennzeichnet. Was geht in der Klinik vor, Edda? Musste Solveig deshalb sterben? Ich bin der Auffassung, da steckt wesentlich mehr dahinter, als wir vermuten.«

»Wurden die Frauen obduziert, von denen hier die Rede ist?«

»Bock schreibt, die Verstorbenen wurden eingeäschert.«

»Schnelle und saubere Lösung«, meinte Edda.

»Kurz nachdem zwei Frauen an diesem Impfstoff verstarben, wurde Rüdiger Weiß umgebracht. Komm Edda, du glaubst genauso wenig an den Weihnachtsmann wie ich. Wir sollten uns umorientieren. Der Fall stinkt zum Himmel. Hellwig steckt da voll mit drin. Ich fahre ins Büro. Ulrike hat mir die Berichte zum Bock-Fall versprochen. Anschließend werde ich mich nochmal mit Müller unterhalten. Er kann uns sicherlich diese Hieroglyphen entschlüsseln.«

Edda sah sie lange an, schüttelte nachdenklich den Kopf: »Der Kerl wäre jetzt der letzte, den ich fragen würde. Wenn in der Klinik was faul ist, dann hängt Müller da sicherlich mit drin.«

»Vielleicht hast du recht. Dann werde ich Ulrike um Rat bitten«, entgegnete Lisa und nickte mehrfach.

»Wirst du den Staatsanwalt über unseren Fund informieren?«

Lisa runzelte die Stirn, meinte: »Ich muss mir erst einmal alles ansehen, bevor ich Guntor Kreuzbach benachrichtige. Bereits jetzt ist er unglaublich genervt, dass er die Anklage gegen Hellwig wahrscheinlich fallenlassen muss.«

42

»Ach, Anneliese, was habe ich nur getan?« schluchzte Alma in den Hörer ihres Telefons. »Ich hab dem Doktor die Schlüssel vor die Füße geschmissen, meine Stellung gekündigt. Vielleicht hätte ich doch lieber nicht auf dich hören sollen. Er braucht mich, ich fühle es. Gerade jetzt.«

Dabei wusste sie es besser. Ihr war nichts anderes übrig geblieben, als ihre Kündigung auszusprechen. Allerdings hätte sie es weniger theatralisch gestalten können. Auf diese Weise würde jedoch der Sache mit dem Schlüssel mehr Glaubwürdigkeit verliehen werden. Die Polizei würde schnell ihr Interesse an Brigitte verlieren. Alma war aber auch nicht so dumm zu glauben, dass die Beamten das Mädchen von nun an gänzlich in Ruhe ließen, deshalb musste sie ihre Nachbarin ein klein wenig manipulieren.

Anneliese war einfältig und neugierig, stets begierig, Neuigkeiten zu hören, diese auf schnellstem Weg weiterzugeben. Sie tat also nichts Unrechtes, wenn sie die Wahrheit ein wenig veränderte.

»Ach, Anneliese«, sagte sie erneut, trank genüsslich einen Schluck Kaffee, »du hast mir ja dazu geraten, meine Arbeit aufzugeben. Ich hab mir wirklich alle Mühe gegeben, an seine Unschuld zu glauben. Aber er benimmt sich so seltsam, sieht mich auch immer so komisch an, so, als wolle er mich umbringen. Und weißt du, was merkwürdig ist? In der Gefriertruhe hab ich Blutspuren entdeckt, die ich dort nicht hinterlassen hab.«

Anneliese lachte schallend. »Was ist daran so ungewöhnlich? So etwas passiert eben, wenn man Frischfleisch nicht sorgfältig genug einpackt und verschließt. Da läuft dann schon mal was von dem Saft heraus.«

»Ist ja auch egal, jedenfalls stritt er sogar ab, den Ersatzschlüssel aus dem Versteck im Garten genommen zu haben. Ich glaub, der Doktor ist geistesgestört. Und dann sind da unten im Keller immer so kratzende Geräusche, so, als würde jemand mit Fingernägeln an einer Wand herumkratzen. Einfach gruselig, sag ich dir! Doch im Keller ist nichts außer Hellwigs Labor. Hinter der Tür sind keine kratzenden Geräusche zu hören, nur so ein merkwürdiges Klopfen.«

»Oh, Alma, wie schrecklich aufregend. Bisher hast du aber nie etwas von einem Labor erwähnt ... oder doch? Was macht der Doktor denn da?«

Alma hörte sie theatralisch seufzen. »Ich denke schon, dass ich dir von dem Labor erzählt hab. Bestimmt hast du es vergessen. Weiß nicht, was er da unten treibt. Aber irgendetwas stimmt da nicht, Anneliese, ich spür's.«

»Ach herrje«, entgegnete Anneliese, »das ist ja schrecklich. Was hältst du von einem anständigen Glas Schnaps auf den Schrecken? Komm zu mir rüber, ich hab einen ausgezeichneten Wodka.«

»Danke Anneliese, aber mir ist nicht nach Schnaps.« Sie wartete einen Moment, um das Gespräch über Hellwig fortzusetzen. »Mittlerweile denk ich, dass er Solveig und ihren Liebhaber auf dem Gewissen hat. Man sollte ihn besser aus dem Verkehr ziehn. Auf der anderen Seite bin ich dem Doktor natürlich auch zu Dank verpflichtet, dass er sich stets so rührend um Brigitte kümmert. Mein Kind bekommt die besten, die teuersten Medikamente. Von meiner kleinen Rente könnte ich mir die Medizin niemals leisten. Hellwig und Müller haben Brigitte geradezu in ihr Herz geschlossen, wenn ich das so sagen darf.«

»Ach, Alma, sei froh, dass du nicht mehr in die Villa musst. Halt dich von ihm fern, bis alles aufgeklärt ist. Du hast jetzt Zeit, dich um deine Tochter zu kümmern.«

»Du hast recht, Anneliese. Aber es ist gut, eine Freundin wie dich zu haben, mit der man alles bereden kann. Jetzt fühl ich mich schon viel besser.«

»Jederzeit, Alma! Jederzeit!«

Nachdem Alma das Licht in der Küche ausgemacht hatte, ging sie zu Brigitte ins Wohnzimmer, die sich gerade die Nachrichten im Fernsehen ansah. Soeben wurde über den momentanen Erkenntnistand der Polizei im Fall Hellwig berichtet und über den bevorstehenden Prozess.

»Schalte lieber ein anderes Programm ein, mein Kind«, schlug Alma vor.

»Muss Ferdinand ins Gefängnis, Mama?« Brigitte sah sie aus unendlich traurigen Augen an. »Er hat nichts Schlimmes getan, Mama. Er könnte keiner Fliege etwas zuleide tun, glaub mir.«

»Hör auf, mein Kind! Du weißt nicht, wovon du redest!«

»Natürlich weiß ich das. Alle halten mich für völlig verblödet. Aber das bin ich nicht!« schrie sie.

»Wenn du solche Dinge sagst, kommt die Polizei nur auf dumme Gedanken, Schatz. Du fürchtest dich doch vor der Polizei. Andauernd stellen sie mir Fragen, was du mit Doktor Weiß zu schaffen hattest. Wo du in jener Nacht gewesen bist, als Solveig verschwand. Deshalb hab ich dir auch die Armschiene wieder angelegt. Hab denen erzählt, dass du sehr krank bist und dich an nichts erinnern kannst. Ich hab angedeutet, dass du geistig umnachtet bist.«

»Mama, spinnst du? Was soll das? Mir geht es doch schon wieder viel besser ...«
»Ich bestehe darauf, dass du niemals mehr den Namen Hellwig erwähnst. Nie mehr! Außerdem hab ich gekündigt, ich geh` nicht mehr in dieses schreckliche Haus zurück, und du wirst es auch nie mehr betreten«, sagte Alma mit Nachdruck.

## 43

»Ferdinand, was ist los mit dir?« Klara saß mit übereinandergeschlagenen Beinen in einem tiefen Ledersessel, starrte auf ihr Champagnerglas. Sie war in Feierlaune, nachdem sie das Impfserum in sicherer Verwahrung wusste. Sie hatte ein wenig unprofessionell gehandelt, indem sie die zwei Röhrchen mit dem hochbrisanten Impfstoff in ihrem Kühlfach bei sich zu Hause lagerte, bis sie in den frühen Morgenstunden des nächsten Tages nach Lübeck in die Firma fahren würde. Aber solange glaubte sie sie dort sicher aufgehoben. Endlich konnte die Produktion in ganz großem Stil erfolgen und nicht nur in kleinen Mengen.

»Wenn du denkst, dass wir einen Grund zum Feiern haben, dann siehst du dich getäuscht, mein Schatz«, blaffte er zurück, registrierte aber mit Wohlwollen ihre schlanken Fesseln, während er nervös im Zimmer auf- und abschritt. »Hast du heute die Zeitung gelesen? Man versucht, die Ermordung Thilo Bocks auf meine Kosten auszuschlachten. Ich kann von Glück reden, dass ich noch auf freiem Fuß bin. Und Günther und du, ihr sitzt mir mit diesem verdammten Impfstoff und den Todesfällen in der Klinik im Nacken, die jetzt wahrscheinlich alle aufgerollt werden. Gott sei Dank sind die Probanden alle eingeäschert worden. Dennoch, was, wenn alles an die Öffentlichkeit kommt, bevor die Produktion angelaufen und die erste Impfwelle im großen Stil durchgeführt ist? Noch hält die Regierung ihre schützende Hand über uns«, lachte er gekünstelt, »oder sagen wir doch besser, ihren Rettungsschirm. Es wird zu einem Bürgeraufstand kommen, Klara.« Er überlegte, schüttelte den Kopf. »Wenn die Kripo die Todesfälle in der Klinik recherchiert, sehen wir uns alle im Knast wieder. Die Volksvertreter werden jedenfalls einen Dreck tun, um uns da herauszuholen. Und wenn man erst mal hier im Müll wühlt, werden auch andere Kollegen, die mit unerklärlichen Todesfällen zu tun hatten, anfangen, dumme Fragen zu stellen. Und du fragst mich, was mit mir los ist? Uns kriegen sie am Arsch, nicht die feinen Pinkel aus dem Staatsapparat.«

»Müller und mir drohen die finanzielle Pleite, wenn du den Bach runtergehst, eventuell die Nerven verlierst«, entgegnete sie knapp. Trank das Glas in einem Zug leer. »Günther und ich haben uns erlaubt, während deines Tiefschlafs das Labor zu räumen. Alle verräterischen Spuren sind beseitigt. Wir können endlich in Produktion gehen, nur das ist wichtig!« säuselte sie, um ihn ein wenig zu besänftigen. »Dass wir uns für Vero-Zellen zur Kultivierung entschieden haben, ist genial, findest du nicht auch? Sie sind mit einer Reihe von Viren infizierbar, eignen sich hervorragend für unseren Virenstamm«, lächelte sie zufrieden, um dann großspurig fortzufahren: »Mein Unternehmen hat als einziges in Europa, die Zulassung. Ist durch großtechnische Umsetzung des Verfahrens auch dazu in der Lage, in Bioreaktoren mit einigen tausend Litern Fassungsvermögen, die Stämme mit hoher Ausbeute zu vermehren; im Gegensatz zur normalen Produktion des Influenza-Impfstoffes in Hühnereiern, die sehr arbeitsintensiv und zeitaufwändig ist, wie du weißt. Die Vorteile dieser Technologie liegen in der Kürze des Produktionsprozesses durch Wegfallen der HG-Reassortierung und den großen Produktionskapazitäten. Dadurch bin ich in der Lage, kurzfristig den entstehenden Bedarf unserer Regierung, sogar des Ausland zu decken. Und vergiss nicht, du und Müller, ihr verdient auch nicht schlecht daran. Tot ist tot, Liebling! Schwund gibt's überall. In der Forschung geht's nun mal nicht ohne. Was sind die wenigen Forschungsopfer gegen das, was jetzt in großem Stil auf die Bevölkerung zukommt? Wir tun der Menschheit einen Gefallen, mein Liebling. Sieh's einmal von der Warte. Wir tragen Sorge, dass nachkommenden Generationen ebenfalls noch auf diesem Planeten leben können. Die Menschen dürfen nicht mehr so alt werden, mein Schatz. Alt und krank. Diabetes und deren Folgen sind mittlerweile zur Volkskrankheit geworden. Wer soll das alles bezahlen, Mac Donalds & Co etwa? Die Dänen sind da bereits weiter als wir. Sie haben eine Fettsteuer eingeführt.«

»Du solltest besser gehen, bevor wir uns zerfleischen«, meinte er, »ich hätte mich auf diesen ganzen Dreck nicht einlassen dürfen. Der heutige Abend hat wieder einmal gezeigt, dass wir nichts gemein haben, außer der Forschung und unser Interesse am Geld natürlich«, fügte er resigniert hinzu. Nach einer kurzen Pause meinte er: »Alma hat heute gekündigt. Die Ratten verlassen das sinkende Schiff. Ich habe sie vor kurzem im Keller herumschnüffeln sehn, glaube allerdings nicht, dass sie das Labor entdeckt, geschweige denn betreten hat.«

»Lassen wir mal deine schrullige Haushälterin beiseite, die braucht auch keiner mehr. Unterhalten wir uns lieber über die Strategie deines Anwalts, mein Liebling, als uns zu streiten«, entgegnete Klara kalt. »Wenn der Staatsanwalt euch morgen mit stichhaltigen Beweisen in Solveigs Fall konfrontiert, wie gedenkt ihr zu verfahren?« Sie stellte das Glas auf den Tisch neben sich.

»Gib mir bitte eine ehrliche Antwort, Klara, warum bist du hier? Du könntest längst auf dem Weg nach Lübeck sein, um die Produktion ins Rollen zu bringen. Sieht dir gar nicht ähnlich, kostbare Zeit zu vergeuden, wenn's ums Geld geht.«

»Warum ich hier bin, Schatz? Ich mache mir große Sorgen um dich.« Sie war aufgestanden, zu ihm ans Fenster gegangen. Sie legte ihr Gesicht an seine Schulter, schaute mit ihm in die undurchdringliche Finsternis hinaus. Auf gar keinen Fall durfte er jetzt die Nerven verlieren. Bisher war ihnen niemand auf die Spur gekommen, so sollte es auch bleiben. Solveigs Verschwinden war eine unglückselige Tatsache. Er blieb weiterhin fest bei seiner Behauptung, nichts darüber oder gar über ihren Tod zu wissen, dachte sie. »Warum hat deine Haushälterin gekündigt?« wechselte Klara das Thema. »Was ist geschehen? Hat sie Verdacht geschöpft, dass du etwas mit der Behinderung ihrer Tochter zu tun haben könntest?« Aufmerksam sah sie ihn an.

»Nein. Es ist vielmehr so, dass sie sich vor mir fürchtet. Immerhin hat sie mich zweimal in einem Zustand geistiger Umnachtung angetroffen. Nicht eine Minute länger will sie mit einem vermeintlichen Mörder im Haus allein sein«, lachte er gekünstelt. »Mit Brigitte hat das nichts zu tun. Alma vertraut mir. Zudem ist sie eine einfältige Person, da stimme ich dir zu.«

Klara hob den Kopf, blickte ihn aus dunklen Augen weiterhin aufmerksam von der Seite an, registrierte jede seiner Muskelzuckungen. »Wirst du das Mädchen jetzt töten?«

»Nein, dazu sehe ich keine Veranlassung. Alma ahnt nicht einmal, dass Brigitte zu Forschungszwecken benutzt wurde.«

»Wie dumm die Menschen doch sind«, lächelte sie maliziös, um sogleich zum Kernpunkt vorzudringen: »Hast du Brigitte damals geschwängert?«

Brüsk schob er sie von sich, fuhr sie barsch an: »Verschone mich mit deiner blühenden Fantasie.«

Jetzt war die beste Gelegenheit, um endlich zum Frontalangriff überzugehen. Die Frage zu stellen, die sie seit dem Verschwinden Solveigs unablässig beschäftigte: »Hast du etwas mit Solveigs Verschwinden oder gar Tod zu tun, Ferdinand?«

Seine Augen funkelten vor Wut, seine Stimme klang so scharf wie ein Skalpell, als er entgegnete: »Wie kannst du es wagen, du Heuchlerin! Schläfst mit mir, kennst mich seit vielen Jahren, wir teilen ein grausames Geheimnis, und du verdächtigst mich, meine Frau getötet zu haben?« Keuchend griff er sich ans Herz. Drehte sich zu ihr herum, sah sie lange an: »Warst nicht du an jenem Abend hier im Haus? Habe ich vielleicht deinen

Schatten gesehen, Klara?«

»Tut mir leid«, sagte sie. Sie wusste um seine theatralischen Wutausbrüche. Von jeher hatten sie ihm dazu gedient, sie in ausweglosen Situationen stilvoll einzusetzen. Sein Herz war kerngesund.

An der Haustür klingelte es Sturm. Als Hellwig öffnen ging, stand ihm Brigitte mit gesenktem Kopf gegenüber. Die junge Frau hatte nichts weiter an als einen dünnen Pullover und einen langen weiten Rock. Ihre Füße steckten in Hausschuhen. Sie war pitschnass und fror erbärmlich. Hellwig ließ sie eintreten.

»Brigitte, Liebes, was tust du hier mitten in der Nacht und in diesem Aufzug?« Er schaute an ihr herab, dann nahm er das Mädchen schützend in seine Arme. Sie war so hilflos und daran trugen er, Klara sowie Günther die Schuld. Hellwig verspürte in ihrer Gegenwart einen Beschützerinstinkt. Wusste, dass Brigitte mehr für ihn empfand. Aber er hatte ihr niemals wirklichen Grund dazu gegeben, außer einem einzigen Mal. Damals hatte sie ihm hoch und heilig geschworen, dass es ein Geheimnis zwischen ihnen bleiben werde.

»Ich musste Mama versprechen, dich nie mehr wiederzusehen«, sagte sie stockend. Dicke Tränen liefen über ihre Wangen, die er ihr zärtlich mit dem Handrücken abtupfte.

»Deine Mutter will nur das Beste für dich. Solange der Verdacht gegen mich nicht entkräftet ist, hat sie Angst, dir könne das gleiche Schicksal widerfahren wie Solveig«, versuchte er zu trösten.

»Aber du kannst nichts dafür, dass Solveig nicht mehr wiederkommt …, du bist nicht böse …«

»Nein«, sagte er, strich ihr beruhigend übers Haar. »Nein, ich bin nicht böse.«

»Dann gehe ich jetzt wieder«, meinte sie und lächelte versonnen.

Hellwig öffnete ihr die Tür. Es war sinnlos, sie aufzuhalten, um Alma anzurufen, damit sie ihre Tochter abholte. Brigitte machte stets, was sie wollte. Ihre schmale Silhouette sah er in der dunklen Nacht verschwinden. Hoffentlich passierte ihr nichts, dachte er und schloss die Tür wieder, weil ein eisiger Hauch kalter Luft ins Haus strömte.

44

Am späten Abend waren alle in Lisas Büro versammelt, als die endgültigen Berichte der KTU vom Fall Thilo Bock vorlagen.
Edda wirkte völlig übermüdet, saß ziemlich verschnupft weitab ihrer Kollegen, weil sie niemanden anstecken wollte. Robert lümmelte sich wie gewöhnlich auf der Fensterbank herum, polierte seine Stiefeletten mit einem Taschentuch, während Andreas, je näher der Zeitpunkt der Niederkunft seiner Frau Kerstin rückte, desto nachdenklicher aus dem Fenster schaute. Bereits vor zwei Tagen hatte er Urlaub an-gemeldet, um Kerstin zu begleiten, wenn es soweit sein würde. Sein fünftes Kind sollte in der Hellwig-Frauenklinik auf die Welt kommen. Mittlerweile bezweifelte er jedoch, ob er und Kerstin die richtige Wahl getroffen hatten, nach dem, was die Kollegen so nach und nach ans Tageslicht beförderten. Vielleicht würden sie sich in allerletzter Minute umentscheiden und ins Schlei-Klinikum fahren.

»Was denkt ihr, geht in der Klinik vor sich?« fragte Lisa in die Runde. »Dass dort systematisch an Patienten herumexperimentiert wird? Mir ist nicht wohl bei dem Gedanken, dass du deine Frau dort entbinden lässt«, wandte sie sich an den Kollegen.

»Mein Gott, in Krankenhäusern gehen laufend Leute flöten«, meinte Robert emotionslos. »Und herumexperimentieren tun diese Quacksalber ständig an irgendjemandem, ohne dass wir Blöd-Köppe etwas merken.«

Andreas fuhr wie von einer Tarantel gestochen herum; seit Lisa ihn kannte, hatte er niemals seine Tonlage verändert. Er war ein ruhiger, besonnener Mann, den sie in den vergangenen Jahren sehr schätzen gelernt hatte. Jetzt allerdings schien ihm zum ersten Mal der Kragen zu platzen.

»Sag mal, bist du noch ganz klar im Kopf? Hier geht es um das Leben meiner Frau, meines Kindes, verdammt nochmal!«, brüllte er. »Hör endlich mit dem verdammten Saufen auf. Werde wieder zu einem normalen Menschen«, fügte er kopfschüttelnd hinzu.

Lisa ging zu Andreas, legte ihm beruhigend die Hand auf die Schulter: »Fahr nach Haus, sorg dafür, dass Kerstin in eine andere Klinik kommt.«

Genau in diesem Moment läutete das Telefon.

Edda nahm den Hörer ab, sagte »ja« und »oh«, dann legte sie wieder auf, wandte sich an Andreas. »Deine Frau ist bereits in der Klinik. Tut mir leid.«

»Scheiße!« war sein einziger Kommentar. Dann rannte er aus dem Zimmer. Für wenige Sekunden herrschte angespannte Stille.

»Ich weiß, es ist brutal, aber wir müssen uns wieder Hellwigs Fall zuwenden«, fuhr Lisa fort, sah in die Runde. »Okay, dann lasst uns mal rekonstruieren.«

Es ging bereits auf Mitternacht zu. Immer noch brüteten sie über dem Fall, der nun zu einem Ende kommen sollte. Je mehr sie gegen den Arzt in der Hand hatten, desto sicherer war eine Verurteilung auf Lebenszeit. Zumindest, wenn die zuständige Richterin sich auf das Spielchen „Indizienprozess" einlassen würde. Bisher ließ sich Hellwig nämlich nicht zu einem Geständnis verleiten.

Edda konzentrierte sich auf die Vorkommnisse in der Klinik, blätterte in ihren Notizen, wandte sich an Lisa: »Was haben wir in Bezug auf die Anschuldigung gegen die Klinik vorzuweisen? Was hat die Toxikologie gesagt? Vielleicht handelt es sich auch nur um ganz ordinäre Kunstfehler. Ärzte sind längst nicht mehr das, was sie mal waren. Viele Menschen begreifen auch den plötzlichen Tod eines Angehörigen nicht, selbst wenn derjenige seit Jahren im Koma liegt. Aber pharmazeutische Experimente?« Sie schnäuzte sich die triefende Nase, um in nasalem Ton fortzufahren: »Und dann hat Hellwig Thilo Bock umgebracht, weil er einen wichtigen Zeugen ausschalten wollte? Nicht etwa aus Eifersucht?«

»Durchaus«, stimmte Robert zu, »die finsteren Machenschaften in der Klinik haben vielen Menschen eine Menge Leid zugefügt. Was uns fehlt, ist ein eindeutiges Motiv. Uns nur an den Brief dieses Thilo Bock, die ominösen fachchinesischen Artikel, seine wilden Vermutungen zu klammern, wäre höchst unprofessionell. Wir sollten uns lieber um den Prozessauftakt kümmern, dem Staatsanwalt mehr in die Hände geben. Also, wie gehen wir vor, nachdem, was wir jetzt wissen?«

Lisa betrachtete den Aktenberg auf ihrem Schreibtisch. Mittlerweile hatten sich mehr Fälle angesammelt, als ihr lieb war. Priorität besaß jedoch der Fall Hellwig. Wenigstens konnten sie sich zu ihrem Teildurchbruch beglückwünschen.

»Robert und Edda, ihr schafft mir gleich morgen früh Hellwig ins Präsidium«, ordnete sie an, »wir haben den ganzen Vormittag, um ihm vielleicht doch noch ein Geständnis abzuringen. Unterdessen werde ich mich telefonisch mit der Toxikologie in Kiel unterhalten. Hoffe, sie fahren Nachtschicht. Ansonsten gleich morgen früh. Mal sehen, was bezüglich der beiden toten Frauen herauszufinden ist. Marie Schumacher starb nach einem unspektakulären Eingriff an den Eierstöcken. Die andere, eine Frau namens Anna Gendarz, nach einer Fehlgeburt. Im Grunde nichts Besonderes. Vorgestern gab es ein weiteres Todesopfer zu beklagen, eine Zweiundzwanzigjährige, die an Herzstillstand verstarb.«

»Nicht ungewöhnlich, wenn man sieht, wie die Mädels tagtäglich durch die Gegend hechten, nur damit sie einen Knackarsch kriegen«, meinte Robert süffisant und klopfte sich auf die Schenkel.

»Und was ist mit der Frau von Rüdiger Weiß geschehen? Sie hatte einen Unfall, seither liegt sie im Wachkoma. Ihr Mann wurde in seiner Praxis umgebracht, sehr mysteriös«, überlegte Lisa laut. »Vielleicht sollten wir uns mit den Eltern unterhalten.«

»Unfälle haben es nun mal an sich, dass auch mal Leute über die Klinge springen. Ist unser täglich Brot, Süße«, schnaubte Robert. Er ärgerte sich maßlos, dass sie stets mit neuen haarsträubenden Vermutungen herausplatzte.

»Wenn ich's mir recht überlege, hat Lisa nicht unrecht. Je tiefer wir graben, desto mehr Leichen fördern wir ans Licht«, stimmte Edda ihr zu.

Lisa nahm den Karton mit den bei Thilo Bock gefundenen Unterlagen und eine Akte der letzten Hausdurchsuchung bei Hellwig auf, dann meinte sie gähnend: »Ich fahre jetzt nach Hause, sichte eventuell einige der Artikel und leg mich schlafen, Leute. Bin hundemüde!«

»Gute Idee«, schloss Edda sich ihrem Vorschlag an und schlüpfte in ihren Mantel.

Wenige Minuten später befanden sich alle auf dem Weg nach Hause, um wenigstens vor der Verhandlung, die für den nächsten Tag in den späten Nachmittagsstunden angesetzt war, einige Stunden Schlaf zu bekommen.

# 45

»Liebling, bevor ich gehe, verabreiche ich dir noch ein Beruhigungsmittel, damit du besser schlafen kannst. Morgen wird ein anstrengender Tag«, schlug Klara Hellwig vor.

Er sah sie an, nickte zustimmend, obwohl ihm nicht wohl dabei war. »Meinetwegen«, entgegnete er gleichgültig.

»Ich gehe ich die Küche, hole dir ein Glas Wasser«, sagte sie.

»Mit einem Schluck Whisky ist mir das Zeug lieber«, meinte er und stand nun ebenfalls auf. Unmittelbar standen sie sich gegenüber, ihre Augen trafen sich. Klara berührte seinen Arm. Plötzlich drängte sie sich an ihn, küsste sein Gesicht, seinen Hals, ihr Atem ging rasch.

Angewidert schob er sie von sich. »Hör auf, Klara, was soll das?« sagte er keuchend. Sie ließ die Arme sinken, ihr Blick war starr vor Entrüstung auf ihn gerichtet. »Du lehnst mich ab? Nach ...«

»Mach jetzt keinen Aufstand«, unterbrach er sie. »Ich hab dir nie Hoffnungen gemacht, damit das klar ist. Wir sind eine Zweckgemeinschaft eingegangen, mehr nicht. Sex und Arbeit haben nicht das Geringste mit Liebe zu tun.« Er ging an den Barschrank, goss sich ein großes Glas Whisky ein.

Klara zog eine Spritze auf, band seinen Arm ab, injizierte in die Vene. Ihre Hände zitterten merklich. Sie war sehr aufgewühlt durch seine abweisende Haltung. »Was weißt du denn schon von Liebe?« Reichte ihm stumm zwei Schlaftabletten, die er mit dem Whisky herunterspülte.

»Ich werde sicherlich ausgezeichnet schlafen«, sagte er und lachte gequält. »Tut mir leid, mehr als gelegentlichen Sex und Freundschaft kann ich dir nicht bieten. Heute ist mir allerdings nicht danach zumute.« Abrupt wechselte er das Thema. »Erzähl mir lieber etwas über die Produktion des neuen Impfstoffs, sozusagen als Gute-Nacht-Geschichte.«

»Was willst du wissen?« fragte sie leicht verschnupft.

»Wie sieht der Produktionsablauf aus? Ist dein Unternehmen wirklich in der Lage, den Ansturm der halben Welt zu befriedigen, wenn es tatsächlich dazu kommen sollte?« lachte er gekünstelt. Die Medikation wirkte bereits. Ihm wurde leicht schwindlig. Was hatte sie ihm gespritzt? Hoffentlich nicht Gocetria, dachte er nervös. Er traute ihr nicht.

»Die Produktion erfolgt in Lebendimpfstoffen, wie du weißt. Allerdings nicht in Hühnereiern, das wäre zu arbeitsintensiv und zeitaufwändig. Zwei Jahre würde es dauern, eine großtechnische Produktion in Eiern zu realisieren. Die Regierung will eine schnelle Lösung des Problems. Deshalb wurde meinem Unternehmen die Zulassung erteilt, in Vero-Zellen zu produzieren, was bisher in Deutschland nicht erlaubt ist. Natürlich bin ich seit Beginn unserer Forschungen darauf vorbereitet. Die Bioreaktoren verfügen über einige tausend Liter Fassungsvermögen. Die Virenstämme können mit hoher Ausbeute vermehrt werden.«

»Und für welchen Reaktortyp hast du dich entschieden?« lallte er.

Die Folgen des Medikamentencocktails waren jetzt deutlich zu erkennen. Klara nahm es erleichtert zur Kenntnis, ließ sich mit der Antwort ein wenig Zeit. Als sie merkte, dass ihm immer öfter die Augen zufielen, sagte sie: »Aber Liebling, das weißt du doch, ich arbeite hauptsächlich mit Airlift-Bioreaktoren. Unsere Forschungen haben gezeigt, dass Reaktortypen mit Rührwerken die zu kultivierenden Organismen, sprich Zellwände, beschädigen. Auch der Membranbioreaktor ist für unseren speziellen Zweck ungeeignet, obwohl es mir sehr gelegen gekommen wäre, da ich mir die erhebliche Investition in den Airlift-Reaktor erspart hätte. Immerhin arbeitet mein Unternehmen seit vielen Jahren erfolgreich mit einem Membranbioreaktor. Technisch handelt es sich um eine Kombination einer Ultrafiltrationseinheit und eines Bioreaktors. Durch die semipermeable Membran der Hohlfasern, die häufig aus Polysulfon oder mikroporösem Polypropylen bestehen, werden Zellen zurückgehalten beziehungsweise vom durchfließenden Medium getrennt, so dass nur der Durchtritt meist niedermolekularer Produkte oder Metabolite möglich ist. Vorteil ist ferner, dass unerwünschte polymere Produkte wie Polysaccharide, Fremdproteine und Enzyme zurückgehalten werden und so die Produktionsaufarbeitung erleichtert wird. In der pharmazeutischen Industrie wird er hauptsächlich zur Biosynthese des Blutgerinnungsfaktors VIII genutzt. Aber eukaryotische Zellen besitzen keine Zellwand, sind sehr empfindlich gegenüber physikalischen Einwirkungen, weshalb zu ihrer Kultivierung meistens Airlift-Bioreaktoren genommen werden, um Zellschäden durch rotierende Flügel zu vermeiden. Bei diesem Reaktortyp wird bodenständig das Luft/$CO^2$-Gemisch eingeblasen.« Klara bemerkte, dass er kaum noch die Augen offen halten konnte. Wahrscheinlich hatte er ihr nicht einmal zugehört. Sie war enttäuscht, aber zugleich erleichtert, dass er keine Schwierigkeiten machen würde, wenn sie ihn jetzt ins Bett verfrachtete. »Komm Schatz, lass mich dich nach oben bringen«, forderte sie ihn auf.

Hellwig erhob sich schwankend, lehnte aber dankend ihre Hilfe ab. Sie akzeptierte seine Ablehnung, nahm ihre Handtasche auf und ging. An der Tür blieb sie stehen. »Die Tabletten und die Spritze werden dir helfen, einmal richtig auszuschlafen«, entgegnete sie knapp. »Am besten, du legst dich sofort ins Bett.«

»Danke, werde ich tun.« Er begleitete sie zur Tür. »Tut mir leid, Klara, wirklich.« Warum fühlte er sich nur so schlecht? Als Freundin mochte er sie. Als Geliebte war sie durchaus nicht zu verachten. Aber nein, sie entsprach so gar nicht seinem Frauentyp. Im Grunde bevorzugte er schutzbedürftige, fragile Frauen, die sich führen ließen, denen er zeigen konnte, wo's lang ging.

»Bis morgen Nachmittag vor Gericht«, sagte Klara.

Hellwig wartete an der Tür, bis sie in den Wagen gestiegen war und wegfuhr. Dann schloss er ab, hörte das Klicken des Schlosses, hoffte, dass Erinnerungsfetzen zurückkehrten. Aber es kam nichts. Ich habe mir das alles bestimmt nur eingebildet, dachte er völlig benommen. Das Geräusch, das Gefühl in jener Nacht, als Solveig verschwand. Wahrscheinlich ist es keine Erinnerung an etwas gewesen, sondern nur reines Wunschdenken. Habe es mir eingebildet, weil ich wollte, dass es so ist.

Er ging die Treppe zu seinem Schlafzimmer hinauf. Der lange Flur wurde nur von einer Art Notbeleuchtung am anderen Ende erhellt, glaubte einen Lichtschein unter Solveigs Schlafzimmertür auszumachen. Mit leicht wankenden Schritten durchquerte er den Flur, öffnete die Tür. Schaltete das Licht ein. Im gleichen Augenblick bemerkte er eine Bewegung vor dem Balkonfenster.

Da ist jemand, dachte er, rieb sich die Augen. Im Lichtschein, der aus dem Schlafzimmer auf den Balkon fiel, glaubte er Brigitte zu erkennen, die vor dem Fenster stand, zu ihm hereinblickte. Er griff sich ans Herz. Plötzlich veränderte sich wieder das Zimmer. Er sah das viele Blut auf dem Bett, dem Teppich. Spürte fast real den Schlag auf den Hinterkopf. Den Einstich des Messers in den Unterleib. Wollte etwas sagen, brachte jedoch keinen Laut heraus. Als er Brigittes Gesicht auf dem Balkon suchte, war die junge Frau verschwunden.

Enttäuscht wandte er sich ab. Anscheinend war er einem Trugschluss erlegen, dachte er verzweifelt. War er etwa schizophren? Wollte sie sich jetzt an ihm rächen für das, was er ihr angetan hatte? Wie viel weiß sie? fragte er sich nachdenklich. Aber nein, Brigitte hatte durch die ständige Einnahme der vielen Medikamente, die er ihr durch Alma als Antidepressiva unterjubelte, irreparable Hirnschädigungen davongetragen. Das Mädchen war ein vorzügliches Forschungsopfer gewesen. Über viele Jahre hinweg hatte er beobachten können, wie sich H5N1 in seiner Entwicklungsphase auf den menschlichen Organismus auswirkt.

Unter großer Anstrengung wankte er zum Balkon; seine Augen suchten das Mädchen, aber da war niemand mehr. Hatte sie an jenem Abend auch auf dem Balkon gestanden? Was hatte sie gesehen? Plötzlich war die Müdigkeit wie weggeblasen, sein Blick wurde klar, sein Verstand begann wieder zu arbeiten. Wütend schlug er mit dem Kopf gegen die Scheibe. Verdammt nochmal, Mädchen, warum? Auf einmal wusste er es. Oh ja, er konnte sich jetzt durchaus erinnern, was sie vielleicht beobachtet hatte. Zurück im Zimmer, stellte er sich vors Bett, schloss die Augen und beschwor die Erinnerung an jenen Abend herauf.

# 46

Schleswig, im März 2012

Als Zeugen geladen, saßen Lisa und Robert auf einer der vorderen Bänke des Gerichtssaals Nummer sieben, im „Roten Elefanten", wie das Landgericht in Schleswig liebevoll von den Einheimischen genannt wurde, und verfolgten den eingeleiteten Mordprozess gegen Hellwig. Jedenfalls waren sie sehr zuversichtlich, dass die Indizien zur Verurteilung ausreichen würden, obwohl der Staatsanwalt weiterhin so seine Zweifel hegte, da Hellwig bisher ein Geständnis schuldig geblieben war.

Reporter vom Funk und Fernsehen hatten es sich ebenfalls nicht nehmen lassen, nach Schleswig zu reisen, um über einen der brutalsten Morde der jüngsten deutschen Kriminalgeschichte zu berichten.

Lisa schaute zu Hellwig hinüber, dachte bei sich: ein wirklich attraktiver Mann. Eine Mischung aus Erhabenheit, Eleganz und Distanziertheit ging von ihm aus; musste sich eingestehen, er erweckte hier im Gerichtssaal nicht den Eindruck von Arroganz, wie sie sie nur allzu häufig in den vergangenen Wochen an ihm erlebt hatte. Für Außenstehende war es nur schwer vorstellbar, dass dieser Mann seine Frau auf bestialische Weise umgebracht haben sollte. Und wenn sie ehrlich zu sich selbst war, so hegte sie einen ganz leisen Zweifel an seiner Schuld, obwohl die Fakten eindeutig gegen ihn sprachen.

Aufrecht, dennoch bescheiden wirkend, saß er neben seinem Verteidiger auf der Anklagebank, hielt seine Hände auf dem Tisch liegend gefaltet. Wirkte keineswegs nervös.

Mittlerweile wusste sie alles über ihn, was man nur über einen Menschen in Erfahrung bringen konnte. Dennoch schien es in seinem tiefsten Innern ein Geheimnis zu geben, das selbst der erfahrenste Kriminalpsychologe nicht ans Tageslicht zu fördern vermochte. Als sie auf seine Hände sah, bemerkte sie, dass er immer noch seinen Ehering trug. Ihr fiel auf, dass er mit seinen Blicken den Gerichtssaal nach bekannten Gesichtern absuchte, folgte seinem Blick, entdeckte die Familie des Opfers.

Maria und Ewald Hohenstein, die Eltern Solveigs, die als Nebenkläger auftraten und Gerechtigkeit für ihre „mutmaßlich" tote Tochter forderten. Die Anklage stützte sich weiterhin nur auf Indizien. Solveig war, nach ihrem mysteriösen Verschwinden nicht wieder aufgetaucht. Die Mutter war seither nur noch ein Schatten ihrer selbst. Eine magere, verhärmte Frau, Mitte fünfzig, mit grauem Haar, rotgeweinten Augen. Der Vater wirkte, als stehe er unter Drogen.

Als die vorsitzende Richterin Karla Wenders das Verfahren wenige Minuten später für eröffnet erklärte, war es bereits spät am Nachmittag. Lisa sah, dass viele Reporter in stenografischer Schrift das Eröffnungsplädoyer des Verteidigers pedantisch genau mitschrieben, nachdem das übliche gerichtliche Prozedere - Zeugenbelehrungen, Verlesung der Anklageschrift durch den Staatsanwalt und dergleichen - beendet war.

»Verehrte Vorsitzende, Herr Staatsanwalt, meine Damen und Herren Schöffen«, begann der Anwalt Carsten Stahl seine Ausführungen. »Der Staatsanwalt hat Ihnen bereits in seinen Verlautbarungen mitgeteilt, dass er Indizien für Doktor Hellwigs Schuld am Tode seiner Frau vorlegen will, die über jeden Zweifel erhaben sind. Nun, ich werde Ihnen beweisen, dass der ehrenwerte, von seinen Patientinnen hochgeschätzte Doktor nicht das Geringste mit dem mysteriösen Verschwinden beziehungsweise - wie man uns weismachen will - dem Tod seiner Frau zu tun hat. Um meinen Mandanten als Mörder zu verurteilen, reichen die Beweise nicht aus. Aber darüber müssen Sie natürlich befinden, verehrte Vorsitzende, verehrte Schöffen. Dr. Hellwig ist kein Mörder, sondern das Opfer eines unfähigen Staatsapparats, der sich aus unerfindlichen Gründen an jeden noch so kleinen Strohhalm klammert, um einen Schuldigen präsentieren zu können. Vergessen wir eines nicht, wir haben kein Opfer zu beklagen. Wo ist denn die Leiche seiner Frau?« Carsten Stahl strich sich affektiert übers Kinn, um sogleich fortzufahren: »Aufgrund meiner Ausführungen werden Sie zu dem Schluss gelangen müssen, dass die Indizien, die die Staatsanwaltschaft hier präsentiert, nicht haltbar sind, um einen Menschen lebenslang hinter Schloss und Riegel zu bringen. Fakten hin oder her!«

Hellwig saß während der Ausführungen seines Verteidigers aufmerksam lauschend am Tisch. Er wusste, dass ihn niemand außer Polizei und Staatsanwaltschaft wirklich verdächtigte, egal, was man auch gegen ihn vorbrachte, weil er über einen untadeligen Leumund bei seinen Patienten sowie in Gesellschaft und Politik verfügte.

Viele seiner langjährigen Freunde und Bekannten waren im Gericht erschienen, um ihm ihre Solidarität zu beweisen. Unter ihnen befand sich auch Klara. Sie war nur seinetwegen gekommen, weil sie wusste, dass er sie brauchte. Klara hatte ihn, bevor er den Gerichtssaal betreten hatte, auf die Wange geküsst und ihm alles Gute gewünscht. Sie war ihm eine große Stütze gewesen. Er lenkte seinen Blick zu ihr rüber; hörte, wie der Staatsanwalt eine Zeugin aufrief. Alma Hauser, seine schrullige Haushälterin, trat soeben in den Zeugenstand. Ihren Aussagen, Beobachtungen schenkte man größtes Interesse, denn sie gehörte nicht zu den Menschen, die Lügen verbreiten.

Immerhin hatte er sie stets gut behandelt, ihr ein wirklich fürstliches Gehalt gezahlt, obwohl er manchmal über Almas nachlassende Reinlichkeit ziemlich verärgert war; und er behandelte Brigitte kostenlos, das würde sie ihm sicherlich zugutehalten. Mit einem leidenschaftslosen Blick registrierte er, wie sie sich ehrfurchtsvoll mit steifem Rücken auf den gepolsterten Stuhl des Zeugenstands setzte, gleich darauf ihre Hände im Schoß faltete.

»Wie lange arbeiteten Sie schon in der Villa?« begann der Staatsanwalt sogleich, nachdem Hellwigs Verteidiger die Eröffnungsrede für beendet erklärt hatte.

»Seit über dreißig Jahren. Ich war schon bei den Adoptiveltern des Doktors angestellt. Das alles tut mir so furchtbar leid.«

Hellwig nahm ihren teilnahmsvollen Blick, mit dem sie ihn bedachte, zur Kenntnis. Natürlich blieb ihr nichts anderes übrig, als die Wahrheit zu sagen. Absichtlich würde sie ihm niemals schaden, dachte er. Aber sie wird aussagen, wie es um seine Ehe stand. Welchen Eindruck das bei der Zuhörerschaft hinterlassen würde, konnte er sich denken.

»Am 9. Dezember vergangenen Jahres, besagter Freitag, an dem Solveig Hellwig verschwand, waren Sie da auch im Haus?« Guntor Kreuzbach blieb vor dem Zeugenstand stehen, sah mit hochgezogenen Brauen auf Alma herab, die nervös ihre Hände im Schoß bewegte.

»Ich wollte nur ganz kurz vorbeischauen. Hatte etwas vergessen.«

»Haben Sie an jenem Tag irgendetwas Ungewöhnliches bemerkt?«

»Nein, anfangs nicht. Alles schien wie immer.«

»Wie darf ich das verstehen, Frau Hauser? Schildern Sie uns bitte den Tag ganz genau.«

Tief atmete sie ein, sagte ganz leise, so dass es für die Zuhörer am hinteren Ende des Saales kaum zu verstehen war: »Ich schaute an jenem Tag erst gegen Abend kurz in der Villa vorbei. So gegen achtzehn Uhr muss es gewesen sein. Am Sonntag wollte ich nämlich in die Kirche. Zu Hause fiel mir auf, dass meine guten Handschuhe nicht aufzufinden waren. Glaubte, sie in der Villa vergessen zu haben. Wenn der Doktor auf Seminaren weilte, benötigte mich die junge Frau nicht im Haus, wissen Sie. Dann hatte ich meistens frei.« Nach kurzer Überlegung meinte sie: »An jenem Abend war es regnerisch und kalt. Mir kam der Gedanke, ob ich vielleicht eine Kleinigkeit kochen sollte.

Dachte mir, frag' einfach die junge Frau, mehr als wegschicken kann sie mich ja nicht.«
Eine weitere Pause folgte. Alma schluckte schwer, bevor sie die nächsten Worte sorgfältig, weniger aufgeregt von sich gab: »Zunächst machte es mich stutzig, dass überall im Haus Licht brannte. Aber Solveig musste ja nicht die Stromrechnung bezahlen ... Jedenfalls betrat ich das Haus durch die Küche, wie immer. Ging in die Diele, sah die Tasche des Doktors neben dem Telefon stehen, wunderte mich, dass er bereits zurück war.«

»Was taten Sie dann, Frau Hauser?« Der Staatsanwalt schritt ungeduldig vor dem Zeugenstand hin und her.

»Zunächst ging ich in die Küche zurück. Dort vermutete ich meine Handschuhe, fand sie aber nicht. Entschloss mich dann, den Doktor aufzusuchen, um ihn zu fragen, ob ich eine Kleinigkeit zum Essen zubereiten soll. Naja, daraus wurde dann ja nichts, wie Sie wissen, Herr Staatsanwalt. Ich ging also zurück in die Eingangshalle, rief nach dem Doktor. Erhielt aber keine Antwort. Bin dann die Treppe hinaufgegangen, direkt zum Schlafzimmer der gnädigen Frau. Die Herrschaften schlafen getrennt, wissen Sie ...«

»Wieso gerade dieses Zimmer, wenn Sie doch den Doktor suchten?«

»Weil die Tür offen stand und ich einen Schatten gesehen hab.«

»Sie haben also einen Schatten gesehen. Wen haben Sie gesehen? Was haben Sie gesehen?« fragte der Staatsanwalt mit zischender Stimme.

Nervös begann Alma ein Taschentuch zwischen ihren Fingern zu kneten, warf Hellwig einen verzweifelten Blick zu, dann sagte sie unter Tränen: »Ich sah den Doktor, wie er vor dem Bett seiner Frau stand. Erblickte das viele Blut ... Er schien völlig geistesabwesend zu sein ...« Ihr stockte die Stimme, als sie an jenen grauenvollen Abend zurückdachte, »dann erst sah ich das Messer in seinem Bauch.«

»Die Vermisste haben Sie nicht gesehen?« hakte Guntor Kreuzbach nach.

»Nein«, entgegnete sie und schnäuzte sich. »Ich bin sofort zu ihm geeilt. Als er wieder zu Sinnen kam, sah er mich entsetzt und angstvoll an. Dann erst bemerkte ich auch die Wunde an seinem Kopf, aus der Blut tropfte.«

»Was ist dann passiert, Frau Hauser?«

»Er griff zu ihrem Nachthemd, das auf dem Bett lag, dann zog er das Messer aus seinem Bauch, drückte das Hemdchen gegen die Wunde. Mir wurde regelrecht schlecht, wissen Sie? Schnell besorgte ich ein Handtuch aus dem Bad, damit er auch das auf die Wunde drücken konnte. Anschließend wandte der Doktor sich völlig verzweifelt mir zu, flüsterte unentwegt den Namen seiner Frau, dabei hatte er Tränen in den Augen. Zum ersten Mal in meinem Leben hab ich den Doktor weinen seh'n, wissen Sie, Herr Staatsanwalt? Er sagte nur, dass er nicht verstehe, was passiert sei, könne sich an nichts erinnern.«

»Und Sie glaubten ihm? Ihnen kam nicht der Verdacht, dass er Ihnen vielleicht ein grandioses Schauspiel lieferte?« Guntor Kreuzbach schlug mit der flachen Hand auf den Tisch, so dass Alma erschrocken zusammenfuhr.

»Nein, warum sollte er das tun? Er war doch selbst verletzt. Er ist ein wirklich guter Mensch, der Doktor.« Um Ihre Aussage zu bekräftigen, nickte sie einige Male in seine Richtung.

»Haben Sie der Polizei nicht erklärt, die Ehe sei nicht besonders gut gewesen, Frau Hauser?« Der Staatsanwalt blickte über den Rand seiner Brille zu Hellwig, um dessen Reaktion zu beobachten. »Haben Sie nicht zu Protokoll gegeben, er habe seine Frau tätlich angegriffen? Und nicht nur das, sondern sie sogar mehrfach vergewaltigt?«

»Ja gut, er hat sie oft angeschrien …, geschlagen und auch vergewaltigt …, er wusste nicht, dass ich es mitbekommen hab. Oh, Herr Doktor, es tut mir ja so schrecklich leid.«

47

Staatsanwalt Guntor Kreuzbach studierte gerade die Zeugenaussage Almas, als das Telefon auf seinem Schreibtisch läutete.

»Lisa Buschmann hier. Herr Staatsanwalt, ich möchte Sie bitten, mir eine Niederschrift des Protokolls vom heutigen Prozesstag zukommen zu lassen«, kam sie sofort zum Kernpunkt ihres Anliegens.

»Hören Sie, Verehrteste, Sie haben mich in eine verdammt brenzlige Lage gebracht. Ihnen ist doch wohl klar, dass die Anklage wegen Mordes nach derzeitiger Beweislage nicht aufrechtzuerhalten ist. Ihre so unglaublich stichhaltigen Beweise sind nicht das Papier wert, auf dem sie geschrieben stehen. Ich habe mir alles zu Gemüte geführt, aber ich sehe mehr als schwarz.«

»Tut mir leid, Herr Staatsanwalt«, unterbrach sie ihn gereizt. »Im Grunde wissen wir alle, Sie eingeschlossen, dass er schuldig ist, nachdem was wir alles an Fakten auf den Tisch gelegt haben und dennoch bleiben Zweifel.«

»Richtig! Das Wesentliche fehlt weiterhin. Seit Monaten graben sie nach der Leiche der Frau, aber selbst wenn diese Dame in irgendeiner Form wieder auftauchen sollte, ist es zu spät für eine Verurteilung. Diese angeblichen Knochenschnippelchen, die von der Verschwundenen stammen sollen, reichen nicht aus, um Hellwig zu verurteilen. Und so wie sich die Sachlage darstellt, wird der Kerl als unbescholtener Bürger den Gerichtssaal verlassen. Ich habe mich dermaßen lächerlich gemacht ..., verdammter Mist!« fluchte er.

»Mehr als eine Entschuldigung kann ich Ihnen nicht anbieten«, entgegnete Lisa. »Aber ich glaube, wir kommen der Sache näher. Die Forensik hat ganze Arbeit geleistet. Professor Krautberg hat sich nochmals den Beweisen gewidmet, er ...«

»Was glauben Sie eigentlich, was ich hier mache? Versuche aus den mir vorliegenden Fakten ein winziges Detail herauszufiltern, das ich vielleicht übersehen habe und das für eine Verurteilung reicht. Selbst wenn die Richterin meiner Forderung einer lebenslangen Haftstrafe wegen Mordes nachkommen würde, vergessen Sie die Schöffen nicht. Denen müssen sie schon das Skelett vor die Nase halten.«

»Kann ich trotzdem die Protokolle einsehen?« ließ sie nicht locker.

Der Staatsanwalt zischte ins Telefon: »Meine Sekretärin wird Sie Ihnen kopieren und ins Präsidium schicken. Aber ich möchte Sie um eines bitten, verschonen Sie mich mit irgendwelchen weiteren Haarspaltereien. Richterin Karla Wenders hat kein Verständnis dafür, wenn wir nicht mehr zu bieten haben als die Vermutung, dass die Frau tot ist. Und Sie, Frau Buschmann, ein paar Knochensplitter präsentieren, von denen Sie annehmen, dass sie einmal zu einem Menschen gehört haben könnten und dass dieser Mensch Solveig Hellwig sein müsste. Wenn Sie also zum jetzigen Zeitpunkt zu dem Schluss kommen sollten, dass Ihre Beweise wieder einmal unzureichend sein könnten für eine Verurteilung, dann lassen Sie es um Gottes willen dabei bewenden.«

»Wir haben mehr zu bieten. Vertrauen Sie mir einfach«, erwiderte sie gereizt und legte auf.

Nach dem Telefonat stand Guntor Kreuzbach auf, ging zum Fenster. Eigentlich wollte er einen geruhsamen Abend im Kreise seiner Familie verbringen, aber er benötigte Zeit, um sich wieder zu beruhigen. Hellwig drohte zum Stolperstein auf seiner langen Karriereleiter zum Oberstaatsanwalt zu werden.

Plötzlich ertappte er sich bei der Frage: Was wäre, wenn Hellwig tatsächlich nichts mit dem Verschwinden seiner Frau zu tun hätte? Wenn er wirklich unschuldig ist, so wie er es immer wieder beharrlich behauptet. Zum ersten Mal dachte Kreuzbach ernsthaft über diese Möglichkeit nach. Und den Mord an dem Privatdetektiv Thilo Bock konnte man ihm bisher auch nicht nachweisen. Die Untersuchungen dazu waren noch nicht vollständig abgeschlossen. Von Missgunst und Intrigen war die Rede. Er wusste selbst nicht, was er glauben sollte und was nicht. Die bisher gehörten Zeugen versprachen auch kein Licht ins Dunkel zu bringen.

Kreuzbachs Gedanken kehrten zum mutmaßlichen Opfer zurück. »Er hat seine Frau nicht getötet«, sagte er nach einigen Minuten laut vor sich hin, ließ die Worte auf sich wirken. Egal, wie der Fall auch ausgehen würde, einem der Beteiligten würde es unweigerlich das Genick brechen. Fragte sich nur, wem.

Der Staatsanwalt hatte Wort gehalten. In den frühen Nachmittagsstunden des nächsten Tages wurde ein großer Umschlag von einem Fahrradkurier geliefert. Lisa wollte die Unterlagen als Abendlektüre mit nach Hause nehmen, um sie in aller Ruhe zu studieren.

Als sie nach einem langen, reichlich unerfreulichen Arbeitstag gegen neunzehn Uhr endlich nach Hause kam, ging sie ins Wohnzimmer und machte sich sogleich an die Arbeit, die Akte zu sichten. Sie setzte sich aufs Sofa, legte die Füße hoch, schlug die erste Seite auf. Die nächsten zwei Stunden verbrachte sie damit, die Papiere durchzusehen. Randbemerkungen des Staatsanwalts: Gibt es im Schlafzimmer Hinweise auf einen Kampf? Nicht eindeutig nachweisbar.

- Blut auf dem Bett, an der Wand, auf dem Teppich. Blut stammt vom „mutmaßlichen Opfer".
- Blut vom Ehemann wurde auf dem Bett und dem Teppich gefunden.
- Beweisaufnahme wird zeigen, dass sich der Ehemann am Tatort befand. Er wirkte nach Aussage seiner Haushälterin Alma Hauser nervös und zerstreut, zeigte deutliche Anzeichen von Trauer...
- Nichts deutet auf einen Einbruch hin.
- Schlüssel – insgesamt vierzehn (3 Garage, 4 Vordertür, 2 Küchentür, 2 Nebeneingangstür, 3 Keller). Ehefrau hat 3 - Eingang, Nebeneingang, Garage (die befanden sich in ihrem Zimmer). Hellwig hat einen Haustür, einen Garagen, einen Nebeneingangs, drei Kellerschlüssel. Letztere befinden sich allesamt in Hellwigs Schlafzimmer, sehr merkwürdig). Der Schlüssel der Eingangstür hängt neben der Tür in einem Glaskasten.
- Einer der Schlüssel für den Kücheneingang befindet sich im Besitz der Haushälterin, und einer für den Nebeneingang ist im Garten hinterlegt.
- Die übrigen Schlüssel waren unter Verschluss in einem Schlüsselkasten.
- Schlösser wurden nicht ausgewechselt.

Nichts deutet auf einen Einbruch hin, dachte Lisa. Wir haben alle Türen überprüft, nirgendwo steht, dass sie nicht abgeschlossen waren. Sie markierte die Zeile mit einem Marker. War Hellwig wirklich schuldig? Nicht das erste Mal, dass sie sich diese Frage stellte. Wenn nun tatsächlich eine weitere Person im Haus gewesen war und Solveig auf dem Gewissen hatte? Dieser Jemand hätte das Glück gehabt, dass der Ehemann beim Anblick des Zimmers einen Schock erlitt. Oder befand Solveig sich zu jenem Zeitpunkt vielleicht noch dort …, lag blutüberströmt auf dem Bett, ihr Mann wollte ihr zu Hilfe eilen? Was, wenn die Frau wirklich im Zimmer war, als Hellwig sie fand? Hatte sie vielleicht etwas zu ihm gesagt?

Sollte es sich wirklich um einen Mord handeln, dann war Hellwig entweder wirklich der Täter, oder er war kurz nach der Tat zu Hause eingetroffen, hatte den Täter überrascht, und wurde so selbst zum Opfer. An ein bloßes Verschwinden Solveigs glaubte Lisa nach den letzten forensischen Untersuchungsergebnissen nicht. Da steckte mehr dahinter. Viel mehr. Sie musste sogar davon ausgehen, dass Hellwig selbst zum Opfer hätte werden können. Schließlich hatte seine Frau sich offenbar in einem verschlossenen Haus aufgehalten und den Täter nicht bemerkt. Dieser Tatsache hatte sie bisher zu wenig Beachtung geschenkt.

Wenn es wirklich eine dritte Person gegeben hat, dann befände er sich in großer Gefahr. Aber hätte der Täter dann nicht längst erneut zugeschlagen? Man würde das Haus unter Bewachung stellen müssen, folgerte sie.

Sie kam zu der Aussage der Haushälterin. Frage des Staatsanwalts: »Welchen Eindruck hatten Sie von Hellwigs Gemütszustand kurz vor dem Verschwinden seiner Frau, Frau Hauser?« Frau Hausers Mundwinkel zucken unwillkürlich. (Randbemerkung des Staatsanwalts)

Alma Hausers Antwort: »Er wirkte sehr traurig in jener Woche, als sie verschwand. Ja, sehr bedrückt, wenn ich so richtig nachdenke.«

»Könnte der Doktor auch wütend auf seine Frau gewesen sein?«

»Einspruch«, ruft der Verteidiger. »Reine Mutmaßung.«

»Einspruch abgelehnt«, entgegnet die Richterin. »Fahren Sie fort, Herr Staatsanwalt.«

»Also, Frau Hauser, nochmal, war der Doktor wütend auf seine Frau?«

Alma Hauser: »Er war sehr verstört.«

»Das beantwortet meine Frage nicht. War er wütend?«

»Ja, er war ziemlich gereizt.«

»Also wütend. Wie hat er seine Wut zum Ausdruck gebracht? Hat er seine Frau geschlagen? Hat er Mobiliar zertrümmert? Irgendetwas in der Art?«

»Er brauchte Solveig nicht zu schlagen. Meistens beherrschte er sie mit Worten.«
»Kannten Sie den Grund für seine Wut?«
»Der Doktor hat mich am Tag nach ihrem Verschwinden darüber informiert.«
»Verdammt, nun lassen Sie sich doch nicht alles aus der Nase ziehen, Frau Hauser.«
»Der Doktor hat mir von der Affäre seiner Frau erzählt und dass sie von dem anderen Mann ein Kind erwartet.«

Lisa versuchte, sich eine weitere Stunde durch die Akten zu kämpfen, aber letztendlich überwältigte sie die Müdigkeit. Sie nickte für kurze Zeit ein, wurde von einem Ast, der durch den Wind ans Fenster peitschte, aus dem Kurzschlaf gerissen. Obwohl sie lieber ins Bett gehen wollte, beschloss sie, wenigstens drei weitere Berichte durchzublättern, die Edda zusammengetragen hatte und die die mysteriösen Todesfälle in der Klinik abhandelten. Zudem galt es die Papiere in dem Karton, den sie bei dem ermordeten Thilo Bock sichergestellt hatten, genauer zu sichten.

48

Carsten Stahl, Hellwigs Anwalt, war zutiefst befriedigt über das bisherige Ergebnis der Verhandlung. Der Staatsanwalt hatte im Grunde nichts wirklich Stichhaltiges in der Hand, womit man seinem Mandanten hätte gefährlich werden können. Der morgige Tag war entscheidend. Entweder würde man Hellwig aufgrund einer reinen Indizienbeweislage für schuldig befinden oder er würde als freier Mann und rehabilitiert den Gerichtssaal verlassen. Persönlich rechnete er mit einem Freispruch. Mit seinem Mandanten, der eine zuversichtliche Miene aufsetzte, verließ er das Gerichtsgebäude. Die mittlerweile eingeleitete Anklage im Mordfall Thilo Bock stand bisher ebenfalls auf ziemlich wackeligen Füßen.

Draußen vor dem ehrwürdigen Justizgebäude wurden sie von einem wahren Blitzlichtgewitter geblendet. Der Anwalt bugsierte seinen Mandanten rasch durch die Menschenmenge, verfrachtete ihn in seine Limousine. Während Stahl sich ans Steuer setzte und den Wagen startete, fragte er geradeheraus: »Hör zu, Ferdinand, ich will jetzt eine offene und ehrliche Antwort. War deine Frau von Thilo Bock schwanger? Wenn ja, seit wann wusstest du davon? Deine Sprechstundenhilfe hat dich mit ihrer Aussage heute ziemlich belastet, hoffentlich geht der Schuss jetzt nicht nach hinten los.«

Hellwig reagierte auf die Frage: »Man hat nichts gegen mich in der Hand.«

»Bete lieber, dass der Staatsanwalt bis zur Urteilsverkündung nicht mehr Dreck ans Tageslicht bringt. Es könnte dir sonst tatsächlich das Genick brechen. Bisher sah ich mich in der Lage, die Verdachtsmomente zu entkräften, berechtigte Zweifel hervorzurufen.«

»So manchen Abend bin ich zu ihrem Zimmer hinauf, blieb auf der Schwelle stehen, versuchte, mich in allen Einzelheiten daran zu erinnern, was an jenem Abend geschehen ist. Aber so sehr ich mir auch das Hirn zermartere, ich kann mich einfach nicht entsinnen, Solveig gesehen zu haben. Sie war nicht in ihrem Zimmer, zumindest glaube ich das. Der Staatsanwalt bleibt jedoch bei der Behauptung, ich habe Solveig erschlagen oder erwürgt, sie dann in einen Müllsack verpackt und tiefgefroren. Anschließend mit der Kettensäge zerkleinert, portionsweise durch den Gartenhäcksler gejagt, die Überreste dann in die Schlei entsorgt. Das ist doch krank, Carsten ...«

»Für dich spricht, dass Solveigs Leichnam nicht aufzufinden ist. Die Anklage beruft sich auf äußerst windige Fakten, die nach meiner Ansicht keine Verurteilung rechtfertigten«, entgegnete Carsten.

»Ich stimme dir zu. Der Staatsanwalt versucht mir einen Mord unterzujubeln, den es nicht gibt. Weder ist Solveig tot noch lebendig aufzufinden. Sämtliche Beweise, die der Staatsanwalt mir um die Ohren haut, alles zweifelhafte Fundstücke. Das Blut in ihrem Schlafzimmer kann auch von einer normalen Verletzung herrühren. Es bedeutet nicht, dass sie tot ist. Immerhin bin ich selbst verletzt worden an jenem folgenschweren Tag«, entgegnete er scharf, »eine weitere Person muss sich demzufolge im Haus aufgehalten haben.«

»Vielleicht will Solveig dir nur eins auswischen, sich an dir rächen. Du hättest sie nicht heiraten dürfen. Wahrscheinlich ist sie mit einem ihrer Liebhaber in die Südsee verschwunden.«

Klara rief Günther Müller übers Handy an, befürchtete, dass die Polizei ihre Telefonleitung abhörte. Man wusste ja nie, was in den Köpfen dieser Leute so vor sich ging.

»Hör zu, Günther, uns läuft die Zeit davon. Weiß dein Freund Bescheid? Wenn Ferdinand in den Zeugenstand gerufen wird und auspackt, dann sind auch wir dran, verstehst du? Und er wird auspacken, nur um uns zu schaden. Wir müssen etwas unternehmen, noch heute Nacht. Müssen ihn ausbremsen ...«

Günther wusste, dass von ihm keine Antwort erwartet wurde. Wenn Klara in Aktion trat, neigte sie dazu, laut zu denken. Aber er sah sich bemüßigt, sie wenigstens ein klein wenig zu beschwichtigen. »Mach dir keine Sorgen, Klara, alles ist geregelt. Unser spezieller Freund wird ihm«, Günther schaute auf seine Armbanduhr, »in etwa einer halben Stunde zu Hause einen unerwarteten Besuch abstatten. Es wird zu einem Unfall kommen, denn dein liebster Ferdinand ist mal wieder von den vielen Schlaftabletten, der Spritze mit unserer Wunderwaffe, die du ihm jeden Abend verabreichst sowie dem reichlichen Whiskykonsum völlig benebelt. Der Ärmste wird die Treppe hinunterfallen, sich das Genick brechen.«

»Ich hätte mir gewünscht, dass es nicht so weit kommen muss«, entgegnete sie.

»Hör zu, altes Mädchen, für derlei gefühlsduselige Bekundungen ist es jetzt zu spät. Ferdinand hat sich selbst in diese Scheiße reingeritten. Uns droht er nun ebenfalls mit in den Abgrund zu ziehen. Tatenlos werde ich nicht zusehen, wie das von mir erschaffene Werk, meine Forschungen, mein Vermögen durch diesen Hornochsen den Bach runtergehen. Hast du endlich seine Dokumentationen zu dem Impfstoff und der Probanden gefunden? Wir müssen sie finden, verstehst du?«

»Beruhige dich, Günther«, fiel Klara ihm harsch ins Wort. »Sie befinden sich in einem Geheimfach im Labor. Niemand außer ihm und mir weiß davon. Er hat es mir vorhin erzählt, als ich ihm die üblichen Mittelchen verabreicht habe. Natürlich konnte ich nicht sofort nachsehen, er hätte Verdacht geschöpft.«

»Und wenn er nun ganz zufällig weitere Kopien im Haus versteckt hat? Ich meine, nur zu seiner eigenen Sicherheit, weil er uns vielleicht misstraut.«

»Beruhige dich, Günther. Uns wird nichts nachzuweisen sein, dafür sorge ich. Jetzt leg dich schlafen. Träum was Schönes«, beendete sie das Gespräch abrupt.

49

Früh am nächsten Morgen rief Alma ihre Nachbarin an. »Hör zu, Anneliese, Brigitte schläft noch, ich würde gern zum Gericht fahren, um der Urteilsverkündung von Hellwig beizuwohnen. Kannst du während meiner Abwesenheit auf sie aufpassen?«
»Natürlich, Alma. Du weißt doch, dass ich Brigitte liebe wie ein eigenes Kind. Melde dich einfach, wenn du losfährst.«

In der nächsten Stunde grübelte Anneliese über Almas Anruf nach. Hatte den starken Verdacht, dass bei ihrer Nachbarin etwas im Argen war, und es musste mit Brigitte zu tun haben. Früher war das Mädchen auch über Stunden ohne Aufsicht allein im Haus geblieben.

Als es wenig später an der Tür läutete, wusste sie, dass Alma Brigitte bei ihr abliefern wollte. Wenn das Mädchen nicht allein kam, konnte das nur bedeuten, dass es ihr sehr schlecht ging, sie keine Sekunde ohne Aufsicht bleiben durfte. Alma hatte immer Angst, sie könne sich etwas antun, wenn sie unter starken Medikamenten stand.

»Kommt rein, ihr zwei«, forderte sie ihre Gäste auf, ihr in die Küche zu folgen, wo sie bereits mit der Zubereitung des Mittagessens begonnen hatte.

Alma und Brigitte setzten sich. Anneliese schenkte heißen, wohlduftenden Kaffee in Tassen. Vor Brigitte stellte sie einen Teller mit Apfelkuchen, aber die junge Frau achtete nicht darauf, wirkte völlig apathisch.

»Ich wollte den Doktor doch nur besuchen, Mama. Was ist denn nur so schlimm daran?« schluchzte die junge Frau. Plötzlich flossen Tränen über ihre Wangen.

Anneliese hatte sie niemals zuvor weinen gesehen. Es musste also etwas wirklich Dramatisches vorgefallen sein, das sie völlig aus der Bahn zu werfen schien. Möchte wetten, dass sie allein bei Hellwig war, irgendetwas angestellt hat, dachte Anneliese.

»Ich bin damals nicht in der Villa gewesen, Mama. Bitte glaub mir. Nur auf den Balkon vor Solveigs Schlafzimmer bin ich geklettert, hab ins Fenster geschaut. Aber ich bin nicht im Haus gewesen. Du glaubst mir ja sowieso nie ...« Ihr Schluchzen verstärkte sich.

»Was ist passiert?« fragte Anneliese, reichte Brigitte ein Taschentuch.

»Nichts«, erwiderte Alma kurz angebunden. Sie hasste es, wenn andere mitbekamen, wenn ihre Tochter die Beherrschung verlor. »Das Kind erzählt völligen Blödsinn. Ständig fantasiert sie sich etwas zusammen.« Sie wandte sich an Brigitte, forderte sie auf, etwas von dem Kuchen zu essen. Es würde sie daran hindern weiterzusprechen, so hoffte Alma wenigstens. Leider täuschte sie sich, Brigitte ließ sich nicht bremsen in ihrem Mitteilungsbedürfnis. Ihr war über Jahre der Mund verboten worden, über die Vorgänge in der Villa zu sprechen. Außerdem wurde sie ständig gezwungen, Medikament einzunehmen, von denen sie glaubte, dass sie sie nur noch kränker machten. Deshalb hatte sie vermieden, alles zu schlucken, was Hellwig und Müller sowie ihre Mutter ihr verabreichten. Aber heute Morgen hatte ihre Mutter regelrecht darauf bestanden, dass sie vor deren Augen eine dieser ekelhaften Tabletten und ein Nasenspray einnahm. Doch das hielt sie nicht davon ab, endlich die Chance wahrzunehmen und zu reden, und die würde sie sich auch nicht entgehen lassen. Die starken Medikamente enthemmten sie.

»In der Nacht, als Solveig verschwand, Mama, da war er in ihrem Zimmer«, ungerührt sprach sie weiter. »Er hat die Deckenbeleuchtung angemacht, stand eine ganze Weile nur so da, schaute auf das viele Blut, das leere Bett. Ich war sehr erschrocken, hab mich ans Geländer zurückgelehnt, beinahe wäre ich rückwärts abgestürzt …, konnte mich gerade noch halten.«

Hellhörig geworden, fragte Anneliese: »Was meint sie damit, Alma?« Doch sie brauchte keine Antwort. Plötzlich fiel es ihr wie Schuppen von den Augen.

Alma brach in Tränen aus, schluchzte: »Sie weiß nicht, wovon sie redet …«

Offenbar war Brigitte über den Ausbruch erschrocken. Begann nun ebenfalls heftiger zu weinen, während sie leise sagte: »Tut mir leid, Mama. Ich versprech' dir ganz fest, den Doktor nicht mehr zu erwähnen. Auch wenn ich ihn liebe …, ich hab ihm nur helfen woll'n …«

»Sei still, Brigitte! Halt endlich deine verfluchte Klappe!«, brauste Alma wütend auf, während ihre flache Hand mit einem lauten Klatschen auf Brigittes Wange landete.

»Hör zu, Alma«, sagte Anneliese, »wenn Brigitte etwas über jene Nacht weiß, dann musst du mit ihr zur Polizei gehen. Heute wird Hellwigs Urteil verkündet. Willst du, dass er vielleicht unschuldig für den Rest seines Lebens im Gefängnis sitzt?«

»Du hast recht, Anneliese«, entgegnete sie, »ich brauche einen Anwalt.«

## 50

Kurz nach sechs am nächsten Morgen stand Lisa auf. In der vergangenen Nacht war an Schlaf nicht zu denken gewesen. Sie hatte sämtliche Aufzeichnungen Klara Weigand, Hellwig und Müller betreffend, durchgearbeitet. Erst gegen Morgen war sie kurz auf dem Sofa eingeschlafen. Trotz einer erfrischenden Dusche war sie immer noch wie erschlagen von dem, was sie entdeckt hatte.

Einer der Beamten war am Vortag rein zufällig auf einen Tresor unter den Dielenbrettern in Hellwigs Arbeitszimmer gestoßen. Ein Stecknadelkopf hatte sich in einer Holzfuge verklemmt. Als er die Nadel aufhob, entdeckte er ein ungleichmäßiges Muster in den Dielenbrettern. Für das Auge des normalen Betrachters nichts Besonderes, allerdings arbeitete der Beamte als gelernter Tischler, bevor er sich zum Polizeidienst meldete; registrierte sofort, dass hier etwas nicht stimmte. Man öffnete das Versteck. Zum Vorschein kamen sechs dicke Aktenordner mit brisantem Inhalt.

Nach dem, was sie über Nacht beim Studium der Unterlagen in Erfahrung gebrachte hatte, waren ihr ernsthafte Bedenken gekommen, ob Hellwig wirklich etwas mit dem wahrscheinlichen Tod seiner Frau zu tun hatte. In den Akten steckte wahrer Sprengstoff. Wenn Hellwig nachher in der Verhandlung das letzte Wort ergriff, weiterhin darauf beharrte, nichts mit einem eventuellen Mord an seiner Frau zu tun zu haben, durfte man ihn auf gar keinen Fall schuldig sprechen, das sah Lisa jetzt ein. Hinter diesem Fall steckte weit mehr, als sie je für möglich gehalten hätte. Was ging nur in den Köpfen der Menschen vor, dachte sie resigniert. Waren denn alle völlig verrückt geworden?

Spielten sich jetzt die Regierung und auserlesene Wissenschaftler zur Allmacht auf, um über Leben und Tod von Menschen zu entscheiden? Sie spürte, wie Übelkeit in ihr aufstieg, schaute auf die Dokumente auf dem Küchentisch, überlegte, was sie tun sollte. Einfach zur Verhandlung gehen, Hellwigs Reaktionen abwarten oder Klara Weigand und Müller umgehend zum Verhör vorladen oder - was vielleicht effektiver sein würde - vor Hellwigs letzter Unschuldsbekundung die Weißkittel mit den grauenvollen Fakten konfrontieren, auf die sie vergangene Nacht gestoßen war. Im Gerichtssaal unter Beobachtung der Öffentlichkeit und der Presse, würde man es nicht wagen, den Fall unter den Teppich zu kehren. Und ihr war auch bewusst, dass ihr eigenes Leben in großer Gefahr sein würde.

Um sich Gehör zu verschaffen, blieb ihr nur der direkte Weg übers Gericht. Würde sie den Kollegen im Präsidium ihre Entdeckung mitteilen, informierte ihr Vorgesetzter sicherlich umgehend den Innenminister und der hing ebenfalls voll mit drin, davon musste sie ausgehen. Der Tod von Solveig Hellwig und Thilo Bock, vielleicht auch der von Rüdiger Weiß, erschienen Lisa nun in einem völlig anderen Licht.

Vielleicht sollte sie Jörg Lesch anrufen, überlegte sie, schaute auf ihre Armbanduhr. Es war noch nicht zu spät, ihn um Hilfe zu bitten. Sie griff zum Handy, wählte seine

Nummer; wähnte ihn im Hotel Hoheneck, allerdings wollte er nach der Urteilsverkündig wieder abreisen. Im letzten Augenblick überlegte sie es sich anders, unterbrach den Wählvorgang. Was ist, wenn selbst Jörg damit drin hing? Das Bundeskriminalamt war dem Bundesinnenminister unterstellt. Letztendlich musste sie sich eingestehen, war offenbar der gesamte Staatsapparat darin verwickelt.

Ihre Knie gaben nach, sie musste sich setzen. Unkontrolliert begannen ihre Hände zu zittern. Plötzlich begann sie zu krampfen, presste ihre Hände auf den Magen, dann übergab sie sich auf dem Fliesenboden. Eine Weile blieb sie still sitzen, sah sich kaum in der Lage aufzustehen. Nackte Angst saß ihr im Nacken. Nach einer Weile, raffte sie sich auf, begann das Erbrochene wegzuwischen. Anschließend ging sie ins Gästebad, um sich die Zähne zu putzen, spritzte sich Wasser ins Gesicht. Die Erfrischung tat gut. Tief atmete sie durch. Als sie in den Spiegel schaute, wich langsam die Blässe aus ihrem Gesicht. Sie ging in die Küche zurück, griff erneut zum Handy, wählte Roberts Nummer. Robert war zwar ein Widerling, aber wenigstens traute sie ihm nicht zu, sie zu denunzieren. Ob Freund oder Feind war jetzt völlig gleichgültig. Was sie brauchte, war einen Verbündeten. Zumindest hoffte sie, ihn auf ihre Seite ziehen zu können.

Nach sechsmaligem Läuten hörte sie endlich seine vertraute, rauchige Stimme. Er klang, als hätte er die Nacht durchgesumpft. Aber niemals zuvor wäre sie auf den verwegenen Gedanken gekommen, seinen nasalen Sprechgesang oder gar seine Anwesenheit jemals als unbeschreibliches Glück zu empfinden.

»Welcher Idiot wagt es, mich aus dem Schlaf zu reißen?« lautete seine herzliche Begrüßung.

Unvermittelt befand sie sich wieder auf dem Boden der Tatsachen, fauchte zurück: »Ich bin's, Lisa. Heb deinen Hintern aus dem Bett und komm sofort zu mir nach Hause, klar?«

»Wie redest du überhaupt mit mir?«

»Nettes Plaudern bringt bei dir nichts, das würde dich nur dem Wahn verfallen lassen, dass ich was Außerberufliches von dir will«, zischte sie in die Muschel.

»Scheiße!« fluchte er. »Ich hoffe, du hast einen triftigen Grund, mich so früh aus den Federn zu scheuchen«, abrupt unterbrach er die Verbindung.

Hoffentlich begehe ich nicht einen großen Fehler, dachte sie.

Dreißig Minuten später hämmerte Robert ungeduldig an ihre Eingangstür. Lisa öffnete, und er platzte ohne herzliche Begrüßungsfloskeln mit der Neuigkeit heraus: »Hat man dich bereits darüber informiert, dass der Gerichtstermin auf heute Nachmittag verschoben wurde?«

Sie schüttelte den Kopf, ließ ihn eintreten. Flugs entledigte er sich unkonventionell seines Jacketts, indem er es mit Schmackes quer über einen kleinen Tisch pfefferte, auf dem eine einzelne Rose in einer Kristallvase nur knapp dem Geschoss entging, um auf einem Hocker zu landen.

»Also, was gibt's so Wichtiges, dass du mich in deine geheiligten Räume befiehlst? Sexueller Notstand, Süße?«

Sie ging ihm voraus ins Wohnzimmer, wo er den Stapel Akten erblickte.

»Was ist das?« fragte er stirnrunzelnd. »Sag jetzt nicht, du hast das beschlagnahmte Zeug geklaut?«

»Halt endlich deine Klappe und lass dir erklären«, fauchte sie ihn wütend an, »ich war eben neugierig, was unsere Leute gefunden haben. Wollte sie gestern Abend aber nicht mehr im Büro sichten. Ich war einfach zu müde.«

»Und warum rufst du nicht dieses Superhirn vom BKA? Der Typ ist doch noch in der Stadt, oder?«

»Setz dich!« Sie drückte ihn aufs Sofa, warf ihm eine der Akten auf den Schoß. »Kaffee oder Schnaps?« fragte sie gereizt.

»Wenn du mich so fragst, erst einen anständigen Kaffee.« Es war das erste Mal, dass sie ihn lachen hörte.

Als sie mit einer Kanne frischgebrühten Kaffees zurückkam, pfiff Robert durch die Zähne und meinte fast ehrfurchtsvoll: »Was nun, Süße? Du siehst mich zum ersten Mal im meinem Leben ratlos.«

Den Rest des Vormittags verbrachten sie damit, in geradezu beängstigender Eintracht sämtliche Artikel zu lesen, die Hellwig, Müller und Klara Weigand geschrieben hatten oder die sich mit deren Analysen befassten. Stießen auf einen Vertrag zwischen der Bundesregierung und Klara Weigands Unternehmen, in dem es um die Herstellung des tödlichen Grippe-Impfstoffs GOCETRIA 1440 ging. Des Weiteren auf Vertragsentwürfe zwischen Regierung, Krankenkassen, Ärzten und Kliniken, worin es um die selektive Eliminierung bestimmter Bevölkerungsschichten ging.

»Und alles auf Krankenschein, ist denn schon wieder Weihnachten?« versuchte Robert zu scherzen. Allerdings war sein spöttischer Anflug nicht von langer Dauer. »Verglichen mit diesen perversen Hirnen, war Frankenstein ein Klosterschüler«, sagte er betroffen und pfiff wieder durch die Zähne.

»Und die Fantasie Steven Kings einfallslos«, entgegnete Lisa.

»Hast du den reizenden Brief des Gesundheitsministers an Klara Weigand gelesen?« er sah sie an, sie nickte. »Nun«, meinte Robert, »wenn ich nicht ganz dämlich bin, dann verklickere ich dir jetzt mal, was ich hier sehe: Die Thesen der Volksvertretung sind geradezu von bestechender Schlichtheit«, grunzte er. »Eigentlich bräuchte ich jetzt einen Schnaps! Besser eine ganze Flasche!« grinste er schief, nahm eines der hochbrisanten Schreiben an Klara Weigand zur Hand, um es laut vorzulesen.

» Sehr geehrte Frau Prof. Dr. Weigand!

Bezug nehmend auf unser am Donnerstag vergangener Woche geführtes Gespräch, hier nun die schriftliche Auftragserteilung, mit der Produktion des Influenzaimpfstoffes H5N1 zu beginnen.

Sie mögen sich an unser Treffen vor wenigen Tagen erinnern. Aufgrund des medizinischen Fortschritts leben die Menschen einfach zu lange, die Rentenkassen sind leer. Sie wissen um die neuesten Debatten.

Seit Jahrzehnten betreiben wir eine aufwändige Behandlung von chronisch Kranken und die unserer überalterten Gesellschaft. Die Pflegekosten für diesen Personenkreis, sind nicht mehr akzeptabel! Die genannte Klientel verbraucht zu viel finanzielle sowie medizinische Ressourcen, die anderweitig wesentlich effektiver eingesetzt werden könnten. Mit diesem überaus gewagten Schritt befinden wir uns auf einem guten Weg, das gesamte Sozialsystem zu revolutionieren.

Sie, verehrte Frau Prof. Dr. Weigand, stimmten mir und dem Kanzler zu, dass es verschwenderisch und überflüssig sei, so fortzufahren. Allerdings sollte die Entscheidung über Leben und Tod der Betreffenden von medizinisch versierten Personen aus dem Staatsapparat gefällt werden. Nun ist es endlich geschafft, die Legislative hat mit der Dreiviertelmehrheit des Bundestages, das Gesetz zur „Volksimpfpflicht" auf den Weg gebracht, so dass wir zügig zu einer Sondierung der Bevölkerung schreiten können.

Übrigens, wir haben bereits Anfragen aus dem Ausland. Es scheint sich ein lukratives Geschäft aus unserer Idee zu entwickeln. Mit großer Ungeduld erwarten wir die ersten Ergebnisse der Statistiken.

Freundlichst Ihr ergebener
Magnus Meier
Bundesgesundheitsminister
Datiert Ende November 2011.

Na, wie finden wir denn das?« beendete Robert die Vorlesung.

»Mir ist eine Abhandlung aus dem Jahr zweitausendacht, eines gemeinsam an Koma-

Patienten durchgeführten Projekts, an dem Hellwig und Müller unter Zustimmung höchster Gremien mitgewirkt haben, in die Hände gefallen.« Sie suchte nach dem Schreiben, fand es unter einem Stapel Zeitungen. »Hör dir das mal an, was sie schreiben«, sagte Lisa: »Koma-Patienten sind geeignete „Objekte", um an ihnen die Wirkung neuer, unerprobte Medikamente für die privilegierte Klasse zu erforschen. Ob eine rasche Besserung oder der Tod eintritt, spielt laut Hellwig & Müller keine Rolle, da es so oder so das Beste für sie sei, „abzutreten". Man bezeichnet sie jetzt respektlos als Objekte, nicht mehr als Probanden! Aber hör zu, was hier weiter steht: Wenn man ihnen zugesteht, in den Genuss künstlich verlängerten Lebens zu kommen, dann sollen sie wenigstens zu etwas nütze sein.« Stirnrunzelnd schaute sie zu ihm hinüber. »Wenn ich die Forschungsunterlagen und den Brief richtig interpretiere, dann haben Hellwig und Müller die in zweitausendsieben von der europäischen Arzneimittelagentur für die EU-Staaten zugelassene Richtlinie CPMP/VEG/4986/03, den Virenstamm betreffend, verändert. Das Ganze unter dem Schutzschirm der Bundesregierung. Die von mir zitierte Richtlinie ermöglicht es, den tatsächlichen Virenstamm des Pandemieimpfstoffs Caldoxin, bekannt als Vogelgrippevirus H5N1, gegen einen anderen zirkulierenden Virenstamm auszutauschen. Das Zeug, von dem hier die Rede ist, kommt mit dem Namen GOCETRIA 1440 in den Handel. Es wird auch nicht mehr injiziert. Man erwägt, das Zeug ganz einfach als Nasenspray unter die Leute zu bringen.« Sie nickte, griff zu einem weiteren Dokument. Hellwigs persönlicher Lebenslauf, obwohl sie glaubte, ihn zur Genüge zu kennen. Sie begann ihn laut vorzulesen: »Hellwig, Ferdinand, Sprössling aus verarmtem Elternhaus. Vater, Emil Fegestein, verdingte sich für den Lebensunterhalt der Familie als Gärtner bei dem wohlhabenden, kinderlosen Arztehepaar Hellwig. Die Mutter arbeitete in der örtlichen Zuckerfabrik als Reinigungskraft. Der Vater nahm Ferdinand des Öfteren mit zu den Hellwigs, die alsbald auf die Idee kamen, das Kind zu adoptieren. Die Fegesteins stimmten dem zu, denn ihr Sohn war hochintelligent und sollte einmal studieren.

Der Junge übersiedelte mit zwölf Jahren in die Villa, wurde von Eleonore und Hugo Hellwig verhätschelt und verwöhnt. Mit überdurchschnittlichen Noten belohnte er seine Adoptiveltern. Drei Jahre nach der Adoption verstarb Emil Fegestein bei dem Versuch, eine seiner Töchter vor dem Ertrinken zu retten. Die Mutter musste nun allein für die Nachkommenschaft sorgen, drangsalierte Ferdinand ständig mit Geldforderungen und anderen Hilfeersuchen. Vier Jahre später heiratete sie den Bruder ihres Mannes, Konrad Fegestein.

Der Junge besuchte das Gymnasium. Anschließend folgte das Biochemiestudium.

Das war ihm aber nicht genug, er studierte Medizin, erhielt dann die Approbation für Frauenheilkunde, so wie es seine Adoptivmutter von ihm gefordert hatte. Schließlich sollte er die Hellwig-Frauenklinik einmal übernehmen. Sein Herzblut aber war und blieb die Biochemie. Jede freie Minute verbrachte er im Laboratorium der Klinik, das extra für seine Forschungszwecke eingerichtet wurde. Als Hugo Hellwig mit achtzig Jahren verstarb, ehelichte der neununddreißigjährige Ferdinand seine verwitwete Adoptivmutter, die einzige Frau, der er wahre Gefühle entgegenbrachte. (Randbemerkung des Gutachters) Nach ihrem Tod erbte er das gesamte Vermögen und die Klinik.

Sechs Monate nach dem Tod Eleonoras heiratete er eine langjährige enge Freundin seiner Frau. Beatrix Erichsen, sehr vermögend, ebenfalls etliche Jahre älter als er. Sie war, wie Eleonore, kinderlos. Auch sie machte ihn zum reichen Witwer. Ihr unglückseliges Ende fand sie ein Jahr nach der Hochzeit auf einem Bootstörn, den sie gemeinsam auf der Ostsee unternahmen. Ihre sterblichen Überreste fand man ein halbes Jahr später am Strand von Fehmarn. Ein knappes Jahr danach folgte die nächste Hochzeit mit der siebenundzwanzigjährigen Solveig Hohenstein, einer hübschen, sehr lebenslustigen Frau.« Lisa trank einen Schluck Kaffee, um sogleich fortzufahren: »Hier gibt es einige Seiten, die Hellwig, Müller und Klara Weigand auf diversen Kongressen und bei der Vorstellung neuester analytischer Untersuchungen zeigen.« Sie überflog die Angaben über Klara Weigand auf einem anderen Blatt: der Frau gehörte der zweitgrößte Pharmakonzern der Republik. Sie wurde als machthungrige, skrupellose Frau beschrieben, wenn es um geschäftliche Dinge ging. Mit Solveig verband sie eine enge Freundschaft; ein Verhältnis zu Hellwig wurde ihr nachgesagt aber nicht nachgewiesen. Sie war in eine Menge Prozesse verwickelt, ein Wunder, dass sie noch nicht hinter Gittern saß. Fast ein Viertel der Akte nahm allein die Prozessliste in Anspruch. Manche Rechtsstreitigkeiten waren gegen eine ansehnliche Entschädigung an die Opfer außergerichtlich beigelegt worden. Meistens handelte es sich um angebliche Unverträglichkeiten von Impfstoffen. Andere Verfahren hatte man entweder eingestellt, oder man war zu einem für sie günstigen Urteil gekommen. Die Frau unterhielt Beziehungen bis hinauf in Regierungskreise und bis in den obersten Justizapparat.

»Die Weigand schwimmt im Geld«, sagte Lisa leicht verschnupft, weil die Welt so ungerecht sein konnte; doch wenn man einigen der neuesten Zeitungsartikel Glauben schenken durfte, dann hat die Gute während der Wirtschaftskrise gewaltig Federn lassen müssen.« Gerade, als sie die Papiere zusammenlegen wollte, fiel ihr ein kleiner, mit Bleistift bekritzelter Zettel vor die Füße. Sie hob das Papier auf, begann zu lesen. Der Atem stockte ihr. Ein weiteres Mal überflog sie die wenigen, in scheinbar in Eile aufgeschriebenen Worte, die den kalten Schweiß auf ihre Stirn trieben: „Terrorangst vor einem neuen Erreger. USA und BRD fordern Geheimhaltung. Eine neue Variante des Vogelgrippe-Virus H5N1 soll für Biowaffen und zur Reduzierung der Bevölkerung genutzt werden. Impfungen laufen an."

Lisa stand auf, reichte den Zettel an Robert weiter, der erneut durch die Zähne pfiff. Sie ging durch den Raum, blieb dann am Fenster stehen. Das konnte nur ein schlechter Scherz sein, tat sie es zur eigenen Beruhigung ab.

»Müllers Lebenslauf«, säuselte Robert gereizt, als er ein weiteres Blatt zur Hand nahm: »Der Kerl hat eine hervorragende berufliche Laufbahn vorzuweisen. Bester Leumund. Mitglied der Ärztekammer. Vorstandsvorsitzender der Kieler Universität. Gutachter der Berufsgenossenschaften und Rentenversicherungsträger. Zweitausendeins trat er in die Klinik ein, wurde kurz darauf Hellwigs Partner. Entweder fand Hellwig in Müller einen Befürworter seiner Thesen oder umgekehrt. Wer von beiden das krankere Hirn ist, wissen wir nicht. Jedenfalls führten sie zusammen mit Klara Weigand ihre Studien an lebenden Objekten durch, wie man anhand der Unterlagen sieht. Könnte es sein, dass ich das alles nur träume?« Robert kniff sich in den Arm. »Die sogenannte privilegierte Schicht schwingt sich auf, aus Kostengründen über Leben und Tod ganzer Völker zu entscheiden? Warum setzen Sie ihr geniales medizinisches Wissen nicht dazu ein, Leben zu retten, statt es zu vernichten?«

»Weil es zu viele Menschen auf der Erde gibt. Hast du doch gerade dem Brief des Ministers entnommen«, entgegnete sie bitter. Wiederholte damit Magnus Meiers schriftlich festgehaltene Meinung eines explosiven und kontroversen Themas. »In der dritten Welt löst sich das Problem fast von allein: Aids, Malaria, Ebola; die Amis streuen ihre todbringenden Viren in die Bevölkerung unter dem Deckmantel humanitärer Hilfe. Hier in Europa, speziell in Deutschland, müssen sie andere Maßnahmen ergreifen. Nur junge, gesunde Menschen haben ein Recht auf Leben. Wie in der Tierwelt, nur der Starke überlebt. Die Schwachen werden gefressen.« Sie sammelte alle Dokumente ein und schloss die Akten. »Was sollen wir deiner Meinung nach tun?«

Robert kratzte sich am Kinn. »Wenn das an die Öffentlichkeit gelangt, dann gibt es einen Bürgerkrieg, das ist dir doch wohl klar!«

»Also was?« hakte sie nach.

»Ich sehe nur eine Chance; wir müssen uns dem Staatsanwalt anvertrauen. Er hat die Möglichkeit, Hellwig nachher in aller Öffentlichkeit die ganze Scheiße um die Ohren zu hauen. Damit werden vielleicht dann auch gleich die anderen ans Messer geliefert«, meinte er wenig zuversichtlich.

## 51

Günther Müller und Klara, die dem Alkohol bereits in den frühen Morgenstunden reichlich zugesprochen hatten, standen mit einem erneut gefüllten Glas Champagner in Müllers Dienstzimmer. Mit glasigen Augen beobachteten sie den Klinikparkplatz, auf dessen Zufahrt soeben mehrere Polizeiwagen einbogen.

»Es ist vorbei«, sagte Müller. »Hellwig hat uns mit seinen verdammten Eskapaden mit in den Abgrund gerissen. Der „dritte Unfall" vergangene Nacht ging auch schief. Der Kerl ist nicht totzukriegen. Ehrlich gesagt, ich konnte ihn nie besonders leiden. Im Grunde ist es mir völlig egal, was mit ihm passiert. Aber wir sind nun ebenfalls ruiniert. Stehst du noch zu unserer Vereinbarung, Klara?« Er stellte das Glas beiseite, öffnete eine Schublade, holte ein ledernes Etui mit drei Ampullen und den dazugehörigen Spritzen hervor.

»Natürlich, Günther«, heuchelte sie. »Aber zuerst du, ich brauche noch ein Gläschen zur seelischen Aufmunterung.«

Es klopfte an der Tür. Müller setzte sich aufs Sofa, stach sich unverzüglich die Nadel in den Arm. Schmerzlos glitt er in Sekundenschnelle in den ewigen Schlaf hinüber.

Klara stand reglos am Fenster, beobachtete die Szene teilnahmslos. Endlich war sie frei. Niemand würde ihr etwas nachweisen können. Hellwig hatte seine Frau ganz allein auf dem Gewissen. Sie hatte ihm nur zur Seite gestanden, im Trost gespendet. Und niemand würde ihm Glauben schenken, sollte er versuchen, sie mit in die Sache hineinzuziehen. In aller Ruhe und mit Genuss wollte sie der Urteilsverkündung am Nachmittag beiwohnen.

Lisa und Robert verließen mit den brisanten Unterlagen gerade gemeinsam das Haus, als Almas Hausers Wagen in die Auffahrt rollte. Eilends stieg die Frau aus, kam ihnen weinend entgegen.

»Frau Buschmann« schluchzte sie, »es fällt mir unendlich schwer, aber ich muss mein Gewissen erleichtern. Es geht um den Ersatzschlüssel zur Villa. Ich hatte Befürchtungen, wenn ich die Wahrheit sage, gerät Brigitte möglicherweise in Verdacht, etwas mit Solveigs Verschwinden zu tun zu haben.«

Lisa entgegnete: »Sprechen Sie weiter, uns bleibt nur noch wenig Zeit bis zur Urteilsverkündung.«

»Ich hatte Brigitte verboten, über die Hellwigs zu sprechen. Bisher konnte ich sie immer zum Schweigen bringen ... Aber vorhin hat sie etwas gesagt, das von Bedeutung ist. Brigitte behauptet, sie habe Hellwig in jener Nacht, als Solveig verschwand, gesehen. Wie so oft, habe sie am Fenster gestanden, habe Solveig beobachtet.« Alma wischte sich mit einem Taschentuch die feuchten Augen. »Brigitte ist sehr eifersüchtig, wissen Sie? Na ja, jedenfalls sei Hellwig ins Schlafzimmer gekommen, gleich darauf ist wohl ein heftiger Streit zwischen den Eheleuten entbrannt. Kurz darauf hat eine weitere Person das Haus betreten. Brigitte hat aber nicht gesehen, um wen es sich dabei handelte. Sie fürchtete sich ganz schrecklich, ist dann weggelaufen. Ich weiß nicht, ob es stimmt, was sie mir erzählt hat.«

»Sie sind sicher, dass nicht Ihre Tochter selbst es war, die Solveig auf dem Gewissen hat?« fragte Lisa.

»Nein, das glaube ich nicht, denn ich hab Brigittes Kleidung nach Blutspuren untersucht. Sie kann es nicht gewesen sein.«

Was für eine Farce, dachte Lisa. Wäre es möglich, dass Brigitte oder gar Alma selbst die Finger im Spiel hatten?

Hellwigs Anwalt eröffnete sein Schlussplädoyer, beschrieb nochmals die Durchsuchungen von Villa, Grundstück und Schlei. Die Leiche von Solveig blieb unauffindbar. Darauf lag auch seine Betonung. Es gab keine Leiche, sondern nur Indizien! Selbst das Motiv, das man seinem Mandanten unterstellte, stand auf wackligen Füßen. Mit seiner grandiosen Rede brachte er die Schöffen ins Zweifeln, was auch in seiner Absicht lag.

Hellwig saß mit verbundenem Kopf am Tisch des Verteidigers. In der vergangenen Nacht war erneut jemand in sein Haus eingedrungen, hatte versucht, ihn zu töten. Von den Schlaftabletten, der Injektion, die Klara ihm verabreicht hatte und dem Whisky, war er völlig weggetreten gewesen. Er hatte Geräusche gehört, war aufgestanden, um nachzusehen. Als er oben auf dem Treppenabsatz stand, spürte er einen Schlag in den Rücken. Kopfüber stürzte er die Treppe hinunter, blieb bewusstlos am Fuß der Stufen liegen. Nach einiger Zeit kam er dann wieder zu sich, rief einen Krankenwagen und die Polizei. Natürlich glaubte ihm niemand seine Geschichte, er befand sich ja immer noch in einem Rauschzustand. Seine Verletzungen waren nicht so gravierend, dass die Urteilsverkündung verschoben werden musste; zudem wollte er endlich diese leidige Farce hinter sich bringen. Als freier und rehabilitierter Mann wollte er den Gerichtssaal verlassen.

Nach fast zwei Stunden beendete der Verteidiger sein Plädoyer, setzte sich an Hellwigs Seite. Gemeinsam beobachteten sie, wie der Staatsanwalt aufstand, zum Richtertisch ging. Der Anwalt wurde aufgefordert, ebenfalls nach vorne zu kommen. Nach leiser, kurzer Besprechung unterbrach die Richterin die Sitzung, gemeinsam verließen sie den Raum.

Hellwig sah ihnen besorgt nach, schaute in die Zuschauerreihen, entdeckte Klara, die ihm aufmunternd zunickte. Kurz vor der Verhandlung hatte sie ihm vom Selbstmord Müllers berichtet. Endlich hatten sie einen Schuldigen, dem sie alles anlasten konnten. Müller würde sich nicht mehr wehren können.

Dreißig Minuten später ging die Verhandlung in die nächste Runde. Die Richterin verkündete mit tiefbesorgter Miene, man werde erneut in die Beweisaufnahme einsteigen müssen, da neue Erkenntnisse dies erforderten.

Hellwig war nicht im Mindesten beunruhigt, ging davon aus, dass es sich seitens der Staatsanwaltschaft um ein Täuschungsmanöver handelte. Zwischen den Parteien wurde vereinbart, dass der Staatsanwalt dem Gericht Rede und Antwort stehen solle. Die Richterin stellte daraufhin viele hypothetische Fragen, gegen die Hellwigs Anwalt jedes Mal vehement Einspruch einlegte.

Lisa und Robert betraten etwas verspätet den Gerichtssaal, sorgten so für eine kleine Unterbrechung. Sie setzen sich in unmittelbare Nähe Hellwigs. Die beiden Plätze waren eigens für die Beamten freigehalten worden. Er würdigte sie keines Blickes.

Dem Verteidiger wurde nach einem nervenaufreibenden Scharmützel endlich das Wort erteilt, zu den neuen Beweisen Stellung zu beziehen. Leidenschaftlich begann er seinen Standpunkt zu vertreten, wie Hellwig ihn in seinem ganzen Verfahren noch nicht erlebt hatte. Nicht einmal, als er sein Plädoyer hielt. Es ist durchaus möglich, dass er jetzt eine Chance für einen Triumph spürt, dachte Hellwig zufrieden. Vielleicht war es auch nur ein Akt der Verzweiflung; er ahnte ja nicht, welche neuen Erkenntnisse dem Gericht vorlagen.

Immer wieder betonte der Verteidiger, wie unfair es sei, den Angeklagten mit angeblichen Beweisen zu konfrontieren, die er und sein Mandant überhaupt nicht prüfen konnten.

Dann erhob sich der Staatsanwalt und sagte: »Ich versichere, die Sicherstellung und ordnungsgemäße amtliche Verwahrung der umstrittenen Sachbeweise ist zweifelsfrei nachgewiesen.«

Als der Streit der beiden Parteien zu eskalieren drohte, mischte sich die Richterin lautstark ein: »Meine Herren, wir wollen sachlich bleiben. Vom Gesetz her lässt sich der Standpunkt beider Parteien nachvollziehen.«

Hellwig schöpfte Hoffnung, dass die neuen Beweise, um was immer es sich auch handeln mochte, nicht zugelassen würden.

Der Staatsanwalt ergriff wieder das Wort: »Verehrte Frau Vorsitzende, ich gebe offen zu, die Polizei entdeckte die Brisanz der Beweisstücke erst in der vergangenen Nacht. Allerdings wäre es verheerend für den Fall, wenn sie jetzt keine Beachtung mehr finden würden. Sie stellen das Motiv für den Mord an Solveig Hellwig dar.«

»Das leuchtet mir ein, auch wenn ich es als recht bedenklich ansehe. Wir treten in eine neue Beweisaufnahme ein.«

»Einspruch!« schrie der Anwalt und sprang auf.

»Einspruch abgelehnt!« entgegnete Richterin Karla Wenders, gab die Begründung ihres Beschlusses zu Protokoll. Dann galt ihre Aufmerksamkeit wieder den Beteiligten.

»Ich kann mich der Wichtigkeit nicht verschließen, die diese neu entdeckten Beweismittel für die Anklage besitzen. Ich hege auch Verständnis für die Verteidigung; sie moniert zu Recht, dass sie keine Gelegenheit hatte, die neuen Beweise zu überprüfen.«

Lisa sah sich versucht, Roberts Hand zu drücken, so erleichtert war sie, dass die Richterin so und nicht anders entschieden hatte. Im letzten Augenblick zog sie sie jedoch wieder zurück. Robert, der nichts von ihrer Gefühlsduselei bemerkt hatte, beugte sich zu ihr hinüber, flüsterte in ihr Ohr: »Ich bin nur froh, dass sie sich auf unsere Seite schlägt.«

Karla Wenders erteilte dem Staatsanwalt das Wort, der sofort begann, den Fall anhand der Fakten nochmals kurz zu rekonstruieren. Die brisanten Funde über den Impfstoff, so war es zwischen Staatsanwaltschaft und Gericht abgesprochen, wollte man vorerst zurückstellen, bis die Frage nach dem Motiv für den mutmaßlichen Mord an Solveig zum Tragen kam. »... Nachdem ich Ihnen meine Geschichte plausibel und unter Einbeziehung der Beweise dargelegt habe, rufe ich den Angeklagten nochmals in den Zeugenstand«, verkündete der Staatsanwalt.

Hellwig wechselte einige Worte mit seinem Verteidiger, folgte dann der Aufforderung.

Die Richterin klärte ihn ein weiteres Mal über seine Rechte und Pflichten sowie über die Folgen einer eidesstattlichen Falschaussage unter Eid auf. Er bedachte die Vorsitzende mit einem abfälligen Blick.

Der Staatsanwalt ergriff das Wort: »Angeklagter, behaupten Sie weiterhin, nichts mit dem Verschwinden, geschweige denn dem Tod Ihrer Frau zu tun zu haben? Antworten Sie bitte nur mit Ja oder Nein.«

»Richtig.«

»Wie kommt dann das Blut des Opfers an ihre Kleidung?«

»Einspruch!« rief der Verteidiger dazwischen. »Diese Fragen wurden bereits abgearbeitet. Ich werde nicht zulassen, dass wir ein weiteres Mal von vorn beginnen. Von Rechts wegen sollte heute das Urteil gefällt werden.«

»Einspruch zugelassen. Also, Herr Staatsanwalt, kommen Sie zur Sache.«

»Angeklagter, gemäß neuerworbener Kenntnis und einer Zeugenaussage, werde ich den Tathergang des 8. Dezembers 2011, des tatsächlichen Tatabends, folgendermaßen darlegen. Sie kamen unvorhergesehen an jenem Donnerstagabend gegen neunzehn Uhr mit Klara Weigand, einer engen Freundin Ihrer Frau, nach Hause ...«

»Einspruch«, rief der Anwalt ärgerlich. »Hörensagen. Mein Mandant weilte zu dem Zeitpunkt noch auf dem Kongress in Hamburg. Das hatten wir doch schon alles! Von Frau Weigand war bisher keine Rede!«

»Einspruch abgelehnt«, entgegnete die Richterin, »fahren Sie fort, Herr Staatsanwalt.«

»Sie sahen Licht im Schlafzimmer Ihrer Frau. Schlossen die Tür auf, schalteten die Alarmanlage aus. Sie gingen in das Zimmer Ihrer Frau, überraschten sie in den Armen ihres Liebhabers, Thilo Bock. Sie gerieten außer sich vor Wut, warfen den Nebenbuhler aus dem Haus, suchten Ihre Frau auf, um sie zur Rechenschaft zu ziehen. Laut Aussage Ihrer Haushälterin neigen Sie zu extremen Wutausbrüchen.«

Lisa registrierte nicht ein Muskelzucken in Hellwigs Gesicht. Das, was der Staatsanwalt hervorbrachte, war für Hellwig völlig irrelevant. Bisher hatte er nichts Neues geboten.

»Es kam zum Streit. Ihre Frau wehrte sich heftig. Sie schlugen sie mit einem Gegenstand nieder. Nun lag sie bewusstlos vor Ihnen auf dem Bett. Vielleicht haben Sie vorher nicht über Tötungsabsichten nachgedacht, aber jetzt war Ihre Frau Ihnen wehrlos ausgeliefert. Sie ergriffen Ihre Chance und töteten sie.«

»Einspruch!« unterbrach der Verteidiger. »Mutmaßungen!«

»Einspruch abgelehnt. Lassen Sie den Staatsanwalt fortfahren«, sagte die Richterin.

»Der Angeklagte und eine weitere Person, laut Zeugenaussage ...« Ein Raunen ging durch den Saal, der Verteidiger sprang auf, schrie erneut: »Einspruch, Frau Vorsitzende! Einspruch! Es war niemals die Rede von Zeugen, selbst vorhin während unseres Gesprächs nicht.«

»Dazu kommen wir noch«, entgegnete die Richterin. Lassen Sie den Staatsanwalt mit seinen Ausführungen fortfahren. Ihnen wird später Gehör geschenkt.«

Guntor Kreuzbach fuhr fort: »Das Opfer wurde niedergeschlagen, mit mehreren Messerstichen in die Brust getötet, anschließend in einen Plastiksack gesteckt und in eine der beiden im Keller befindlichen Gefriertruhen gelegt. Zu jenem Zeitpunkt befand sich Ihre Haushälterin bereits im Wochenende. Getrost konnten Sie davon ausgehen, dass niemand Sie stören würde. Sie kehrten mit besagter Person ins Schlafzimmer zurück, ließen alle verräterischen Spuren verschwinden. Reinigten sich und fuhren nach Hamburg zurück. Am nächsten Morgen nahmen Sie, als sei nichts geschehen, am Kongress teil. Wie vorgesehen, fuhren sie dann nachmittags nach Hause, aber nicht ohne sich mit Klara Weigand zu verabreden, die Ihnen die später festgestellten Verletzungen beibringen sollte. Die Zeugin hat zweifelsfrei Frau Weigand am Tatort erkannt.« Erneut ging ein Raunen durch die Zuschauerreihen. Der Staatsanwalt fuhr fort: »Ihnen sind die Gepflogenheiten Ihrer Haushälterin gut bekannt. Wussten, dass Frau Hauser trotz ihres freien Wochenendes erscheinen würde, um Ihnen eine Mahlzeit zuzubereiten. Sie würde Sie also im vermeintlichen Zustand des Wahns antreffen. Ihre Inszenierung ging allerdings nicht auf. Wie ich bereits erwähnte, wurden Sie beobachtet.«

»Einspruch«, brüllte der Anwalt. »Es reicht! Alles an den Haaren herbeigezogen!«

Guntor Kreuzbach ließ sich von den wütenden Einwänden nicht irritieren, und die Richterin ließ ihm freie Hand.

»Klara Weigand schlug mit einem Kerzenleuchter auf Ihren Hinterkopf. Anschließend brachte sie Ihnen zwei Stichverletzungen in den Unterbauch bei. Die Verletzungen wurden so gezielt gesetzt, dass sie Ihnen nicht gefährlich werden konnten, aber für die Polizei ein durchaus glaubwürdiges Szenario. Sie fielen somit als Täter aus. Und das Glanzstück, Sie leisteten sich den Luxus einer Amnesie.«

»Einspruch! Frau Vorsitzende, Sie dürfen diese wahnwitzige, unbelegbare Geschichte nicht zulassen. Wir haben hier keine Märchenstunde. Es geht um die Freiheit und den guten Ruf meines Mandanten.«

Klara rutschte unterdessen unruhig auf ihrem Platz hin und her, überlegte, ob sie schnellstmöglich den Saal verlassen sollte, bevor man sie festnehmen würde. Die ganze Story war eine einzige Infamie.

Die Richterin ihrerseits überlegte kurz, entschloss sich, die Ausführungen des Staatsanwalts weiterhin zuzulassen. »Einspruch abgelehnt!«

Kreuzbach knüpfte dort an, wo er unterbrochen worden war: »Nach und nach streuten Sie Erinnerungsfetzen ein, fürwahr eine wirklich hervorragende schauspielerische Leistung.«

Auf Hellwigs Gesicht zeigte sich noch immer kein Anzeichen von Besorgnis. Er konnte sich denken, wer der heimliche Beobachter in jener Nacht gewesen war. Brigitte, diese kleine hirnlose Göre. Allerdings würde ihr niemand Glauben schenken, Brigitte war geistig umnebelt, stand ständig unter Medikamenteneinfluss.

»Ihre Haushälterin fand Sie genauso vor, wie Sie es geplant hatten. Sie riefen die Polizei. Dann tischten Sie den Beamten eine haarsträubende Geschichte von einem Überfall auf. Zu diesem Zeitpunkt hatte Frau Weigand das Haus bereits wieder verlassen. Ein von der Polizei bestellter Notarzt kümmerte sich um Ihre Wunden, die nicht so gravierend waren, wie es den anfänglichen Anschein hatte. Das Zimmer Ihrer Frau war zwar mittlerweile von der Polizei versiegelt, aber das Haus noch nicht durchsucht worden. Am nächsten Tag sahen Sie sich in der Lage, Ihre blutige Tat zu vollenden. Ich frage mich nur, haben Sie vor oder nach dem Tötungsdelikt den perfiden Plan gefasst, sie auf diese geradezu perverse Weise verschwinden zu lassen?« Der Staatsanwalt ging vor dem Richterpodium auf und ab, wirkte sichtlich nervös. »In der folgenden Nacht, also von Samstag auf Sonntag, entnahmen Sie der Gefriertruhe die eingefrorene Leiche Ihrer Frau - sie war nun völlig tiefgefroren -, schleppten sie zum Ufer der Schlei hinunter. In jener Nacht regnete und stürmte es, was Ihrem Plan sehr entgegenkam. Ihr Grundstück liegt zwar weit ab jeglicher anderen Bebauung, aber Sie konnten ja nicht wissen, ob jemand mit seinem Hund Gassi geht oder irgendwo ein Liebespaar in einem Auto weilt. Man hätte den Lärm auf dem Grundstück hören können. Mit einer Kettensäge, die wir eindeutig Ihnen zuordnen konnten, führten Sie Ihr grausiges Werk fort.«

»Einspruch!« rief der Verteidiger ein weiteres Mal dazwischen. »Alles nur Annahmen. Geradezu abenteuerliche Vermutungen. Mein Mandant wurde bereits mehrfach mit dieser haarsträubenden Geschichte konfrontiert, bestreitet vehement jegliche Beteiligung am Verschwinden seiner Frau.«

»Einspruch abgelehnt. Sie kommen später zu Ihrer Version. Fahren Sie fort, Herr Staatsanwalt.«

Lisa bemerkte aus den Augenwinkeln, dass Hellwig und Klara Weigand lange Blickkontakt hielten. Sie hörte den Staatsanwalt, dessen Gesicht jetzt nur wenige Zentimeter vom Gesicht des Angeklagten entfernt war, sagen: »Sie zersägten das Opfer in kleine Stücke, um es anschließend mit Gartenabfällen, zum Beispiel Äste von Bäumen und Sträucher, durch den Schredder zu jagen. Eingefrorenes Fleisch hinterlässt bei dieser Art der Entsorgung kaum Blutspuren.« Mehrfach atmete er tief durch. Das Schicksal, das dem Opfer widerfahren war, war schlicht unvorstellbar. In seinem ganzen Leben - und er war bereits seit zwanzig Jahren in diesem Geschäft tätig - war er niemals zuvor mit derart perfider Brutalität und Grausamkeit konfrontiert worden.

Der Angeklagte verzog weiterhin keine Miene. Beinahe entspannt saß er im Zeugenstand, hörte sich an, was man gegen ihn vorzubringen hatte. »... Sie entsorgten anschließend das Schreddergut in die Schlei. Ihr Pech, dass wir heute über ein enormes technisches Know-how verfügen. Mittlerweile gibt es nichts mehr, was im Verborgenen bleibt. Ich werde jetzt zur Beweisuntermauerung nochmals kurz die forensischen sowie kriminaltechnischen Ergebnisse vorlegen. Zur Erläuterung des Gutachtens werde ich später nochmals den Forensiker Professor Dr. Krautberg in den Zeugenstand rufen, der die Analysen durchgeführt hat.« Der Staatsanwalt legte dem Gericht eine Akte vor.

Die Richterin schlug den Aktendeckel auf, während Kreuzbach damit begann, die vorhandenen Beweisstücke, die in Plastiktüten verpackt auf einem Nebentisch lagen, mit wenigen Worten zu erläutern. Dabei nahm er jedes Päckchen einzeln in die Hand, hielt es hoch, so dass die Zuschauer die schaurigen Überreste eines Tötungsdelikts betrachten konnten.

»Das hier«, dabei wandte er sich zunächst dem Publikum, anschließend dem Gericht und den Schöffen zu, »ist der traurige Rest eines Menschen. Winzige Knochensplitter, die man dank der Forensik unzweifelhaft als genetisches Material der Vermissten identifiziert hat.« Die Tüte legte er beiseite, hob ein anderes Indiz hoch. »Das hier ist ein Zahn des Opfers, zweifelsfrei identifiziert.« Wechselte zu einem anderen Beweisstück. »Hier der winzige Rest eines Fingernagels.« Er schritt zu den Gerätschaften, die man im Gerichtssaal aufgestellt hatte, begann, die technischen Gegenstände, die zur Tötung und zur endgültigen Beseitigung des Opfers verwendet wurden, zu erläutern. »Hier haben wir den Häcksler und die Kettensäge. Stumme, grausige Zeugen eines schier unvorstellbaren Verbrechens.« Ein entsetztes Raunen ging durch den Saal. »Wenn nicht Sie, Angeklagter, wer hatte dann die Möglichkeit, ihr Grundstück zu betreten, um eine doch sehr aufwändige Tötungsprozedur durchzuführen? Jedenfalls ist die Entsorgung eines Leichnams in dieser Form nicht binnen einer Stunde zu bewerkstelligen«, sagte der Staatsanwalt.

»Einspruch!« rief der Verteidiger. »Der Staatsanwalt verliert sich in reinen Spekulationen. Alles wurde bereits mehrfach erörtert und zwar ohne zu einem Ergebnis zu gelangen! Ich verstehe den Sinn dieser erneuten Befragung nicht!«

Die Richterin sah über den Rand ihrer Brille die Kontrahenten an und sagte: »Herr Staatsanwalt, kommen Sie zum Punkt!« Zum Anwalt: »Einspruch abgelehnt!«

Guntor Kreuzbach räusperte sich, setzte erneut an mit Fokus auf Hellwig: »Die Beweislage ist eindeutig. Haben Sie Ihre Frau auf dermaßen schauderhafte Weise getötet und beseitigt, Angeklagter?«

»Nein«, entgegnete Hellwig ruhig.

»Ihre Frau ist hinter ein schier unvorstellbar grausiges Geheimnis gekommen, Angeklagter. Sie hat Sie und auch Klara Weigand sowie ihren langjährigen Partner Günther Müller mit ihrem Wissen erpresst. Übrigens, Ihr Partner hat sich vor wenigen Stunden das Leben genommen. Er konnte nicht mehr mit seiner Schuld leben. Wollen Sie uns nicht endlich erzählen, was wirklich passiert ist?«

»Ich belaste keinen Toten.«

»Ich gehe davon aus, das Verhältnis zwischen Ihnen und Müller war nicht gerade von Freundschaft gekennzeichnet!«

»Darüber möchte ich nicht sprechen.«

»Fein, dann müssen wir uns eben der erdrückenden Beweislast zuwenden«, fuhr der

Staatsanwalt fast gelassen fort, schaute die Schöffen an. »Ich möchte diejenigen unter den Anwesenden bitten, die sich nicht in der Lage sehen, dem Grauen, das ich jetzt schildern werde, zuzuhören, den Saal um ihrer selbst willen zu verlassen.« Er wandte sich wieder Hellwig zu: »Müller hat einen Abschiedsbrief hinterlassen, der Sie sehr stark belastet.«

Leises Getuschel folgte, einige der Zuschauer verließen den Raum. Auf Hellwigs Gesicht zeigte sich eine winzige Andeutung von Besorgnis.

»Verehrte Vorsitzende ...«, begann der Staatsanwalt, als plötzlich die Tür aufgerissen wurde und Brigitte wie eine Furie in den Gerichtssaal stürmte. Gefolgt von ihrer entsetzten Mutter und zwei Polizisten.

Die junge Frau rannte zum Richtertisch vor, schrie unter Tränen: »Ich war es..., ich war es ..., der Doktor hat nichts damit zu tun ...« Sie krümmte sich zusammen, sank langsam am Richtertisch herab, blieb am Boden liegen und weinte hemmungslos, während aus ihren geöffneten Lippen schaumiger Speichel auf den Boden tropfte.

Alma und zwei Wachhabende eilten herbei, halfen der jungen Frau wieder auf die Beine. Brigitte wurde zu einem Besucherstuhl gebracht, während Alma vor der Richterin stehenblieb und in den Saal hineinschrie: »Meine Tochter hat damit nichts zu tun! Ich war es! Ich ganz allein!«

Erneut brach tumultartiger Lärm aus. Der Staatsanwalt fasste sich verzweifelt an die Stirn, während die Richterin unermüdlich mit ihrer Faust auf den Tisch schlug, sich Ruhe ausbat. Nach einer Weile herrschte endlich Schweigen im Saal. Die Richterin wandte sich an den Staatsanwalt und den Verteidiger: »Mein Herren, kommen Sie zu mir an den Richtertisch.«

Jörg Lesch erhob sich von seinem Stuhl unweit Lisas, drückte ihr beim Vorbeigehen kurz die Hand. Zeigte dem Justizbeamten seinen Dienstausweis und schritt, ohne zu zögern, auf den Richtertisch zu. Die Richterin sah missbilligend über ihre Lesebrille auf ihn herab. Der Staatsanwalt blickte Lesch überrascht an.

»Es ist an der Zeit, die Wahrheitsfindung abzuschließen«, sagte Jörg Lesch und sah sich im Raum um, während sein Blick lang und intensiv auf Lisas erstauntem Gesicht verweilte.

Was wusste er, was sie nicht wusste? dachte sie entgeistert. Was hatte er herausgefunden, gar vor ihr verheimlicht? Verständnislos schüttelte sie den Kopf. Was ging hier vor sich? Waren denn alle völlig verrückt geworden? Sie riskierte einen fragenden Blick zu Robert, der allerdings ebenso überrascht schien wie sie selbst; hörte Jörg zur

Richterin sprechen. Diese nickte, erklärte anschließend dem perplexen Publikum: »Es ist entgegen der üblichen Verfahrensweise, aber wenn es der Wahrheitsfindung dienlich ist, dann sprechen Sie, Herr Lesch.«

Hellwigs Verteidiger setzte zur Gegenwehr an, wurde jedoch von der Richterin daran gehindert. Im Gerichtssaal brodelte die Stimmung, die explosive Spannung war kaum mehr zu übertreffen. Plötzlich wurde es still, als Lesch seine Personalien und seinen Berufsstatus der Öffentlichkeit preisgab.

»Es tut mir aufrichtig leid«, begann der BKA-Fahnder stockend, »ich habe ein falsches Spiel gespielt.« Seine Augen hafteten geradezu magisch auf Lisas Gesicht, während in ihr langsam Übelkeit aufstieg. Wie aus weiter Ferne hörte sie ihn sprechen. »Ja, ich wollte Hellwig töten. Wollte ihn für all das Leid büßen lassen, das er meiner verstorbenen Frau, meiner Familie angetan hat.«

Zuschauer sprangen von ihren Sitzen auf, andere gaben überraschte Laute von sich. Lisa ergriff Roberts Hand, klammerte sich daran fest wie an einem Rettungsanker.

Die Richterin bat sich Ruhe aus, während Lesch wie im Trance weitersprach. »Ich war dem Wahn verfallen ..., wollte beweisen, dass es den perfekten Mord wirklich gibt. Wollte mich rächen und einen Unschuldigen für den Rest seines Lebens hinter Gitter bringen, für etwas, dass er nicht getan hat. Der Angeklagte hat seine Frau Solveig nicht getötet. Ich war es!«

Lisa sah sich nicht mehr in der Lage, Jörg Leschs Ausführungen zu folgen. Wie von Furien gehetzt, rannte sie aus dem Saal, gefolgt von Robert. Draußen auf dem Gang, wo das fahle Licht der hereinbrechenden Düsternis seine Schatten auf die dunkle Holzverkleidung der Wände warf, sank sie kraftlos zu Boden. Robert hockte sich neben sie, meinte zögerlich: »Ist es möglich, dass wir vielleicht dem Irrsinn verfallen?« er kratzte sich nachdenklich an der Stirn. »Ich meine, wir haben vergangene Nacht kaum Schlaf bekommen. Nach dem ganzen Dreck, den wir gelesen haben ..., da wäre es doch durchaus möglich ... ich meine, ich hab auch nichts getrunken ..., verdammt nochmal!«

Lisa sah ihn überrascht an, so, als nähme sie erst jetzt seine Existenz wahr. »Hast du den Flachmann dabei?«

Ein Griff ins Jackett und er holte die Flasche heraus. Schraubte den Deckel ab, reichte sie ihr mit einem bedauernden Lächeln.

Lisa nahm einen kräftigen Schluck, begann plötzlich zu husten. »Was ist das denn?« rief sie überrascht aus.

»Da staunst du, was? Grüner Tee mit Zitrone, Süße! Regt die müden Gehirnzellen an. Hat mir mein Arzt empfohlen. Aber vielleicht hab ich mittlerweile zu viel davon in mich hineingeschüttet.«

»Da muss ich mich wohl bei dir entschuldigen«, entgegnete sie kleinlaut und erhob sich. Robert tat es ihr gleich.

»Gut, gehen wir wieder rein, hören uns den Irrsinn an, den Lesch da von sich gibt«, meinte sie, sich selbst zur Ruhe zwingend; wollte Gleichgültigkeit vortäuschen, obwohl es sie ihre ganze Willenskraft kostete.

Als sie wieder den Gerichtssaal betraten, empfing sie eine geradezu beängstigende Stille. Erneut nahmen sie auf ihren Sitzen Platz, während Lesch die kurze Unterbrechung nutze, um einen Schluck Wasser zu trinken, das man ihm kurz zuvor gereicht hatte. Dann setzte er sein schauriges Geständnis fort.

»Über den Tod meiner Frau bin ich nie hinweggekommen. Sie wurde das Opfer geld- und machtgieriger Aasgeier.« Er sah Lisa an, suchte ihren Blick. Bat sie stumm um Verständnis, während er etwas leiser fortfuhr: »Jetzt ist es knapp fünf Jahre her, wir machten damals hier in Schleswig Urlaub. Meine Frau bekam starke Unterleibsschmerzen. Ich brachte sie in die Hellwig-Frauenklinik. Dort wurde sie sofort untersucht und wie es zunächst aussah - auch erfolgreich behandelt. Einen Tag später wurde sie bereits entlassen, wir setzten unseren Urlaub fort. Vier Wochen später klagte sie dann über unerträgliche Kopf- und Gliederschmerzen. Ihre Beine und Hände versagten. Wir waren ratlos. Mittlerweile zurück in Wiesbaden, suchten wir Spezialisten auf. Ein Neurologe stellte dann die niederschmetternde Diagnose irreparabler Hirnschädigungen. Sie neigte plötzlich auch zu Wahnvorstellungen, ihr zentrales und peripheres Nervensystem waren stark geschädigt. Daraufhin begann ich mit meinen Recherchen, woher die Krankheit rühren mochte.

Drei Jahre später starb sie unter grausamsten Schmerzen und unerträglichem Leid in völliger Demenz. Kurz vor ihrem Tod diagnostizierte man auch noch einen Gehirntumor. Ich verfolgte weiterhin meine Ursachenforschung, stieß letztendlich auf Hellwig.

Bei jeder Gelegenheit reiste ich nach Schleswig, um Hellwig zu beschatten, ihm auf die Schliche zu kommen. Versuchte über seine Frau, an ihn heranzukommen. Solveig fasste alsbald Vertrauen zu mir, berichtete von einem mysteriösen Todesfall in der Klinik und einer schwerkranken Patientin mit genau den gleichen Symptomen, wie sie bei meiner Frau aufgetreten waren. Wir schlossen einen Pakt. Sie beschaffte mir die Beweise, die ich benötigte. Als Gegenleistung sollte ich ihr behilflich sein, ihren Mann loszuwerden. Fortan informierte sie mich, was in der Klinik und im Haus ablief. Sie installierte eine Kamera im Keller der Villa, um an den Geheimcode der Labortür zu gelangen.« Lesch trank einen weiteren Schluck Wasser, fuhr dann ruhig fort: »Wenn Hellwig und die Haushälterin nicht im Haus waren, rief Solveig mich an, so dass ich das Labor inspizieren konnte. Was ich dort vorfand, wurde dem Gericht durch die Polizei vor wenigen Stunden vorgelegt. Solveig wollte für die unendliche Schmach durch ihren brutalen Gatten Rache an ihm nehmen, wollte, dass er lebenslänglich ins Gefängnis kommt. Wir entdeckten einen Sumpf aus unbeschreiblicher Arroganz und Größenwahn. Als wir feststellten, auf welche perfiden Pläne wir gestoßen waren, ahnten wir, dass Hellwig und Müller niemals für ihre Taten zur Verantwortung gezogen werden würden. Wir hätten keine Chance, gegen den Machtapparat der Bundesregierung anzutreten.

Hellwig, Müller sowie Klara Weigand würden in diesem Land auf ewiglich Narrenfreiheit genießen, davon mussten wir ausgehen. Keine Gerichtsbarkeit würde sie zur Rechenschaft ziehen können, weil die Regierung ihre schützende Hand über sie halten würde. Dabei würde es keine Rolle spielen, wie viele Menschenleben diese Leute bereits auf dem Gewissen haben. Das Parlament erteilte den Auftrag, ein Impfserum zur selektiven Eliminierung einer bestimmten Bevölkerungsschicht zu entwickeln. Alles ganz legal! Also mussten wir uns etwas ausdenken. Wir setzten auf Mord. Daraufhin planten wir Solveigs Tod. Ein Verbrechen, dem sie zum Opfer fiel, würde man aufklären müssen. Und wir setzten aufs richtige Pferd, wie sich nun herausgestellt hat. Solveig lebt! Sie befindet sich in einer kleinen Hütte in Norwegen.« Aus seiner Brieftasche suchte Lesch die Adresse und Telefonnummer hervor, übergab sie der Richterin. Dann fuhr er fort: »Anfangs erschien selbst mir Solveigs Idee reichlich morbid, aber Hellwig gegenüber durchaus angemessen. Gleichzeitig würde es die Pläne der Regierung ans Licht der Öffentlichkeit bringen.« Kurz schaute er zu Lisa, wandte den Blick beschämt zu Boden. Dann setzte er seine schaurige Erzählung fort: »Um die nötigen Beweise zu liefern, musste ich Solveig mit der Kettensäge die linke Hand abtrennen ... das war's ihr wert ...« Man hörte erneut ein Raunen durch die Zuschauerreihen gehen; sah, wie sich einige entsetzt die Hand vor den Mund hielten.

Lesch nahm die Reaktion der Zuhörerschaft nicht zur Kenntnis, sprach völlig unbeeindruckt weiter. »Wir führten die Amputation in Solveigs Schlafzimmer durch, lieferten der Forensik somit Blutspritzer, um auf ein Verbrechen hinzudeuten. Solveig hatte sich einige Tage zuvor selbst Blut abgenommen, das haben wir ebenfalls großzügig verteilt. Durch meinen Beruf weiß ich, worauf es bei einem perfekten Verbrechen ankommt. Dank meiner medizinischen Ausbildung während der Bundeswehrzeit, konnte ich Solveigs Verletzung gut versorgen. Gleich nach der Inszenierung, also am

Donnerstagabend, dem achten Dezember, nahm ich sie mit nach Wiesbaden in meine Wohnung. Als sie in der Lage war längere Strecken zu bewältigen, habe ich sie mit dem Wagen nach Norwegen gefahren. Die Beweise, wie Knochensplitter, Haarbüschel, Fingernagel, sollten ihren Tod untermauern. Der Zahn, den man auf dem Grundstück fand, zeugt von einer brutalen Attacke Hellwigs kurz vor Solveigs Verschwinden; dabei hatte sich ein Zahn gelöst. Unser Plan war perfekt - bis jetzt. Ich kann allerdings nicht zulassen, dass unschuldige Menschen wie Brigitte oder Alma Hauser sich für etwas verantworten wollen, das sie nicht getan haben«, dabei glitt sein Blick zu der jungen Frau hinüber. »Die Aktion mit der Kettensäge wurde, wie ich bereits erwähnte, in Solveigs Schlafzimmer durchgeführt. Wir brauchten plausible Blutspuren, Blutspitzer. Dann verpackte ich die Hand in einem Plastiksack, verstaute sie in der Gefriertruhe. Nachdem ich Solveig nach Wiesbaden geschafft hatte, kehrte ich an den Tatort zurück, damit ich unser Werk vollenden konnte. Mir war bekannt, wann Hellwig vom Seminar zurück sein wollte. Schnelles Handeln war erforderlich. Am Freitagmittag holte ich die tiefgefrorene Hand aus der Truhe, jagte sie mit verschiedenartigen Ästen, die Solveig Tage zuvor zusammengetragen hatte, durch den Gartenschredder. Die Kettensäge, deren Seriennummer Solveig bereits im Vorfeld ebenfalls entfernt hatte, versenkte ich im Noor. Der Rest war nicht allzu schwierig. Dumm nur, dass die Haushälterin auftauchte, weil sie Brigitte auf dem Grundstück vermutete.

Brigitte Hauser stand tatsächlich an jenem Abend auf dem Balkon vor Solveigs Fenster, als wir unseren Plan ausführten. Alma Hauser erwischte mich, als ich den Häcksler zurück in die Scheune brachte. Notgedrungen weihte ich sie ein. Und dann erzählte sie mir, dass Hellwig Brigitte auf dem Gewissen habe, dass sie bereits seit Jahren auf Rache sinnen würde. Hellwig habe das Mädchen seinerzeit geschwängert. Brigitte liebte ihn, vertraute ihm. Er nutzte sie nur aus. Irgendwann kam ihm dann mit seinem Kompagnon der irrwitzige Plan, sie als Forschungsobjekt einer medizinischen Weltsensation zu opfern. An ihr wurde der Influenzaimpfstoff „Gocetria 1440" getestet ... - wie auch schon an meiner Frau, die daran starb - und an weiteren Opfern.« Lesch stockte kurz, um sogleich mit fester Stimme fortzufahren: »Bei Brigitte setzte der schleichende Prozess einer unerklärlichen geistigen Behinderung ein. So wie auch bei meiner Frau, nur mit dem Unterschied, dass Brigitte noch am Leben ist. Das hat sie sich allerdings selbst zu verdanken, denn Brigitte widersetzte sich heimlich der Anordnung, täglich ihre Ration Pillen einzunehmen und ein Nasenspray anzuwenden. Die Forschungsberichte liegen dem Gericht vor.« Lesch schluckte. Nach einer kleinen Pause fuhr er fort: »Alma Hauser war es, die den Schlag auf den Hinterkopf Hellwigs vollzog, so dass er für einige Zeit außer Gefecht war. Dann haben wir für einen kurzen Augenblick das Zimmer verlassen, um in seinem Arbeitszimmer nach Beweismaterial des tödlichen Impfstoffs zu suchen. Als wir nichts fanden, kehrten wir zu ihm zurück, der nun mit einem Messer im Bauch und blutüberströmt vor dem Bett seiner Frau stand. Frau Hauser befürchtete, dass Brigitte etwas mit dem Angriff auf Hellwig zu tun haben könnte. Das mag wohl stimmen.«

»Professor Krautberg berichtete über Knochenfragmente des Schädels, dass es sich dabei eindeutig um menschliche, um die der vermissten Person handelt. Wie dürfen wir das verstehen?« fragte die Richterin sichtlich erschüttert.

Lesch wirkte müde, um Jahre gealtert. Dennoch legte er Wert darauf, dass man ihm Glauben schenkte. »Forensisch wurde festgestellt, dass es sich um menschliche Schädelknochen handelt; diese wurden mit Flüssigstickstoff eingefroren, um sie anschließend zu zermalmen. Die Analyse ergab die Identität einer bestimmten Blutgruppe, und zwar AB-negativ. Und dass diese Person auf jeden Fall tot sein müsse. Es ist Solveigs Blutgruppe. Durch meine guten Beziehungen sah ich mich in der Lage, mir einen Schädel besagter Blutgruppe zu besorgen. Den habe ich, als ich die Hand zerhäckselte, ebenfalls zersägt und zerschreddert, damit genau diese Fragmente zweifelsfrei auf den Tod von Solveig hindeuten.«

»Mir fehlen die Worte«, sagte die Richterin und schüttelte sich angeekelt.

»Was wissen Sie über den Mord an Rüdiger Weiß?« fragte der Staatsanwalt dazwischen.

»Doktor Weiß und Thilo Bock gehen auf das Konto von Hellwig und Günther Müller sowie Klara Weigand. Es sollte der hiesigen Kriminalpolizei gelingen, den beiden noch lebenden Herrschaften die Tötungen nachzuweisen. Die Vorfälle in der Klinik, bei denen viele Frauen ihr Leben ließen, werden wahrscheinlich nie ganz aufgeklärt werden können, da die Opfer eingeäschert wurden.«

Aufgrund dieses ungeheuerlichen Geständnisses, unterbrach die Richterin die Sitzung und vertagte die Fortsetzung der Verhandlung auf den kommenden Tag.

Justizbeamte führten Lesch und Hellwig aus dem Gerichtssaal, übergaben sie an die Kriminalpolizei, die bereits mehrere Beamte zum Gericht entsandt hatte. Auch Klara Weigand wurde unmissverständlich von Robert aufgefordert, den Herren zu folgen.

Lisa starrte ihnen entgeistert hinterher. Ihr blieb keine Zeit, um über das soeben Gehörte nachzudenken, denn eine Horde Reporter stürmte unter lautem Geschrei in den Saal; jeder wollte ihr und Robert als Erster die entscheidenden Frage zu den gefundenen Unterlagen stellen. Die Öffentlichkeit sollte von den obskuren, ja geradezu bestialischen Plänen der Bundesregierung erfahren.

Lisa verwies die neugierige Horde an den Staatsanwalt, der augenblicklich mit Beschlag belegt wurde. Für sie selbst und Robert galt der Fall als abgeschlossen. Zumindest, was das Verschwinden von Solveig anging. Die Entdeckung des Impfstoffs war eine andere Sache. Wer konnte voraussehen, ob nicht weitere perfide Pläne in den Schubladen des Staatsapparates lagen? Aber sie wollte nicht mehr darüber nachdenken. Jedenfalls nicht mehr heute. Wenn sie gleich nach Hause fahren würde, gedachte sie, sich aufs Sofa zu kuscheln und eine Flasche Rotwein zur Beruhigung ihres aufgewühlten, verletzten Gemüts bezüglich Jörg, in den Rachen zu schütten.

»Geht's dir gut?« fragte Robert, nachdem sie weiterhin stur schwieg. Er setzte sich auf den Fahrersitz, startete den Wagen. »Soll ich dich nach Hause fahren oder lieber ins Präsidium?«

»Nach Hause.«

»Bist du sicher, dass es dir gutgeht? Ich meine, der Kerl hat dir ganz nett vor's Chemisette geklopft …«

»Halt einfach die Klappe und bring mich heim«, fuhr sie ihn unwirsch an.

53

Es war noch sehr früh, als Lisa nach einer schlaflosen Nacht aus dem Bett sprang, sich anzog, um in den Garten hinunter zu gehen. Das Wasser der Schlei, war wie fast jeden Morgen, glatt wie ein Spiegel. Möwen flogen kreischend durch die Luft, sonst war es noch relativ still. Sie ließ sich auf ihre Gartenbank fallen, um über Jörg und die vergangenen drei Monate nachzudenken.

Solveig Hellwig war tatsächlich am Leben und bestätigte Leschs Geschichte. Ihr Mann war zumindest in diesem Fall unschuldig. Gegen Hellwig und Klara Weigand wurde Anklage wegen Mordes an Thilo Bock und Rüdiger Weiß erhoben. Bevor es allerdings zur Verhandlung kam, fiel der Staatsanwalt einem tödlichen Verkehrsunfall zum Opfer. Der Unfallverursacher beging Fahrerflucht. Das Gerichtsgebäude, in dem sich sämtliche, die Regierung belastende Akten unter Verschluss befanden, wurde von einem Großbrand heimgesucht. Alle Unterlagen fielen den Flammen zum Opfer. Richterin Karla Wenders erlag kurz darauf einem Herzinfarkt. Einige Wochen später, nahm Jörg Lesch sich das Leben. Für Lisas Geschmack ein wenig zu viel Zufälle.

Tränen liefen über ihre Wangen, sie trauerte um ihn. Doch sie begriff nun endlich, warum Jörg sie stets auf Abstand gehalten hatte. Er hatte sie nicht in diese Geschichte mit hineinziehen wollen. Von vornherein war ihm klar gewesen, dass es für sie keine gemeinsame Zukunft geben könnte. Aber sie würde weiterleben. Irgendwann würde der Schmerz vergehen; - wenn sie nicht auch noch tödliches Opfer eines merkwürdigen Ereignisse werden würde …

# GEDULD
## Wer den Teufel ruft
Linda Arndt

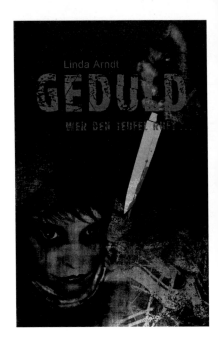

Die Killer leben mitten unter uns und tragen viele Gesichter. Der nette Nachbar, der geliebte Ehepartner, ein guter Freund. Sie sind tickende Zeitbomben, denn sie haben einen todbringenden Persönlichkeitsdefekt, von dem niemand etwas ahnt.
Schon ein winziges Ereignis genügt, um sie explodieren zu lassen. In der romantischen und beschaulichen Kleinstadt Schleswig und Umgebung, erschüttert eine mysteriöse, äußerst grausame und perfide Mordserie die Menschen.
Für die junge Kommissarin Lisa Buschmann und ihr Team tun sich finstere Abgründe auf, die sie an den Rand des Ertragbaren treiben. Sie jagen einen
Serienkiller, der in kein Raster passt. Seine Tatabstände werden immer kürzer, seine Vorgehensweise immer grausamer . . . er entmenschlicht seine Opfer bei lebendigem Leibe . . .

ISBN 978-3-940756-72-5 | 19,80 Euro